PREDADOR

A marca FSC é a garantia de que a madeira utilizada na fabricação do papel deste livro provém de florestas de origem controlada e que foram gerenciadas de maneira ambientalmente correta, socialmente justa e economicamente viável.

PATRICIA CORNWELL

PREDADOR

Tradução:
ÁLVARO HATTNHER

COMPANHIA DAS LETRAS

Copyright © 2005 by Cornwell Enterprises, Inc.

*Grafia atualizada segundo o Acordo Ortográfico da Língua Portuguesa
de 1990, que entrou em vigor no Brasil em 2009.*

Título original:
Predator

Projeto gráfico de capa:
João Baptista da Costa Aguiar

Foto de capa:
Henk Newman

Preparação:
Veridiana Maenaka

Revisão
*Ana Luiza Couto
Isabel Jorge Cury*

Dados Internacionais de Catalogação na Publicação (CIP)
(Câmara Brasileira do Livro, SP, Brasil)

Cornwell, Patricia
    Predador / Patricia Cornwell ; tradução Álvaro Hattnher.
— São Paulo : Companhia das Letras, 2009.

Título original: Predator
ISBN 978-85-359-1416-0

1. Ficção policial e de mistério (Literatura norte-americana) I. Título.

09-01239   CDD-813.0872

Índice para catálogo sistemático:
1. Ficção policial e de mistério : Literatura norte-americana
813.0872

2009

Todos os direitos desta edição reservados à
EDITORA SCHWARCZ LTDA.
Rua Bandeira Paulista, 702, cj. 32
04532-002 — São Paulo — SP
Telefone: (11) 3707-3500
Fax: (11) 3707-3501
www.companhiadasletras.com.br

Para Staci

AGRADECIMENTOS ESPECIAIS

O Hospital McLean, filiado à Escola de Medicina de Harvard, é o mais importante hospital psiquiátrico do país, cujos programas de pesquisa têm renome mundial, especialmente no campo da neurociência. A fronteira mais desafiadora e importante não é o espaço cósmico. É o cérebro humano e seu papel biológico nas doenças mentais. O McLean não só estabelece os padrões de pesquisa psiquiátrica como oferece uma alternativa compassiva ao sofrimento debilitante.

Sou extremamente grata aos médicos e cientistas extraordinários que gentilmente partilharam seu notável mundo comigo:

Em especial
DR. BRUCE M. COHEN,
Diretor-presidente e psiquiatra-chefe,

DR. DAVID P. OLSON,
Diretor clínico do Centro de Neuroimagem,

e principalmente
DRA. STACI A. GRUBER,
Diretora associada do Laboratório de Neuroimagem Cognitiva

1

É domingo à tarde e a doutora Kay Scarpetta está em seu escritório na Academia Forense Nacional em Hollywood, Flórida, onde as nuvens estão se acumulando, prometendo um novo temporal com relâmpagos e trovões. Não deveria estar tão quente e chuvoso assim em fevereiro.

Armas de fogo são disparadas, e vozes gritam coisas que ela não consegue entender. Combate simulado é uma atividade muito popular nos fins de semana. Agentes de Operações Especiais correm de uniformes negros atirando pelo local e ninguém os ouve, apenas Scarpetta, e ela mal repara neles. Continua a revisar um atestado de emergência emitido por um legista-chefe de Louisiana, um exame em uma paciente, uma mulher que mais tarde assassinou cinco pessoas e afirma não se lembrar disso.

O caso provavelmente não é um candidato a participar do estudo sobre Determinantes Pré-Frontais de Responsividade Manifesta de Tipo Agressivo — também conhecido como "projeto Predador"* —, Scarpetta decide, percebendo vagamente o som cada vez mais alto de uma motocicleta na área da Academia.

Ela escreve um e-mail ao psicólogo forense Benton Wesley:

(*) No original: Prefrontal Determinants of Aggressive-Type Overt Responsivity — PREDATOR. (N. E.)

> Uma mulher no estudo seria interessante, mas os da-
> dos não seriam irrelevantes? Pensei que você es-
> tivesse restringindo o Predador a homens.

A motocicleta aproxima-se ruidosa do prédio e para bem embaixo de sua janela. Pete Marino atormentando-a de novo, pensa ela, irritada, enquanto Benton lhe envia uma resposta instantânea:

> O estado de Louisiana provavelmente não nos dei-
> xaria ficar com ela. Eles gostam muito de execu-
> tar as pessoas por aqui. Apesar disso a comida é
> boa.

Ela olha pela janela e vê Marino desligar o motor, descer da moto, olhar à sua volta com aquela pose de macho, sempre se perguntando quem pode estar olhando. Ela está trancando os arquivos do Predador quando ele entra em sua sala sem bater e pega uma cadeira.

"Você sabe alguma coisa sobre o caso de Johnny Swift?", ele pergunta, os enormes braços tatuados destacando-se de um colete de brim com o logotipo da Harley-Davidson nas costas.

Marino é o chefe de investigações da Academia e investigador de homicídios em tempo parcial do Gabinete do Legista-Chefe do Condado de Broward. Nos últimos tempos ele se parece com uma paródia de um bandido motoqueiro. Coloca o capacete gasto e cheio de pequenos desenhos que imitam buracos de bala sobre a mesa dela.

"Refresque a minha memória. E essa coisa é um enfeite de capô." Ela aponta para o capacete. "É só ostentação e não adianta nada se você tiver um acidente com aquela sua matarcicleta."

Ele joga uma pasta de arquivo sobre a escrivaninha. "Um médico de San Francisco com consultório aqui em Miami. Tinha um lugar em Hollywood perto da praia, ele e o irmão. Não muito longe do Renaissance, sabe, aqueles dois prédios iguais perto do Parque Estadual John Lloyd? Três meses atrás, no Dia de Ação de Graças, enquanto ele estava em seu escritório aqui, o irmão o encontrou no sofá, morto por um tiro de espingarda no peito. A propósito, ele tinha acabado de fazer uma cirurgia no pulso que não foi bem-sucedida. À primeira vista, um suicídio, sem dúvida."

"Eu ainda não estava no Gabinete do Legista-Chefe", ela lembra a ele.

Já era diretora de ciência e medicina forense da Academia na ocasião. Mas não tinha aceitado a posição de consultora de patologia forense no Gabinete do Legista-Chefe do Condado de Broward até dezembro passado, quando o doutor Bronson, o chefe, começara a reduzir suas horas de trabalho, falando em aposentadoria.

"Eu me lembro de ter ouvido alguma coisa a respeito", diz ela, incomodada com a presença de Marino; raramente ficava satisfeita em vê-lo.

"O doutor Bronson fez a autópsia", diz ele, olhando para o que está na mesa dela, para todos os lugares, menos para ela.

"Você estava no caso?"

"Não. Não estava na cidade. O caso ainda está pendente, porque na época a polícia de Hollywood ficou preocupada que pudesse haver mais alguma coisa; desconfiaram de Laurel."

"Laurel?"

"O irmão gêmeo de Johnny Swift, eles eram gêmeos idênticos. Não havia nada para provar coisa nenhuma, e tudo ficou por isso mesmo. Então recebi um telefonema na madrugada de sexta-feira, lá pelas três da amanhã, um telefonema esquisito pra cacete na minha casa, que nós conseguimos rastrear até um telefone público em Boston."

"Massachusetts?"

"Isso mesmo."

"Pensei que o seu número não estivesse na lista."

"E não está."

11

Marino retira do bolso de trás da calça jeans um pedaço de papel pardo dobrado e o abre.

"Vou ler para você o que o sujeito disse, já que anotei palavra por palavra. Ele se identificou como Hog."

"Igual a porco? É isso?"* Ela o observa, um pouco desconfiada de que ele a esteja enrolando, armando para ridicularizá-la. Ele tem feito muito isso nos últimos tempos.

"Ele só disse: *Eu sou Hog. Enviaste-lhes o castigo da zombaria.* Seja lá que diabos isso signifique. Então ele disse: *Há um motivo pelo qual certos itens desapareceram da cena de Johnny Swift, e se você tiver meio cérebro vai dar uma boa olhada no que aconteceu com Christian Christian. Nada é coincidência. É melhor perguntar a Scarpetta, porque a mão de Deus vai esmagar todos os pervertidos, incluindo a sobrinha fanchona dela.*

Scarpetta não deixa transparecer na voz aquilo que está sentindo quando replica: "Tem certeza de que foi exatamente isso que ele disse?".

"E por acaso eu tenho cara de escritor de ficção?"

"Christian Christian."

"Quem é que sabe, porra? O cara não estava exatamente interessado nas minhas perguntas sobre como soletrar as palavras. Ele falava com uma voz baixa, como alguém que não sente nada, sem entonação, e em seguida desligou."

"Ele se referiu a Lucy pelo nome ou só...?"

"Eu contei exatamente o que ele disse", ele a interrompe. "Ela é a sua única sobrinha, certo? Então é óbvio que ele estava falando de Lucy. E caso você não tenha ligado os pontos, HOG pode ser a sigla de "Hand of God", a Mão de Deus. Para encurtar a história, eu contatei a polícia de Hollywood e eles pediram que a gente desse uma olhada no caso Johnny Swift o mais rápido possível. Ao que parece, tem alguma outra merda sobre as evidências

(*) *Hog*, em inglês, significa porco, cevado. (N. T.)

de que ele levou o tiro de longe e de perto. Bom, foi um ou outro, certo?"

"Se houve apenas um tiro, sim. Alguma coisa deve estar distorcida na interpretação. Nós temos alguma ideia sobre quem é Christian Christian? Será que estamos falando mesmo de uma pessoa?"

"Até agora nada de útil apareceu nas buscas por computador."

"Por que você só está me contando isso agora? Eu estive por aqui todo o fim de semana."

"Eu estava ocupado."

"Quando você recebe uma informação dessas, não deve esperar dois dias para me contar", diz ela, o mais calmamente que consegue.

"Talvez você não seja a mais indicada para falar sobre retenção de informação."

"Que informação?", ela pergunta, confusa.

"Você devia ter mais cuidado. É só o que eu digo."

"Não ajuda muito quando você é enigmático, Marino."

"Já ia esquecendo. O pessoal de Hollywood está curioso para saber qual seria a opinião profissional de Benton", acrescenta ele como se fosse uma reflexão tardia, como se ele não se importasse.

Marino geralmente faz um péssimo trabalho tentando esconder o que sente a respeito de Benton Wesley.

"Com certeza eles podem lhe pedir que avalie o caso", responde ela. "Não posso falar por ele."

"Querem que ele descubra se o telefonema que recebi desse doido foi alguma brincadeira, e eu disse que seria meio difícil porque não está gravado, tudo que ele teria seria a minha própria versão de taquigrafia rabiscada em um saco de papel."

Ele se levanta da cadeira, e sua enorme presença parece ainda maior, faz com que ela se sinta ainda menor do que ele costuma fazê-la se sentir. Ele pega seu capacete inútil e põe os óculos escuros. Não olhou para ela durante toda a conversa, e agora ela não consegue de forma nenhuma ver seus olhos. Ela não consegue ver o que há neles.

13

"Vou olhar o caso com atenção imediatamente", diz ela enquanto ele se dirige para a porta. "Podemos conversar a respeito mais tarde, se você quiser."

"Hum."

"Por que não vai à minha casa?"

"Hum", diz ele novamente. "A que horas?"

"Sete."

2

Dentro da cabine de ressonância magnética, Benton Wesley observa seu paciente através de uma divisória de plexiglás. As luzes estão baixas, múltiplas telas de vídeo iluminadas sobre o balcão circular, seu relógio de pulso sobre sua pasta de couro. Ele está com frio. Depois de muitas horas dentro do laboratório de neuroimagem cognitiva, até seus ossos estão gelados, ou pelo menos é assim que ele se sente.

O paciente dessa noite está identificado por um número, mas tem nome. Basil Jenrette. Ele é um assassino compulsivo inteligente e moderadamente ansioso. Benton evita usar a expressão *assassino serial*. A denominação foi utilizada de maneira excessiva, não significa nada útil e nunca significou, a não ser para indicar que um criminoso assassinou três ou mais pessoas em um determinado período. A palavra *serial* sugere algo que ocorre em sequência. Não sugere nada sobre os motivos ou o estado mental de um criminoso violento, e quando Basil Jenrette estava ocupado matando ele era compulsivo. Não conseguia parar.

O motivo pelo qual seu cérebro está sendo escaneado em um aparelho de ressonância magnética 3-Tesla, que possui um campo magnético sessenta mil vezes mais poderoso do que o da Terra, é ver se existe algo em relação a sua massa cinzenta e branca, e como ela funciona, que possa dar alguma pista sobre o porquê. Benton tem lhe perguntado "por quê" diversas vezes durante as entrevistas clínicas que realizaram.

Eu a via e era isso. Tinha que fazer.

Tinha que fazer exatamente naquele instante?
Não bem ali na rua. Eu a seguia até ter pensado em um jeito, até criar um plano. Para ser honesto, quanto mais eu calculava, melhor eu me sentia.
E quanto tempo levava isso? Seguir, calcular. Pode me dar um tempo aproximado? Dias, horas, minutos?
Minutos. Talvez horas. Às vezes, dias. Depende. Cadelas idiotas. Quero dizer, se fosse você e percebesse que estava sendo raptado, você ia ficar sentado no carro, sem nem mesmo tentar fugir?
Foi isso que elas fizeram, Basil? Ficaram sentadas no carro e não tentaram fugir?
Menos as duas últimas. Você sabe sobre elas porque estou aqui. Elas não teriam resistido, mas meu carro quebrou. Idiota. Se fosse você, ia preferir ser morto bem ali no carro ou esperar para ver o que eu faria quando te levasse para meu lugar especial?
Onde era seu lugar especial? Sempre no mesmo lugar?
Tudo porque o meu maldito carro quebrou.

Até agora a estrutura do cérebro de Basil Jenrette não apresenta nada de notável, a não ser pela descoberta acidental de uma anormalidade cerebelar posterior, um cisto de aproximadamente seis milímetros que poderia afetar um pouco seu equilíbrio, e nada mais. É a maneira como o cérebro dele funciona que não está muito certa. Não pode estar certa. Se estivesse, ele não teria sido um candidato para a pesquisa do projeto Predador, e ele provavelmente não teria concordado com ela. Tudo é um jogo para Basil, e ele é mais esperto do que Einstein, pensa que é a pessoa mais talentosa do planeta. Ele nunca sofreu um único momento de remorso por aquilo que fez e é bastante franco ao dizer que mataria mais mulheres se houvesse oportunidade. Infelizmente, Basil é agradável.

Os dois guardas da prisão dentro da cabine de ressonância magnética oscilam entre confusos e curiosos, enquanto olham fixamente através do vidro para o tubo de mais de dois metros de comprimento, com a estrutura circular que abriga o magneto do outro lado. Os guardas estão uniformizados, mas não portam armas. Elas não são permitidas ali. Nada que tenha ferro, incluindo algemas e correntes, é permitido, e apenas algemas de plástico prendem os punhos e tornozelos de Basil quando ele está deitado dentro do tubo, ouvindo os irritantes estalos e ruídos dos pulsos de radiofrequência, que soam como música infernal tocada em fios de alta voltagem — ou pelo menos é assim que Benton os imagina.

"Lembre-se, o próximo serão blocos coloridos. Eu só quero que o senhor me diga a cor", diz a neuropsicóloga, doutora Susan Lane, pelo intercomunicador. "Não, senhor Jenrette, por favor não mexa a cabeça. Lembre-se, a fita está em seu queixo para lembrá-lo de que não deve se mexer."

"Dez-quatro", soa a voz de Basil através do intercomunicador.

São oito e meia da noite, e Benton está apreensivo. Ele anda apreensivo há meses, preocupado não tanto que os Basil Jenrettes do mundo venham a ocasionar uma explosão de violência no interior dos muros graciosos do Hospital McLean, massacrando tudo o que encontrarem, mas que a pesquisa esteja fadada ao fracasso, seja um desperdício de dinheiro de subvenção e um gasto imbecil de tempo precioso. O McLean é filiado à Escola de Medicina de Harvard, e nem o hospital nem a universidade são compreensivos em relação a fracassos.

"Não se preocupe em acertar todos eles", a doutora Lane está dizendo pelo intercomunicador. "Nós não esperamos que você acerte todos."

"Verde, vermelho, azul, vermelho, azul, verde", a voz segura de Basil enche a sala.

Uma pesquisadora marca os resultados em uma folha de lançamento de dados enquanto o técnico da ressonância verifica as imagens em seu monitor.

A doutora Lane aperta o botão novamente. "Senhor Jenrette? Está indo muito bem. Consegue ver tudo normalmente?"

"Dez-quatro."

Ela solta o botão e pergunta a Benton: "Por que ele usa essa expressão? Isso é jargão policial para 'afirmativo'".

"Ele era policial. Provavelmente era assim que conseguia fazer com que as vítimas entrassem no carro."

"Doutor Wesley?", diz a pesquisadora, virando a cadeira. "É para o senhor. Detetive Thrush."

Benton pega o fone.

"O que foi?", ele pergunta a Thrush, um detetive de homicídios que atuava na Polícia Estadual de Massachusetts.

"Espero que você não tenha planejado ir para a cama cedo", diz Thrush. "Ficou sabendo do corpo que encontraram esta manhã perto do lago Walden?"

"Não. Fiquei trancado aqui o dia todo."

"Mulher branca, não identificada, difícil dizer a idade. Talvez perto dos quarenta, quarenta e poucos anos, tiro na cabeça, o cartucho da espingarda foi enfiado no rabo."

"Para mim isso é novidade."

"Já fizeram autópsia nela, mas pensei que você pudesse querer dar uma olhada. Essa aqui não é comum."

"Vou terminar em menos de uma hora", diz Benton.

"A gente se encontra no necrotério."

A casa está silenciosa, e Kay Scarpetta, inquieta, passa de cômodo em cômodo acendendo todas as luzes. Ela tenta perceber o som de um carro ou motocicleta, tenta ouvir Marino. Ele está atrasado e não retornou seus telefonemas.

Inquieta e ansiosa, ela se certifica de que o alarme contra ladrões e os holofotes estão ligados. Para na frente do pequeno monitor ao lado do telefone da cozinha para ter certeza de que as câmeras que vigiam a frente, a parte de trás e as laterais da casa estão operando corretamente. Sua propriedade está sombria na tela, e imagens escuras de árvores de cítricos, palmeiras e hibiscos movem-se ao vento. O embarcadouro atrás da piscina e o canal mais à frente são uma planície escura salpicada de luzes indistintas das lâmpadas do quebra-mar. Com uma colher, ela mexe molho de tomate e cogumelos em panelas de cobre sobre o fogão. Ela verifica se a massa está crescendo e dá uma olhada na mussarela em uma tigela perto da pia.

São quase nove horas, e Marino deveria estar lá há duas horas. Amanhã ela estará envolvida com outros casos e com aulas, sem tempo para as grosserias dele. Sente-se lograda. Já está cheia dele. Trabalhou sem parar no suposto suicídio de Johnny Swift nas últimas três horas, e agora Marino não aparece. Ela fica magoada, e depois com raiva. É mais fácil ficar com raiva.

Ela está com muita raiva ao entrar na sala, ainda tentando ouvir uma motocicleta ou um carro, ainda tentando ouvi-lo chegar. Pega uma Remington Marine Magnum calibre 12 que estava no sofá e se senta. A arma niquelada pesa em seu colo, e ela insere uma pequena chave no sistema de travamento. Gira a chave para a direita e solta a trava do guarda-mato. Puxa a bomba para trás para ver se não há cartuchos no carregador.

3

"Agora vamos fazer leitura de palavras", diz a doutora Lane a Basil pelo intercomunicador. "É só ler as palavras da esquerda para a direita. O.k.? E lembre-se, não se mexa. Está indo muito bem."

"Dez-quatro."

"Ei, querem ver a verdadeira aparência dele?", diz o técnico da ressonância magnética aos guardas.

Seu nome é Josh. Ele se graduou em física no MIT, está trabalhando como técnico enquanto desenvolve seu mestrado, é brilhante mas excêntrico, com um senso de humor distorcido.

"Eu já sei qual é a aparência dele. Tive que levá-lo ao chuveiro hoje cedo", diz um dos guardas.

"Então o quê?", pergunta a doutora Lane a Benton. "O que ele fazia com elas depois que entravam no carro dele?"

"Vermelho, azul, azul, vermelho..."

Os guardas se aproximam do monitor de vídeo de Josh.

"Ele as leva para algum lugar, esfaqueia seus olhos, deixa-as vivas por alguns dias, estupra-as repetidamente, corta-lhes a garganta, livra-se dos corpos, fotografa-as para chocar as pessoas", Benton conta à doutora Lane de forma prosaica, em seu jeito frio de dizer as coisas. "Esses são os casos que conhecemos. Desconfio que ele tenha matado outras. Várias mulheres desapareceram na Flórida durante o mesmo período. Supostamente mortas, os corpos nunca foram encontrados."

"Para onde ele as leva? Para um motel, para a casa dele?"

"Esperem um segundo", diz Josh aos guardas enquanto seleciona no menu a opção para 3D e em seguida a função de sombreamento de superfície. "Isto aqui é muito legal. A gente nunca mostra para os pacientes."

"Como assim?"

"Deixa eles totalmente apavorados."

"Não sabemos onde", continua Benton, ao mesmo tempo que observa Josh, pronto a intervir caso o rapaz fique muito empolgado. "Mas é interessante. Os corpos que ele abandonou. Todos apresentaram partículas microscópicas de cobre sobre eles."

"Que estranho!"

"Misturadas com a sujeira e qualquer coisa que estivesse grudada no sangue, na pele, nos cabelos."

"Azul, verde, azul, vermelho..."

"Isso é muito estranho."

Ela aperta o botão do intercomunicador. "Senhor Jenrette? Como está indo aí? Tudo bem?"

"Dez-quatro."

"Em seguida, o senhor vai ver palavras em uma cor diferente do que elas indicam. Quero que me diga o nome da cor que as palavras têm. Apenas o nome da cor."

"Dez-quatro."

"Não é demais?", diz Josh à medida que algo parecido com uma máscara mortuária enche a tela, uma reconstrução de cortes de um milímetro de espessura e alta resolução que constituem a varredura da cabeça de Basil, a imagem pálida, sem olhos nem cabelos, terminando de maneira irregular bem abaixo da mandíbula, como se ele tivesse sido decapitado.

Josh gira a imagem para que os guardas possam vê-la de ângulos diferentes.

"Por que parece que a cabeça foi cortada?", pergunta um deles.

"Ali é o lugar onde a obtenção de imagens foi interrompida."

"A pele dele não parece real."

"Vermelho, é... verde, azul, digo, vermelho, verde..." A voz de Basil ressoa pela sala.

"Não é realmente pele. Como explicar... bem, o que o computador está fazendo é uma reconstrução de volume, uma interpretação de superfície."

"Vermelho, azul, é... verde, azul, digo, verde..."

"Nós só usamos isso para fazer apresentações em PowerPoint, para sobreposição de dados estruturais com os funcionais. Um pacote de ressonância magnética funcional em que se podem juntar dados e olhar para eles da maneira que se quiser, só para brincar com eles."

"Cara, ele é feio."

Benton já ouviu o bastante. A nomeação de cores foi interrompida. Ele olha para Josh com uma expressão séria.

"Josh? Você está pronto?"

"Quatro, três, dois, um, pronto", diz Josh, e a doutora Lane começa o teste de interferência.

"Azul, digo, vermelho... merda, ahn, vermelho, digo, azul, verde, vermelho..." A voz de Basil invade a sala de maneira perturbadora ao errar todas as cores.

"Ele já lhe contou o motivo?", pergunta a doutora Lane a Benton.

"Desculpe", diz ele, distraído. "Motivo de quê?"

"O motivo de ele ter arrancado os olhos delas."

"Ele disse que não queria que vissem o quanto seu pênis era pequeno."

"Azul, azul-vermelho, vermelho, verde..."

"Ele não foi muito bem desta vez", diz ela. "Na verdade, ele errou a maioria. A qual delegacia ele estava ligado, para eu me lembrar de não levar uma multa por excesso de velocidade por lá?" Ela aperta o botão do intercomunicador. "Tudo bem aí?"

"Dez-quatro."

"Delegacia do condado de Dade."

"Que pena. Eu sempre gostei de Miami. Então foi assim que você conseguiu fazer esse aí aparecer. Por causa das suas conexões no sul da Flórida", diz ela, apertando novamente o botão do intercomunicador.

"Não exatamente." Benton olha através do vidro para a cabeça de Basil no final do aparelho, imaginando o resto de seu corpo vestido como uma pessoa comum, de jeans e camisa branca abotoada.

Não é permitido aos prisioneiros usar os macacões da prisão na área do hospital. Não é bom para as relações públicas.

"Quando começamos a procurar sujeitos de estudo nas penitenciárias estaduais, o governo da Flórida achou que ele era o cara certo para isso. Ele estava entediado. Eles ficaram contentes em se livrar dele", diz Benton.

"Muito bom, senhor Jenrette", diz a doutora Lane pelo intercomunicador. "Agora o doutor Wesley vai entrar e lhe dar o mouse. Em seguida o senhor vai ver alguns rostos."

"Dez-quatro."

Em circunstâncias normais, a doutora Lane entraria na sala de ressonância magnética e ela própria lidaria com o paciente. Mas médicas e cientistas do sexo feminino não podem ter contato físico com os sujeitos do projeto Predador. Médicos e cientistas do sexo masculino têm de ser cautelosos, também, quando estão lá dentro. Do lado de fora, a restrição aos pacientes da pesquisa durante as entrevistas é decidida pelo clínico. Benton está acompanhado pelos dois guardas da prisão ao acender as luzes na sala de ressonância e fechar a porta. Os guardas ficam perto do aparelho e prestam atenção enquanto ele liga o mouse e o coloca nas mãos presas de Basil.

Ele não é grande coisa de se olhar, um homem baixo e magro, cabelo loiro começando a ficar escasso e olhos cinzentos pouco espaçados. No reino animal, leões, tigres e ursos — os predadores — têm olhos pouco espaçados. Girafas, coelhos, pombas — as presas — têm olhos mais espaçados e orientados para os lados da cabeça, porque precisam da visão periférica para sobreviver. Benton sempre se perguntou se o mesmo fenômeno evolucionário se aplica aos humanos. Esse é o tipo de pesquisa que ninguém financiaria.

"Você está bem, Basil?", pergunta-lhe Benton.

"Que tipo de rostos?" A cabeça de Basil fala da extremidade do aparelho, lembrando um aparelho de respiração artificial.

"A doutora Lane vai explicar."

"Tenho uma surpresa", diz Basil. "Vou contar para vocês depois que a gente terminar."

Ele tem um olhar estranho, como se alguma criatura maligna estivesse olhando através de seus olhos.

"Ótimo. Adoro surpresas. Só mais alguns minutos e acabamos", diz Benton com um sorriso. "Em seguida teremos um bate-papo de acompanhamento."

Os guardas acompanham Benton para fora da sala de ressonância magnética e voltam à cabine, enquanto a doutora Lane começa a explicar pelo intercomunicador que Basil deve clicar no botão esquerdo do mouse se o rosto for de um homem, e no direito se for de uma mulher.

"Não precisa dizer nem fazer nada, apenas aperte o botão", ela repete.

São três testes, e seu objetivo não é medir a capacidade do paciente de distinguir entre os dois gêneros. O que é de fato avaliado nessa série de varredura funcional é o processamento afetivo. Os rostos de homens e mulheres que aparecem na tela estão atrás de outros rostos que aparecem rápidos demais para serem detectados pelo olhar, mas o cérebro vê todos eles. O cérebro de Jenrette vê os rostos atrás das máscaras, rostos que estão felizes, com raiva ou com medo, rostos que são provocativos.

Após cada bloco de testes, a doutora Lane pergunta-lhe o que viu, e se ele tivesse de relacionar uma emoção com os rostos, qual seria ela. Os rostos masculinos são mais sérios do que os femininos, ele responde. Ele diz basicamente a mesma coisa para cada grupo de imagens. Isso ainda não significa nada. Nada do que aconteceu nessas salas vai significar alguma coisa até que milhares de neuroimagens sejam analisadas. Então os cientistas poderão visualizar quais áreas do cérebro dele estavam mais ativas durante os testes. O objetivo é ver se seu cérebro funciona de maneira diferente do de alguém que supostamente seja normal, e descobrir alguma coisa além do fato de que ele tem um cisto sem relação com sua propensão predatória.

"Alguma coisa salta aos olhos para você?", Benton pergunta à doutora Lane. "E, a propósito, obrigado como sempre, Susan. Você é uma boa colega."

Eles procuram agendar os exames de prisioneiros em horários bem no final do dia ou no fim de semana, quando não há muita gente.

"Apenas com base nos localizadores, ele parece bem — não vejo nenhuma anormalidade grave. A não ser pela verbosidade incessante. Essa hiperfluência dele. Ele já foi diagnosticado como bipolar?"

"As avaliações e o histórico me deixam em dúvida. Mas não. Nunca foi diagnosticado. Nunca recebeu medicação para nenhum distúrbio psiquiátrico, está na prisão há apenas um ano. É o sujeito de estudos dos sonhos de qualquer pesquisador."

"Bom, o seu sujeito de estudos não se saiu bem na supressão de estímulos de interferência, cometeu um número enorme de erros no teste. Meu palpite é que ele não fica estável, o que sem dúvida é coerente com desordem bipolar. Vamos saber mais detalhes depois."

Ela aperta o botão do intercomunicador e diz: "Senhor Jenrette? Nós acabamos. O senhor se saiu muito bem. O doutor Wesley vai entrar aí de novo para tirá-lo. Quero que o senhor se levante bem devagar, o.k.? Bem devagar para não ficar tonto. O.k.?"

"Só isso? Só esses testes idiotas? Quero ver as fotografias."

Ela olha para Benton e solta o botão do intercomunicador.

"Você disse que ia olhar para o meu cérebro quando eu estivesse olhando para fotografias."

"Fotografias das autópsias das vítimas dele", Benton explica à doutora Lane.

"Vocês me prometeram as fotografias! Prometeram que eu ia ver a minha correspondência!"

"Certo", diz ela a Benton. "Ele é todo seu."

A espingarda é pesada e incômoda, e ela tem dificuldade em colocá-la sobre o sofá e apontar o cano para o peito enquanto puxa o gatilho com o dedo do pé esquerdo.

Scarpetta abaixa a espingarda e imagina-se tentando a mesma coisa depois de uma cirurgia de pulso. Sua espingarda pesa cerca de três quilos e meio e começa a tremer em sua mão quando ela a ergue pelo cano de 45 centímetros. Ela abaixa os pés no chão e tira o tênis e a meia do pé direito. Seu pé esquerdo é o dominante, mas ela vai ter de tentar com o direito, e se pergunta qual pé de Johnny Swift era dominante, o esquerdo ou o direito. Isso faria diferença, mas não de forma necessariamente significativa, sobretudo se ele estivesse deprimido e determinado. Mas ela não tem certeza de que ele estava uma coisa ou outra; não tem certeza de muita coisa.

Ela pensa em Marino e, quanto mais seus pensamentos se voltam para ele, mais aborrecida fica. Ele não tem o direito de tratá-la desse jeito, não tem o direito de desrespeitá-la da mesma maneira que o fez quando se conheceram, e isso foi muitos anos antes, há tantos anos que ela está surpresa de ele poder até se lembrar de como tratá-la da maneira que já tratou uma vez. O aroma do molho de pizza que ela preparou está na sala. Ele enche a casa, e o ressentimento acelera seu coração e lhe dá um aperto no peito. Ela se deita do lado esquerdo, apoia a coronha no encosto do sofá, posiciona o cano no centro do peito e puxa o gatilho com o dedo do pé direito.

4

Basil Jenrette não vai machucá-lo.

Solto, ele se senta do outro lado da mesa em frente a Benton na pequena sala de consultas, a porta fechada. Basil está calmo e educado em sua cadeira. Sua explosão dentro do aparelho de ressonância durou dois minutos, e quando ele se acalmou a doutora Lane já fora embora. Ele não a viu quando saiu de lá, e Benton irá garantir que ele nunca a veja.

"Tem certeza de que não está desnorteado ou tonto?", pergunta Benton em seu tom de voz compreensivo e calmo.

"Eu me sinto ótimo. Os testes foram super. Sempre gostei de testes. Eu sabia que ia fazer tudo certo. Onde estão as fotos? Você prometeu."

"Nós nunca discutimos esse assunto, Basil."

"Eu fiz tudo certo, tirei A em tudo."

"Então você gostou da experiência."

"Da próxima vez me mostre as fotografias, como prometeu."

"Eu nunca prometi isso, Basil. Você achou a experiência excitante?"

"Acho que não posso fumar aqui."

"Receio que não."

"Como é o meu cérebro? Estava bonito? Você viu alguma coisa? Você sabe dizer o quanto uma pessoa é inteligente só de olhar para o cérebro? Se você me mostrasse as fotos ia ver que elas combinam com as que eu tenho no meu cérebro."

Agora ele está falando rapidamente em voz baixa, os olhos brilhantes, quase vítreos, enquanto tagarela sobre o que os cientistas poderiam esperar encontrar em seu cérebro, supondo que sejam capazes de decifrar o que há ali, e definitivamente existe um "ali" ali, é o que ele fica dizendo.

"Um 'ali' ali?", indaga Benton. "Você pode explicar o que quer dizer, Basil?"

"Minha memória. Se você puder ver dentro dela, ver o que existe ali, ver as minhas lembranças."

"Receio que não possa."

"É mesmo? Aposto que saíram todos os tipos de fotos quando vocês estavam fazendo aquele bip-bip, bang-bang, toc-toc. Aposto que você viu as fotografias e não quer me contar. Havia dez delas, e você as viu. Viu as fotos delas, dez delas, não quatro. Eu sempre digo dez-quatro de gozação, uma grande piada. Você pensa que são quatro e eu sei que são dez, e você saberia se me mostrasse as fotos, porque você veria que elas combinam com as fotos no meu cérebro. Você veria as minhas fotos quando estivesse no meu cérebro. Dez-quatro."

"De que fotos você está falando, Basil?"

"Eu só estou confundindo você", diz ele piscando um olho. "Quero a minha correspondência."

"Que fotos poderíamos ver dentro do seu cérebro?"

"Aquelas mulheres idiotas. Elas não me entregam a minha correspondência."

"Você está dizendo que matou dez mulheres?", pergunta Benton sem parecer chocado ou crítico.

Basil sorri, como se algo houvesse lhe ocorrido. "Ah, agora eu posso mexer a cabeça, não posso? Não tem mais fita no meu queixo. Eles vão prender o meu queixo com fita quando me derem a injeção?"

"Você não vai tomar a injeção, Basil. Isso é parte do acordo. Sua sentença foi comutada para prisão perpétua. Você se lembra de que nós conversamos sobre isso?"

"Porque eu sou louco", diz ele com um sorriso. "É por isso que estou aqui."

"Não. Vamos conversar sobre isso de novo, porque é importante que você entenda. Você está aqui porque concordou em participar de nosso estudo, Basil. O governador da Flórida permitiu que você fosse transferido para o nosso hospital estadual, o Butler, mas o estado de Massachusetts não concordou, a menos que sua pena fosse comutada para perpétua. Não temos pena de morte em Massachusetts."

"Eu sei que você quer ver as dez mulheres. Quer vê-las do jeito que eu me lembro delas. Elas estão no meu cérebro."

Ele sabe que não é possível escanear o cérebro de uma pessoa e ver seus pensamentos e lembranças. Basil está sendo a mesma pessoa de sempre. Quer as fotografias de autópsia para poder alimentar suas fantasias violentas, e, como acontece com os sociopatas narcisistas, ele pensa que é bastante divertido.

"Essa é a surpresa, Basil?", pergunta Benton. "Que você cometeu dez assassinatos em vez dos quatro de que foi acusado?"

Ele balança a cabeça e diz: "Tem uma sobre a qual você quer saber. Essa é a surpresa. Uma coisa especial para você porque você tem sido tão simpático comigo. Mas quero a correspondência. Esse é o trato".

"Estou muito interessado em ouvir sobre a sua surpresa."

"A mulher na Christmas Shop", diz ele. "Lembra dessa?"

"Por que você não me conta?", responde Benton, e ele não sabe o que Basil quer dizer. Não se lembra de um assassinato que tenha ocorrido em uma loja de artigos de Natal.

"E a minha correspondência?"

"Verei o que posso fazer."

"Jura por tudo o que é mais sagrado?"

"Vou cuidar disso."

"Não consigo lembrar a data exata. Deixe eu ver." Ele olha para o teto, as mãos soltas agitadas sobre o colo. "Uns três anos atrás em Las Olas, acho que foi perto de julho. Talvez dois anos e meio atrás. Por que alguém iria querer comprar coisa de Natal em julho no sul da Flórida? Ela vendia bonequinhos de Papai Noel, e elfos, e Meninos Jesus. Eu entrei lá em uma determinada manhã, depois de ter ficado acordado a noite toda."

"Você se lembra do nome dela?"

"Eu nunca soube o nome dela. Bom, talvez eu soubesse. Mas esqueci. Se você me mostrasse as fotografias, talvez eu puxasse pela memória, talvez você pudesse vê-la em meu cérebro. Deixe eu ver se consigo descrevê-la. Deixe eu ver. Ah, sim. Era uma mulher branca com cabelo comprido e tingido, da cor de *I Love Lucy*. Meio gorda. Talvez tivesse trinta e cinco ou quarenta anos. Eu entrei, tranquei a porta e a ameacei com uma faca. Estuprei ela nos fundos, na área de estoque, cortei a garganta dela daqui até aqui em um único talho."

Ele faz o movimento de corte ao redor do pescoço.

"Foi engraçado porque tinha um desses ventiladores oscilantes e eu o liguei porque estava quente e coisa e tal, e ele espalhou sangue para tudo quanto é lado. Uma confusão para limpar. Então, vamos ver" — ele olha para o teto de novo, do jeito que faz com frequência quando está mentindo —, "eu não estava com o carro de polícia naquele dia, tinha saído com duas rodas e parei em um estacionamento pago atrás do Riverside Hotel."

"Que tipo de duas rodas, moto ou bicicleta?"

"Honda Shadow. Vê lá se eu iria andar de bicicleta quando ia matar alguém."

"Então você planejava matar alguém naquela manhã?"

"Parecia uma boa ideia."

"Você planejou matá-la ou apenas planejou matar alguém?"

"Eu me lembro de que havia um monte de patos no estacionamento andando nas poças porque chovia fazia dias. Mamães patas e patinhos novos por todo lado. Isso sempre me incomodou. Pobres patinhos. Eles são muito atropelados. A gente vê os bebezinhos esmagados na es-

30

trada e a mãezinha deles, com cara de triste, andando ao redor do bebê morto, com uma expressão muito triste."

"Alguma vez você atropelou os patos, Basil?"

"Eu nunca machucaria um animal, doutor Wesley."

"Você disse que matou aves e coelhos durante a infância."

"Isso foi há muito tempo. Sabe como é, garotos e suas armas BB. De qualquer forma, continuando a minha história, tudo o que consegui foram vinte e seis dólares e noventa e um centavos. Você tem que fazer alguma coisa para eu receber minha correspondência."

"Você já disse isso várias vezes, Basil. Eu já disse, farei o que puder."

"Foi meio frustrante depois de tudo aquilo. Só vinte e seis dólares e noventa e um centavos."

"Da gaveta do caixa."

"Dez-quatro."

"Você devia estar muito sujo de sangue, Basil."

"Tinha um banheiro no fundo da loja." Ele olha para o teto novamente. "Eu derramei Clorox em cima dela, agora me lembro. Para apagar o meu DNA. Agora você me deve. Eu quero a porra da minha correspondência. Me tira da cela de suicidas. Quero uma cela normal onde eles não ficam me espiando."

"Estamos garantindo a sua segurança."

"Me arranja uma cela nova, e as fotografias e minha correspondência, e eu conto mais sobre a Christmas Shop", diz ele, e seus olhos estão muito vítreos e ele está muito inquieto na cadeira, cerrando os punhos, batendo os pés. "Eu mereço ser recompensado."

5

Lucy está sentada onde pode ver a porta da frente, onde pode ver quem entra ou sai. Ela observa as pessoas sem que elas saibam. Ela as observa e planeja mesmo quando supostamente está relaxando.

Nas últimas noites ela tem entrado no Lorraine's e conversado com os atendentes do bar, Buddy e Tonia. Nenhum deles sabe o verdadeiro nome de Lucy, mas ambos se lembram de Johnny Swift, lembram-se dele como um médico bonitão que era hétero. Um *médico de cérebro* que gostava de Provincetown e infelizmente era hétero, diz Buddy. Que pena, diz Buddy. Sempre sozinho também, a não ser pela última vez em que esteve aqui, diz Tonia. Ela estava trabalhando naquela noite e se lembra de que Johnny tinha talas nos pulsos. Quando ela perguntou a respeito, ele respondeu que acabara de passar por uma cirurgia que não tinha dado muito certo.

Johnny e uma mulher sentaram-se no bar, muito amáveis um com o outro, conversando como se não houvesse mais ninguém ali. O nome dela era Jan e parecia ser bem inteligente, era bonita e educada, muito tímida, nem um pouco convencida, jovem, vestida casualmente com jeans e um blusão de moletom, lembra Tonia. Era óbvio que Johnny não a conhecia havia muito tempo, talvez tivesse acabado de conhecê-la, achara-a interessante, era óbvio que gostava dela, diz Tonia.

Gostava dela sexualmente?, Lucy perguntou a Tonia.

Não tive essa impressão. Ele estava mais, bem, é como

se ela tivesse algum tipo de problema e ele a estivesse ajudando. Ele era médico, você sabe.

Isso não surpreende Lucy. Johnny era altruísta. Era extraordinariamente gentil.

Ela se senta no bar do Lorraine's e pensa em Johnny entrando da mesma maneira que ela entrou, sentando-se no mesmo bar, talvez no mesmo banquinho. Ela o imagina com Jan, uma pessoa que talvez ele tivesse acabado de conhecer. Não era do feitio dele pegar mulheres por aí, ter encontros casuais. Ele não gostava de encontros de uma noite só e pode muito bem ser que a estivesse ajudando, aconselhando-a. Mas sobre o quê? Algum problema médico? Algum problema psicológico? A história sobre a mulher tímida chamada Jan é intrincada e desconcertante. Lucy não tem muita certeza do porquê disso.

Talvez ele não estivesse se sentindo bem em relação a si próprio. Talvez estivesse assustado porque a cirurgia do túnel do carpo não tinha sido tão bem-sucedida quanto ele esperava. Talvez aconselhar e ser amigo de uma jovem bonita e tímida o ajudasse a esquecer os medos, a se sentir forte e importante. Lucy bebe tequila e pensa no que ele lhe disse em San Francisco quando ela estava com ele em setembro passado, a última vez que o viu.

A biologia é cruel, disse ele. Deficiências físicas são imperdoáveis. Ninguém quer você se você tem cicatrizes, ou é aleijado, inútil e mutilado.

Meu Deus, Johnny. É só uma cirurgia de túnel do carpo. Não é uma amputação.

Desculpe, disse ele. Não estamos aqui para falar sobre mim.

Ela pensa sobre ele sentada no bar do Lorraine's, observando as pessoas, a maioria homens, entrando e saindo do restaurante enquanto a neve entra voando pela porta.

Começa a nevar em Boston enquanto Benton dirige seu Porsche Turbo S entre os prédios de tijolos em estilo vitoriano da escola de medicina do campus e se lembra de dias passados, em que Scarpetta costumava chamá-lo para ir ao necrotério à noite. Ele sempre sabia que o caso era ruim.

A maioria dos psicólogos forenses nunca foi a um necrotério. Nunca viram uma autópsia nem querem ver fotografias. Estão mais interessados nos detalhes sobre o criminoso do que naquilo que ele causou à sua vítima, porque o criminoso é o paciente e a vítima nada mais é que o meio que ele usou para expressar sua violência. Essa é a desculpa que muitos psicólogos e psiquiatras forenses dão. Uma explicação mais provável é que eles não têm a coragem ou a disposição para entrevistar as vítimas ou, o que é pior, passar algum tempo com seus maltratados cadáveres.

Benton é diferente. Depois de mais de uma década de Scarpetta, não há como ele não ser diferente.

Você não tem o direito de trabalhar em qualquer caso se não quiser ouvir o que os mortos têm a dizer, ela lhe dissera uns quinze anos antes, quando trabalharam juntos pela primeira vez em um homicídio. *Se você não consegue se importar com eles, então, francamente, não posso me importar com você, agente especial Wesley.*

Tudo bem, doutora Scarpetta. Por favor, faça as apresentações.

Certo, dissera ela. *Venha comigo então.*

Essa fora a primeira vez em que ele entrara na câmara fria de um necrotério, e ele ainda pode ouvir o estalo alto da alça sendo puxada para trás e o som do ar frio e repugnante. Ele reconheceria aquele odor em qualquer lugar, aquele mau cheiro morto e tenebroso, abominável e constante. O cheiro fica pairando pesado no ar, e Benton sempre imaginou que, se pudesse vê-lo, iria se parecer com um fog imundo espalhando-se do lugar onde algo ou alguém tivesse morrido.

Ele repassa mentalmente a conversa com Basil, analisa cada palavra, cada gesto, cada expressão facial. Criminosos violentos prometem todo tipo de coisa. Eles manipulam todo mundo ao máximo para conseguir o que querem, prometem revelar a localização de corpos, confessam a autoria de crimes que nunca foram resolvidos, enumeram detalhes do que fizeram, oferecem insights sobre suas motivações e estado psicológico. Na maioria dos casos, são mentiras. Neste caso, Benton está preocupado. Alguma coisa relacionada a pelo menos parte do que Basil confessou lhe parece ser verdade.

Ele tenta falar com Scarpetta pelo celular. Ela não atende. Muitos minutos depois ele tenta de novo e ainda não consegue falar com ela.

Deixa um recado: "Por favor, ligue para mim assim que ouvir esta mensagem".

A porta abre novamente e uma mulher entra com a neve, como se tivesse sido soprada para dentro pela nevasca.

Ela usa um casaco comprido preto, que esfrega para tirar a neve enquanto põe o capuz para trás, e sua pele clara está rosada pelo frio, os olhos brilhantes. É bonita, notavelmente bonita, com cabelo loiro-escuro, olhos negros e um corpo sensacional. Lucy observa-a deslizar até o fundo do restaurante, passando entre as mesas como se fosse uma peregrina sexy ou uma feiticeira sensual com seu longo casaco negro, que gira ao redor de suas botas pretas enquanto ela se dirige direto para o bar, onde há muitos bancos vazios. Ela escolhe um ao lado de Lucy, tira o casaco, dobra-o e senta-se sobre ele sem uma palavra ou um olhar.

Lucy bebe tequila e olha para a tevê sobre o bar como se o mais recente romance de uma celebridade fosse interessante. Buddy prepara um drinque para a mulher como se soubesse do que ela gosta.

"Vou tomar outra", Lucy lhe diz pouco depois.

"Saindo."

A mulher do casaco preto se interessa pela garrafa colorida de tequila que Buddy pega em uma das prateleiras. Ela observa atentamente o líquido cor de âmbar derramar-se em uma corrente delicada, enchendo o fundo do copo. Lucy gira lentamente a bebida dentro do copo, e o cheiro dela enche suas narinas e chega ao cérebro.

"Esse troço vai lhe dar uma dor de cabeça do Hades", diz a mulher do casaco preto com uma voz rouca que é sedutora e cheia de mistério.

"É muito mais pura do que as bebidas comuns", replica Lucy. "Não ouço a palavra Hades há um bom tempo. A maioria das pessoas que conheço diz 'inferno'."

"As piores dores de cabeça que já tive foram com margueritas", afirma a mulher, bebericando um cosmopolitan que é rosado e tem uma aparência letal em uma taça de champanhe. "E eu não acredito em inferno."

"Você vai começar a acreditar se continuar bebendo essa merda", retruca Lucy, e pelo espelho atrás do balcão ela vê a porta abrir novamente e mais neve invadir o Lorraine's.

O vento que entra em rajadas vindo da baía soa como o farfalhar de seda, lembrando a Lucy meias de seda farfalhando em um varal, embora ela nunca tenha visto meias de seda em um varal nem tenha ouvido o som que elas fazem ao vento. Ela percebe as meias pretas da mulher porque banquinhos de pé alto e saias curtas e com fendas não são uma combinação muito segura, a menos que uma mulher esteja em um bar onde os homens estão interessados apenas uns nos outros — em Provincetown, isso é o que geralmente acontece.

"Mais um cosmo, Stevie?", pergunta Buddy, e agora Lucy sabe o nome dela.

"Não", Lucy responde por ela. "Deixe a Stevie experimentar o que estou tomando."

"Eu experimento qualquer coisa", diz Stevie. "Acho que eu já vi você no Pied e no Vixen, dançando com pessoas diferentes."

"Eu não danço."

"Eu já vi você. Difícil confundi-la com outra pessoa."

"Você vem muito aqui?", pergunta Lucy, e ela nunca viu Stevie antes, não no Pied, nem no Vixen, nem em algum outro clube ou restaurante em Ptown.

Stevie observa Buddy servindo mais tequila. Ele deixa a garrafa sobre o bar, se afasta e passa a atender outro freguês.

"Esta é a primeira vez", Stevie diz a Lucy. "Um presente de Dia dos Namorados para mim mesma, uma semana em Ptown."

"No meio do inverno?"

"Que eu saiba, o Dia dos Namorados cai sempre no inverno. Acontece que é o meu feriado favorito."

"Não é feriado. Eu estive aqui todas as noites desta semana e nunca vi você."

"O que você faz? É policial do bar?" Stevie sorri e olha nos olhos de Lucy com tanta intensidade que produz um efeito.

Lucy sente alguma coisa. *Não*, pensa ela. *De novo, não.*

"Talvez eu não venha aqui só à noite como você", diz Stevie, estendendo o braço para pegar a garrafa de tequila e roçando no braço de Lucy.

A sensação se torna mais forte. Stevie examina o rótulo colorido, põe a garrafa de novo sobre o balcão, sem pressa, seu corpo tocando em Lucy. A sensação se intensifica.

"Cuervo? O que há de tão especial com esse Cuervo?", pergunta Stevie.

"Como é que você iria saber o que eu faço?", pergunta Lucy.

Ela tenta fazer a sensação ir embora.

"Só adivinhando. Você parece uma pessoa da noite", diz Stevie. "Seu cabelo é naturalmente vermelho, não é? Talvez mogno misturado com vermelho-escuro. Cabelo tingido não tem essa aparência. Nem sempre você o usou comprido, tão comprido quanto está agora."

"Você é algum tipo de vidente?"

A sensação agora é terrível. E não vai embora.

"Só adivinhando", diz a voz sedutora de Stevie. "Então, você ainda não me disse. O que há de tão especial sobre o Cuervo?"

"Cuervo Reserva de la Familia. É bem especial."

"Ora, que coisa. Parece que esta é a minha noite de primeiras vezes", diz Stevie, tocando no braço de Lucy, a mão parando sobre ele por um instante. "Primeira vez em Ptown. Primeira vez tomando uma tequila feita com cem por cento de agave que custa trinta dólares a dose."

Lucy se pergunta como Stevie pode saber que custa trinta dólares a dose. Para alguém que não está familiarizada com tequila, ela parece saber bastante.

"Acho que vou tomar mais uma", Stevie diz em voz alta para Buddy, "e você realmente poderia colocar mais no copo. Seja bonzinho comigo."

Buddy sorri enquanto serve mais, e duas doses depois Stevie se inclina na direção de Lucy e sussurra em seu ouvido: "Você tem?".

"Tenho o quê?", pergunta Lucy, e ela se abandona ao que sente.

A sensação é alimentada pela tequila e planeja ficar a noite toda.

"Você sabe o quê", diz Stevie, a voz baixa, seu hálito tocando a orelha de Lucy, seu seio pressionado contra o braço dela. "Alguma coisa para fumar. Alguma coisa que valha a pena."

"O que a faz pensar que eu teria alguma coisa?"

"Só adivinhando."

"Você é excelente nisso."

"Dá para conseguir em qualquer lugar. Eu vi você."

Lucy fez uma transação na noite passada, sabe exatamente onde fazê-la, no Vixen, onde ela não dança. Ela não se lembra de ter visto Stevie. Não havia muitas pessoas, nunca há nesta época do ano. Ela teria notado Stevie. Ela a teria notado no meio de uma multidão em uma rua movimentada, em qualquer lugar.

38

"Vai ver você é a polícia do bar", diz Lucy.

"Você não tem ideia de quanto isso é engraçado", diz a voz sedutora de Stevie. "Onde você fica?"

"Não muito longe daqui."

6

O Gabinete do Legista-Chefe estadual está localizado no mesmo lugar que a maioria dos escritórios, na borda de uma parte mais agradável da cidade, geralmente nos limites de uma faculdade de medicina. O complexo de concreto e tijolos vermelhos tem nos fundos a rodovia Massachusetts Turnpike, e do outro lado fica o Instituto Correcional do Condado de Suffolk. Não há paisagem alguma e o barulho do tráfego nunca para.

Benton estaciona na entrada dos fundos e repara que só há dois outros carros no estacionamento. O Crown Victoria azul-escuro pertence ao detetive Thrush. O SUV Honda provavelmente pertence a um patologista forense que não ganha o suficiente para isso e provavelmente não ficou feliz quando Thrush o convenceu a ir até lá a esta hora da noite. Benton toca a campainha e passa os olhos por toda a extensão do estacionamento, nunca supondo estar seguro ou sozinho, e então a porta abre e Thrush faz um gesto para que ele entre.

"Putz, eu odeio este lugar à noite", diz Thrush.

"Não dá para gostar em nenhuma hora do dia", observa Benton.

"Estou contente que tenha vindo. Não acredito que você veio naquilo", diz ele, olhando para o Porsche preto enquanto fecha a porta. "Com este tempo? Você é doido?"

"Tração nas quatro rodas. Não estava nevando quando saí para trabalhar hoje de manhã."

"Os outros psicólogos com quem eu trabalhei, eles

nunca saem, seja com neve, seja com chuva, seja com sol",
diz Thrush. "O pessoal que traça perfis é a mesma coisa.
A maioria dos caras do FBI que conheci nunca viu um cadáver na vida."

"Menos os caras do quartel-general."

"Nem diga. Temos um monte deles no quartel-general
da polícia estadual também. Toma."

Ele passa a Benton um envelope enquanto seguem
por um corredor.

"Coloquei tudo em um disco para você. Todas as imagens da cena e da autópsia, tudo que foi relatado até agora. Está tudo aí. Parece que vai nevar pra cacete."

Benton pensa em Scarpetta novamente. Amanhã é Dia
dos Namorados, e eles iam passar a noite juntos, um jantar
romântico no píer. Ela devia ficar até o próximo final de
semana. Faz quase um mês que eles não se veem. Talvez
ela não consiga chegar.

"Ouvi dizer que a previsão é de neve esparsa", diz
Benton.

"Tem uma tempestade se aproximando do cabo. Espero que você tenha algum outro veículo além de um carro
esporte de um milhão de dólares."

Thrush é um homem grandalhão que passou a vida
toda em Massachusetts, e sua maneira de falar revela isso.
Não há uma única letra R em seu vocabulário. Com cinquenta e poucos anos, usa o cabelo grisalho curto em estilo
militar e veste-se com um terno marrom amarrotado; provavelmente trabalhou sem parar o dia todo. Ele e Benton
seguem pelo corredor bem iluminado. O ambiente é ima-
culado e cheira a desodorizador de ar, uma sucessão de
depósitos e salas de armazenagem, todos com fechaduras
eletrônicas. Há até um carrinho de emergência — Benton
não consegue imaginar o porquê de ele estar ali — e um
microscópio eletrônico de varredura, o mais bem equipa-
do e espaçoso necrotério que ele já viu. Já o pessoal é uma
outra história.

O gabinete vem sofrendo problemas de redução de pes-

41

soal há anos por causa dos baixos salários, que não atraem patologistas forenses competentes nem outros tipos de funcionários. Acrescentem-se a isso supostos erros e delitos que resultaram em sérias controvérsias e problemas de relações públicas que tornam a vida e a morte difíceis para todos os envolvidos. O local não abre para a mídia ou para gente de fora, e a hostilidade e a desconfiança estão em toda parte. Benton prefere ir lá tarde da noite. Visitar o gabinete durante o horário comercial é se sentir indesejável e inoportuno.

Ele e Thrush param diante da porta fechada de uma sala de autópsias que é usada em casos importantes e nos considerados de risco biológico ou bizarros. Seu celular vibra. Ele olha o visor. Ligação sem identificação geralmente é dela.

"Oi", diz Scarpetta. "Espero que sua noite tenha sido melhor do que a minha."

"Estou no necrotério." Para Thrush: "Só um segundo".

"Isso não pode ser boa coisa", diz Scarpetta.

"Mais tarde eu conto. Tenho uma pergunta. Já ouviu falar sobre algo que aconteceu em uma loja de artigos de Natal em Las Olas talvez dois anos e meio atrás?"

"Por *algo*, suponho que você queira dizer homicídio."

"Certo."

"A princípio, não. Talvez Lucy possa encontrar alguma coisa. Fiquei sabendo que está nevando aí."

"Vou trazer você para cá mesmo que eu tenha que alugar uma das renas do Papai Noel."

"Eu amo você."

"Eu também", diz ele.

Ele encerra a chamada e pergunta a Thrush: "Com quem estamos lidando?".

"Bem, o doutor Lonsdale foi bastante simpático e me ajudou. Você vai gostar dele. Mas ele não fez a autópsia. Foi *ela* quem fez."

Ela é a chefe. *Ela* chegou aonde está por ser mulher.

"Se você quer saber o que eu acho", diz Thrush, "mulheres não tinham que se meter nesse negócio. Que tipo de mulher ia querer isso?"

"Algumas são boas", diz Benton. "Muito boas. Nem todas estão onde estão porque são mulheres. Mais provavelmente, é apesar disso."

Thrush não conhece Scarpetta. Benton nunca fala dela, nem mesmo para pessoas que conhece bem.

"Mulheres não deviam ver essas merdas", diz Thrush.

O ar noturno é penetrante e revoa, branco como leite, para cima e para baixo na Commercial Street. A neve cai como um enxame sobre os postes de luz e ilumina a noite até o mundo brilhar e parecer surreal, enquanto as duas caminham pela rua deserta e silenciosa em direção à cabana que Lucy alugou muitos dias atrás, depois que Marino recebeu o estranho telefonema do homem chamado Hog.

Lucy acende a lareira, e ela e Stevie se sentam sobre acolchoados na frente do fogo. Enrolam um baseado com um fumo excelente da Colúmbia Britânica e o dividem. Fumam, conversam e riem, e então Stevie quer mais.

"Só mais um", ela pede enquanto Lucy começa a tirar-lhe a roupa.

"Que diferente", diz Lucy, olhando para o esbelto corpo nu de Stevie, para as marcas vermelhas de mãos sobre ele, talvez tatuagens.

São quatro. Duas sobre os seios como se alguém os estivesse segurando, duas na parte interna das coxas, no alto, como se alguém estivesse forçando para abrir-lhe as pernas. Não há nenhuma nas costas, nenhuma onde Stevie não pudesse fazê-las ela mesma, supondo que sejam falsas. Lucy olha atentamente. Ela toca uma das marcas, coloca a mão sobre uma delas, acariciando o seio de Stevie.

"Só estou verificando se é o tamanho certo", diz Lucy. "Falsas?"

"Por que você não tira a roupa?"

Lucy faz o que quer, mas não vai tirar a roupa. Durante horas, faz o que quer à luz da lareira, sobre os acolchoados, e Stevie deixa. Stevie é mais intensa do que qualquer outra pessoa que Lucy já tocou, lisa com curvas macias, magra de uma maneira que ela não é mais, e quando Stevie tenta lhe tirar a roupa, quase lutando com ela, Lucy não deixa, e então Stevie se cansa e desiste e Lucy a leva para a cama. Depois que ela dorme, Lucy fica deitada ouvindo o choro lúgubre do vento, tentando descobrir exatamente com o que aquele som se parece, e conclui que, afinal, não se parece com meias de seda, mas com alguma coisa angustiada e sofrida.

7

A sala de autópsia é pequena, com um piso de ladrilhos e os objetos de sempre, carrinho de instrumentos cirúrgicos, balança digital, armário de evidências, diversos tipos de bisturis e serras de autópsia, tábuas de dissecação e uma mesa móvel de autópsia engatada na frente de uma pia de dissecação montada na parede. O refrigerador grande o bastante para caber uma pessoa em pé é embutido em uma das paredes e está com a porta parcialmente aberta.

Thrush entrega a Benton um par de luvas azuis de nitrila e pergunta: "Quer botas, máscara ou alguma outra coisa?".

"Não, obrigado", diz Benton, e o doutor Lonsdale surge de dentro da geladeira, empurrando uma maca de aço inoxidável com um corpo ensacado.

"Temos que ser rápidos", diz ele parando perto da pia e travando os rodízios. "Eu já estou bem ferrado com a minha mulher. É aniversário dela."

Ele puxa o zíper do saco plástico, abrindo-o. A vítima tem cabelo preto desgrenhado, úmido e ainda ensanguentado, com pedaços de cérebro e outros tecidos. Não sobrou quase nada de seu rosto. É como se uma pequena bomba tivesse explodido dentro da cabeça dela, que é mais ou menos o que aconteceu.

"Tiro na boca", diz o doutor Lonsdale, e ele é jovem, com uma intensidade que beira a impaciência. "Fraturas maciças do crânio, laceração do cérebro, o que, é claro, geralmente associamos a suicídios, mas nada mais neste caso é coerente com suicídio. Tenho a impressão de que a cabeça dela foi jogada com força para trás quando o gatilho foi puxado, o que explica o porquê de o rosto ter sido praticamente arrancado, até com alguns dentes estourados. Mais uma vez, não é algo incomum em suicídios."

Ele liga uma lupa com luz fluorescente e a posiciona perto da cabeça.

"Não precisei forçar a boca para abrir", comenta. "Já que não sobrou rosto. Um pequeno favor do acaso."

Benton inclina o corpo para a frente e sente o fedor adocicado e pútrido de sangue em decomposição.

"Fuligem no palato, na língua", continua o doutor Lonsdale. "Lacerações superficiais da língua, pele perioral e dobra nasolabial por causa do efeito de inchaço provocado pela expansão dos gases do tiro. Não é uma maneira muito bonita de morrer."

Ele termina de abrir o zíper do saco.

"Guardei o melhor para o fim", diz Thrush. "O que você acha? Isso me fez lembrar do Cavalo Louco."

"O índio?" O doutor Lonsdale olha para ele com uma expressão zombeteira enquanto abre a tampa de um pequeno recipiente de vidro cheio de um líquido claro.

"É. Acho que ele colocava marcas vermelhas de mão no traseiro de seu cavalo."

Há marcas vermelhas de mãos na mulher, em seus seios, abdômen e na parte interna superior das coxas, e Benton posiciona a lupa mais perto.

O doutor Lonsdale esfrega o canto de uma das marcas de mão e diz: "Álcool isopropílico, ou qualquer solvente desse tipo, consegue remover isso. Obviamente, não é solúvel em água e faz pensar naquele tipo de material que as pessoas usam para tatuagens temporárias. Algum tipo de tinta ou corante. Acho que também poderia ser feito com canetão".

"Suponho que você não tenha visto isso em nenhum outro caso por aqui", diz Benton.

"De jeito nenhum."

As marcas de mão ampliadas são bem definidas com margens bem nítidas, como se tivessem sido feitas com estêncil, e Benton procura marcas de um pincel, ou qualquer coisa que possa indicar como a tinta foi aplicada. Ele não saberia dizer, mas, baseado na densidade da cor, desconfia que a arte corporal seja recente.

"Acho que ela deve ter arranjado essas marcas em algum momento antes. Em outras palavras, não está relacionado com a morte", acrescenta o doutor Lonsdale.

"É o que estou achando", concorda Thrush. "Tem muito lance de bruxaria por aqui, com a cidade de Salem e tudo o mais."

"O que eu estou me perguntando é com que rapidez algo assim começa a desaparecer", diz Benton. "Você as mediu para ver se têm o mesmo tamanho da mão dela?" Ele aponta para o corpo.

"Para mim, elas parecem maiores", diz Thrush, estendendo a própria mão.

"E nas costas?", pergunta Benton.

"Uma em cada nádega, uma entre as omoplatas", responde o doutor Lonsdale. "As mãos parecem ser de um homem."

"É", diz Thrush.

O doutor Lonsdale empurra o corpo parcialmente de lado, e Benton estuda as marcas nas costas.

"Parece que ela tem algum tipo de escoriação aqui", diz ele, notando uma área esfolada na marca de mão entre as omoplatas. "Parece inflamado."

"Não sei de todos os detalhes", responde o doutor Lonsdale. "O caso não é meu."

"Parece que foi pintado depois que ela arrumou o esfolado", diz Benton. "Parece que tem vergões também?"

"Talvez um inchaço localizado. A histologia deve esclarecer isso. O caso não é meu", ele volta a lembrar. "Não participei da autópsia", ele faz questão de salientar. "Dei uma olhada nela. Foi só o que fiz até agora, quando a virei de lado. Eu examinei o relatório da autópsia."

Se o trabalho da chefe é negligente ou incompetente, não é ele quem vai levar a culpa.

"Alguma ideia de há quanto tempo ela morreu?", pergunta Benton.

"Bom, o frio diminuiu a velocidade do rigor."

"Estava congelada quando a encontraram?"

"Ainda não. Ao que parece, a temperatura corporal dela quando chegou aqui era três graus Celsius. Eu não estive na cena do crime. Não posso lhe dar esses detalhes."

"A temperatura às dez da manhã hoje era de seis graus negativos", Thrush informa a Benton. "As condições do tempo estão no disco que lhe dei."

"Então o relatório da autópsia já tinha sido feito", diz Benton.

"Está no disco."

"Algum tipo de vestígio?"

"Um pouco de terra, fibras, outros fragmentos colados ao sangue", responde Thrush. "Vou mandar para o laboratório assim que puder."

"Fale sobre o cartucho que vocês recuperaram", diz Benton.

"Dentro do reto. Não dava para ver por fora, mas apareceu no raio X. Um absurdo. Quando eles me mostraram o filme pela primeira vez, eu pensei que talvez o cartucho estivesse embaixo do corpo dela na mesa do raio X. Não tinha a menor ideia de que o troço estava dentro dela."

"De que tipo?"

"Remington Express Magnum, calibre 12."

"Bom, se ela atirou em si mesma, com certeza não foi ela quem enterrou o cartucho no próprio reto", diz Benton. "Você passou para a Rede Integrada Nacional de Informações de Balística?"

"Já estão investigando", diz Thrush. "O pino de percussão deixou uma bela marca. Quem sabe a gente tem sorte."

8

Bem cedo na manhã seguinte, a neve cai para o lado sobre a baía de Cape Cod e derrete ao tocar na água. A neve mal suja a faixa amarelada de praia atrás das janelas de Lucy, mas está bem acumulada nos telhados próximos e na sacada na frente de seu quarto. Ela puxa o edredom até o queixo e olha para fora, para a água e a neve, infeliz por ter que levantar e lidar com a mulher que está dormindo a seu lado, Stevie.

Lucy não deveria ter ido ao Lorraine's na noite passada. Deseja que não tivesse ido e não consegue evitar desejar isso. Está com raiva de si mesma e com pressa para sair do pequeno chalé avarandado e com telhado de madeira fina, a mobília desbotada pelo uso interminável de inquilinos, a cozinha pequena e embolorada com eletrodomésticos obsoletos. Ela observa o começo da manhã brincando com o horizonte, transformando-o em diversos tons de cinza, e a neve está caindo com a mesma intensidade da noite passada. Ela pensa em Johnny. Ele veio para Provincetown uma semana antes de morrer e encontrou alguém. Lucy deveria ter descoberto isso há muito tempo, mas não conseguiu. Não conseguiu encarar a situação. Ela observa a respiração regular de Stevie.

"Está acordada?", Lucy pergunta. "Você precisa levantar."

Ela olha para a neve, para os patos marinhos curvando o pescoço sobre o cinzento ondulado da baía, e se pergunta por que eles não estão congelados. Apesar do que sabe sobre as qualidades isolantes das penas, ainda não consegue acreditar que qualquer criatura de sangue quente possa flutuar confortavelmente na água gelada no meio de uma nevasca. Ela sente frio embaixo do edredom, gelada, uma sensação de repulsa e desconforto por estar de sutiã, calcinha e camisa abotoada.

"Stevie, acorda. Eu tenho que sair", diz em voz alta.

Stevie nem se mexe, as costas delicadamente levantando e descendo com a respiração lenta, e Lucy está angustiada de arrependimento, e irritada e desgostosa porque aparentemente não consegue evitar fazer essa coisa, essa coisa que ela odeia. Durante boa parte do ano, ela disse a si mesma *nunca mais*, e então noites como a noite passada acontecem, e não é inteligente nem lógico, e ela sempre lamenta, sempre, porque é degradante e então ela tem de se desenredar e contar mais mentiras. Ela não tem escolha. Sua vida não é mais uma escolha. Ela está envolvida de maneira muito profunda para escolher qualquer coisa diferente, e algumas escolhas foram feitas para ela. Ela ainda não acredita no que aconteceu. Toca seus seios macios e a barriga reta para se certificar de que é verdade e ainda assim não consegue compreender. Como isso pôde lhe acontecer?

Como é possível que Johnny esteja morto?

Ela nunca investigou o que aconteceu a ele. Ela se afastou e levou seus segredos consigo.

Eu lamento, ela pensa, esperando que, onde quer que esteja, ele possa ler a mente dela como costumava fazer, só que de uma forma diferente. Talvez ele consiga saber os pensamentos dela agora. Talvez ele entenda por que ela se manteve afastada, por que simplesmente aceitou o que ele fez a si próprio. Talvez ele estivesse deprimido. Talvez ele se sentisse acabado. Ela nunca acreditou que seu irmão o matou. Ela não considerou a possibilidade de que alguém o tenha feito. Então Marino recebeu o telefonema, a chamada agourenta de Hog.

"Você tem que levantar", diz ela a Stevie.

Lucy estende a mão para pegar a pistola Colt Mustang .380 na mesa ao lado da cama.

"Vamos, acorda."

Dentro da cela de Basil Jenrette, ele está deitado em sua cama de aço, um cobertor fino puxado sobre o corpo, o tipo de tecido que não libera gases venenosos como cianeto se houver um incêndio. A injeção teria sido desagradável, a cadeira seria pior, mas a câmara de gás, não. Engasgar, não respirar, sufocar. *Deus, não.*

Quando olha para seu colchão quando está arrumando a cama, ele pensa sobre incêndios e sobre não ser capaz de respirar. Ele não é tão ruim. Pelo menos ele nunca fez aquilo com ninguém, aquela coisa que seu professor de piano fazia até que Basil abandonou as aulas, não se importando com a força com que a mãe batia nele de cinto. Ele abandonou as aulas e não ia voltar para mais um episódio de amordaçamento, de engasgar, de quase sufocar. Ele não pensava muito a respeito até que o assunto da câmara de gás veio à tona. Não importava o quanto ele soubesse sobre a maneira como executam as pessoas lá em Gainesville, com a injeção, os guardas o ameaçavam com a câmara de gás, riam e vaiavam quando ele se encolhia sobre a cama e começava a tremer.

Agora ele não precisa mais se preocupar com a câmara de gás ou qualquer outro meio de execução. Ele é um projeto de ciência.

Ele escuta o barulho da gaveta na parte de baixo da porta de aço, escuta quando ela abre, escuta a bandeja do café da manhã entrar.

Ele não consegue ver que há luz lá fora porque não há janela, mas ele sabe que é o amanhecer pelos sons dos guardas fazendo as rondas e pelas gavetas abrindo e fechando enquanto os outros presos ganham ovos, bacon e biscoitos, às vezes ovos fritos, às vezes mexidos. Ele sente o cheiro da comida deitado na cama embaixo de seu cobertor não venenoso em seu colchão não venenoso e pensa em sua correspondência. Ele precisa pegá-la. Ele se sente mais furioso e ansioso do que nunca. Escuta passos, e então o rosto gordo e negro de Uncle Remus aparece atrás da abertura coberta por uma grade de metal que fica no alto da porta.

É assim que Basil o chama. Uncle Remus.* O fato de chamá-lo de Uncle Remus é o motivo de não estar mais recebendo sua correspondência. Ele não a recebe há mais de um mês.

"Eu quero minha correspondência", ele diz para o rosto de Uncle Remus atrás da grade. "Tenho o direito constitucional de receber minha correspondência."

"O que faz você pensar que alguém escreveria para um coitado como você?", pergunta o rosto atrás da grade.

Basil não consegue ver muita coisa, apenas a forma escura do rosto e o brilho dos olhos fitando-o lá dentro. Basil sabe o que fazer com olhos, como arrancá-los para que não brilhem para ele, para que não vejam lugares que não devem ver antes que fiquem escuros e alucinados e ele quase sufoque. Ele não pode fazer muita coisa ali dentro, em sua cela de suicidas, e a raiva e a ansiedade retorcem seu estômago como um pano de pratos.

"Eu sei que tenho correspondência", diz Basil. "Eu quero minha correspondência."

O rosto desaparece e então a gaveta abre. Basil levanta da cama, pega sua bandeja e a gaveta fecha com um clangor alto na parte de baixo da grossa porta cinzenta de aço.

"Tomara que ninguém tenha cuspido na sua comida", diz Uncle Remus através da grade. "Bom apetite!"

O assoalho de tábuas largas está frio sob os pés de Lucy quando ela volta ao quarto. Stevie está dormindo sob

---

(*) Personagem de contos folclóricos afro-americanos que representa a imagem do negro submisso e cordial, semelhante ao nosso Pai João. (N. T.)

as cobertas. Lucy coloca duas xícaras de café na mesinha de cabeceira e desliza a mão sob o colchão, procurando os dois carregadores da pistola. Ela pode ter sido precipitada na noite de ontem, mas não a ponto de deixar sua arma carregada com uma pessoa estranha na casa.

"Stevie?", diz ela. "Vamos. Acorda. Ei!"

Stevie abre os olhos e vê Lucy em pé ao lado da cama inserindo um carregador na pistola.

"Que bela cena", diz Stevie, bocejando.

"Eu tenho que ir." Lucy lhe passa uma das xícaras de café.

Stevie olha para a arma. "Você deve confiar em mim, deixando isso bem aí na mesa a noite inteira."

"Por que eu não confiaria em você?"

"Acho que vocês, advogados, têm que se preocupar com todas essas pessoas cuja vida vocês arruinaram", diz Stevie. "Hoje em dia, quando se trata de pessoas, a gente nunca sabe."

Lucy contou-lhe que é advogada em Boston. Stevie provavelmente pensa várias coisas que não são verdadeiras.

"Como você sabia que eu gosto do café puro?"

"Eu não sabia", diz Lucy. "Não tem leite nem creme. Eu realmente preciso ir."

"Eu acho que você devia ficar. Aposto que faço valer a pena. A gente nem terminou, não é? Fiquei tão alta e chapada que nem cheguei a tirar sua roupa. É a primeira vez que isso acontece comigo."

"Parece que muitas coisas foram a primeira vez para você."

"Você não tirou a roupa", Stevie lembra a ela, bebericando o café. "É a primeira vez mesmo."

"Você não estava sabendo como fazer."

"Eu estava sabendo o bastante para tentar. Nunca é tarde para tentar de novo."

Ela se senta na cama e se acomoda sobre os travesseiros, e o edredom escorrega para baixo de seus seios, e seus mamilos estão rígidos no ar frio. Ela sabe exatamente

53

o que tem e o que fazer com o que tem, e Lucy não acredita que o que aconteceu na noite passada foi uma primeira vez, que nada daquilo foi.

"Putz, que dor de cabeça", diz Stevie, olhando Lucy observá-la. "Pensei que você tinha me dito que tequila boa não dava dor de cabeça."

"Você misturou com vodca."

Stevie ajeita os travesseiros atrás de si e o edredom vai parar em seus quadris. Ela tira o cabelo loiro-escuro dos olhos, e é linda de se olhar sob a luz da manhã, mas Lucy não quer mais nada com ela e está novamente desconcertada com as marcas vermelhas de mãos.

"Lembra que eu perguntei sobre elas ontem à noite?", diz Lucy, olhando para as marcas.

"Você me perguntou um monte de coisas ontem à noite."

"Eu perguntei onde você as fez."

"Por que você não volta para cá?" Stevie dá uma palmadinha na cama, e seus olhos parecem queimar a pele de Lucy.

"Deve ter doído fazer essas marcas. A menos que sejam falsas, e eu acho que são."

"Dá para limpar com removedor de esmalte ou óleo para bebê. Tenho certeza de que você não tem removedor de esmalte nem óleo para bebê."

"Qual é a ideia?"

"Não foi ideia minha."

"Então, de quem foi?"

"Alguém chato. Ela faz em mim e eu tenho que limpar."

Lucy franze a testa, fitando Stevie. "Você deixa alguém pintar isso em você. Bom, é meio pervertido." Ela sente uma ponta de ciúme ao imaginar alguém pintando o corpo nu de Stevie. "Não precisa me contar quem", acrescenta, como se não fosse importante.

"É muito melhor ser quem faz no outro", diz Stevie, e Lucy sente ciúme de novo. "Vem cá", diz Stevie com sua voz suave, batendo na cama novamente.

"Precisamos sair daqui. Tenho coisas a fazer", responde Lucy, pegando uma calça cargo preta, um suéter grosso preto e a pistola, e levando para o pequeno banheiro ao lado do quarto.

Ela fecha a porta e a tranca. Despe-se sem olhar para sua imagem no espelho, desejando que o que aconteceu a seu corpo seja imaginação ou um pesadelo. Ela se toca no chuveiro para ver se alguma coisa mudou e evita o espelho enquanto se enxuga.

"Olha só para você", diz Stevie quando Lucy sai do banheiro, vestida e distraída, seu humor pior do que estava momentos antes. "Você parece uma agente secreta. Você é mesmo uma coisa. Eu quero ser igualzinha a você."

"Você não me conhece."

"Depois da noite passada, conheço o suficiente", diz ela, avaliando Lucy com o olhar. "Quem não iria querer ser igual a você? Você parece não ter medo de nada. Você tem medo de alguma coisa?"

Lucy inclina-se para a frente e arruma o lençol e o edredom ao redor de Stevie, cobrindo-a até o queixo, e o rosto de Stevie muda. Ela endurece, olha fixamente para a cama.

"Desculpe. Eu não quis ofender você", diz Stevie mansamente, enrubescendo.

"Está frio aqui. Eu estava cobrindo você porque..."

"Tudo bem. Já aconteceu antes." Ela olha para cima, os olhos são poços sem fundo cheios de medo e tristeza. "Você acha que eu sou feia, não é? Feia e gorda. Você não gosta de mim. À luz do dia, você não gosta."

"De jeito nenhum você é feia ou gorda", diz Lucy. "E eu gosto de você. É só que... Merda, desculpe. Eu não queria..."

"Eu não estou surpresa. Por que alguém como você iria gostar de alguém como eu?", diz Stevie, puxando o edredom em volta do corpo e saindo da cama, cobrindo-se completamente ao levantar. "Você poderia ter qualquer pessoa. Estou grata. Obrigada. Não vou contar a ninguém."

Lucy está atônita, olhando Stevie recolher suas roupas na sala, vestindo-se, tremendo, a boca se retorcendo de formas estranhas.

"Droga, por favor, não chore, Stevie."

"Pelo menos me chama da coisa certa!"

"O que isso quer dizer?"

Os olhos arregalados, escuros e assustados, Stevie diz: "Quero ir embora agora, por favor. Não vou contar para ninguém. Obrigada, estou muito agradecida".

"Por que você está dizendo isso?"

Stevie veste seu longo casaco preto com capuz. Através da janela, Lucy a vê afastando-se a pé em meio a um redemoinho de neve, o casaco preto longo batendo nas botas pretas de cano alto.

9

Meia hora mais tarde, Lucy fecha o zíper de sua jaqueta de esqui e guarda a arma e dois carregadores extras em um dos bolsos.

Ela tranca o chalé e desce os degraus de madeira cobertos por neve até a rua, enquanto pensa em Stevie e seu comportamento inexplicável, sentindo-se culpada. Pensa em Johnny e se sente ainda mais culpada, lembrando-se de San Francisco, quando ele a levou para jantar e a tranquilizou dizendo que tudo daria certo.

Você vai ficar bem, prometera ele.

Não consigo viver desse jeito, dissera ela.

Era noite das mulheres no Mecca, na Market Street, e o restaurante estava lotado de mulheres, mulheres atraentes que pareciam felizes, confiantes e satisfeitas consigo mesmas. Lucy havia se sentido observada, e isso a incomodara de um jeito que nunca acontecera antes.

Quero fazer alguma coisa a respeito disso agora, ela dissera. *Olha para mim.*

Lucy, você está ótima.

Eu não fico gorda assim desde os dez anos.

Você para de tomar o remédio e...

Ele me deixa enjoada e exausta...

Não vou deixar você fazer nada precipitado. Você tem que confiar em mim.

Ele sustentara o olhar de Lucy sob a luz da vela, e o rosto dele sempre estará na mente dela, olhando para ela da maneira que fez naquela noite. Ele era bonito, com traços finos e olhos incomuns, da cor dos olhos de um tigre, e ela não conseguia esconder nada dele. Ele sabia tudo que havia para saber de todas as maneiras imagináveis.

Solidão e culpa a seguem enquanto ela caminha pela calçada cheia de neve indo a oeste da baía de Cape Cod. Ela fugiu. Ela se lembra de quando ficou sabendo sobre a morte dele. Ficou sabendo do jeito que ninguém deveria saber, pelo rádio.

Um famoso médico foi encontrado morto em um apartamento de Hollywood, e fontes próximas à investigação indicaram a possibilidade de suicídio...

Ela não tinha ninguém a quem perguntar. Ela não devia conhecer Johnny e nunca fora apresentada ao irmão dele, Laurel, nem a algum dos amigos de ambos, então para quem poderia perguntar?

Seu telefone celular vibra; ela ativa o fone preso à orelha e responde.

"Onde você está?", pergunta Benton.

"Atravessando uma nevasca em Ptown. Bom, não é exatamente uma nevasca. Está começando a diminuir." Ela está confusa, com um pouco de ressaca.

"Apareceu alguma coisa interessante?"

Ela pensa na noite passada e se sente desnorteada e com vergonha.

O que consegue dizer é: "Apenas que ele não estava sozinho na última vez em que esteve aqui, na semana antes de morrer. Ao que parece, ele veio para cá logo depois da cirurgia, e depois foi para a Flórida".

"Laurel estava com ele?"

"Não."

"Como ele conseguiu fazer aquilo sozinho?"

"Como eu disse, parece que ele não estava sozinho."

"Quem lhe disse isso?"

"Um barman. Parece que Johnny encontrou alguém."

"Sabemos quem?"

"Uma mulher. Alguém muito mais jovem."

"Um nome?"

"Jan não-sei-do-quê. Johnny estava aborrecido com a

cirurgia, que não foi bem-sucedida, como você sabe. As pessoas fazem muitas coisas quando estão assustadas e não se sentem bem a respeito de si mesmas."

"Como você está se sentindo?"

"Bem", ela mente.

Ela foi covarde. Foi egoísta.

"Você não parece bem", Benton diz. "O que aconteceu a Johnny não é culpa sua."

"Eu fugi. Não fiz porra nenhuma."

"Por que não fica um tempo com a gente? Kay vai passar uma semana aqui. Nós adoraríamos ver você. Podemos arrumar um tempo para conversar a sós", diz Benton, o psicólogo.

"Eu não quero vê-la. Dê um jeito de fazê-la entender isso."

"Lucy, você não pode continuar fazendo isso com ela."

"Não estou tentando magoar ninguém", diz ela, pensando novamente em Stevie.

"Então, conte-lhe a verdade. É tão simples."

"Você me ligou", ela muda de assunto abruptamente.

"Preciso que faça algo para mim assim que possível", ele diz. "Estou em uma linha segura."

"A menos que haja alguém por aqui com um sistema de interceptação, eu também. Pode falar."

Ele lhe conta sobre um assassinato que supostamente ocorreu em uma loja de artigos de Natal, na área de Las Olas, cerca de dois anos e meio antes. Ele lhe conta tudo que Basil Jenrette relatou. Diz que Scarpetta não se lembra de nenhum caso semelhante, mas ela não estava trabalhando no sul da Flórida na época.

"A informação veio de um sociopata", ele lembra a ela, "então não estou apostando muito nela."

"A suposta vítima na loja de artigos de Natal teve os olhos arrancados?"

"Isso ele não me contou. Eu não quis fazer muitas perguntas até verificar a história. Você pode passar isso no HIT, ver o que consegue descobrir?"

"Vou começar a fazer isso no avião", responde ela.

10

O relógio na parede acima da estante de livros marca meio-dia e meia, e o advogado de um garoto que provavelmente assassinou um bebê, seu irmão, está analisando sem pressa uma papelada do outro lado da mesa de Kay Scarpetta.

Dave é jovem, moreno, com ótima constituição física, um desses homens cujos traços irregulares acabam se combinando de maneira atraente. É conhecido por ser brilhante na área de imperícia, e sempre que ele aparece na Academia as secretárias e alunas de repente encontram motivos para passar pela sala de Scarpetta, com exceção de Rose, é claro. Ela é secretária de Scarpetta há quinze anos, já passou em muito da idade de se aposentar e não é especialmente vulnerável aos encantos masculinos, a não ser os de Marino. Ele é provavelmente o único homem a cujo flerte ela reage de bom grado, e Scarpetta pega o telefone para perguntar-lhe onde ele está. Ele deveria estar ali para essa reunião.

"Eu tentei falar com ele na noite passada", diz Scarpetta a Rose pelo telefone. "Várias vezes."

"Vou ver se consigo localizá-lo", diz Rose. "Ele tem agido de maneira estranha ultimamente."

"Não só ultimamente."

Dave estuda um relatório de autópsia, a cabeça jogada para trás enquanto lê com os óculos de armação de plástico na ponta do nariz.

"Piorou nas últimas semanas. Tenho a estranha impressão de que tem a ver com uma mulher."

"Veja se consegue encontrá-lo."

Ela desliga e observa o outro lado da mesa para ver se Dave está pronto para continuar com suas perguntas prejudiciais sobre uma outra morte difícil, em relação à qual ele está convencido de que pode ser resolvida por uma boa quantia. Ao contrário da maioria dos departamentos de polícia que solicitam a assistência dos especialistas médicos e científicos da Academia, os advogados geralmente pagam, e a maioria dos que podem pagar está representando pessoas que são muito culpadas.

"O Marino não vem?", pergunta ele.

"Estamos tentando encontrá-lo."

"Eu tenho um depoimento em menos de uma hora." Ele vira uma página do relatório. "Tenho a impressão de que, no final, as descobertas apontarão um impacto e nada mais."

"Não vou dizer isso no tribunal", ela retruca, olhando para o relatório, para os detalhes de uma autópsia que ela não realizou. "O que eu posso dizer é que, embora um hematoma subdural possa ser causado por um impacto — nesse caso, a suposta queda do sofá sobre o chão de ladrilhos —, é muito improvável; é mais provável que tenha sido causado por uma sacudida violenta que causa forças com poder de corte na cavidade cranial, sangramento subdural e dano à medula espinhal."

"Quanto às hemorragias retinais, não estamos de acordo que também podem ser causadas por trauma, como a possibilidade de sua cabeça ter batido no piso de ladrilhos, resultando em uma subdural?"

"De jeito nenhum em uma queda baixa como essa. Mais uma vez, é mais provável que elas tenham sido causadas pelo movimento violento da cabeça para a frente e para trás. Exatamente como explicita o relatório."

"Acho que você não está ajudando muito, Kay."

"Se você não quer uma opinião imparcial, tem que procurar outro especialista."

"Não existe outro especialista. Você é insuperável." Ele sorri. "E quanto à deficiência de vitamina K?"

"Se você tiver sangue ante-mortem que revele deficiência de vitamina K induzida por proteína", responde ela. "Se estiver procurando duendes."

"O problema é que não temos sangue ante-mortem. Ele não sobreviveu tempo suficiente para chegar ao hospital."

"Isso é um problema."

"Bom, não se pode provar que seja síndrome do bebê sacudido. É definitivamente incerto e improvável. Pelo menos isso você pode dizer."

"O que está claro é que você não deixa o filhinho de catorze anos da mamãe servindo de babá para o irmão recém-nascido quando esse filhinho já esteve duas vezes diante do juiz de menores por atacar outras crianças e é bastante conhecido por seu temperamento explosivo."

"E você não vai dizer isso."

"Não."

"Olha, tudo o que eu peço é que você aponte para o fato de que não existem evidências de que esse bebê foi sacudido."

"Eu também vou apontar para o fato de que não há evidência definitiva de que ele não tenha sido, e que eu não consigo encontrar nenhum erro no relatório da autópsia em questão."

"A Academia é ótima", diz Dave, levantando-se. "Mas vocês estão jogando duro comigo. O Marino nos deu o cano. E agora é você quem está me deixando na mão."

"Lamento sobre Marino", diz ela.

"Talvez você tenha que controlá-lo melhor."

"Isso não é exatamente possível."

Dave enfia a camisa listrada dentro da calça, endireita a gravata de seda, veste o paletó de seda feito sob medida. Arruma a papelada dentro da pasta de couro de crocodilo.

"Está circulando um rumor de que vocês estão investigando o caso de Johnny Swift", diz ele, apertando com um estalo os fechos prateados da pasta.

Scarpetta fica surpresa por um instante. Não consegue imaginar de que maneira Dave poderia saber disso.

O que ela diz é: "Tenho o hábito de prestar pouca atenção em rumores, Dave".

"O irmão dele é dono de um dos meus restaurantes favoritos em South Beach. Por ironia, chama-se Rumors", diz ele. "Você sabe, Laurel teve alguns problemas."

"Eu não sei nada sobre ele."

"Alguém que trabalha lá está espalhando a história de que Laurel matou Johnny por dinheiro, por qualquer coisa que Johnny possa ter deixado para ele em seu testamento. Dizem que Laurel tem vícios que não consegue bancar."

"Isso cheira a boato. Ou talvez alguém tenha algum ressentimento."

Dave se dirige à porta.

"Eu não tenho falado com ele. Sempre que tento, ele não está. Pessoalmente, acho que Laurel é um bom sujeito. Só acho que há alguma coincidência no fato de essas histórias começarem a aparecer e em seguida o caso de Johnny ser reaberto."

"Eu nem sabia que ele tinha sido fechado", diz Scarpetta.

Os flocos de neve estão congelados e finos, as calçadas e ruas cobertas de branco. Há pouca gente na rua.

Lucy caminha rapidamente, bebericando em um copo de café com leite quente. Vai na direção da Anchor Inn, onde ela se registrou há vários dias com um nome fictício para poder esconder o Hummer alugado. Ela não o estacionou nenhuma vez no chalé, para que estranhos não saibam que veículo ela está dirigindo.

Ela muda de direção indo para uma via estreita que dá a volta pelo pequeno estacionamento onde se encontra o Hummer, coberto de neve. Ela destrava as portas, dá a partida e liga o aquecedor, e as janelas cobertas de branco lhe dão a sensação sombria de estar dentro de um iglu.

Ela está telefonando para um de seus pilotos quando de repente uma mão enluvada começa a limpar a neve de sua janela lateral, e um rosto em um capuz preto enche o vidro. Lucy interrompe a chamada e joga o telefone sobre o banco.

Ela encara Stevie por um bom tempo, então abaixa o vidro enquanto sua mente percorre velozmente uma série de possibilidades. Não é boa coisa o fato de ela ter sido seguida até ali. É péssimo o fato de ela não ter percebido que estava sendo seguida.

"O que você está fazendo?", pergunta Lucy.

"Eu só queria lhe dizer uma coisa."

O rosto de Stevie tem uma expressão que é difícil de interpretar. Talvez ela esteja prestes a chorar, muito aborrecida e magoada, ou talvez o vento cortante e frio que vem da baía é que faça seus olhos ficarem tão brilhantes.

"Você é a pessoa mais incrível que já conheci", diz Stevie. "Acho que você é minha heroína. Minha nova heroína."

Lucy não tem certeza se Stevie está ou não zombando dela. Talvez não esteja.

"Stevie, tenho que ir para o aeroporto."

"Eles ainda não começaram a cancelar os voos. Mas o tempo vai ficar terrível pelo resto da semana."

"Obrigada pela previsão do tempo", diz Lucy, e o olhar de Stevie é ardente e enervante. "Olha, me desculpe. Eu nunca tive a intenção de magoar você."

"Você não me magoou", diz Stevie, como se fosse a primeira vez que ouve isso. "De jeito nenhum. Eu não achei que ia gostar tanto de você. Eu quis encontrar você para dizer isso. Guarde isso em alguma parte dessa sua cabeça inteligente, talvez para lembrar em um dia chuvoso. Eu simplesmente nunca pensei que fosse gostar tanto de você."

"Você não para de dizer isso."

"É intrigante. Você apareceu tão segura de si, arrogante, na verdade. Durona e distante. Mas eu percebi que isso não é quem você é por dentro. É engraçado como as coisas acontecem de maneira tão diferente do que a gente espera."

A neve começa a soprar no interior do Hummer.

"Como você me encontrou?", pergunta Lucy.

"Eu voltei para o chalé, mas você não estava mais lá. Segui suas pegadas na neve. Elas me trouxeram até aqui. Que número você calça? Trinta e nove? Não foi difícil."

"Bom, desculpe por..."

"Por favor", diz Stevie de maneira vigorosa, intensa. "Eu sei que não sou apenas mais uma das suas conquistas, como se diz."

"Eu não sou assim", diz Lucy, mas ela é.

Ela sabe disso, mesmo que nunca descrevesse as coisas dessa maneira. Ela se sente mal por Stevie. Sente-se mal por sua tia, por Johnny, por todos com quem falhou.

"Alguém poderia dizer que você é uma das minhas conquistas", diz Stevie, alegre, sedutora, e Lucy não quer ter aquela sensação de novo.

Stevie está confiante outra vez, cheia de mistério, surpreendentemente atraente.

Lucy engata a ré do Hummer enquanto a neve entra pela janela e ela sente no rosto o frio do vento que vem da baía como se fosse uma ferroada.

Stevie remexe o bolso do casaco, tira um pedaço de papel, entrega-lhe através da janela aberta: "O número do meu telefone".

O código de área é 617, a região de Boston. Ela nunca disse a Lucy onde morava. Lucy nunca perguntou.

"Isso é tudo o que eu queria lhe dizer", prossegue Stevie. "E feliz Dia dos Namorados."

Elas se entreolham através da janela aberta, o som do motor ligado, a neve caindo e grudando no casaco preto de Stevie. Ela é linda, e Lucy sente a mesma coisa que sentiu no Lorraine's. Pensou que tinha passado. Está sentindo de novo.

"Eu não sou como o resto", diz Stevie, olhando Lucy nos olhos.

"Não é."

"O número do meu celular", diz Stevie. "Na verdade eu moro na Flórida. Depois que saí de Harvard, nunca me preocupei em mudar o número do meu celular. Não importa. Tenho minutos de graça."

"Você estudou em Harvard?"

"Eu geralmente não conto isso para os outros. Pode ser meio intimidador."

"Em que lugar da Flórida?"

"Gainesville", responde. "Feliz Dia dos Namorados", diz ela novamente. "Espero que este venha a ser o dia mais especial que você já teve."

11

O quadro branco da sala de aula 1A está preenchido com uma fotografia colorida do torso de um homem. A camisa está desabotoada, uma faca grande enfiada em seu peito cabeludo.

"Suicídio", arrisca um dos alunos em sua carteira.

"Eis um outro fato. Embora não se possa dizer com base nessa foto", diz Scarpetta para os dezesseis alunos que estão naquela aula da Academia, "ele tem múltiplos ferimentos provocados por arma pontiaguda."

"Homicídio." O aluno rapidamente muda sua resposta, e todos riem.

Scarpetta passa para o próximo slide, este apresentando os múltiplos ferimentos agrupados perto do ferimento fatal.

"Parecem rasos", diz outro aluno.

"E quanto ao ângulo? Eles deveriam estar desse jeito se tivessem sido feitos por ele mesmo?"

"Não necessariamente, mas respondam à seguinte pergunta", diz Scarpetta na frente da classe. "O que essa camisa desabotoada poderia lhes dizer?"

Silêncio.

"Se fosse se esfaquear, você faria isso através das roupas?", pergunta ela. "E, a propósito, você está certo." Ela diz isso para o aluno que fez o comentário sobre os ferimentos rasos. "A maioria deles" — ela os aponta no quadro — "mal rasgou a pele. São o que chamamos de *marcas de hesitação.*"

Os alunos fazem anotações. Eles formam um grupo brilhante e ansioso para aprender, idades diferentes, históricos profissionais diferentes, de diferentes regiões do país, dois deles da Inglaterra. Vários são detetives que querem um treinamento forense intensivo em investigação de cena do crime. Outros são investigadores de homicídios com o mesmo objetivo. Alguns são pós-graduandos que estão escrevendo dissertações de mestrado em psicologia, biologia nuclear e microscopia. Um deles é um assistente da promotoria que deseja mais condenações no tribunal.

Ela mostra outro slide sobre o quadro, uma foto especialmente repulsiva de um homem com os intestinos saindo por uma incisão larga em seu abdômen. Vários estudantes gemem. Um deles diz "ai".

"Quem conhece *seppuku*?", pergunta Scarpetta.

"Haraquiri", diz uma voz que vem da porta.

O doutor Joe Amos, bolsista de pesquisa em patologia forense daquele ano, entra como se a aula fosse sua. Ele é alto e magro, o cabelo preto completamente desgrenhado, um queixo comprido e pontudo, os olhos brilhantes. Ele lembra a Scarpetta um pássaro negro, um corvo.

"Eu não queria interromper", diz ele, mas interrompe mesmo assim. "Esse sujeito" — ele faz um gesto na direção da imagem repulsiva no quadro — "pegou uma enorme faca de caça, enterrou-a em um dos lados de seu abdômen e cortou até o outro. Isso é que é motivação."

"O caso era seu, doutor Amos?", pergunta uma aluna bonita.

O doutor Amos aproxima-se dela, com uma expressão no rosto muito séria e importante. "Não. No entanto, vocês precisam lembrar disto: a forma de diferenciar um suicídio de um homicídio é que, se for suicídio, a pessoa vai fazer um corte pelo abdômen e em seguida subir com a lâmina, criando o clássico formato em L que vocês veem no haraquiri. Que não é o que vocês veem nesse caso."

Ele direciona a atenção dos alunos para o quadro.

Scarpetta mantém a calma.

"Seria meio difícil fazer isso em um homicídio", ele acrescenta.

"Não tem formato de L."

"Exatamente", diz ele. "Quem quer votar em homicídio?"

Alguns alunos levantam a mão.

"É o meu voto também", diz ele, confiante.

"Doutor Amos? Quanto tempo ele teria levado para morrer?"

"É possível sobreviver por alguns minutos. Você perde sangue com muita rapidez. Doutora Scarpetta, será que eu poderia falar com a senhora por um minuto? Lamento interromper", diz ele aos alunos.

Ela e Joe vão até o corredor.

"O que foi?"

"A cena infernal que temos agendada para mais tarde hoje", diz ele. "Eu gostaria de apimentá-la um pouco."

"Isso não poderia esperar até que a aula acabasse?"

"Bem, eu pensei que você pudesse fazer com que um dos alunos fosse voluntário. Eles farão qualquer coisa que você pedir."

Ela ignora o elogio.

"Pergunte se um deles poderá ajudar com a cena infernal desta tarde, mas não pode contar detalhes na frente de todo mundo."

"E quais são os detalhes exatamente?"

"Eu estava pensando em Jenny. Talvez você pudesse deixá-la faltar à sua aula das três horas para ela me ajudar." Ele se referia à aluna bonita que perguntou se o caso de evisceração era dele.

Scarpetta já os viu juntos em mais de uma ocasião. Joe é noivo, mas isso não parece impedi-lo de ser bastante amistoso com as alunas atraentes, não importa o quanto a Academia desencoraje esse tipo de atitude. Até agora ele não foi pego cometendo nenhuma infração imperdoável, e, de certa, forma, ela gostaria que isso acontecesse. Ela adoraria se livrar dele.

"Ela faria o papel do criminoso", ele explica em voz baixa, entusiasmado. "Ela parece tão inocente, tão doce. Então pegamos dois alunos por vez, fazemos com que trabalhem em um homicídio, a vítima atingida por múltiplos disparos enquanto estava no banheiro. Isso se passa em um dos quartos de motel, é claro, e Jenny aparece acabada, histérica. A filha do sujeito morto. Vamos ver se os alunos baixam a guarda."

Scarpetta fica em silêncio.

"É claro que vai haver alguns policiais na cena. Vamos dizer que eles estão olhando em toda parte, supondo que o criminoso fugiu. A ideia é ver se alguém é esperto o suficiente para se certificar de que essa belezura não é a pessoa que acabou de detonar o cara, seu pai, enquanto ele estava soltando um barro. E, adivinha? É ela. Eles baixam a guarda, ela tira uma arma e começa a atirar, é morta. E *voilà*. Um suicídio clássico pela polícia."

"Você mesmo pode pedir a Jenny depois da aula", diz Scarpetta enquanto se pergunta por que esse cenário lhe parece familiar.

Joe é obcecado por cenas infernais, uma inovação de Marino, cenas de crime extremamente realistas que supostamente deveriam reproduzir os riscos e aspectos desagradáveis da verdadeira morte. Ela às vezes pensa que Joe deveria desistir da patologia forense e vender a alma para Hollywood. Se ele tivesse uma alma. O cenário que ele acabou de propor a faz se lembrar de alguma coisa.

"Muito bom, hein?", diz ele. "Poderia acontecer na vida real."

Então ela se lembra. Aconteceu na vida real.

"Tivemos um caso na Virgínia que foi assim", ela recorda. "Quando eu era chefe."

"É mesmo?", diz ele, surpreso. "Acho que não existe nada de novo sob o sol."

"E, a propósito, Joe", diz ela, "na maioria dos casos de *seppuku*, de haraquiri, a causa da morte é parada cardíaca em razão do colapso cardíaco repentino provocado pela súbita queda da pressão intra-abdominal resultante da evisceração. E não o dessangramento."

"O caso é seu? Aquele lá dentro?" Ele aponta para a sala de aula.

"Do Marino e meu. De anos atrás. E mais uma coisa", acrescenta ela. "É um suicídio, e não um homicídio."

12

O Citation X voa na direção sul a pouco menos de Mach 1 enquanto Lucy transfere arquivos em uma rede virtual particular tão protegida por firewalls que nem mesmo o Departamento de Segurança Interna consegue invadir.

Pelo menos ela considera que sua infraestrutura de informação seja segura. Ela acredita que nenhum hacker, incluindo o governo, pode monitorar as transmissões de dados confidenciais gerados pelo sistema de administração de bancos de dados chamado HIT, que é o acrônimo de Heterogenous Image Transaction — Transação de Imagens Heterogêneas. Ela desenvolveu e programou sozinha o HIT. O governo não sabe da existência do sistema, ela tem certeza disso. Poucas pessoas sabem, ela está convicta. O HIT é patenteado, e ela poderia vender o software facilmente, mas não precisa de dinheiro, fez fortuna anos atrás com o desenvolvimento de outros programas, na maioria baseados nos mesmos mecanismos de busca que ela está pilotando através do ciberespaço neste momento, procurando mortes violentas que possam ter ocorrido em quaisquer estabelecimentos comerciais no sul da Flórida.

Além dos homicídios de sempre em lojas de conveniência e de bebidas, casas de massagens e clubes de topless, ela não encontrou nenhum caso de crime violento, resolvido ou não, que possa comprovar o que Basil Jenrette contou a Benton. No entanto, existiu um estabelecimento chamado Christmas Shop. Localizava-se na interseção da A1A com o lado leste do Las Olas Boulevard, perto de uma série de butiques cafonas para turistas, cafés e sorveterias na praia. Dois anos atrás, a Christmas Shop foi vendida para uma rede chamada Beach Bums, especializada na venda de camisetas, roupas de banho e suvenires.

É difícil para Joe acreditar em quantos casos Scarpetta já trabalhou durante uma carreira relativamente curta. Patologistas forenses raramente conseguem seu primeiro emprego antes dos trinta, supondo que seu árduo percurso de formação seja contínuo. Além dos seis anos de pós-graduação na área médica, ela cursou mais três anos da faculdade de direito. Aos trinta e cinco anos, era chefe do mais notável sistema de medicina legal dos Estados Unidos. Ao contrário da maioria dos chefes, não era apenas uma administradora. Fazia autópsias, milhares de autópsias.

A maioria delas está num banco de dados que, supostamente, é acessível apenas para ela, e Scarpetta até conseguiu subvenções federais para conduzir diversas pesquisas sobre violência: violência sexual, violência associada a drogas, violência doméstica — todos os tipos de violência. Em um bom número de seus antigos casos, Marino, um detetive de homicídios na época em que ela era chefe, foi o investigador principal, de modo que ela tem os relatórios dele no banco de dados também. É como uma loja de brinquedos. É uma fonte de onde jorra o melhor champanhe. É orgástico.

Joe lê na tela o caso C328-93, o suicídio policial que é o modelo para a cena infernal dessa tarde. Ele clica nas fotografias da cena novamente, pensando em Jenny. No caso real, a filha atiradora está com o rosto para baixo em uma poça de sangue no assoalho da sala. Levou três tiros, um no abdômen, dois no peito, e ele pensa na maneira como ela estava vestida quando matou o pai enquanto ele estava no banheiro e em seguida fez uma cena na frente da polícia antes de sacar a arma novamente. Ela morreu descalça, com um jeans cortado e camiseta. Não usava calcinha nem sutiã. Ele clica nas fotografias da autópsia, menos interessado em como ela ficou com uma incisão em Y no corpo do que em qual seria sua aparência nua sobre a mesa fria de aço. Tinha apenas quinze anos quando a polícia a matou a tiros, e ele pensa em Jenny.

Ele levanta os olhos, sorri para ela atrás de sua mesa. Ela está sentada pacientemente, aguardando instruções. Ele abre uma gaveta e tira de lá uma Glock 9 milímetros, puxa o ferrolho para se certificar de que a câmara está vazia, tira o carregador e empurra a arma para ela sobre o tampo da mesa.

"Você já usou uma arma?", ele pergunta à sua mais nova queridinha do professor.

Ela tem um lindo nariz arrebitado e olhos grandes da cor de chocolate com leite, e ele a imagina nua e morta como a garota na fotografia da cena que está em sua tela.

"Eu cresci no meio de armas", diz ela. "O que é que o senhor está olhando, se não se importa que eu pergunte?"

"E-mails", diz ele, e mentir nunca foi algo que o incomodasse.

Ele prefere não dizer a verdade, gosta mais de fazer isso do que o contrário. A verdade nem sempre é a verdade. O que é verdadeiro? Verdadeiro é aquilo que ele decide ser verdadeiro. É tudo uma questão de interpretação. Jenny estica o pescoço para ter uma visão melhor do que está na tela dele.

"Que demais! As pessoas lhe enviam e-mails com casos completos."

"Às vezes", diz ele, clicando em uma fotografia diferente, e a impressora colorida atrás da mesa começa a funcionar. "O que estamos fazendo é confidencial", acrescenta. "Posso confiar em você?"

"É claro, doutor Amos. Eu entendo completamente o significado de confidencial Se não entendesse, estaria estudando para a profissão errada."

Uma fotografia colorida de uma garota morta em uma poça de sangue no assoalho da sala desliza sobre a bandeja da impressora. Joe se vira para pegá-la, examina-a, passa a foto para ela.

"Hoje à tarde você vai ser essa aí", diz ele.

"Espero que não literalmente", provoca ela.

"E esta é a sua arma." Ele olha para a Glock sobre a mesa na frente dela. "Onde você sugere escondê-la?"

Ela olha para a fotografia, nem um pouco intimidada pela imagem, e pergunta: "Onde ela a escondeu?".

"Não dá para ver na foto", responde ele. "Uma bolsinha, que, a propósito, deveria ter sido notada por alguém. Ela supostamente encontra o pai morto, liga para a emergência, abre a porta quando os policiais chegam lá e está com uma bolsinha pendurada no corpo. Ela está histérica, não saiu da casa em momento nenhum, então por que está com a bolsinha?"

"É isso que o senhor quer que eu faça?"

"A pistola vai dentro da sua bolsa. Em algum momento, você vai pegar um lenço porque está aos prantos, tira a arma e começa a atirar."

"Mais alguma coisa?"

"Então você vai ser morta. Tente parecer bonitinha."

Ela sorri. "Mais alguma coisa?"

"A maneira como ela está vestida." Ele olha para ela, tenta mostrar o que quer com o olhar.

Ela sabe.

"Eu não tenho exatamente as mesmas peças", ela responde, jogando um pouco com ele, se fazendo de ingênua.

Ela pode ser qualquer coisa, menos ingênua; provavelmente trepa desde o jardim de infância.

"Bem, Jenny, veja se dá para aproximar. Short, camiseta, nada de sapatos nem meias."

"Ela não está usando roupa de baixo, parece."

"E isso também."

"Ela parece uma vadia."

"O.k. Então pareça uma vadia", diz ele.

Jenny acha isso muito engraçado.

"Quero dizer, você é uma vadia, não é?", ele pergunta,

75

os pequenos olhos escuros fitando-a. "Se não for, vou pedir a outra pessoa. Essa cena infernal requer uma vadia."

"O senhor não precisa de outra pessoa."

"Ah, é?"

"É."

Ela se vira, olhando para a porta fechada como se estivesse preocupada que alguém pudesse entrar. Ele não diz nada.

"Podemos nos encrencar", diz ela.

"Não vamos nos encrencar."

"Eu não quero ser expulsa", diz ela.

"Você quer ser uma investigadora de homicídios quando crescer."

Ela confirma com um movimento da cabeça, mexendo calmamente no primeiro botão de sua camisa polo da Academia. Ela fica bem nessa camisa. Ele gosta da maneira como ela a preenche.

"Eu já sou crescida", diz ela.

"Você é do Texas", diz ele, olhando a maneira como ela preenche a camisa polo, a maneira como preenche a calça cargo cáqui que lhe cai bem. "E como as coisas crescem no Texas, não é mesmo?"

"Ora, está falando sacanagem para mim, doutor Amos?", diz ela com a fala arrastada.

Ele a imagina morta. Imagina-a em uma poça de sangue, morta a tiros no chão. Ele a imagina nua sobre a mesa de aço. Uma das lorotas da vida é que cadáveres não podem ser sensuais. A nudez é igualmente atraente se a pessoa é bonita e não morreu há muito tempo. Dizer que um homem nunca pensou em uma mulher bonita que estivesse morta é uma piada. Os policiais prendem fotos em seus painéis, fotos de vítimas do sexo feminino que são excepcionalmente bonitas. Legistas do sexo masculino fazem palestras para os policiais e lhes mostram determinadas fotografias, escolhem deliberadamente suas favoritas. Joe já viu isso. Ele sabe o que os caras fazem.

"Se você fizer um bom trabalho sendo morta na cena

infernal", diz ele a Jenny, "eu farei o jantar para você. Eu sou um grande conhecedor de vinhos."

"E também é noivo."

"Ela está em um congresso em Chicago. Talvez a neve a prenda lá."

Jenny se levanta. Olha para o relógio e em seguida para ele.

"Quem era a queridinha do professor antes de mim?", pergunta.

"Você é especial", diz ele.

13

A uma hora do hangar da Signature Aviation em Fort Lauderdale, Lucy se levanta para tomar outro café e ir ao banheiro. O céu atrás da pequena janela oval do jato está coberto de nuvens de tempestade.

Ela volta e se acomoda na poltrona de couro e executa mais buscas nos registros de impostos do condado de Broward e nos registros imobiliários, em novas histórias e em qualquer outra coisa em que consiga pensar para ver se descobre algo sobre a antiga loja de artigos de Natal. Da metade dos anos 70 até o começo dos 90, o local era um restaurante chamado Rum Runner's. Depois, por dois anos foi uma sorveteria chamada Coco Nuts. Depois, em 2000, o prédio foi alugado para uma senhora Florrie Anna Quincy, viúva de um rico paisagista de West Palm Beach.

Os dedos de Lucy descansam de leve sobre o teclado enquanto ela passa os olhos em um artigo publicado no *The Miami Herald* não muito tempo depois de a Christmas Shop ter sido aberta. Ele informa que a senhora Quincy cresceu em Chicago, onde seu pai era um corretor de commodities, e que em todo Natal ele era voluntário para ser o Papai Noel na loja de departamentos Macy's.

"O Natal era a época mais mágica de nossas vidas", disse a senhora Quincy. "A paixão de meu pai eram os investimentos em madeira, e talvez porque ele tenha crescido na região madeireira de Alberta, no Canadá, nós tínhamos árvores de Natal em casa o ano inteiro, grandes abetos enfeitados com luzes brancas e pequenas figuras entalhadas. Acho que é por isso que gosto de ter Natal durante o ano todo."

Sua loja é uma surpreendente coleção de enfeites, caixas de música, Papais Noéis de todos os tipos, paisagens invernais e pequenos trens elétricos correndo em pequenos trilhos. É preciso ter cuidado ao mover-se pelos corredores de seu mundo frágil e fantástico, e é fácil esquecer que existe o sol brilhando, palmeiras e oceano bem do lado de fora de sua porta. Desde que inaugurou a Christmas Shop, no mês passado, a senhora Quincy diz que tem havido muito movimento, mas vêm muito mais fregueses só para olhar do que para comprar...

Lucy beberica o café e olha para o bagel com queijo cremoso sobre a bandeja de madeira. Ela está com fome, mas com medo de comer. Pensa em comida constantemente, obcecada por seu peso, sabendo que dieta não vai ajudar. Ela pode se matar de fome o quanto quiser que isso não vai mudar sua aparência nem a maneira como se sente. Seu corpo era sua máquina mais bem regulada, e ele a traiu.

Ela faz outra busca e tenta falar com Marino pelo telefone embutido no descanso de braço de seu banco enquanto examina mais resultados. Ele atende, mas a ligação está ruim.

"Estou no ar", diz ela, lendo o que está na tela.

"Quando é que você vai aprender a voar nessa coisa?"

"Provavelmente nunca. Não tenho tempo para fazer todos os testes. Hoje em dia eu mal tenho tempo para os helicópteros."

Ela não quer ter tempo. Quanto mais ela voa, mais gosta, e não quer mais gostar. É preciso justificar a medicação para a Administração Federal de Aviação, a menos que

79

seja um remédio inofensivo vendido sem receita médica, e na próxima vez em que fizer exames para renovar seu certificado médico ela terá de listar o Dostinex. Perguntas serão feitas. Os burocratas do governo vão acabar com sua privacidade e provavelmente encontrarão alguma desculpa para cassar-lhe a licença. A única maneira de contornar isso é nunca mais tomar o remédio, e ela tentou ficar sem ele por um tempo. Ou ela pode desistir de voar completamente.

"Eu fico com as Harleys", diz Marino.

"Acabei de receber uma dica. Não é sobre aquele caso. Talvez seja algo diferente."

"De quem?", pergunta ele, desconfiado.

"Benton. Ao que parece, um paciente passou adiante uma história sobre um caso de assassinato não resolvido em Las Olas."

Ela é cuidadosa ao formular essa informação. Marino não sabe sobre o projeto Predador. Benton não o quer envolvido, temendo que Marino não entenda ou não ajude. A filosofia de Marino sobre criminosos violentos é a de jogar duro com eles, de trancá-los, de matá-los da maneira mais cruel possível. Ele provavelmente é a última pessoa no planeta a se importar se um psicopata assassino é de fato um doente mental em vez de mau, ou se um pedófilo não consegue evitar suas inclinações mais do que um indivíduo psicótico pode evitar seus delírios. Marino acha que insights psicológicos e investigações de imagens estruturais e funcionais do cérebro são uma bela merda.

"Ao que parece, esse paciente afirma que, talvez dois anos e meio atrás, uma mulher foi estuprada e assassinada na Christmas Shop", Lucy explica a Marino, preocupada com a possibilidade de qualquer dia desses deixar escapar que Benton está avaliando presidiários.

Marino sabe que o McLean, o hospital-escola de Harvard, o hospital psiquiátrico modelo com seu programa autossustentável Pavillion, que cuida dos ricos e famosos, com certeza não é uma instituição psiquiátrica forense. Se os prisioneiros estão sendo transportados para lá para avaliação, alguma coisa incomum e clandestina está acontecendo.

"Onde?", pergunta Marino.

Ela repete o que acabou de dizer, acrescentando: "A dona chama-se Florrie Anna Quincy, branca, trinta e oito anos, o marido tinha alguns viveiros em West Palm...".

"Plantas ou bichos?"

"Árvores. Na maioria cítricas. A Christmas Shop ficou ativa por apenas dois anos, de 2000 a 2002."

Lucy digita mais comandos e converte arquivos de dados em arquivos de texto, que enviará por e-mail para Benton.

"Já ouviu falar em um lugar chamado Beach Bums?"

"Não estou ouvindo direito", diz Marino.

"Alô? Melhorou? Marino?"

"Agora estou ouvindo."

"Esse é o nome da loja que está lá agora. A senhora Quincy e sua filha de dezessete anos, Helen, desapareceram em julho de 2002. Encontrei um artigo a respeito no jornal. Não teve muita sequência, só um artigo pequeno aqui, outro ali, e absolutamente nada no ano passado."

"Então talvez elas tenham aparecido e a mídia não fez cobertura", diz Marino.

"Nada do que consegui encontrar indica que elas estejam vivas e bem. Na verdade, o filho tentou obter uma declaração de que elas estavam oficialmente mortas na primavera passada, mas sem sucesso. Talvez você possa averiguar com a polícia de Fort Lauderdale, ver se alguém se lembra de alguma coisa sobre o desaparecimento da senhora Quincy e de sua filha. Estou planejando dar um pulo na Beach Bums em algum momento de amanhã."

"Os policiais de Fort Lauderdale não deixariam isso passar sem um bom motivo."

"Vamos descobrir qual é", diz ela.

No balcão da usAir, Scarpetta continua a discutir.

"É impossível", ela repete, prestes a perder a paciência, muito frustrada. "Aqui está o meu código localizador, meu recibo impresso. Bem aqui. Primeira classe, partida seis e vinte. Como é que minha reserva foi cancelada?"

"Senhora, está bem aqui no computador. Sua reserva foi cancelada às duas e quinze."

"Hoje?" Scarpetta se recusa a acreditar.

Deve haver algum engano.

"Sim, hoje."

"Isso é impossível. Eu com certeza não liguei para cancelar."

"Bem, alguém ligou."

"Então refaça a reserva", pede Scarpetta, tirando a carteira da bolsa.

"O voo está lotado. Posso colocá-la na lista de espera, mas há sete outras pessoas na sua frente."

Scarpetta remarca o voo para o dia seguinte e liga para Rose.

"Receio que você vai ter que voltar aqui para me pegar", diz Scarpetta.

"Ah, não. O que aconteceu? Tempo ruim?"

"Alguma coisa aconteceu com a minha reserva e ela foi cancelada. O voo está lotado. Rose, você ligou antes pedindo confirmação?"

"Com certeza liguei. Perto da hora do almoço."

"Eu não sei o que aconteceu", diz Scarpetta, pensando em Benton, em seu Dia dos Namorados juntos. "Que merda!", diz.

14

A lua amarelada está disforme como uma manga muito madura, pairando pesada sobre árvores raquíticas, ervas daninhas e sombras densas. Sob a luz desigual da lua, Hog pode ver bem o bastante para distinguir a coisa. Ele a vê chegando porque sabe para onde olhar. Durante muitos minutos, ele detectou sua energia infravermelha no Heat Stalker que ele move horizontalmente no escuro em uma varredura lenta, como uma varinha, uma varinha mágica. Uma fileira de traços vermelhos brilhantes marcha pelo visor traseiro do leve tubo de PVC verde-oliva que detecta diferenças nas temperaturas de superfície dos seres de sangue quente e da terra.

Ele é Hog, e seu corpo é uma coisa, e ele pode exibi-lo sem que ninguém o veja. Ninguém pode vê-lo agora no meio da noite vazia segurando o Heat Stalker como um nivelador enquanto o aparelho detecta calor que irradia da carne viva e dá o alerta com pequenos traços vermelhos brilhantes que fluem em fila indiana atrás do vidro escuro.

Provavelmente a coisa é um guaxinim.

Coisa estúpida. Hog conversa em voz baixa com ela, sentado de pernas cruzadas no solo arenoso, e continua fazendo sua varredura. Ele olha para os traços vermelhos brilhantes que atravessam as lentes na extremidade traseira do tubo, a extremidade dianteira apontada para a coisa. Ele vasculha a sombria passagem ao lado do canal e sente a velha casa arruinada atrás de si, sente sua atração. Sua cabeça está densa por causa dos tampões de ouvido, sua respiração é ruidosa, do jeito que soa quando se respira através de um snorkel, submerso e silencioso, nada além do som de sua própria respiração, alta, curta. Ele não gosta dos tampões de ouvido, mas é importante usá-los.

Você sabe o que acontece agora, ele diz baixinho para a coisa. *Acho que você não sabe.*

Ele observa a forma escura e carnuda movendo-se lentamente, quase rente ao chão. Move-se como um gato gordo e peludo, e talvez seja um gato. Bem devagar, ela se move através da grama desigual, dos tufos de capim e caniços, entrando e saindo das sombras espessas sob as espinhosas silhuetas dos pinheiros espigados e a frágil camada de cascas caídas das árvores mortas. Ele continua a varredura, observando a coisa, observando os traços vermelhos atravessando as lentes. A coisa é estúpida, a brisa está soprando em uma direção que impede que ela sinta o cheiro dele e não a deixa ser nada além de estúpida.

Ele desliga o Heat Stalker e o coloca no colo. Pega a espingarda Mossberg 835 Ulti-Mag camuflada, a coronha dura e fria contra o queixo enquanto alinha com a coisa a massa de mira com cápsulas de trítio da arma.

Aonde você acha que vai?, ele zomba dela.

A coisa não corre. Estúpida.

Vai. Corre. Vê o que acontece.

Ela continua seu caminhar pesado, distraído, quase rente ao chão.

Ele sente o próprio coração batendo forte e devagar, e ouve a própria respiração rápida enquanto segue a coisa com a mira e aperta o gatilho, e o disparo da espingarda racha a noite silenciosa. A coisa tem um espasmo e fica inerte no chão. Ele retira os tampões de ouvido e fica ouvindo, à procura do som de um grito ou gemido, mas não ouve nada, apenas o tráfego distante na South 27 e o som de seus próprios pés rangendo na areia quando ele se levanta e sacode as pernas para se livrar das cãibras. Ele ejeta lentamente o cartucho, apanha-o, coloca em um dos bolsos e atravessa a passagem ao lado do canal. Aperta o botão da lanterna SureFire WeaponLight acoplada à arma e ilumina a coisa.

É uma gata, peluda e rajada, a barriga intumescida. Ele a cutuca, fazendo o corpo rolar. Ela está grávida, e ele pensa em atirar novamente enquanto ouve. Não há nada, nenhum movimento, nenhum som, nenhum sinal de que ainda haja vida. A coisa provavelmente estava indo se esconder na casa em ruínas, procurando comida. Ele pensa nela farejando comida. Ela pensou que havia comida na casa, então a ocupação recente é detectável. Ele reflete sobre essa possibilidade enquanto trava a espingarda, colocando-a no ombro, apoiando o antebraço sobre a coronha como um lenhador faria com o cabo de um machado. Ele olha para a coisa morta e pensa no lenhador de madeira entalhada na Christmas Shop, o grande que ficava ao lado da porta.

"Coisa idiota", diz ele, e não há ninguém ali para ouvi-lo, apenas a coisa morta.

"Não, você é a coisa idiota", a voz de Deus soa por trás dele.

Ele tira os tampões de ouvido e se vira. Ela está lá, em preto, uma forma negra flutuando na noite enluarada.

"Eu falei para você não fazer isso", diz ela.

"Ninguém ouve nada aqui", responde ele, mudando a espingarda para o outro ombro e vendo o lenhador como se ele estivesse bem ali, na sua frente.

"Não vou falar de novo."

"Eu não sabia que você estava aqui."

"Você sabe onde estou se eu quiser que você saiba."

"Eu consegui para você as revistas *Field & Stream*. Trouxe duas. E o papel, o papel brilhante para impressora a laser."

"Eu lhe disse para me trazer seis no total, incluindo duas *Fly Fishing*, duas *Angling Journals*."

"Eu roubei. Era difícil demais conseguir as seis de uma vez."

"Então volte lá. Por que você é tão idiota?"

Ela é Deus. Ela tem QI 150.

"Você vai fazer o que eu disser", diz ela.

Deus é uma mulher, e é ela, e não existe outra. Ela se tornou Deus depois que ele fez a coisa ruim e foi mandado embora, foi mandado para muito longe, onde era frio e nevava muito, e então ele voltou e aí ela havia se tornado Deus e ela lhe disse que ele era a Mão dela. A Mão de Deus. Hog.

Ele fica olhando Deus ir embora, dissolvendo-se na noite. Ele ouve o barulho alto do motor enquanto ela se afasta voando, voando na direção da estrada. E ele se pergunta se ela voltará a fazer sexo com ele. Ele pensa nisso todo o tempo. Quando ela se tornou Deus, parou de fazer sexo com ele. A união deles era sagrada, ela explicou. Ela faz sexo com outras pessoas, mas não com ele, porque ele é a Mão dela. Ela ri dele, diz que não é possível fazer sexo com sua própria Mão. Seria a mesma coisa que fazer sexo consigo mesma. E ela ri.

"Você foi estúpida, não foi?", diz Hog à coisa grávida morta no chão.

Ele quer fazer sexo. Ele quer agora e olha para a coisa morta e a cutuca com a bota de novo e pensa em Deus e na imagem dela nua com suas mãos por todo o corpo dela.

Eu sei que você quer, Hog.

Eu quero, diz ele. *Eu quero.*

Eu sei onde você quer colocar as suas mãos. Estou certa, não estou?

Está.

Você quer colocá-las onde eu deixei as outras pessoas colocarem as delas, não é?

Eu queria que você não as deixasse fazer isso. Sim, eu quero.

Ela o faz pintar as marcas de mão vermelhas nos lugares onde ele não quer que outras pessoas toquem, lugares onde ele colocou as mãos quando fez a coisa ruim e foi mandado embora, mandado para o lugar frio onde neva, o lugar onde o colocaram na máquina e reagruparam suas moléculas.

15

Na manhã seguinte, terça-feira, as nuvens se acumulam vindas do mar distante, a coisa grávida morta está rígida no chão e as moscas a encontraram.

"Olha o que você fez. Matou todos os seus filhotes, não é? Coisa idiota."

Hog a cutuca com a bota. As moscas se espalham como fagulhas. Ele observa enquanto elas voltam zumbindo para a cabeça cheia de sangue coagulado. Ele olha fixamente para a coisa morta, rígida, e as moscas andando sobre ela. Ele olha, sem se incomodar com isso. Fica de cócoras ao lado dela, aproximando-se o suficiente para agitar as moscas novamente, e agora ele sente o cheiro dela. Ele sente um odor de morte, um fedor que daqui a muitos dias será avassalador e perceptível a centenas de metros de distância, dependendo do vento. As moscas vão botar seus ovos em orifícios e ferimentos, e logo a carcaça vai se encher de larvas, mas aquilo não vai incomodá-lo. Ele gosta de ver o que a morte faz.

Ele caminha na direção da casa em ruínas, a espingarda aninhada nos braços. Ouve o barulho distante do tráfego na South 27, mas não há motivo para ninguém aparecer por ali. O motivo vai acabar existindo. Mas agora não há nenhum. Ele sobe até a varanda apodrecida e uma tábua ondulada cede sob suas botas; ele abre a porta com um gesto brusco, entrando em um espaço escuro, abafado, cheio de poeira. Mesmo em um dia claro, o interior da casa é escuro e sufocante, e naquela manhã está pior porque vem vindo uma tempestade. São oito horas e lá dentro está tão escuro quanto a noite, e ele começa a transpirar.

"É você?" A voz vem da escuridão, da parte de trás da casa, onde a voz deveria estar.

Encostada em uma parede está uma mesa improvisada com pedaços de madeira compensada e lajes de concreto, e sobre ela está um pequeno aquário de vidro. Ele aponta a espingarda para o aquário e aperta o botão da lanterna, e a luz de xenônio brilha sobre o vidro e ilumina a forma negra da tarântula em seu interior. Ela está imóvel sobre uma mistura de areia e lascas de madeira, como se fosse uma mão escura ao lado de seu chumaço de algodão molhado e sua pedra favorita. Em um canto do aquário, pequenos grilos agitam-se sob a luz, perturbados por ela.

"Vem falar comigo", a voz grita, exigente, mas mais fraca do que estava menos de um dia atrás.

Ele não tem certeza se está feliz pelo fato de a voz estar viva, mas provavelmente está. Ele tira a tampa do aquário e fala carinhosamente, em voz baixa, com a aranha. O abdômen dela está sem pelos e tem uma crosta de cola seca e sangue amarelado, e o ódio o envolve quando ele pensa no motivo de ela estar sem pelos e no que fez com que ela quase sangrasse até morrer. Os pelos da aranha não vão crescer até a muda, e talvez ela se cure, ou talvez não.

"Você sabe de quem é a culpa, não sabe?", diz ele para a aranha. "E eu fiz algo a respeito, não fiz?"

"Vem aqui", grita a voz. "Está me ouvindo?"

A aranha não se mexe. Talvez ela morra. Há uma boa chance de isso vir a acontecer.

"Desculpe-me por ficar tanto tempo fora. Sei que você deve ter se sentido solitária", diz ele para a aranha. "Eu não pude levar você comigo por causa do seu estado. Era muito longe. E frio também."

Ele enfia a mão no aquário e acaricia de leve a aranha. Ela mal se move.

"É você?" A voz está mais fraca e rouca, mas continua exigente.

Ele tenta imaginar o que vai ser quando a voz desaparecer, e pensa na coisa morta, rígida e infestada por moscas sobre o chão sujo.

"É você?"

Ele mantém o dedo sobre o botão da lanterna, e a luz aponta para onde a espingarda aponta, iluminando um assoalho de madeira imundo de poeira e cascas de ovos de insetos secos. Suas botas movem-se atrás da luz.

"Oi? Quem está aí?"

16

Dentro do laboratório de armas de fogo e marcas de ferramentas, Joe Amos fecha o zíper de uma jaqueta de couro preto da Harley-Davidson ao redor de um bloco de trinta e seis quilos de gelatina balística. Em cima há um bloco menor, de nove quilos, com óculos de sol Ray-Ban e uma bandana Du-rag preta de um tecido com desenhos de caveiras e ossos cruzados.

Joe se afasta para admirar sua obra. Ele está satisfeito, mas um pouco cansado. Ficou acordado até tarde com sua nova queridinha do professor. Bebeu vinho demais.

"Engraçado, não?", pergunta a Jenny.

"Engraçado, mas desagradável. É melhor você não deixar que ele saiba. Ouvi dizer que não é o tipo de pessoa com quem se deve mexer", diz ela, sentando-se sobre um balcão.

"A pessoa com quem não se deve mexer sou eu. Estou pensando em jogar um punhado de corante vermelho. Para se parecer mais com sangue."

"Super."

"Se eu acrescentar um pouquinho de marrom, talvez pareça estar em decomposição. Quem sabe eu descubro uma maneira de fazê-lo cheirar mal?"

"Você e suas cenas infernais."

"Minha mente nunca descansa. Minhas costas doem", diz ele, admirando sua obra. "Eu machuquei as costas e vou processá-la."

A gelatina, um material transparente maleável, que consiste em osso animal desnaturado e colágeno de tecido conjuntivo, não é fácil de manusear, e foi muito difícil transferir os blocos que ele vestiu das caixas térmicas para a parede acolchoada dos fundos da área de tiro. A porta do laboratório está trancada. A luz vermelha na parede do lado de fora está acesa, avisando que a área está sendo usada.

"Tão bem vestido e sem nenhum lugar para ir", diz ele para a massa inerte.

Mais adequadamente conhecida como gelatina hidrolisada, ela também é usada em xampus e condicionadores, batons, bebidas energéticas, remédios para alívio de artrite e muitos outros produtos que Joe nunca mais tocará pelo resto de sua vida. Ele nem sequer vai beijar sua noiva se ela estiver de batom, nunca mais. Na última vez em que fez isso, ele fechou os olhos enquanto os lábios dela pressionavam os seus e de repente imaginou bosta de vaca, porco e peixe fervendo em um enorme pote. Ele agora lê os rótulos. Se proteína animal hidrolisada faz parte dos ingredientes, então o produto vai para o lixo ou de volta para a prateleira.

Preparada de maneira adequada, a gelatina balística simula a carne humana. É um meio quase tão bom quanto tecido suíno, que Joe preferiria usar. Ele já ouviu falar de laboratórios de armas onde atiram em suínos mortos para testar penetração e expansão de projéteis em uma grande variedade de situações diferentes. Ele preferiria atirar em um porco. Ele preferiria vestir uma enorme carcaça de porco como uma pessoa e deixar que os alunos a crivassem de balas a distâncias diferentes e com armas e munições diversas. Essa seria uma cena infernal excelente. Uma mais infernal ainda seria atirar em um porco vivo, mas Scarpetta nunca permitiria isso. Ela nem aceitaria que os estudantes atirassem em um porco morto.

"Não vai ser muito bom tentar processá-la", Jenny está dizendo. "Ela também é advogada."

"Bela merda."

"Bom, pelo que me contou, você já tentou antes e não chegou a lugar nenhum. De qualquer forma, quem tem toda a grana é Lucy. Ouvi dizer que ela se acha grande coisa. Eu não a conheço. Nenhum de nós a conhece."

"Não estão perdendo nada. Qualquer dia desses, alguém ainda vai colocá-la em seu devido lugar."

"Alguém como você?"

"Talvez eu já esteja fazendo isso." Ele sorri. "Vou lhe dizer uma coisa, eu não vou sair daqui sem a minha parte. Eu mereço alguma coisa depois de toda essa merda que ela me fez passar." E agora ele está pensando novamente em Scarpetta. "Ela me trata como bosta."

"Quem sabe eu conheça a Lucy antes de me formar", diz Jenny pensativamente, sentada no balcão, olhando para ele e para o homem de gelatina que ele vestiu como se fosse Marino.

"Eles são todos calhordas", diz ele. "A porra da trindade. Bom, eu tenho uma surpresinha para eles."

"O quê?"

"Você vai ver. Talvez eu conte a você antes."

"O que é?"

"Vamos colocar as coisas da seguinte maneira", ele prossegue. "Eu vou tirar alguma coisa disso. Ela me subestima, e esse é um erro enorme. No final das contas, vai haver muitas risadas."

Parte de suas atividades inclui auxiliar Scarpetta no necrotério do condado de Broward, onde ela o trata como a um trabalhador comum, forçando-o a suturar os cadáveres depois das autópsias, a contar os comprimidos nas embalagens dos remédios vendidos com receita que chegam com os mortos e a catalogar os bens pessoais como se fosse um assistente de necrotério qualquer, e não um médico. Ela atribuiu a ele a responsabilidade de pesar, medir, fotografar e despir os corpos, e de vasculhar o fundo de um saco de cadáveres em busca de qualquer porcaria que possa haver lá, especialmente se estiver podre: um resto de água infestada de vermes de um cadáver que esteve na água, ou carne e ossos rançosos de restos mortais parcialmente esqueletizados. O mais ofensivo é a desagradável tarefa de preparar a gelatina para os blocos usados pelos cientistas e alunos.

Por quê? Me dê um bom motivo, disse ele a Scarpetta quando ela lhe deu essa tarefa no verão passado.

Faz parte do seu aprendizado, Joe, ela respondeu da maneira imperturbável que lhe é típica.

Estou estudando para ser um patologista forense, não um técnico de laboratório ou cozinheiro, reclamou ele.

O meu método é ensinar os bolsistas desde os fundamentos, disse ela. *Não deve haver nada que você não queira ou não seja capaz de fazer.*

Ah. E suponho que você vai me dizer que fazia gelatina quando estava começando, disse ele.

Eu ainda faço e será um prazer lhe dar minha receita favorita, respondeu ela. *Prefiro gelatina da marca Vyse, mas Kind & Knox tipo 250-A funciona do mesmo jeito. Sempre comece com água fria, entre sete e dez graus Celsius, e acrescente a gelatina à água, e não o contrário. Fique mexendo, mas não com força, que é para não entrar ar. Adicione dois mililitros e meio de antiespumante para cada bloco de nove quilos, e certifique-se de que o molde esteja absolutamente limpo. Como um toque final, acrescente meio mililitro de óleo de canela.*

Que graça.

O óleo de canela evita a formação de fungos, explicou ela.

Ela escreveu sua receita pessoal e em seguida uma lista de equipamentos que incluía uma balança de precisão com três travessões, um béquer graduado, removedor de tinta, seringa hipodérmica de 12 cc, ácido propiônico, mangueira de aquário, chapa de alumínio, colher grande, e assim por diante. Em seguida, deu-lhe uma demonstração estilo Martha Stewart na cozinha do laboratório, como se isso fizesse tudo ficar uma maravilha quando ele está recolhendo pó de restos de animais de tambores de dez quilos, e pesando, e secando, e erguendo ou arrastando enormes tachos pesados e colocando-os dentro das caixas térmicas ou no refrigerador, e então garantindo que os alunos se reúnam na área de tiro interna ou no deque para tiro com rifle antes que as malditas coisas comecem a deteriorar, porque é isso o que acontece. Elas derretem como gelatina comestível, tipo Jell-O, e ficam melhores quando servidas não mais do que vinte minutos depois de sua retirada da refrigeração, dependendo da temperatura ambiente do local de teste.

Ele retira uma tela de janela de um cubículo de armazenagem, posiciona-a rente aos blocos de gelatina balística vestidos com jaqueta da Harley-Davidson e em seguida coloca protetores de ouvido e óculos de proteção. Acena com a cabeça para que Jenny faça a mesma coisa. Pega uma Beretta 92, uma pistola top de linha de ação dupla com mira de trítio. Ele insere um carregador com munição Speer Gold Dot de 9,5 gramas, que tem seis sulcos ao redor da ponta oca, de forma que o projétil se expande ou "floresce" mesmo depois de atravessar quatro camadas de brim ou o couro grosso de uma jaqueta de motociclista.

O que vai ser diferente neste teste de fogo é o padrão de malha produzido quando a bala atravessa a tela de janela antes de rasgar a jaqueta Harley e fazer um corte circular no peito do senhor Jell-O, como ele chama os bonecos de gelatina balística.

Ele puxa o ferrolho para trás e dispara quinze tiros, imaginando que o senhor Jell-O é Marino.

17

As palmeiras agitam-se violentamente ao vento atrás das janelas da sala de conferências. *Vai chover*, pensa Scarpetta. Parece que um belo temporal está a caminho, Marino está atrasado novamente e ainda não retornou seus telefonemas.

"Bom dia e vamos começar", diz ela a seu pessoal. "Temos muita coisa que discutir e já são nove e quinze."

Ela odeia se atrasar. Ela odeia quando outra pessoa faz com que ela se atrase, e, nesse caso, essa pessoa é Marino. Mais uma vez, Marino. Ele está arruinando sua rotina. Ele está arruinando tudo.

"Esta noite, com sorte, estarei em um avião rumando para Boston", diz ela. "Contanto que minha reserva não seja magicamente cancelada de novo."

"As companhias aéreas estão tão atrapalhadas", diz Joe. "Não é de surpreender que estejam todas indo à falência."

"Pediram-nos que déssemos uma olhada em um caso de Hollywood, um possível suicídio que está ligado a algumas circunstâncias perturbadoras", ela começa.

"Tem uma coisa que eu gostaria de comentar antes", diz Vince, o especialista em armas de fogo.

"Pode falar." Scarpetta tira de um envelope algumas fotografias em formato 20 por 25 e começa a passá-las pela mesa.

"Alguém estava fazendo teste de disparos no estande interno cerca de uma hora atrás." Ele olha propositadamente para Joe. "Não estava programado."

"Eu ia reservar o estande interno ontem à noite, mas acabei esquecendo", diz Joe. "Ninguém ia usar."

"Você tem que fazer a reserva. É a única maneira de conseguirmos manter o controle de..."

"Eu estava testando um novo lote de gelatina balística, no qual usei água quente em vez de fria para ver se fazia alguma diferença no teste de calibragem. Uma diferença de um centímetro. E tenho boas notícias: o lote foi aprovado."

"Provavelmente tem uma diferença de mais ou menos um centímetro toda vez que você mistura aquela porcaria", diz Vince, irritado.

"A gente não pode usar nenhum bloco que não esteja válido. Então eu estou constantemente verificando a calibragem e tentando aperfeiçoá-la. Isso exige que eu passe muito tempo no laboratório de armas de fogo. Não tenho escolha."

Joe olha para Scarpetta.

"Gelatina balística é uma das minhas atribuições."

Ele olha para ela novamente.

"Espero que tenha se lembrado de usar blocos de contenção antes de começar a detonar a parede do fundo com muita potência de fogo", diz Vince. "Já pedi mais de uma vez."

"Você conhece as regras, doutor Amos", diz Scarpetta.

Na frente de seus colegas, ela o chama de doutor Amos em vez de Joe. Demonstra mais respeito do que ele merece.

"Temos que lançar tudo no controle", acrescenta ela. "Toda arma de fogo retirada da coleção de referência, toda munição, cada um dos testes realizados. Nossos protocolos têm que ser seguidos."

"Sim, senhora."

"Existem implicações legais. A maioria dos nossos casos termina no tribunal", acrescenta ela.

"Sim, senhora."

"Muito bem." Ela lhes conta sobre Johnny Swift.

Conta-lhes que no começo de novembro ele fez uma cirurgia nos pulsos e logo em seguida veio a Hollywood para ficar com o irmão. Eles eram gêmeos idênticos. Na véspera do Dia de Ação de Graças, o irmão, Laurel, saiu para fazer compras e voltou para casa aproximadamente às quatro e meia da tarde. Depois de guardar as compras, ele encontrou o doutor Swift no sofá, morto com um tiro de espingarda no peito.

"Eu acho que me lembro desse caso", diz Vince. "Saiu nos jornais."

"Bom, acontece que eu me lembro muito bem do doutor Swift", diz Joe. "Ele costumava ligar para a doutora Self. Uma vez, quando eu estava no programa dela, ele ligou, fez um escândalo com ela sobre síndrome de Tourette, e acontece que eu concordei com ela: geralmente nada mais do que uma desculpa para mau comportamento. Ele tagarelou sobre disfunção neuroquímica, sobre anormalidades do cérebro. Grande especialista", diz ele com sarcasmo.

Ninguém se mostra interessado nas aparições de Joe no programa da doutora Self. Ninguém se mostra interessado nas aparições dele em programa nenhum.

"E quanto ao cartucho ejetado e à arma?", Vince pergunta a Scarpetta.

"Segundo o relatório da polícia, Laurel Swift notou uma espingarda no chão, um metro atrás do encosto do sofá. Nenhum cartucho foi encontrado."

"Ora, isso é um pouco incomum. Ele atira no próprio peito e então, de algum jeito, consegue jogar a arma por cima do encosto do sofá?" É Joe falando novamente. "Não estou vendo nenhuma fotografia da cena com a espingarda."

"O irmão afirma que viu a espingarda no chão atrás do sofá. Eu disse *afirma*. Chegaremos a essa parte em um minuto", diz Scarpetta.

"E quanto a resíduos de pólvora nele?"

"Eu lamento que Marino não esteja aqui, visto ser ele o nosso investigador neste caso, além de trabalhar em contato com a polícia de Hollywood", responde ela, mantendo o que sente a respeito dele atrás de uma barricada. "Tudo que eu sei é que a roupa de Laurel não foi testada para resíduos."

"E as mãos dele?"

"Positivo para resíduos. Mas ele afirma que tocou no corpo, sacudiu-o, se encheu de sangue. Então, teoricamente, isso poderia ser uma explicação. Mais alguns detalhes. Os pulsos estavam com talas quando ele morreu, o teor de álcool no sangue era de 0,1, e, segundo o relatório da polícia, havia várias garrafas de vinho vazias na cozinha."

"Temos certeza de que ele estava bebendo sozinho?"

"Não temos certeza de nada."

"Parece que segurar uma espingarda pesada pode não ter sido fácil para ele, se tinha acabado de fazer uma cirurgia."

"Possivelmente", diz Scarpetta. "E se você não consegue usar as mãos, então o que acontece?"

"Usa os pés."

"Dá para fazer. Eu tentei com a minha Remington calibre 12. Descarregada", ela acrescenta com um toque de humor.

Ela tentou sozinha porque Marino não apareceu. Não telefonou. Não se importou.

"Não tenho fotos da demonstração", diz ela, diplomática o bastante para não acrescentar que o motivo de ela não as ter é que Marino não apareceu. "Basta dizer que o disparo teria jogado a arma para trás, ou talvez o pé dele tenha empurrado e chutado a arma para trás, e a arma teria caído atrás do sofá. Supondo que ele tenha se matado. A propósito, não havia nenhuma abrasão em nenhum dos dedões."

"Algum ferimento de contato?", pergunta Vince.

"A densidade de fuligem na camisa, a margem esfolada e o diâmetro e formato do ferimento, a ausência de marcas de pétalas da bucha, que ainda estava no corpo, são coerentes com um ferimento de contato. O problema é que temos uma incoerência grosseira, o que, na minha opinião, se deve ao fato de o médico-legista ter se fiado em um radiologista para uma determinação de distância."

"Quem?"

"O caso é do doutor Bronson", diz ela, e vários dos cientistas gemem.

"Porra, ele é tão velho quanto o papa. Quando diabos ele vai se aposentar?"

"O papa morreu", zomba Joe.

"Valeu pela informação, noticiário da CNN."

"O radiologista concluiu que o ferimento de espingarda é um, abre aspas, ferimento *distante*", prossegue Scarpetta. "Uma distância de no mínimo um metro. Epa! Agora temos um homicídio, porque não seria possível segurar o cano de uma espingarda a um metro de distância do próprio peito, seria?"

Depois de vários cliques do mouse, um raio X digital do disparo fatal da espingarda em Johnny Swift aparece nitidamente no quadro. As microesferas de chumbo parecem uma tempestade de pequenas bolhas brancas flutuando através das formas fantasmagóricas das costelas.

"As esferas de chumbo estão espalhadas", mostra Scarpetta, "e, para dar algum crédito ao radiologista, o espalhamento das esferas dentro do peito é coerente com uma distância de um metro ou pouco mais, mas eu acho que estamos lidando aqui com um perfeito exemplo de efeito de bola de bilhar."

Ela tira a imagem do raio X do quadro branco e pega diversas canetas, uma de cada cor.

"As esferas principais tiveram sua velocidade diminuída ao entrar no corpo e foram, então, atingidas por aquelas que vinham atrás, fazendo com que as esferas que colidiram ricocheteassem e se espalhassem em um padrão que aparenta disparo a distância", explica ela, desenhando esferas vermelhas ricocheteando e atingindo esferas azuis como bolas de bilhar. "Simulando, portanto, um ferimento de arma de fogo a distância, quando, na verdade, não foi realmente um tiro a distância, mas um ferimento de contato."

"Nenhum dos vizinhos ouviu um tiro de espingarda?"

"Aparentemente não."

"Talvez muita gente estivesse na praia ou fora da cidade para o feriado de Ação de Graças."

"Talvez."

"Que tipo de espingarda era, e de quem era?"

"Tudo que sabemos dizer é que era uma calibre 12, com base nas esferas de chumbo", diz Scarpetta. "Ao que parece, a espingarda desapareceu antes que a polícia aparecesse."

18

Ev Christian está acordada e sentada em um colchão escurecido pelo que agora ela acredita ser sangue velho.

Há revistas espalhadas sobre o chão imundo do quarto pequeno e também imundo, com seu teto em péssimo estado e papel de parede com manchas de água. Ela não enxerga direito sem os óculos e mal consegue discernir as capas pornográficas. Quase não distingue as garrafas de refrigerante e embalagens de fast-food espalhadas por todo canto. Entre o colchão e a parede lascada e irregular está um pé de um tênis Keds cor-de-rosa, do tamanho que uma garota usaria. Ev pegou-o inúmeras vezes e segurou-o, perguntando-se o que ele significava e a quem pertenceu, preocupada em saber se a garota estava morta. Às vezes Ev esconde o sapato atrás de si quando ele entra, temerosa de que ele tire o sapato dela. É tudo o que ela tem.

Ela nunca dorme mais do que uma ou duas horas seguidas e não tem a menor ideia de quanto tempo já passou. Tempo é algo que não existe. Uma luz cinzenta enche a janela quebrada do outro lado do quarto, e ela não consegue ver o sol. Sente cheiro de chuva.

Ela não sabe o que ele fez com Kristin e com os meninos. Ela não sabe o que ele lhes fez. Lembra-se vagamente das primeiras horas, aquelas terríveis e irreais horas nas quais ele trazia comida e água e olhava para ela da escuridão, e ele era tão escuro quanto a escuridão, escuro como um espírito escuro, pairando na porta do quarto.

Qual é a sensação?, ele perguntou a ela em uma voz calma e fria. *Qual é a sensação de saber que vai morrer?*

Está sempre escuro dentro do quarto. Fica mais escuro ainda quando ele está lá dentro.

Eu não tenho medo. Você não pode tocar a minha alma.

Diga que se arrepende.

Não é tarde demais para se arrepender. Deus vai perdoar até mesmo o pecado mais vil se você se humilhar e se arrepender.

Deus é uma mulher. Eu sou a Mão dela. Diga que se arrepende.

Blasfêmia. Que vergonha. Eu não fiz nada de que precise me arrepender.

Vou lhe ensinar sobre vergonha. Você vai dizer que se arrepende do mesmo jeito que ela disse.

Kristin?

Então ele foi embora, e Ev ouviu vozes vindas de outra parte da casa. Ela não conseguiu entender o que diziam, mas ele estava conversando com Kristin, só podia ser. Ele estava falando com uma mulher. Ev realmente não conseguia ouvir, mas ouvia os dois conversando. Ela não conseguia ouvir o que diziam, e se lembra do som de pés se arrastando e de vozes do outro lado da parede, e então ouviu Kristin, sabia que era ela. Quando Ev pensa nisso agora, ela se pergunta se foi um sonho.

Kristin! Kristin! Estou aqui! Estou aqui! Não se atreva a machucá-la!

Ela ouve a própria voz em sua cabeça, mas poderia ter sido um sonho.

Kristin! Kristin! Responda! Não se atreva a machucá-la!

Em seguida ouviu conversas novamente, então talvez estivesse tudo bem. Mas Ev não tem certeza. Talvez ela tenha sonhado. Talvez ela tenha sonhado que ouviu as botas dele movendo-se pelo corredor e a porta da frente fechando. Tudo isso pode ter acontecido em minutos, talvez horas. Talvez ela tenha ouvido um motor de carro. Talvez fosse um sonho, uma ilusão. Ev ficou sentada na escuridão, o coração acelerado enquanto tentava ouvir Kristin e os meninos, mas não ouviu nada. Ela gritou até a garganta doer e mal conseguir ver ou respirar.

A luz do dia aparecia e ia embora, e a forma escura dele aparecia com copos de papel com água e alguma coisa para comer, e a forma dele ficava parada em pé e a observava, e ela não conseguia ver-lhe o rosto. Ela nunca viu o rosto dele, nem mesmo na primeira vez, quando ele entrou na casa. Ele usa um capuz preto com buracos cortados na altura dos olhos, um capuz como uma fronha preta, comprido e solto ao redor dos ombros. A forma encapuzada dele gosta de cutucá-la com o cano da espingarda, como se ela fosse um animal em um zoológico, como se ele estivesse curioso para saber o que ela fará se ele a cutucar. Ele a cutuca em suas partes íntimas e observa-lhe a reação.

Que vergonha, diz Ev quando ele a cutuca. *Você pode machucar a minha carne, mas não pode tocar minha alma. Minha alma pertence a Deus.*

Ela não está aqui. Eu sou a Mão dela. Diga que se arrepende.

O meu Deus é um Deus zeloso. "Não terás outros deuses além de mim."

Ela não está aqui, e ele a cutuca com o cano da arma, às vezes com tanta força que deixa perfeitos círculos azulescuros em sua carne.

Diga que se arrepende, diz ele.

Ev senta no colchão podre e fedorento. Ele já foi usado antes, usado de maneira horripilante, duro e manchado de preto, e ela fica sentada sobre ele dentro do quarto fedorento, abafado, cheio de lixo, ouvindo e tentando pensar, ouvindo, rezando e gritando por ajuda. Ninguém responde. Ninguém a ouve, e ela se pergunta em que lugar está. Onde ela está que ninguém consegue ouvi-la gritar?

Ela não pode escapar por causa da maneira inteligente como ele torceu e curvou cabides em torno dos pulsos e tornozelos dela, com cordas através deles, passadas sobre uma das vigas no teto que parece prestes a cair, como se ela fosse algum tipo de marionete grotesca, machucada e cheia de picadas de insetos e urticárias, seu corpo nu coçando e fustigado pela dor. Com esforço, ela consegue ficar em pé. Pode sair do colchão para aliviar a bexiga e os intestinos. Quando faz isso, a dor é tão insuportável que ela quase desmaia.

Ele faz tudo no escuro. Ele consegue enxergar no escuro. Ela ouve a respiração dele no escuro. Ele é uma forma escura. Ele é Satã.

"Me ajude, Deus", diz ela à janela quebrada, ao céu cinzento mais além, ao Deus que está mais além no firmamento, em algum lugar de Seu paraíso. "Por favor, Deus, me ajude."

19

Scarpetta ouve o rugido distante de uma motocicleta com os canos de escapamento abertos.

Ela tenta se concentrar enquanto a motocicleta se aproxima, passando pelo prédio na direção do estacionamento do corpo docente. Ela pensa em Marino e se pergunta se vai ter de despedi-lo. Ela não está certa quanto a conseguir fazer isso.

Ela está explicando que havia dois telefones dentro da casa de Laurel Swift, e os dois estavam desligados, os fios desaparecidos. Laurel tinha deixado seu celular no carro e diz que foi incapaz de encontrar o celular do irmão, então não teve como pedir socorro. Entrando em pânico, Laurel fugiu e pediu ajuda a alguém na rua. Ele não voltou à casa até a chegada da polícia, e aí a espingarda tinha desaparecido.

"Essas são informações que consegui com o doutor Bronson", diz Scarpetta. "Eu conversei com ele várias vezes e lamento não ter uma compreensão melhor dos detalhes."

"Os fios do telefone. Reapareceram?"

"Não sei", diz Scarpetta, porque Marino não lhe informou.

"Johnny Swift pode tê-los retirado para garantir que ninguém pudesse chamar por socorro caso ele não morresse imediatamente, supondo que ele seja um suicida", Joe apresenta outro de seus cenários criativos.

Scarpetta não comenta porque não sabe nada sobre

105

fios de telefone além daquilo que o doutor Bronson lhe passou, de sua maneira vaga e um tanto desarticulada.

"Mais alguma coisa que estivesse faltando na casa? Alguma coisa além dos fios de telefone, do celular do falecido e da espingarda? Como se isso não fosse o suficiente."

"Você vai ter que perguntar a Marino", ela responde.

"Acho que ele chegou. A menos que alguma outra pessoa tenha uma motocicleta que faça tanto barulho quanto o ônibus espacial."

"Se quer a minha opinião, estou surpreso por Laurel não ter sido acusado de assassinato", diz Joe.

"Não se pode acusar alguém de assassinato enquanto a forma da morte não for determinada", replica Scarpetta. "Isso ainda está pendente e não há evidências suficientes que indiquem suicídio, homicídio ou acidente, embora eu certamente não consiga ver como isso pode ser um acidente. Se a solução da morte não satisfizer o doutor Bronson, ele vai acabar mudando a forma para indeterminada."

Passos pesados soam no carpete do corredor.

"O que aconteceu com o bom senso?", diz Joe.

"Não se determina forma de morte com base em bom senso", diz Scarpetta, e ela deseja que ele guarde seus comentários indesejáveis para si mesmo.

A porta da sala de conferências abre, e Pete Marino entra carregando uma pasta e uma caixa de donuts Krispy Kreme, vestido com jeans preto, botas de couro pretas, colete de couro preto com o logotipo da Harley-Davidson nas costas, seu traje de costume. Ele ignora Scarpetta ao sentar em sua cadeira de sempre ao lado dela e fazer a caixa de donuts deslizar sobre a mesa.

"Eu com certeza ia querer testar a roupa do irmão para resíduos de pólvora, colocar as mãos em qualquer coisa que ele estivesse usando quando levou o tiro", diz Joe, reclinando-se na cadeira do jeito que sempre faz quando está prestes a falar em tom categórico. E ele tende a fazer isso com mais frequência quando Marino está por perto. "Dar uma olhada nelas com raios X leves, no Faxitron, MEV/espectrometria."

Marino olha para Joe como se fosse bater nele.

"É claro, em qualquer pessoa é possível obter quantidades de vestígios de outras origens que não um disparo de arma de fogo. Materiais de encanamento, pilhas, graxa de automóvel, tintas. Como fiz na minha aula prática no mês passado", diz Joe arrancando um donut de cobertura de chocolate que está esmagado, a maior parte da cobertura grudada na caixa. "Você sabe o que aconteceu com elas?"

Ele lambe os dedos enquanto olha para Marino do outro lado da mesa.

"Essa foi uma bela aula prática", diz Marino. "De onde será que você tirou a ideia?"

"O que eu perguntei é se você sabe o que aconteceu às roupas do irmão", diz Joe.

"Eu acho que você tem assistido a muitos desses programas de ficção forense", diz Marino, o rosto grandalhão olhando fixamente para ele. "Deve ter Harry Potter demais na sua enorme tevê de tela plana. Você acha que é patologista forense, ou quase, advogado, cientista, investigador de cena de crime, policial, o capitão Kirk e o coelhinho da Páscoa, tudo em uma só pessoa."

"A propósito, a cena infernal de ontem foi um sucesso absoluto", diz Joe. "Pena que vocês todos a perderam."

"Bom, qual é a história das roupas, Pete?", é Vince quem pergunta a Marino. "Sabemos o que ele estava vestindo quando encontrou o corpo do irmão."

"O que ele estava vestindo, de acordo com o que disse à polícia, era nada", diz Marino. "Supostamente ele entrou pela porta da cozinha, colocou as compras sobre o balcão, e foi direto para o banheiro do quarto para urinar. Supostamente. Então tomou uma ducha porque tinha que ir trabalhar em seu restaurante naquela noite e por acaso olhou pela porta e viu a espingarda no carpete atrás do sofá. Nesse momento, diz ele, estava nu."

"Para mim, isso parece um monte de besteira." Joe fala com a boca cheia.

"Minha opinião é que provavelmente é um roubo que foi interrompido", diz Marino. "Ou alguma coisa foi interrompida. Um médico rico talvez tivesse se envolvido com a pessoa errada. Alguém viu a minha jaqueta da Harley? Preta com caveira e ossos cruzados em um dos ombros, uma bandeira americana no outro?"

"Onde você a viu pela última vez?"

"Eu a tirei no hangar outro dia, quando Lucy e eu fizemos um levantamento aéreo. Quando voltei, tinha sumido."

"Eu não vi."

"Nem eu."

"Merda. Aquela coisa foi cara. E os apliques foram feitos sob encomenda. Que droga. Se alguém roubou..."

"Ninguém rouba nada por aqui", diz Joe.

"Ah, é? E quanto a roubar ideias?" Marino olha furioso para ele. "E isso me faz lembrar", diz ele para Scarpetta, "já que estamos falando de cenas infernais..."

"Não estamos falando desse assunto", diz ela.

"Eu vim para cá hoje com algumas coisas a dizer a respeito delas."

"Em outra ocasião."

"Eu tenho umas boas, deixei um arquivo na sua mesa", Marino lhe diz. "Para você ter algo interessante em que pensar durante sua folga. Especialmente porque é provável que você fique presa pela neve lá em cima e é provável que só vejamos você na primavera."

Ela controla a irritação. Tenta mantê-la em um lugar secreto onde espera que ninguém consiga vê-la. Ele está propositadamente atrapalhando a reunião e tratando-a da mesma maneira que fazia quinze anos atrás, quando ela era a nova legista-chefe do estado de Virgínia, uma mulher em um mundo do qual as mulheres não fazem parte, uma mulher cheia de atitude, decidira Marino, porque tinha um diploma de medicina e um de direito.

"Eu acho que o caso Swift seria uma cena infernal do cacete", diz Joe. "Resíduos de disparo e espectrometria por raios X e outras descobertas contam duas histórias diferentes. Dá para ver se os alunos descobrem. Aposto que nunca ouviram falar no efeito da bola de bilhar."

"Eu não perguntei nada para o pessoal da cozinha." Marino levanta a voz. "Alguém me ouviu perguntar alguma coisa para o pessoal da cozinha?"

"Bom, você sabe a minha opinião sobre a sua criatividade", Joe diz a ele. "Para ser franco, ela é perigosa."

"Eu estou cagando para sua opinião."

"Tivemos sorte de a Academia não ter ido à falência. O acordo teria sido muito caro", diz Joe, como se nunca tivesse lhe ocorrido que qualquer dia desses Marino pode jogá-lo do outro lado da sala. "Foi muita sorte, depois do que você fez."

No verão passado, uma das cenas de crime de Marino traumatizou uma aluna, que, então, abandonou a Academia e ameaçou abrir um processo, mas felizmente ninguém mais teve notícias dela. Scarpetta e sua equipe são paranoicos quanto a permitir que Marino participe de treinamentos, sejam infernais ou quaisquer outros, e mesmo das palestras em sala de aula.

"Não pense que o que aconteceu não me vem à mente quando estou criando cenas infernais", continua Joe.

"Você, criando cenas infernais?", pergunta Marino. "Quer dizer todas aquelas ideias que você roubou de mim?"

"Acho que você está como a raposa diante das uvas. Eu não preciso roubar ideias de ninguém, certamente não de você."

"Ah, é mesmo? Você acha que eu não reconheço minhas coisas? Você não sabe o suficiente para bolar o tipo de coisa que eu faço, doutor Quase Patologista Forense."

"Chega", diz Scarpetta. Ela levanta a voz. "Já chega."

"Acontece que eu montei um excelente de um corpo encontrado no que parece ter sido um tiroteio de rua", diz Joe, "mas quando a bala é recuperada, ela apresenta marcas incomuns em forma de rede no chumbo porque a vítima, na verdade, levou um tiro que atravessou uma janela, e seu corpo caiu..."

"Essa cena é minha!" Marino bate o punho com força sobre a mesa.

20

O índio seminole sai de uma picape branca velha cheia de espigas de milho, estacionada a alguma distância das bombas de gasolina. Hog o observa há algum tempo.

"Algum filho-da-puta pegou a porra da minha carteira, meu telefone celular, acho que talvez tenha sido quando eu estava na porra do chuveiro", o homem está dizendo no telefone público, de costas para o posto CITGO e todas as carretas que entram e saem ruidosamente.

Hog não demonstra seu divertimento enquanto escuta o homem reclamar cheio de raiva sobre ter de pernoitar ali novamente, xingando porque terá de dormir na cabine da picape, sem telefone, sem dinheiro para pagar um motel. Ele nem sequer tem dinheiro para tomar um banho, e de qualquer forma o preço subiu para cinco dólares, e isso é muita coisa para pagar por um banho em que não vem nada, nem mesmo sabão. Alguns homens vão em duplas e conseguem um desconto, desaparecendo atrás de um biombo sem pintura do lado esquerdo da loja de conveniência do posto, empilhando as roupas e sapatos sobre um banco no interior do biombo antes de entrar em um espaço minúsculo de concreto, mal iluminado, com apenas um chuveiro e um enorme ralo enferrujado no meio do chão.

Está sempre molhado dentro da área do chuveiro. O chuveiro pinga sem parar e as torneiras rangem. Os homens levam para dentro seu próprio sabão, xampu, escovas e pastas de dentes, geralmente em sacos plásticos. Levam suas próprias toalhas. Hog nunca tomou banho ali, mas ele tem olhado as roupas dos homens, imaginando o que poderia haver nos bolsos. Dinheiro. Telefones celulares. Às vezes drogas. As mulheres tomam banho em um espaço semelhante do lado direito da loja de conveniência. Elas nunca entram em duplas, não importa o valor do desconto, e estão sempre nervosas e apressadas quando tomam banho, envergonhadas por sua nudez e apavoradas com a possibilidade de que alguém entre quando elas estiverem lá, que um homem entre, um homem grande e forte que possa fazer o que quiser.

Hog disca o número 0800 impresso no cartão verde que guarda dobrado no bolso de trás, um cartão retangular de uns vinte centímetros de comprimento com um buraco enorme e um rasgo em uma fenda em uma das extremidades. O cartão traz informações e um desenho de uma fruta cítrica usando uma camisa tropical e óculos escuros. Ele está cumprindo a vontade de Deus. Ele é a Mão de Deus fazendo a obra de Deus. Deus tem QI 150.

"Obrigada por ligar para o Programa de Erradicação de Cancro Cítrico", diz a gravação já conhecida. "Sua chamada será monitorada para controle de qualidade."

A voz feminina gravada continua dizendo que se ele está ligando para informar algum dano nos condados de Palm Beach, Dade, Broward ou Monroe, por favor disque para o seguinte número. Ele observa o seminole entrar na picape, e sua camisa xadrez vermelha faz lembrar um lenhador, aquele entalhado ao lado da porta da frente da Christmas Shop. Ele tecla o número que a voz gravada lhe deu.

"Ministério da Agricultura", uma mulher atende.

"Por favor, quero falar com um fiscal de cítricos", diz ele enquanto olha para o seminole e pensa em lutas com jacarés.

"Em que posso ajudá-lo?"

"Você é fiscal?", pergunta ele enquanto pensa no jacaré que viu há uma hora na margem de um estreito canal que corre com a South 27.

Interpretou isso como um bom sinal. O animal tinha no mínimo um metro e meio de comprimento, muito escuro e seco, e nem um pouco interessado nos grandes caminhões de madeira que passavam ruidosamente. Ele teria parado se houvesse espaço para isso. Ele teria observado o jacaré, estudado a maneira como ele destemidamente lida com a vida, em silêncio e com calma, mas pronto para entrar rapidamente na água ou para agarrar sua presa desavisada e arrastá-la para o fundo do canal, onde ela se afogaria, apodreceria e seria comida. Teria ficado olhando o jacaré por um bom tempo, mas não conseguiria sair da estrada de maneira segura, e ele estava em uma missão.

"O senhor tem algo a informar?", a voz da mulher pergunta ao telefone.

"Eu trabalho para uma firma de jardinagem e reparei em cancro cítrico em um quintal a cerca de um quarteirão de onde eu estava cortando grama ontem."

"O senhor pode me dar o endereço?"

Ele lhe dá o endereço na região de West Lake Park.

"Pode me dizer seu nome?"

"Eu preferiria ficar anônimo. Posso me encrencar com o meu chefe."

"Tudo bem. Eu gostaria de lhe fazer algumas perguntas. O senhor realmente entrou nesse quintal onde acha que localizou o cancro?"

"É um quintal aberto, então eu entrei porque tem muitas árvores e cercas bonitas e muita grama, e eu estava pensando que talvez pudesse trabalhar ali se eles precisassem de alguém. Então eu reparei em umas folhas de aparência suspeita. Várias das árvores têm pequenas lesões nas folhas."

"O senhor notou uma margem de aparência aquosa em torno de alguma dessas folhas?"

"Tenho a impressão de que essas árvores foram infectadas recentemente, que é provavelmente o motivo pelo qual a fiscalização de rotina de vocês as deixou passar. O que me preocupa são os quintais dos dois lados. Eles têm cítricos lá que, na minha avaliação, estão a menos de seiscentos metros dos infectados, o que significa que provavelmente também estão infectados, e os cítricos nos outros quintais além desse, na minha avaliação, também estão a menos de seiscentos metros de distância. E por aí vai e vai por toda a vizinhança. Então vocês podem entender a minha preocupação."

"O que faz o senhor pensar que nossas fiscalizações de rotina deixaram passar as propriedades que está mencionando?"

"Não há nada indicando que vocês estiveram lá. Eu trabalho com cítricos aqui há muito tempo, trabalhei com serviços profissionais de jardinagem a maior parte da minha vida. Eu já vi o pior do pior, pomares inteiros tendo que ser queimados. Pessoas sendo removidas."

"O senhor reparou em quaisquer lesões em algum fruto?"

"É como estou explicando, parece que o cancro está nos estágios iniciais, bem iniciais. Eu já vi pomares inteiros queimados por causa do cancro. As vidas das pessoas foram arruinadas."

"Quando entrou no quintal onde acha que viu o cancro cítrico, o senhor se desinfetou ao sair?", pergunta a fiscal, e ele não gosta do tom de voz dela.

Ele não gosta dela. Ela é estúpida e cruel.

"É claro que eu me desinfetei. Eu estou no ramo de jardinagem há muito tempo. Eu sempre desinfeto a mim e as minhas ferramentas com GX-1027, de acordo com as orientações. Eu sei tudo o que acontece. Já vi pomares comerciais inteiros destruídos, queimados e abandonados. Pessoas arruinadas."

"Com licença..."

"Coisas muito ruins acontecem."

"Com licença..."

"As pessoas precisam levar o cancro a sério", diz Hog.

"Qual é o número de registro de seu veículo, o que o senhor usa para seu serviço de jardinagem? Suponho que o senhor tem um adesivo amarelo e preto de regulamentação no lado esquerdo do para-brisa. Eu preciso desse número."

"O meu número é irrelevante", diz ele à fiscal, que acha que é muito mais poderosa e importante do que ele. "O veículo pertence ao meu patrão e eu vou me encrencar se ele souber que eu dei este telefonema. Se as pessoas descobrirem que foi o serviço de jardinagem dele que denunciou o cancro cítrico que provavelmente vai resultar na erradicação de toda árvore de cítrico da vizinhança, o acha que vai acontecer com a nossa firma de jardinagem?"

"Eu entendo, senhor. Mas é importante que eu tenha o número de seu adesivo para os nossos registros. E eu realmente gostaria de ter uma forma de contatá-lo, se for necessário."

"Não", diz ele. "Vou ser despedido."

21

O posto da CITGO está começando a ficar movimentado com os caminhoneiros que param suas carretas atrás da loja de conveniência e perto da lateral do restaurante Chickee Hut, alinhando-os na margem da floresta, e dormem dentro delas — e provavelmente fazem sexo dentro delas.

Os caminhoneiros comem no Chickee Hut, que está escrito errado porque as pessoas que o frequentam são ignorantes demais para saber como se soletra "chikee" e provavelmente nem sabem o que significa. Chikee é uma palavra seminole, e nem mesmo os seminoles conseguem soletrá-la corretamente.*

Os caminhoneiros ignorantes têm uma vida monótona e param aqui para gastar seu dinheiro em um lugar onde há diesel à vontade, cerveja, cachorros-quentes e charutos, e uma variedade de canivetes em um expositor de vidro. Eles podem jogar bilhar no salão de jogos Golden Tee e consertar os caminhões nos serviços de borracharia e eletricista. A CITGO é um posto de serviços completo no meio do nada, onde as pessoas vêm e vão, e cada um cuida de sua própria vida. Ninguém incomoda Hog. Mal olham para ele, tantas as pessoas que entram e saem, dificilmente alguém vai vê-lo duas vezes, a não ser o sujeito que trabalha no Chickee Hut.

(*) Chikee é a palavra seminole para "casa" e designa um tipo de cabana. (N. T.)

Ele fica do outro lado de uma grade de metal que funciona como cerca no final da área de estacionamento. Placas colocadas na grade avisam que pedintes de qualquer tipo serão processados, os únicos cães permitidos são os K9 da polícia, e a vida selvagem pode entrar por sua própria conta e risco. Há muita vida selvagem à noite, mas Hog não sabe por experiência própria porque ele não gasta dinheiro no salão de jogos, no bilhar ou na vitrola automática. Ele não bebe. Não fuma. Não quer sexo com nenhuma das mulheres da CITGO.

Elas são repulsivas, com seus shorts curtos e bustiês apertados, o rosto ressequido por excesso de sol e maquiagem barata. Ficam sentadas no restaurante ao ar livre ou no bar, que nada mais são do que um telhado coberto por folhas de palmeiras e um balcão de madeira manchado em frente a oito banquinhos altos. Elas comem os pratos do dia, churrasco de costela, bolo de carne e bife à milanesa, e elas bebem. A comida é boa e feita ali mesmo. Hog gosta do "hambúrguer do caminhoneiro", e custa só 3,95 dólares. Um queijo quente custa 3,25 dólares. Mulheres baratas, nojentas; coisas ruins acontecem com mulheres desse tipo. Elas merecem.

Elas querem.

Elas contam a todo mundo.

"Um queijo quente para viagem", diz Hog ao homem atrás do balcão. "E um hambúrguer de caminhoneiro para comer aqui."

O homem tem uma barriga enorme e usa um avental branco sujo. Está ocupado abrindo garrafas de cerveja que ele guarda em um tonel cheio de gelo. O homem barrigudo já o atendeu antes, mas nunca parece se lembrar dele.

"Você quer o queijo quente com o hambúrguer?", ele pergunta, fazendo as duas garrafas de cerveja deslizarem na direção de um caminhoneiro e sua namorada que já estão bêbados.

"Tanto faz, desde que o queijo quente seja para viagem."

"Eu perguntei se você queria os dois ao mesmo tempo." Ele não está aborrecido, mas apenas indiferente.

"Pode ser."

"E para beber?", pergunta o homem barrigudo abrindo outra cerveja.

"Água potável pura."

"Mas que porra é água potável?", o caminhoneiro bêbado pergunta em voz alta, enquanto a namorada dá uma risadinha e aperta os seios contra o enorme braço tatuado dele. "Água que tira do *pote*?"

"Só água pura", diz Hog ao homem atrás do balcão.

"Eu não gosto de nada puro, num é, benzinho?", diz a namorada bêbada do caminhoneiro bêbado enrolando a língua, prendendo-se ao banquinho com as pernas roliças no short apertado, os seios rechonchudos salientes em seu bustiê curto."Pra onde você tá indo?", ela pergunta a Hog.

"Norte", diz ele. "Algum dia."

"Bom, toma cuidado dirigindo por aqui sozinho", a mulher fala enrolado. "Tem um monte de doido."

22

"Nós temos alguma ideia de onde ele está?", Scarpetta pergunta a Rose.

"Ele não está em seu escritório e não atende o celular. Quando falei com ele depois da reunião da equipe e disse que você precisava vê-lo, ele me disse que tinha algo a fazer e que voltaria logo", Rose a lembra. "Isso foi há uma hora."

"A que horas você disse que temos que ir para o aeroporto?" Scarpetta olha pela janela para as palmeiras balançando sob as rajadas de vento e pensa mais uma vez em despedi-lo. "Vamos ter um temporal, e bem feio. Faz sentido. Bom, eu não vou ficar aqui sentada esperando por ele. Eu deveria ir embora."

"O seu voo não sai antes das seis e meia", diz Rose enquanto passa a Scarpetta diversos recados telefônicos.

"Nem sei por que estou me dando ao trabalho. Por que estou me dando ao trabalho de falar com ele?" Scarpetta passa o olho pelos recados.

Rose olha para ela de um modo que apenas Rose pode fazer. Fica em pé à porta em silêncio, pensativa, o cabelo branco penteado e torcido para trás no estilo francês, o terno de linho cinza em modelo um pouco antiquado, mas elegante e bem passado. Dez anos depois, suas sandálias cinza de lizard ainda parecem novas.

"Num minuto você quer falar com ele, no outro não quer. O que está acontecendo?", observa Rose.

"Acho que devo ir."

"Eu não pedi que você escolhesse entre uma coisa e outra. Perguntei o que está acontecendo."

"Eu não sei o que vou fazer a respeito dele. Fico pensando em despedi-lo, mas eu preferiria renunciar a fazer isso."

"Você poderia assumir o cargo de chefe", Rose a lembra. "Eles forçariam o doutor Bronson a se aposentar se você concordasse, e talvez você deva considerar seriamente o assunto."

Rose sabe o que está fazendo. Sabe parecer bastante sincera ao sugerir alguma coisa que ela secretamente não quer que Scarpetta faça, e o resultado é previsível.

"Não, obrigada", diz Scarpetta categoricamente. "Já passei por isso, e, caso você tenha esquecido, Marino é um dos investigadores, então eu não iria exatamente me afastar dele renunciando ao posto na Academia e indo parar em tempo integral no Gabinete do Legista-Chefe. Quem é a senhora Simister, e de que igreja?", pergunta ela, intrigada com um dos recados telefônicos.

"Eu não sei quem ela é, mas agia como se a conhecesse."

"Nunca ouvi falar nela."

"Ela ligou há poucos minutos e disse que queria falar com você sobre uma família desaparecida na área de West Lake Park. Não deixou o número, disse que voltaria a ligar."

"Que família desaparecida? Aqui em Hollywood?"

"Foi isso que ela disse. Vejamos, o seu voo sai de Miami, infelizmente. O pior aeroporto do planeta. Eu diria que não precisamos sair... Bom, você sabe como é o trânsito por aqui. Talvez devêssemos sair lá pelas quatro. Mas não vamos a lugar nenhum até que eu confirme o seu voo."

"Você tem certeza de que estou na primeira classe? E de que não foi cancelado?"

"Tenho sua reserva impressa, mas você vai ter que fazer o check-in de última hora."

"Dá para acreditar? Eles me cancelam a passagem, e

agora virou de última hora porque eu tive que reservar de novo?"

"Está tudo certo agora."

"Não é por nada, mas foi isso que você disse no mês passado, Rose. E eu não estava no computador e terminei na classe econômica. Até Los Angeles. E olha o que aconteceu ontem."

"Eu confirmei hoje de manhã logo cedo. Vou confirmar novamente."

"Você acha que tudo isso tem a ver com as cenas infernais de Marino? Talvez seja isso o que está errado com ele."

"Desconfio que ele sente que você se afastou dele depois daquilo, que não confia mais nele nem o respeita mais."

"Como posso confiar no bom senso dele?"

"Eu ainda não tenho certeza sobre o que Marino fez", Rose responde. "Eu digitei o roteiro daquela cena e editei como faço com todas as outras, e, como já lhe disse antes, no texto não estava incluída uma agulha hipodérmica no bolso daquele enorme e gordo velho morto."

"Ele preparou a cena. Ele a supervisionou."

"Ele jura que uma outra pessoa colocou a agulha no bolso. Provavelmente foi ela. Por dinheiro, o que felizmente ela não conseguiu. Eu não culpo Marino pela maneira como se sente. As cenas infernais foram ideia dele, e agora o doutor Amos é quem as está fazendo e recebendo todo tipo de atenção dos alunos enquanto Marino é tratado como..."

"Ele não é simpático com os alunos. Desde o primeiro dia."

"Bom, agora ficou pior. Eles não o conhecem e acham que ele é um dinossauro mal-humorado, um velho irritadiço que não sabe de mais nada. E eu sei exatamente como é ser tratada como um velho irritadiço que não sabe de mais nada ou, o que é pior, sentir-se como um."

"Você pode ser qualquer coisa, menos uma pessoa irritadiça e que não sabe de mais nada."

"Pelo menos você concorda que eu sou velha", diz Rose saindo, e acrescenta: "Vou tentar falar com ele de novo."

Dentro do quarto 112 do motel Última Parada, Joe está sentado diante da mesa barata em frente à cama barata e olha o computador buscando a reserva de voo de Scarpetta, anotando o número do voo e outras informações. Ele liga para a companhia aérea.

Depois de cinco minutos na espera, ele consegue falar com uma pessoa de verdade.

"Preciso mudar uma reserva", diz ele.

Ele recita as informações, e então muda a passagem para classe econômica, o mais no fundo do avião possível, de preferência uma poltrona no meio, porque sua chefe não gosta de corredor nem de janela. Do mesmo jeito que ele fez de maneira tão bem-sucedida da última vez, quando ela estava voando para Los Angeles. Ele poderia cancelar o voo dela novamente. Mas aquilo foi mais engraçado.

"Sim, senhor."

"E quanto a um bilhete eletrônico?"

"Não, senhor, com uma mudança assim tão próxima da partida, o senhor vai ter que fazer o check-in no balcão."

Ele desliga, eufórico, enquanto imagina a Todo-Poderosa Scarpetta presa entre dois estranhos, com sorte dois sujeitos muito gordos e malcheirosos, durante três horas. Ele sorri ao conectar um gravador digital em seu telefone de sistema super-híbrido. A unidade de ar condicionado presa à janela range alto, mas é ineficiente. Ele está começando a sentir calor e detecta um leve fedor de carne apodrecida de uma cena infernal recente que incluía pedaços de costelas de porco, bife de fígado e pele de galinha enrolados em um pedaço de tapete e escondidos sob o assoalho de um closet.

Ele agendou o exercício para logo depois de um almoço especial cuja conta mandou para a Academia e que incluiu costelas grelhadas e arroz e resultou em muitos alunos com ânsia de vômito quando o pacote podre foi encontrado cheio de fluidos pútridos e infestado de vermes. Em sua pressa de recuperar os restos humanos simulados e limpar a cena, a Equipe A deixou de reparar em um pedaço cortado de unha que também estava embaixo do assoalho, perdido no meio da poça fedorenta, e, no final das contas, essa evidência era a única que poderia ter revelado a identidade do assassino.

Joe acende um charuto enquanto se lembra prazerosamente do sucesso dessa cena infernal, um sucesso que ficou melhor ainda com a explosão de raiva de Marino, sua insistência de que Joe mais uma vez roubou a ideia dele. O grandalhão grosso ainda precisa descobrir que a opção de Lucy por um sistema de monitoramento de comunicações que tenha interface com o PBX da Academia significa que, com a devida liberação de segurança, pode-se monitorar a pessoa que se quiser de quase todas as maneiras imagináveis.

Lucy foi descuidada. A intrépida superagente Lucy deixou seu Treo — um palmtop de altíssima tecnologia que é computador de mão, telefone celular, e-mail, câmera e tudo o mais — dentro de um de seus helicópteros. Aconteceu quase um ano atrás. Ele mal tinha começado suas atividades lá quando teve o mais surpreendente lance de sorte: estava no hangar com uma das alunas, uma moça especialmente bonita, mostrando-lhe os helicópteros de Lucy, quando reparou em um Treo dentro do Bell 407.

O Treo de Lucy.

Ela ainda estava conectada. Ele não precisaria da senha dela para acessar tudo que houvesse naquele aparelho. Ficou com o Treo por tempo suficiente para fazer o download de todos os seus arquivos antes de colocá-lo de volta no helicóptero, deixando-o no chão, parcialmente escondido sob o assento, onde Lucy o encontrou mais tarde, sem ter ideia do que havia acontecido. Ela ainda não tem ideia do que aconteceu.

Joe tem senhas, dúzias delas, incluindo a senha de ad-

122

ministradora do sistema de Lucy, que possibilita que ela acesse, e agora ele, os sistemas de informática e de telecomunicações dos quartéis-generais regionais do sul da Flórida, o quartel-general central em Knoxville, escritórios-satélites em Nova York e Los Angeles, e Benton Wesley e seu projeto de pesquisa ultrassecreto Predador, e tudo o que ele e Scarpetta confiam um ao outro. Joe pode redirecionar arquivos e e-mails, pode conseguir números de telefones não listados de qualquer pessoa que teve algum tipo de ligação com a Academia, pode causar uma devastação. Sua bolsa termina em um mês, e quando ele for embora — e vai fazê-lo em grande estilo — poderá ter feito a Academia implodir e todos, especialmente o grande e estúpido Marino e a opressora Scarpetta, se odiarem uns aos outros.

É fácil monitorar a linha do telefone do burrão e ativar secretamente o viva-voz, que é como ter um microfone aberto na sala. Marino dita tudo, incluindo suas cenas infernais, e Rose as digita porque ele não sabe ortografia, tem uma gramática terrível, raramente lê e é praticamente analfabeto.

Joe sente uma onda de euforia enquanto bate as cinzas do charuto em uma lata de Coca-Cola e se conecta ao sistema de PBX. Ele acessa a linha do escritório de Marino e ativa o viva-voz para ver se ele está lá, planejando alguma coisa.

123

23

Quando Scarpetta concordou em servir como consultora de patologia forense para o projeto Predador, ela não estava muito entusiasmada a respeito dele.

Ela avisou Benton, tentou dissuadi-lo, lembrou-lhe repetidas vezes que os sujeitos do estudo não se importam se uma pessoa é médico, psicólogo ou professor de Harvard.

Eles quebram o seu pescoço ou esmagam a sua cabeça contra uma parede da mesma maneira que fariam com qualquer outra pessoa, disse ela. *Não existe esse negócio de imunidade de soberania.*

Eu estive perto dessas pessoas a maior parte de minha vida, respondeu ele. *É isso o que eu faço, Kay.*

Você nunca fez isso nesse tipo de ambiente. Não em um hospital psiquiátrico afiliado a Harvard que historicamente nunca lidou com assassinos condenados. Você não está apenas olhando para o abismo, você está instalando luzes e um elevador dentro dele, Benton.

Ela ouve Rose falando do outro lado da parede de seu escritório.

"Onde diabos você se meteu?", é o que Rose está dizendo.

"Então, quando é que eu vou levar você para dar um passeio?", responde Marino em voz alta.

"Eu já disse, eu não vou andar na garupa daquela coisa. Acho que alguma coisa está errada com o seu telefone."

"Eu sempre tive essa fantasia de ver você vestida de couro preto."

"Eu fui procurar você, e você não estava na sua sala. Ou, pelo menos, não abriu a porta..."

"Eu não fiquei lá a manhã toda."

"Mas a luz da sua linha está acesa."

"Não está, não."

"Foi alguns minutos atrás."

"Você está me vigiando de novo? Acho que você está apaixonada por mim, Rose."

Marino continua em sua voz barulhenta, enquanto Scarpetta revisa um e-mail que acabou de receber de Benton, um outro anúncio de recrutamento que deverá sair no *The Boston Globe* e na internet.

Estudo com Ressonância Magnética em adultos saudáveis

Pesquisadores afiliados à Escola de Medicina de Harvard estão estudando a estrutura e a função do cérebro em adultos saudáveis no Centro de Neuroimagem do Hospital McLean em Belmont, Massachusetts.

"Vá agora. A doutora Scarpetta está esperando e você está atrasado de novo", ela ouve Rose repreendendo Marino com sua voz firme, mas carinhosa. "Você precisa parar com esses números de desaparecimento."

Você pode estar apto para o estudo se:

- É homem e tem entre 17 e 45 anos de idade.
- Está disponível para cinco visitas ao Hospital McLean.
- Não tem histórico de traumatismo craniano ou abuso de drogas.
- Nunca recebeu um diagnóstico de esquizofrenia ou distúrbio bipolar.

Scarpetta desce a tela passando pelo resto do anúncio, para chegar à parte boa, um P. S. de Benton.

Você se surpreenderia em ver quantas pessoas acham que são normais.

Eu queria que a maldita neve parasse. Amo você.

A presença grandalhona de Marino preenche a soleira da porta.

"E aí?", ele pergunta.

"Por favor, feche a porta", diz Scarpetta, pegando o telefone.

Ele fecha a porta, pega uma cadeira, senta-se não na frente dela, mas um pouco de lado para não ter de olhá-la diretamente em sua enorme poltrona de couro atrás de sua enorme mesa. Ela conhece os truques dele. Sabe tudo sobre suas manipulações desajeitadas. Ele não gosta de lidar com ela estando do outro lado da grande mesa; preferiria que estivessem sentados sem nada entre eles, como iguais. Ela entende de psicologia de escritório, entende muito mais do que ele.

"Só um minuto", diz ela.

BONG-BONG-BONG-BONG-BONG-BONG, os sons rápidos de um pulso de frequência de rádio que faz com que um campo magnético excite prótons.

No laboratório de ressonância magnética, a estrutura de um outro cérebro considerado normal está sendo escaneada.

"O tempo aí em cima está muito ruim?", Scarpetta diz ao telefone.

A doutora Lane aperta o botão do intercomunicador. "Você está bem?", pergunta ela ao último dos pacientes em estudo do projeto Predador.

Ele afirma ser normal. Provavelmente não é. Ele não sabe que a ideia é comparar seu cérebro com o de um assassino.

"Eu não sei", responde a voz desanimada do normal.

"Está razoável", Benton diz a Scarpetta ao telefone.

126

"Se você não se atrasar de novo. Mas amanhã à noite parece que vai ficar bem ruim..."

BWAWWH... BWAWWH... BWAWH... BWAWH...

"Não consigo ouvir nada", diz ele, irritado.

A ligação está ruim. Às vezes seu celular nem mesmo toca aqui, e ele está perturbado, frustrado, cansado. O escaneamento não está dando certo. Nada deu certo hoje. A doutora Lane está desanimada. Josh está sentado na frente de sua tela, entediado.

"Não estou com muitas esperanças", diz a doutora Lane para Benton, um olhar resignado no rosto. "Mesmo com os protetores de ouvido."

Duas vezes, hoje, os sujeitos normais de controle recusaram-se a ser escaneados porque são claustrofóbicos, um detalhe que deixaram de mencionar quando foram aceitos para participar do estudo. Agora esse sujeito de controle está reclamando do barulho, diz que parece o de baixos elétricos sendo tocados no inferno. Pelo menos ele é criativo.

"Eu ligo antes de decolar", Scarpetta está dizendo ao telefone. "O anúncio parece bom, tão bom quanto qualquer um dos outros."

"Valeu pelo entusiasmo. Vamos precisar de uma boa resposta. O número de desistências está aumentando. Deve ser alguma coisa fóbica no ar. Além disso, um em cada três normais não é."

"Não tenho mais certeza sobre o que é normal."

Benton cobre o outro ouvido, muda de lugar, tentando ouvir, tentando conseguir um sinal melhor. "Receio que um caso grande tenha aparecido, Kay. Vai ser muito trabalho."

"Como estão as coisas aí dentro?", pergunta a doutora Lane pelo intercomunicador.

"Nada boas", diz a voz do sujeito.

"Eles sempre acontecem quando estamos planejando ficar juntos", diz Scarpetta acima do que agora soa como um martelo batendo rapidamente em madeira. "Eu ajudarei no que puder."

"Eu realmente estou começando a ficar tonto", diz a voz do sujeito normal.

"Isso não vai dar certo." Benton olha através do vidro para o normal que está no aparelho de ressonância.

Ele está mexendo a cabeça onde estão presos alguns fios com fita adesiva.

"Susan?", Benton olha para ela.

"Eu sei", responde a doutora Lane. "Vou precisar reposicioná-lo."

"Boa sorte. Acho que ele acabou", diz Benton.

"Ele destruiu o ponto de referência", diz Josh levantando a cabeça.

"Tudo bem", diz a doutora Lane ao sujeito de controle normal. "Vamos parar. Vou entrar aí e tirar você."

"Desculpa, cara, eu não consigo", diz a voz estressada do sujeito.

"Desculpe. Mais um beijou a lona", diz Benton a Scarpetta pelo telefone enquanto observa a doutora Lane abrir a porta da sala de ressonância e entrar para soltar o mais recente fracasso deles. "Eu acabei de passar duas horas avaliando esse sujeito e não deu em nada. Ele está fora. Josh?", diz Benton. "Peça a alguém que arranje um táxi para ele."

O couro preto chia enquanto Marino se acomoda em sua roupa de motoqueiro. Ele se esforça muito para demonstrar o quanto está relaxado, afundado na cadeira, as pernas abertas.

"Que anúncio?", ele pergunta quando Scarpetta desliga.

"Mais um projeto de pesquisa no qual ele está envolvido lá em cima."

"Ah. Que tipo de pesquisa?", diz ele como se estivesse desconfiado de alguma coisa.

"Um estudo neuropsicológico. De que maneira tipos diferentes de pessoas processam diferentes tipos de informação, esse tipo de coisa."

"Ah. Essa é uma boa explicação. Provavelmente a mesma que usam todas as vezes que um repórter telefona, uma explicação que não diz nada. Por que você queria falar comigo?"

"Você viu os meus recados? Desde sábado eu deixei quatro."

"É, eu vi os seus recados."

"Teria sido simpático se você tivesse me dado um retorno."

"Você não disse que era um nove-um-um."

Aquele tinha sido o código que eles usaram durante anos quando trocavam mensagens por meio de pagers, na época em que os telefones celulares não eram tão usados, e também depois, quando estavam inseguros. Agora Lucy tem embaralhadores e sabe-se mais o quê para proteger a privacidade, e não há problema em deixar um recado na secretária eletrônica.

"Eu não deixo um nove-um-um quando se trata de mensagem telefônica", diz ela. "Como isso funciona? Depois do bip eu digo 'nove-um-um'?"

"O que eu quero dizer é que você não disse que era uma emergência. O que você queria?"

"Você me deixou esperando. Tínhamos combinado de rever o caso Swift, lembra?"

Ela havia preparado o jantar para ele também, mas deixou essa parte de lado.

"Eu andei ocupado, na estrada."

"Você gostaria de me dizer o que andou fazendo e onde?"

"Andando na minha moto nova."

"Durante dois dias inteiros? Você não parou para colocar gasolina, talvez para ir ao banheiro? Não teve tempo para dar um telefonema?"

Ela se recosta na grande cadeira atrás de sua mesa enorme e sente-se pequena enquanto olha para ele. "Você está sendo do contra. É isso o que está acontecendo."

"Por que eu deveria lhe contar o que tenho feito?"

"No mínimo porque eu sou a diretora de medicina e ciência forense."

"E eu sou o chefe de investigações, e isso, na verdade, está ligado a treinamento e Operações Especiais. Então, na verdade, minha supervisora é Lucy, e não você."

"Lucy não é sua supervisora."

"Acho que seria melhor você conversar com ela sobre isso."

"A área de investigações na verdade está ligada à área de medicina e ciência forense. Você, na verdade, não é um agente de Operações Especiais, Marino. O meu departamento paga o seu salário." Ela está prestes a atacá-lo e sabe que não deve.

Ele olha para ela com seu rosto grande e duro, seus dedos grandes e grossos tamborilando sobre o braço da cadeira. Ele cruza a perna e começa a balançar um pé dentro de uma bota de motoqueiro.

"O seu trabalho é me ajudar no meu estudo dos casos", diz ela. "Você é a pessoa de quem eu mais dependo."

"Acho que é melhor você levar essa questão para Lucy."

Ele bate os dedos lentamente sobre o braço da cadeira e balança o pé, os olhos duros focalizando o espaço atrás dela.

"Eu tenho que lhe contar tudo e você não me conta porra nenhuma", diz ele. "Você faz o que bem entende e nunca pensa que me deve alguma explicação. Estou sentado bem aqui, escutando você mentir como se eu fosse tão estúpido que não pudesse perceber. Você não me pergunta nem me conta nada a não ser que seja conveniente para você."

"Eu não trabalho para você, Marino." Ela não consegue evitar dizer aquilo. "Acho que é o contrário."

"Ah, é?"

Ele se inclina para a frente, aproximando-se da enorme mesa, o rosto tornando-se quase roxo.

"Pergunte a Lucy", diz ele. "Ela é a dona desta porra. Ela paga o salário de todo mundo. Pergunte a ela."

"É óbvio que você não esteve presente na maior parte de nossa discussão sobre o caso Swift", diz ela, mudando o tom, tentando abortar o que estava prestes a se tornar uma batalha.

"E por que eu me importaria? Sou eu quem tem a porra da informação."

"Estávamos esperando que você a partilhasse conosco. Estamos todos juntos nisso."

"Não diga. Tudo mundo está metido em tudo. Nada do que seja meu é particular. É a temporada de caça aos meus casos antigos, às minhas cenas infernais. Você simplesmente passa as informações que quer e não se importa em saber como eu estou."

"Isso não é verdade. Por favor, se acalme. Não quero que você tenha um derrame."

"Você ficou sabendo da cena infernal de ontem? De onde você acha que veio aquilo? Ele está entrando nos nossos arquivos."

"Isso não é possível. As cópias em mídia estão trancadas. As cópias eletrônicas são completamente inacessíveis. Quanto à cena infernal de ontem, eu concordo que é muito semelhante..."

"Semelhante o cacete. É exatamente a mesma."

"Marino, saiu nos jornais também. Na verdade, ainda dá para accssar pela internet. Eu verifiquei."

O rosto grande e avermelhado dele a encara, com uma expressão tão inamistosa que ela mal o reconhece.

"Podemos conversar sobre Johnny Swift por um minuto, por favor?", diz ela.

"Pergunte o que quiser", diz ele, carrancudo.

"Estou confusa quanto à possibilidade de roubo como motivo. Houve roubo ou não?"

"Nada de valor estava faltando na casa, a não ser pelo fato de que não conseguimos entender a merda que aconteceu com o cartão de crédito."

"Que merda aconteceu com o cartão de crédito?"

"Na semana seguinte à morte dele, alguém fez um saque de dois mil e quinhentos dólares em dinheiro. Cada retirada foi de quinhentos dólares de cinco caixas eletrônicos diferentes na região de Hollywood."

"Rastreados?"

Marino dá de ombros e diz: "Sim. Até máquinas em estacionamentos, dias diferentes, horários diferentes, tudo diferente a não ser a quantia. Sempre o limite de quinhentos dólares. Quando a companhia do cartão tentou notificar Johnny Swift — que, àquela altura, já estava morto — sobre um comportamento fora do padrão que poderia indicar que alguém estava usando o cartão dele, os saques tinham parado."

"E quanto a câmeras? Alguma chance de a pessoa ter sido filmada?"

"Nenhum dos caixas eletrônicos escolhidos tinha câmera. Alguém sabia o que estava fazendo, provavelmente já fez antes."

"Laurel tinha a senha?"

"Johnny ainda não conseguia dirigir por causa da cirurgia. Então Laurel tinha que fazer tudo, incluindo os saques de dinheiro."

"Mais alguém tinha a senha?"

"Pelo que sabemos, não."

"Bom, eu não acredito que ele tenha acabado com o irmão para pegar o cartão de banco dele."

"As pessoas têm matado por muito menos do que isso."

"Acho que estamos falando sobre uma outra pessoa, talvez alguém com quem Johnny Swift tenha tido algum tipo de encontro. Talvez a pessoa tivesse acabado de matá-lo e ouviu o carro de Laurel chegando. Então ele se abaixou, explicando por que a espingarda estava no chão. Então, quando Laurel saiu correndo da casa, o sujeito pegou a arma e fugiu a toda."

"Para começar, por que a espingarda estava no chão?"

"Talvez ele estivesse preparando a cena para parecer suicídio e foi interrompido."

"Você está me dizendo que não tem dúvidas de que foi um homicídio?"

"Você está me dizendo que acha que não é?"

"Estou só fazendo perguntas."

132

Os olhos de Marino passeiam pelo escritório, sobre a parte de cima de sua mesa lotada, pilhas de papéis e arquivos de casos. Ele a encara com olhos duros que ela talvez achasse assustadores se já não tivesse visto insegurança e dor neles diversas vezes no passado. Talvez ele pareça diferente e distante apenas porque raspa a cabeça e passou a usar um brinco de diamante pequeno. Ele faz exercícios no ginásio de maneira obsessiva e ela nunca o viu tão corpulento.

"Eu agradeceria se você revisasse as minhas cenas infernais", diz ele. "Todas as cenas que criei estão naquele disco. Eu gostaria que você as visse com cuidado. Já que você vai estar sentada em um avião sem nada melhor para fazer."

"Talvez eu tenha algo melhor para fazer." Ela tenta provocá-lo um pouco, fazer com que ele se anime.

Não funciona.

"Rose colocou todas elas em um disco, desde a primeira do ano passado, e está tudo no arquivo ali. Em um envelope lacrado" — ele aponta para algumas pastas sobre a mesa. "Talvez você possa abrir no seu laptop e dar uma olhada. A bala com a porta de tela está lá. Aquele bosta mentiroso. Juro que eu criei aquilo primeiro."

"Faça uma busca na internet para alvos intermediários em tiroteios e eu garanto que você vai encontrar casos e testes com armas de fogo que incluem balas disparadas através de portas com tela", diz ela. "Receio que não haja mais muita coisa que seja realmente nova ou particular."

"Ele não passa de um rato de laboratório que morava dentro de um microscópio até um ano atrás. Não tem como ele conhecer as coisas sobre as quais escreve. É impossível. É por causa do que aconteceu na Lavoura de Corpos. Pelo menos você poderia ter sido honesta a respeito."

"Você está certo", diz ela. "Eu deveria ter lhe dito que parei de revisar suas cenas infernais depois daquilo. Todos nós paramos. Eu deveria ter me sentado com você e explicado, mas você estava com tanta raiva e tão combativo que nenhum de nós quis lidar com você."

"Talvez se tivessem armado para você como fizeram comigo, você estivesse com raiva e agressiva também."

"Joe não estava na Lavoura de Corpos e nem mesmo em Knoxville quando aquilo aconteceu", ela o faz lembrar. "Então, por favor, explique como ele poderia ter colocado uma agulha hipodérmica no bolso da jaqueta de um homem morto."

"O exercício de campo deveria expor os alunos a um cadáver verdadeiro apodrecendo na Lavoura de Corpos para ver se eles conseguiam superar o fator de vômito e recuperar diversos itens de evidência. Uma agulha suja não era um deles. Ele armou aquilo para me pegar."

"Nem todo mundo quer pegar você."

"Se ele não armou para mim, então por que a garota não foi em frente com o processo? Porque aquilo foi uma tapeação, é o que foi. A maldita agulha não tinha aids nela, nunca tinha sido usada. Um pequeno descuido da parte do idiota."

Ela se levanta.

"O que eu vou fazer a respeito é a questão maior", diz ela, trancando sua pasta.

"Não sou eu quem tem segredos", diz ele, observando-a.

"Você tem um monte de segredos. Eu nunca sei onde você está ou o que está fazendo metade do tempo."

Ela tira o paletó que estava pendurado atrás da porta. Ele a encara com firmeza, o olhar duro. Os dedos param de tamborilar sobre o braço da cadeira. O couro chia quando ele se levanta.

"Benton deve se sentir muito importante trabalhando com aquele pessoal de Harvard", comenta, e não é a primeira vez que diz isso. "Todos aqueles cientistas de foguetes com seus segredos."

Ela olha para ele, a mão sobre a maçaneta. Talvez ela esteja ficando paranoica também.

"É. O que ele está fazendo lá em cima deve ser mesmo empolgante. Mas, se você perguntar a minha opinião, eu teria prazer em dizer para não desperdiçar o seu tempo."

134

Não é possível que ele esteja se referindo ao projeto Predador.

"Para não mencionar o desperdício de dinheiro. Dinheiro esse que com toda a certeza poderia ser mais bem gasto. Da minha parte, não tenho estômago para dar todo aquele dinheiro e atenção para aquela escória."

Ninguém deveria saber sobre o projeto Predador, a não ser a equipe de pesquisa, o diretor do hospital, o Conselho Administrativo e alguns funcionários específicos da prisão. Mesmo os sujeitos normais que participam do estudo não sabem o nome dele ou do que se trata. Marino não poderia saber a menos que, de alguma maneira, tenha invadido o e-mail dela ou acessado as cópias em disco que ela mantém trancadas nas gavetas do arquivo. Pela primeira vez, ocorre-lhe que, se alguém está quebrando a segurança, essa pessoa poderia ser ele.

"Do que você está falando?", pergunta ela em voz baixa.

"Talvez você devesse ter mais cuidado ao enviar arquivos, para ter certeza de não há nada anexado neles", responde ele.

"Quais arquivos?"

"As anotações que você digitou depois de sua primeira reunião com o Querido Dave sobre aquele caso do bebê sacudido que ele quer que todo mundo pense que foi um acidente."

"Eu não enviei anotações para você."

"Com certeza enviou. Enviou na última sexta-feira, só fui abrir depois que vi você, no domingo. Anotações casualmente anexadas em um e-mail seu para o Benton. Um e-mail que eu com toda a certeza não deveria ver."

"Não", ela insiste com um temor crescente. "Eu não lhe mandei nada."

"Talvez não de propósito. É engraçado como as mentiras acabam aparecendo", diz ele, quando alguém bate de leve na porta.

"Foi por isso que você não apareceu na minha casa na noite de domingo? E foi por isso que você não apareceu para a reunião com Dave ontem de manhã?"

"Com licença", diz Rose entrando. "Acho que um de vocês dois tem que lidar com um assunto."

"Você poderia ter dito alguma coisa, poderia ter me dado uma chance para eu me defender", Scarpetta diz a ele. "Pode ser que eu não lhe conte tudo, mas eu não minto."

"Mentir por omissão ainda é mentir."

"Com licença", Rose tenta de novo.

"Predador", diz Marino a Scarpetta. "Que tal essa mentira?"

"A senhora Simister", Rose interrompe-os em voz alta. "A mulher da igreja que ligou há pouco tempo. Desculpe, mas parece bastante urgente."

Marino não faz menção de atender o telefone, como a lembrar a Scarpetta de que ele não trabalha para ela, de que ela mesma tem de atender a ligação.

"Ah, pelo amor de Deus", diz ela, voltando para trás da mesa. "Passe a ligação."

24

Marino enfia as mãos nos bolsos do jeans e apoia-se no batente da porta, observando Scarpetta lidar com a senhora Simister, seja lá quem ela for.

Nos velhos tempos, ele gostava de ficar sentado na sala de Scarpetta durante horas, ouvindo-a falar enquanto ele bebia café e fumava. Ele não se importava de pedir-lhe que explicasse o que não entendia, não se importava de esperar quando ela era interrompida, o que acontecia com frequência. Ele não se importava quando ela se atrasava.

As coisas estão diferentes agora, e a culpa é toda dela. Ele não pretende esperar por ela. Ele não quer que ela explique nada e prefere continuar ignorante a lhe perguntar qualquer coisa da área médica, profissional ou pessoal, mesmo se estiver morrendo, e ele costumava perguntar a ela tudo o que quisesse. Então ela o traiu. Ela o humilhou, de propósito, e está fazendo isso novamente, e de propósito, não importa o que ela diga a respeito. Ela sempre racionalizou tudo da forma que lhe convinha, fez coisas perniciosas em nome da lógica e da ciência, como se ela pensasse que ele é tão burro que não vai entender.

Não é diferente do que aconteceu com Doris. Certo dia ela veio para casa chorando, e ele não sabia dizer se ela estava brava ou triste, mas sabia que estava aborrecida — talvez ele nunca a tivesse visto tão aborrecida.

Qual é o problema? Ele vai ter que arrancar o seu dente? Marino perguntou-lhe enquanto tomava cerveja em sua poltrona favorita e assistia ao noticiário.

Doris sentou-se no sofá e soluçou.

Merda. O que foi, querida?

Ela cobriu o rosto e chorou como se alguém estivesse para morrer, então Marino sentou-se ao lado dela e enlaçou-a com o braço. Segurou-a por alguns minutos, e quando nenhuma informação apareceu, pediu que ela lhe contasse o que diabos estava errado.

Ele me tocou, disse ela, chorando. *Eu sabia que não estava certo e eu ficava perguntando a ele por quê, mas ele disse para eu me acalmar, que ele era o doutor, e uma parte de mim sabia o que ele estava fazendo, mas eu estava assustada. Eu devia saber, devia ter dito não, mas eu simplesmente não sabia o que fazer.* E ela continuou explicando que o dentista ou endodontista, seja lá como ele se chamava, disse que Doris possivelmente tinha uma infecção sistêmica devido a uma fratura na raiz e ele precisava verificar as glândulas dela. Essa foi a palavra que ele usou, segundo Doris.

Glândulas.

"Espere um pouco", Scarpetta diz para seja lá quem a senhora Simister for. "Deixe-me ligar o viva-voz. Tenho um investigador bem aqui neste momento."

Ela lança um olhar para Marino, indicando que está preocupada com o que está ouvindo, e ele tenta espantar Doris de seus pensamentos. Ele ainda pensa nela com frequência, e parece que quanto mais velho fica, mais ele se lembra do que se passou entre eles, a maneira como ele se sentiu quando o dentista a tocou e a maneira como se sentiu quando ela o abandonou para ficar com aquele vendedor de carros, aquele puto daquele vendedor de carros idiota. Todo mundo o abandona. Todo mundo o trai. Todo mundo quer o que ele tem. Todo mundo pensa que ele é estúpido demais para entender suas tramas e manipulações. Nas últimas semanas, as coisas têm sido mais do que ele pode suportar.

E agora aquilo. Scarpetta mente sobre o estudo lá em cima. Deixa-o de fora. Degrada-o. Serve-se de qualquer coisa que lhe convenha, trata-o como se ele fosse nada.

"Eu gostaria de ter mais informações." A voz da senhora Simister entra no ambiente, e ela parece tão velha quanto Matusalém. "Com certeza eu espero que nada de ruim tenha acontecido, mas tenho medo. É horrível quando a polícia não se importa."

Marino não tem a menor ideia sobre o que a senhora Simister está falando, ou quem ela é, ou por que está ligando para a Academia Forense Nacional, e ele não consegue exorcizar Doris de sua cabeça. Deseja ter feito mais do que ameaçar o maldito dentista, ou endodontista, ou seja lá que diabos ele fosse. Teria destruído a cara do idiota e talvez quebrado alguns dedos dele.

"Explique ao investigador Marino o que a senhora quer dizer com 'a polícia não se importa'", diz Scarpetta no viva-voz.

"A última vez que eu vi sinal de vida lá foi na noite de quinta-feira passada, e quando percebi que todos tinham desaparecido liguei imediatamente para a emergência. Eles mandaram um policial até a casa e então chamaram uma detetive. Ela obviamente não se importa."

"A senhora está se referindo à polícia de Hollywood", diz Scarpetta, olhando para Marino.

"Sim. Uma tal de detetive Wagner."

Marino revira os olhos. Isso é inacreditável. Com todo o seu azar dos últimos tempos, ele não precisa disso.

Ele pergunta da porta: "A senhora está falando de Reba Wagner?".

"O quê?", pergunta a voz queixosa.

Ele se aproxima do aparelho sobre a mesa e repete a pergunta.

"Tudo o que sei é que as iniciais no cartão dela são R. T. Suponho que possa ser Reba."

Marino revira os olhos novamente e bate na cabeça, indicando que a detetive R. T. Wagner é burra como uma porta.

"Ela deu uma olhada pelo quintal e na casa e disse que não havia sinais de crime. Ela achou que eles foram embora por conta própria e disse que não havia nada que a polícia pudesse fazer a respeito."

"A senhora conhece essas pessoas?", pergunta Marino.

"Eu moro bem em frente à casa deles, do outro lado da água. E frequentamos a mesma igreja. Eu simplesmente sei que alguma coisa ruim aconteceu."

"Tudo bem", diz Scarpetta. "O que é que a senhora está pedindo que façamos, senhora Simister?"

"Para, ao menos, dar uma boa olhada na casa. Sabe, é a igreja que a aluga, e eles a mantiveram trancada desde que desapareceram. Mas o contrato de locação expira em três meses, e o senhorio disse que vai deixar a igreja rescindir o contrato sem multas porque ele já tem uma outra pessoa para quem alugar. Algumas das senhoras da igreja estão planejando ir até lá de manhã bem cedo para começar a encaixotar tudo. E aí o que acontece com as pistas?"

"Tudo bem", diz Scarpetta de novo. "Vou lhe dizer o que vamos fazer. Vamos telefonar para a detetive Wagner. Não podemos entrar na casa sem permissão da polícia. Não temos jurisdição, a menos que eles peçam nossa ajuda."

"Eu entendo. Muito obrigada. Por favor, façam alguma coisa."

"Tudo bem, senhora Simister. Voltaremos a falar com a senhora. Precisamos do seu número de telefone."

"Hum", Marino diz quando Scarpetta desliga. "Provavelmente é um caso de perturbação mental."

"Que tal você telefonar para a detetive Wagner, já que parece que está familiarizado com ela?", pergunta Scarpetta.

"Ela era policial motociclista. Burra como uma porta, mas manejava sua Harley Road King muito bem. Não posso acreditar que eles a tornaram detetive."

Ele tira o Treo do bolso e teme ouvir a voz de Reba, e deseja que Doris saia de sua cabeça. Ele diz ao policial da expedição de Hollywood para pedir à detetive Wagner que o contate imediatamente. Ele termina a chamada e olha para a sala de Scarpetta, olha para todos os lugares, menos para ela, enquanto pensa em Doris e no dentista, ou seja lá que diabos ele fosse, e no vendedor de carros. Ele pensa em como teria sido gratificante ter batido muito no dentista, ou seja lá que diabos ele fosse, em vez de ficar bêbado e entrar sem pedir licença no consultório dele e exigir que ele saísse de uma sala de exames e, na frente de uma sala de espera cheia de pacientes, que ele explicasse por que achava necessário examinar os seios de sua esposa e, por favor, que explicasse como seios poderiam ser relevantes em um caso de tratamento de canal.

"Marino?"

Por que aquele incidente ainda o incomoda depois de todos esses anos é um mistério. Ele não entende por que muitas coisas começaram a incomodá-lo novamente. As últimas semanas foram um inferno.

"Marino?"

Ele sai do devaneio e olha para Scarpetta ao mesmo tempo que percebe que seu celular está vibrando.

"Alô", ele atende.

"Aqui é a detetive Wagner."

"Investigador Pete Marino", diz ele, como se não a conhecesse.

"Do que precisa, investigador Pete Marino?" O tom de voz soa como se ela também não o conhecesse.

"Fiquei sabendo que você cuidou do caso de uma família na região de West Lake. Ao que parece, na noite de quinta-feira."

"Como ficou sabendo disso?"

"Aparentemente há alguma preocupação de que possa ter havido ação criminosa. E o que estão dizendo é que você não está ajudando muito."

"Nós estaríamos investigando a fundo se achássemos que há alguma coisa. Qual é a fonte das suas informações?"

"Uma mulher da igreja deles. Você tem os nomes dessas pessoas que supostamente desapareceram?"

"Deixe-me pensar. São uns nomes meio esquisitos, Eva Christian e Crystal ou Christine Christian. Algo assim. Não consigo lembrar os nomes dos garotos."

"Será que pode ser Christian Christian?"

141

Scarpetta e Marino entreolham-se.

"Alguma coisa bem parecida com isso. Não tenho minhas anotações aqui comigo. Se quer investigar, fique à vontade. O meu departamento não vai dedicar recursos para isso se não há absolutamente nenhuma evidência..."

"Já entendi", disse Marino rudemente. "Ao que parece a igreja vai começar a empacotar aquela casa amanhã, e se formos dar uma olhada, a hora é agora."

"Não faz nem uma semana que eles desapareceram e a igreja já quer empacotar tudo. Acho que eles sabem que a família foi embora da cidade e que não vai mais voltar. O que lhe parece?"

"Parece que devemos nos certificar disso", responde Marino.

O homem atrás do balcão é mais velho e mais distinto do que Lucy imaginava. Ela esperava alguém com o visual de um velho surfista, alguém com jeito de durão e coberto de tatuagens. Esse é o tipo de pessoa que deveria estar trabalhando em uma loja chamada Beach Bums.

Ela recoloca no lugar um estojo de câmera, e seus dedos passeiam por camisas enormes e espalhafatosas estampadas com tubarões, flores, palmeiras e outros motivos tropicais. Examina pilhas de chapéus de palha, cestos com sandálias de dedo e mostruários com óculos escuros e loções, sem estar interessada em comprar nada dessas coisas, mas desejando que estivesse. Por um momento ela olha as mercadorias, esperando que dois outros fregueses saiam. Ela se pergunta como seria ser como todas as outras pessoas, interessar-se por suvenires, roupas de cores berrantes e dias sob o sol, sentir-se bem em relação à sua aparência seminua em trajes de banho.

"Você tem aquele troço com óxido de zinco na fórmula?", um dos fregueses pergunta a Larry, que está sentado atrás do balcão.

Larry tem o cabelo branco e espesso, uma barba bem aparada, tem sessenta e dois anos, nasceu no Alasca, dirige um Jeep, nunca possuiu uma casa, não foi para a universidade e em 1957 foi preso por bebedeira e arruaça. Ele cuida da Beach Bums há cerca de dois anos.

"Ninguém mais gosta daquilo", diz ele ao freguês.

"Eu gosto. Não racha a minha pele como essas outras loções. Acho que sou alérgico a aloé."

"Esses protetores solares não têm aloé."

"Você tem Maui Jim's?"

"Caro demais, meu amigo. Os únicos óculos de sol que temos são esses que você está vendo."

Isso dura algum tempo, os dois fregueses comprando miudezas, até que finalmente vão embora. Lucy aproxima-se do balcão.

"Posso ajudar?", pergunta Larry, reparando no jeito como ela está vestida. "De onde você saiu, de algum filme *Missão impossível?*"

"Eu vim de motocicleta até aqui."

"Bom, você é uma das poucas que têm algum juízo. Olha lá fora. Todos eles de short e camiseta, sem capacete. Alguns de chinelo de dedo."

"Você deve ser Larry."

Ele parece surpreso e diz: "Você já esteve aqui antes? Eu não me lembro de você, e sou muito bom com rostos".

"Eu queria conversar com você sobre Florrie e Helen Quincy", diz ela. "Mas preciso que você tranque a porta."

A Harley-Davidson, modelo Screamin' Eagle Deuce, com suas chamas pintadas sobre azul e as partes cromadas, está estacionada em um canto afastado do estacionamento do corpo docente, e à medida que Marino chega mais perto dela, ele acelera o passo.

"Puta que o pariu." Ele começa a correr.

Ele grita palavrões tão alto que Link, o funcionário da manutenção, que está podando um canteiro de flores, para o que está fazendo e fica de pé rapidamente. "Você está bem?"

"Filho-da-puta do caralho!", grita Marino.

O pneu da frente de sua moto nova está murcho. Murcho de tal forma que o aro cromado e brilhante afundou na borracha. Marino se agacha para olhar o pneu, aborrecido e furioso, procura um prego ou farpa, qualquer coisa afiada sobre a qual ele possa ter passado no trajeto para o trabalho naquela manhã. Ele movimenta a motocicleta para a frente e para trás e descobre a perfuração. É um corte de meio centímetro que parece ter sido feito com algum instrumento afiado e duro, possivelmente uma faca.

Possivelmente um bisturi de aço inoxidável, e seus olhos dardejam à sua volta, procurando por Joe Amos.

"É, eu tinha visto isso", diz Link, andando na direção dele, limpando as mãos sujas no macacão azul.

"Valeu por me informar", diz Marino muito zangado, enquanto vasculha a bolsa lateral do selim à procura de seu kit de reparo de pneu e pensa, zangado, em Joe Amos, ficando mais zangado a cada pensamento.

"Deve ter entrado um prego em algum lugar", conjetura Link, abaixando-se para examinar mais de perto. "Parece ruim."

"Você viu alguém por aqui olhando minha moto? Diacho, onde está o meu kit?"

"Fiquei aqui o dia inteiro e não vi ninguém nem chegar perto da sua moto. É uma bela moto. O que ela é? Mil e quatrocentas cilindradas? Eu tive uma Springer até o dia em que um doido atravessou na minha frente e eu acabei voando por cima do capô dele. Comecei a trabalhar nos canteiros lá pelas dez da manhã hoje. O pneu já estava baixo quando eu cheguei."

Marino começa a lembrar do trajeto. Ele chegou lá entre nove e quinze e nove e meia.

"Com um furo desses, o pneu teria murchado tão rápido que eu nunca teria chegado ao maldito estacionamento, e com certeza não estava murcho quando parei para comprar donuts", diz ele. "Deve ter acontecido depois que eu parei aqui."

"Bom, eu não gosto nada disso."

Marino olha à sua volta, pensando em Joe Amos. Ele vai matá-lo. Se tocou em sua moto, ele é um homem morto.

"Nem quero pensar nisso", continua Link. "É muita ousadia vir a este estacionamento bem no meio da manhã para fazer uma coisa dessas. Se é que foi isso o que aconteceu."

"Que droga, onde está?", diz Marino, procurando na bolsa do outro lado. "Você tem alguma coisa para remendar isso? Droga. Que merda!" Ele para de procurar. "Provavelmente não ia funcionar, não com um buraco desses, droga!"

Ele vai ter de trocar o pneu. No hangar há estepes.

"E Joe Amos? Você o viu? Viu a cara feia dele em algum lugar perto daqui?"

"Não."

"Nenhum dos alunos?"

Os alunos o odeiam. Todos eles.

"Não", responde Link. "Eu teria reparado se alguém entrasse neste estacionamento e começasse a fazer alguma coisa com a sua moto ou com qualquer um dos carros."

"Ninguém?" Marino continua pressionando, e então contempla a possibilidade de Link ter alguma coisa a ver com aquilo.

Provavelmente ninguém na Academia gosta de Marino. Provavelmente metade do mundo tem inveja de sua Harley customizada. Sem dúvida ele atrai os olhares de muita gente, que o acompanha a postos de gasolina ou paradas de descanso para olhar melhor.

"Você vai ter que empurrá-la até a garagem perto do hangar", diz Link, "a menos que queira colocá-la em um daqueles reboques que a Lucy usa para as motos dela."

Marino pensa nos portões das entradas da frente e dos fundos da Academia. Ninguém entra sem uma senha. Devia ter sido alguém de dentro. Ele pensa em Joe Amos novamente e percebe um fato importante. Joe estava na reunião da equipe. Ele já estava lá, falando bobagens, quando Marino apareceu.

145

25

A casa cor de laranja com telhado branco foi construí-
da na mesma década em que Scarpetta nasceu, a de 50. Ela
imagina as pessoas que moraram lá e sente a ausência delas enquanto caminha pelo quintal.

Ela não consegue parar de pensar na pessoa que disse que seu nome era Hog, sobre sua referência críptica a
Johnny Swift e o que Marino pensou ser Christian Christian. Scarpetta tem certeza de que aquilo que Hog realmente disse foi Kristin Christian. Johnny morreu. Kristin está
desaparecida. Scarpetta com frequência pensa no fato de
haver muitos lugares para se livrar de um cadáver, muitos
brejos, canais, lagos e enormes florestas de pinheiros. A carne se decompõe facilmente no clima subtropical, os insetos
se fartam e os animais roem os ossos, espalhando-os por
toda parte. A carne não dura muito tempo na água, e o sal
do mar remove os minerais dos esqueletos, dissolvendo-os
completamente.

O canal que passa atrás da casa tem a cor de sangue podre. Folhas mortas flutuam na água marrom e quase
estagnada como os fragmentos de uma explosão. Cocos
verdes e marrons flutuam como cabeças decapitadas. O sol
entra e sai de nuvens escuras que estão se acumulando,
o ar está quente, pesado e úmido, o vento soprando em rajadas.

A detetive Wagner prefere ser chamada de Reba. É
atraente e bastante sexy, a pele bronzeada e curtida pelo
sol, o cabelo espesso tingido de loiro platinado, os olhos

azul-claros. Ela não tem um cérebro de larva. Não é tapada como uma porta e não chega a ser uma "vagaba louca por uma roda cromada", para citar Marino, que também a chamou de "espreita-pica", embora Scarpetta não tenha muita certeza do que ele quer dizer com isso. O mais certo é que Reba é inexperiente, mas parece se esforçar. Scarpetta se pergunta se deve ou não lhe contar sobre o telefonema anônimo que fez referência a Kristin Christian.

"Eles moraram aqui por um tempo, mas não eram cidadãos americanos", conta Reba a respeito das duas irmãs que moravam na casa com dois garotos, aparentemente adotivos. "Elas são da África do Sul. Os dois meninos também são de lá, o que, para início de conversa, provavelmente é o motivo para que elas os trouxessem para cá. Se quer saber a minha opinião, os quatro devem ter voltado para lá."

"E por qual motivo eles teriam decidido desaparecer, talvez até fugir para a África do Sul?", pergunta Scarpetta, fixando o olhar no outro lado do canal escuro e estreito, sentindo o peso da umidade sobre o corpo como se fosse uma mão grudenta e quente.

"Pelo que sei, elas queriam adotar os meninos. E é improvável que conseguissem."

"Por quê?"

"Parece que parentes dos meninos lá na África do Sul querem ficar com eles, mas a princípio não podem, não até que se mudem para uma casa maior. E as irmãs são excêntricas religiosas, o que pode ter pesado contra elas."

Scarpetta vê as casas do outro lado da água, percebe as pequenas áreas de grama verde-clara e as pequenas piscinas azuladas. Não tem certeza sobre qual é a casa da senhora Simister, e se pergunta se Marino já está conversando com ela.

"Que idade têm os meninos?", ela pergunta.

"Sete e doze."

Scarpetta olha rapidamente o caderno de anotações, folheando várias páginas para trás. "Eva e Kristin Christian.

147

Para mim não está claro por que elas estão cuidando dos meninos."

Ela tem o cuidado de falar sobre uma pessoa desaparecida usando o tempo presente.

"Não, não é Eva. Não tem o 'a'", diz Reba.

"Ev ou Eve?"

"É Ev, como em Evelyn, só que o nome dela é só Ev. Não tem nem 'e' nem 'a'. Só Ev."

Scarpetta escreve "Ev" em seu caderno de capa preta e pensa: *Que nome!* Ela olha para o canal, a luz do sol na água dá-lhe a cor de chá forte. Ev e Kristin Christian. Que nomes para mulheres religiosas que desapareceram como fantasmas. Então o sol se esconde de novo atrás das nuvens e a água fica escura.

"Ev e Kristin Christian são seus nomes verdadeiros?", pergunta Scarpetta. "Temos certeza de que não são nomes falsos? Temos certeza de que elas não mudaram seus nomes em algum momento para lhes dar conotações religiosas?", pergunta, olhando as casas do outro lado do canal que parecem esboçadas em lápis pastel.

Ela observa uma figura de calça escura e camisa branca entrando no quintal de alguém, possivelmente o quintal da senhora Simister.

"Até onde sabemos, são os nomes verdadeiros", Reba responde, olhando para a direção do olhar de Scarpetta. "Esses malditos fiscais de cancro estão em toda parte. É tudo política. Tem a ver com impedir que as pessoas tenham suas próprias árvores de cítricos, assim terão que comprá-los."

"Na verdade, não é isso. O cancro cítrico é uma praga terrível. Se não for controlada, ninguém vai ter árvores de cítricos no quintal."

"É uma conspiração. Tenho ouvido todos esses comentários pelo rádio. Você já ouviu a doutora Self no rádio? Devia ouvir o que ela tem a dizer a respeito."

Scarpetta nunca ouve a doutora Self se puder evitar. Ela observa a figura do outro lado do canal agachar-se na grama e vasculhar dentro do que parece ser uma bolsa preta. Ele tira alguma coisa de dentro dela.

"Ev Christian é um tipo de reverenda, ou pregadora, ou seja lá que nome isso tenha em uma pequena igreja alternativa... O.k., vou ter que ler isso. É coisa demais para eu me lembrar", diz Reba, folheando seu bloco de anotações. "As Leais Filhas do Selo de Deus."

"Nunca ouvi falar dessa denominação", comenta Scarpetta com ironia enquanto anota o nome. "E Kristin? O que ela faz?"

O fiscal se levanta, montando o que parece ser um apanhador de frutas. Ele o ergue bem alto em uma das árvores, puxando uma toranja que cai na grama.

"Kristin também trabalha na igreja. Ela é uma espécie de assistente que faz leituras e coordena meditações durante os cultos. Os pais dos meninos morreram em um acidente de motoneta há cerca de um ano. Sabe, uma daquelas Vespas."

"Onde?"

"África do Sul."

"E essa informação veio de onde?", pergunta Scarpetta.

"Alguém da igreja."

"Vocês têm um relatório sobre esse acidente?"

"Como eu disse, aconteceu na África do Sul", responde a detetive Wagner. "Estamos tentando investigar isso."

Scarpetta continua a pensar sobre quando deve contar a ela a respeito do perturbador telefonema de Hog.

"Quais são os nomes dos meninos?", pergunta Scarpetta.

"David e Tony Luck. É meio irônico quando a gente pensa a respeito. Luck."*

"Você não está recebendo ajuda das autoridades sul-africanas? Em que lugar da África do Sul?"

"Cidade do Cabo."

"De onde também vieram as irmãs?"

(*) *Luck* significa "sorte" em inglês. (N. T.)

"Foi isso o que me disseram. Depois que os pais morreram, as irmãs passaram a cuidar deles. A igreja delas fica a uns vinte minutos daqui, na Davie Boulevard, bem ao lado de uma daquelas lojas de animais de estimação alternativos. O que faz um pouco de sentido."

"Você entrou em contato com o Gabinete do Legista-Chefe na Cidade do Cabo?"

"Ainda não."

"Posso ajudá-la a fazer isso."

"Isso seria ótimo. Meio que faz sentido, não é? Aranhas, escorpiões, sapos venenosos, todos esses ratinhos que as pessoas compram para alimentar suas cobras", diz Reba. "Parece que lá é o quarteirão dos cultos."

"Eu nunca deixei ninguém entrar e fotografar uma das minhas lojas, a menos que seja uma questão policial de verdade. Fui roubado certa vez. Isso já faz um tempo", explica Larry do banquinho atrás do balcão.

Através da janela está o tráfego constante da estrada A1A, e mais à frente o oceano. Uma chuva leve começou a cair, uma tempestade se aproxima, dirigindo-se para o sul. Lucy pensa no que Marino lhe contou alguns minutos atrás, sobre a casa e as pessoas desaparecidas, e, é claro, seu pneu furado, que foi sua maior reclamação. Ela pensa no que sua tia deve estar fazendo naquele momento, e na tempestade que está indo na direção dela.

"É claro que ouvi falar muita coisa a respeito", Larry volta ao assunto de Florrie e Helen Quincy, depois de uma longa digressão sobre o quanto o sul da Flórida mudou, sobre o quanto ele tem pensado seriamente em voltar para o Alasca. "É como todas as outras coisas. Os detalhes ficam mais exagerados com a passagem do tempo. Mas acho que não quero você filmando", diz ele novamente.

"Isto é uma questão policial", reitera Lucy. "Pediram-me que fizesse uma investigação particular do caso."

"Como vou saber que você não é repórter ou coisa assim?"

150

"Já fui do FBI e da ATF. Você já ouviu falar na Academia Forense Nacional?"

"Aquele campo de treinamento enorme nas Everglades?"

"Não é exatamente nas Everglades. Temos laboratórios particulares e especialistas e um acordo com a maioria dos departamentos de polícia na Flórida. Nós os ajudamos quando precisam."

"Parece algo caro. Deixe eu adivinhar, financiado pelos contribuintes como eu?"

"Indiretamente. Concessões, *quid pro quo* — serviços por serviços. Eles nos ajudam, nós os treinamos. Em todos os tipos de coisas."

Ela tira do bolso de trás uma carteira preta e a entrega a ele. Ele examina as credenciais, uma identidade falsa, um brasão de investigador que não vale nem o metal de que foi feito porque também é falso.

"Não tem fotografia", diz ele.

"Não é carteira de motorista."

Ele lê o nome fictício em voz alta, lê que ela é de Operações Especiais.

"Isso mesmo."

"Bom, é o que você diz." Ele devolve a carteira.

"Conte-me o que ouviu", diz Lucy, ajustando a câmera de vídeo sobre o balcão.

Ela olha para a porta trancada, um jovem casal em roupas de banho diminutas tentando abri-la.

Eles espiam através do vidro, e Larry balança a cabeça. Não, não está aberto.

"Você está me fazendo perder clientes", diz ele a Lucy, mas não parece se importar muito. "Quando tive a oportunidade de pegar este espaço, ouvi muita falação sobre o desaparecimento das Quincy. A história que ouvia é a de que ela sempre chegava aqui às sete e meia da manhã para poder colocar os trenzinhos elétricos funcionando e acender as luzes das árvores, ligar a música de Natal e todas essas coisas. Parece que naquele dia ela não abriu.

151

A placa de FECHADO ainda estava na porta quando o filho finalmente ficou preocupado e veio procurar por ela e pela filha."

Lucy enfia a mão no bolso da calça cargo e retira uma esferográfica preta do compartimento onde está escondido um gravador. Ela faz aparecer um bloquinho de anotações.

"Posso anotar algumas coisas?", pergunta ela.

"Não tome tudo o que eu digo como verdade. Eu não estava aqui quando aconteceu, só estou passando adiante o que me contaram."

"Pelo que sei, a senhora Quincy encomendou comida", diz Lucy. "Havia alguma coisa no jornal a esse respeito."

"No Floridian, aquele restaurante antigo do outro lado da ponte levadiça. Um lugar bem estiloso, se você nunca comeu lá. Pelo que sei, ela não telefonava para eles, não precisava. Eles sempre tinham o mesmo prato pronto para ela. Alguma coisa com atum."

"Alguma coisa para a filha também? Helen?"

"Isso eu não lembro."

"Era a própria senhora Quincy quem ia buscar?"

"A menos que o filho dela estivesse na área. Ele é um dos motivos de eu saber algumas coisas sobre o que aconteceu."

"Gostaria de falar com ele."

"Eu não o vejo há um ano. Antes disso, eu o vi algumas vezes. Ele passava por aqui, dava uma olhada, conversava. Acho que se pode dizer que ele ficou obcecado durante, talvez, o primeiro ano depois que elas desapareceram. Naquela época, na minha opinião, ele não tolerava pensar a respeito. Ele mora em uma bela casa em Hollywood."

Lucy observa a loja a seu redor.

"Não tem mais nenhum artigo de Natal aqui", diz Larry, caso seja nisso que ela está pensando.

Ela não pergunta nada sobre o filho da senhora Quincy, Fred. Ela já soube pelo HIT que Fred Anderson Quincy tem vinte e seis anos. Ela sabe o endereço dele e que ele trabalha por conta própria, em computação gráfica, como web designer. Larry continua, dizendo que no dia em que a senhora Quincy e Helen desapareceram, Fred tentou diversas vezes falar com elas e finalmente foi até a loja e encontrou-a fechada, o Audi da mãe ainda estacionado nos fundos.

"É certo que elas realmente tinham aberto a loja naquela manhã?", pergunta Lucy. "Alguma possibilidade de algo ter acontecido a elas logo depois que saíram do carro?"

"Acho que qualquer coisa é possível."

"A bolsa da senhora Quincy, as chaves do carro, estavam dentro da loja? Ela fez café, usou o telefone, fez alguma coisa que pudesse indicar que ela e Helen estiveram lá dentro? Por exemplo, as árvores estavam acesas, os trens de brinquedo estavam funcionando? Havia música de Natal tocando? As luzes da loja estavam acesas?"

"Ouvi dizer que nunca encontraram a bolsa nem a chave do carro. Ouvi histórias diferentes sobre coisas ligadas dentro da loja. Alguns dizem que estavam ligadas. Outros dizem que não."

A atenção de Lucy desvia para a porta nos fundos da loja. Ela pensa no que Basil Jenrette contou a Benton. Não vê como seria possível para Basil estuprar e assassinar qualquer um na área de estoque. É difícil acreditar que ele pudesse ter feito a limpeza e retirado o corpo da loja, colocado no carro e partido sem ser visto. Foi durante o dia. É uma área populosa, mesmo fora de temporada, e esse cenário com certeza não explicaria o que aconteceu à filha, a menos que ele a tenha raptado, talvez a tenha matado em algum outro lugar, como fez com suas outras vítimas. Um pensamento horrível. Uma garota de dezessete anos.

"O que aconteceu a este lugar depois que elas desapareceram?", pergunta Lucy. "Foi reaberto?"

"Não. De qualquer forma, o mercado não era muito bom para artigos de Natal. Se quer saber minha opinião, acho que era mais um passatempo excêntrico dela do que qualquer outra coisa. A loja nunca reabriu, e o filho tirou daqui todas as mercadorias um ou dois meses depois do desaparecimento delas. A Beach Bums mudou-se para cá naquele setembro e me deu o emprego."

"Eu gostaria de dar uma olhada nos fundos", diz Lucy. "E depois vou largar do seu pé."

Hog colhe mais duas laranjas, e em seguida pega toranjas com a cesta em forma de garra na ponta da haste comprida do colhedor. Ele olha para o outro lado do canal, observando Scarpetta e a detetive Wagner caminharem ao redor da piscina.

A detetive gesticula muito. Scarpetta faz anotações, olhando tudo. Hog sente extremo prazer em assistir ao show. Idiotas. Nenhuma delas é tão inteligente quanto pensa que é. Ele consegue ser mais inteligente do que todos eles, e sorri ao imaginar Marino chegando um pouco mais tarde, atrasado por um inesperado pneu murcho, o que poderia ser fácil e rapidamente solucionado se ele tivesse ido até lá em algum veículo da Academia. Mas não ele. Não conseguia tolerar aquilo, teria de consertar o pneu ali mesmo. Caipira grandalhão e estúpido. Hog agacha na grama, desatarraxa as partes de alumínio que compõem o colhedor, coloca-as de volta na grande sacola preta de náilon. A sacola está pesada, e ele a apoia contra o ombro como um lenhador faria com seu machado, como o lenhador da Christmas Shop.

Ele não se apressa andando pelo quintal, em direção à pequena casa de reboco branco ao lado. Ele a vê na cadeira de balanço na varanda, olhando com um binóculo para a casa cor de laranja do outro lado do canal. Ela tem observado a casa há dias. Como isso é divertido. Até agora, Hog já entrou três vezes na casa cor de laranja, e ninguém viu. Entrou e saiu para se lembrar do que aconteceu, para reviver aquilo, para gastar todo o tempo que quisesse lá dentro. Ninguém pode vê-lo. Ele consegue desaparecer.

Ele entra no quintal da senhora Simister e começa a examinar um de seus limoeiros. Ela aponta o binóculo para ele. Em seguida ela abre a porta de correr, mas não sai no quintal. Ele nunca a viu em seu quintal. O homem do quintal vem e vai, mas ela nunca sai da casa nem fala com ele. Suas compras lhe são entregues, o mesmo homem todas as vezes. Poderia ser um parente, talvez um filho. Tudo o que ele faz é levar as sacolas para dentro. Nunca fica muito tempo. Ninguém a incomoda. Ela deveria estar agradecida a Hog. Muito em breve ela receberia bastante atenção. Muita gente vai ouvir falar dela quando ela aparecer no programa da doutora Self.

"Deixe as minhas árvores em paz", diz a senhora Simister em voz alta, com um sotaque forte. "Vocês já vieram aqui duas vezes esta semana, isso é assédio."

"Desculpe, senhora. Eu estou quase acabando", diz Hog educadamente enquanto tira uma folha de um limoeiro e olha para ela.

"Saia da minha propriedade ou vou chamar a polícia." A voz dela fica mais aguda.

Ela está assustada. Está brava porque está aterrorizada com a possibilidade de perder suas preciosas árvores, e é isso o que vai acontecer, mas quando acontecer não vai mais ter importância. As árvores dela estão infectadas. São árvores velhas, com pelo menos vinte anos de idade, e estão arruinadas. Foi fácil. Onde quer que os grandes caminhões cor de laranja entrem para cortar as árvores infectadas pelo cancro e moê-las, sempre há folhas na estrada. Ele as pega, corta-as, coloca na água e observa as bactérias emergindo como pequenas bolhas. Ele enche uma seringa, aquela que Deus lhe deu.

Hog abre o zíper da sacola preta e tira de lá uma lata de tinta vermelha em spray. Ele pinta uma faixa vermelha ao redor do tronco do limoeiro. Sangue pintado sobre a porta, como o anjo da morte, mas ninguém será poupado. Hog ouve a pregação em algum lugar escuro de sua cabeça, como uma caixa escondida totalmente fora de seu alcance em sua mente.

Um falso testemunho não deixará de ser punido.
Não vou dizer nada.

Os mentirosos serão punidos.
Eu não disse nada. Não disse.
A punição que vem de minhas mãos é interminável.
Não disse. Não disse.

"O que você está fazendo? Deixe as minhas árvores em paz, está ouvindo?"

"Terei prazer em explicar tudo à senhora", diz Hog, educado e simpático.

A senhora Simister balança a cabeça. Fecha a porta de correr com raiva, trancando-a.

26

Tem feito um calor excessivo e anda chovendo muito ultimamente, e a grama está esponjosa e densa sob os sapatos de Scarpetta, e quando o sol emerge das nuvens novamente sua luz cai quente e a pino sobre sua cabeça e ombros enquanto ela anda pelo quintal.

Ela repara nos arbustos vermelhos e cor-de-rosa de hibiscos, nas palmeiras, nota diversas árvores cítricas com faixas vermelhas pintadas ao redor dos troncos, e fixa o olhar no fiscal do outro lado do canal que está fechando o zíper da sacola depois que uma senhora acabou de gritar com ele. Scarpetta se pergunta se essa é a senhora Simister e supõe que Marino ainda não chegou à casa dela. Ele está sempre atrasado, nunca tem pressa para fazer o que Scarpetta lhe pede, isso quando faz. Ela se aproxima de um muro de concreto que desce como se fosse um precipício em direção ao canal. Ali provavelmente não há jacarés, mas o local não tem uma cerca, e qualquer criança ou cachorro poderia facilmente cair dali e se afogar.

Ev e Kristin tomavam conta de duas crianças e não se incomodaram em colocar uma cerca no fundo do quintal. Scarpetta imagina a propriedade depois do anoitecer e como seria fácil esquecer onde acaba o quintal escuro e onde começa o canal escuro. Ele corre do leste para o oeste e é estreito atrás da casa, mas fica mais largo mais adiante. A distância, vistosos barcos a vela e lanchas estão atracados atrás de casas muito mais elegantes do que aquela em que Ev, Kristin, David e Tony moravam.

Segundo Reba, as irmãs e os meninos foram vistos pela última vez na noite de quinta-feira, 10 de fevereiro. Na manhã seguinte, bem cedo, Marino recebeu o telefonema do homem que dizia que seu nome era Hog. Àquela altura, as pessoas tinham desaparecido.

"Apareceu alguma coisa nos noticiários sobre o desaparecimento dos quatro?", Scarpetta pergunta a Reba, pensando se o autor do telefonema anônimo poderia ter descoberto o nome de Kristin daquele jeito.

"Não que eu saiba."

"E você fez um relatório policial?"

"Nada que tivesse ido para a imprensa. Receio que as pessoas desapareçam o tempo todo por aqui, doutora Scarpetta. Bem-vinda ao sul da Flórida."

"Conte-me o que você sabe sobre a última vez em que eles supostamente foram vistos, na noite da última quinta--feira."

Reba responde que Ev pregou em sua igreja e Kristin fez várias leituras da Bíblia. Quando as duas não apareceram na igreja no dia seguinte para um encontro de oração, um dos fiéis tentou telefonar para elas e ninguém atendeu, então essa pessoa, uma mulher, foi de carro até a casa. Ela tinha uma chave e entrou. Nada parecia fora do comum, a não ser pelo fato de Ev, Kristin e os meninos terem desaparecido e o fogão estar ligado com fogo baixo, com uma frigideira vazia em cima. O detalhe sobre o fogão é importante, e Scarpetta voltará sua atenção para ele quando entrar na casa, mas ela ainda não está pronta, sua abordagem de uma cena é semelhante à de um predador. Ela se move da área mais externa para o interior, deixando o pior para o fim.

Lucy pergunta a Larry se o depósito está diferente do que era quando ele se mudou para lá há aproximadamente dois anos.

"Não mexi em nada", diz ele.

Ela passa os olhos por grandes caixas de papelão e prateleiras com camisetas, loções, toalhas de praia, óculos de sol, material de limpeza e outros artigos sob o brilho de uma única lâmpada pendurada no teto.

"Não faz sentido se importar com a aparência disto aqui antes", diz Larry. "Em que você exatamente está interessada?"

Ela vai até o banheiro, um espaço apertado, sem janelas, com uma pia e um vaso sanitário. As paredes são de lajes de concreto com uma leve camada de tinta verde-clara, o piso de ladrilhos marrons. Uma outra lâmpada sem luminária presa no teto.

"Você não repintou, trocou o piso?", ela pergunta.

"Estava exatamente assim quando comecei no emprego. Você não está achando que alguma coisa aconteceu aqui?"

"Eu gostaria de voltar trazendo uma pessoa comigo", diz ela.

Do outro lado do canal, a senhora Simister observa.

Ela balança dentro de sua varanda fechada por vidro, empurrando a cadeira com os pés, balançando para a frente e para trás, os chinelos mal tocando o piso de ladrilhos e fazendo um som abafado. Ela procura a mulher loira de conjunto preto que estava andando pelo quintal da casa cor de laranja. Procura o fiscal que invadiu sua propriedade, ousando perturbar suas árvores de novo, ousando jogar tinta vermelha nelas. A mulher loira desapareceu.

A princípio, a senhora Simister pensou que a mulher loira fosse uma dessas malucas religiosas. Têm aparecido muitas delas para visitar a casa. Então ela olhava através do binóculo e não tinha certeza. A mulher loira fazia anotações e tinha uma sacola preta pendurada sobre o ombro. A senhora Simister estava para decidir se ela era banqueira ou advogada quando a outra mulher apareceu, bastante bronzeada, com cabelo branco e usando calça cáqui e uma arma em um coldre de ombro. Talvez ela fosse a mesma que esteve lá outro dia. Na sexta-feira. Ela era bronzeada com cabelo claro. A senhora Simister não tem certeza.

As duas mulheres conversaram e então saíram do campo de visão pela lateral da casa, indo para a frente. Talvez elas voltem. A senhora Simister procura pelo fiscal, o mesmo que foi tão simpático da primeira vez, fazendo-lhe perguntas sobre suas árvores e sobre quando elas foram plantadas e o que significavam para ela. Então ele volta e as pinta. Aquilo fez com que ela pensasse em sua arma pela primeira vez em anos. Quando seu filho deu-lhe a arma, ela disse que tudo o que aconteceria é que o bandido a tomaria e a usaria contra ela mesma. Ela guarda a arma embaixo da cama, fora da vista.

Ela não teria atirado no fiscal. Mas não teria se importado de assustá-lo. Todos esses fiscais de cítricos sendo pagos para arrancar as árvores que as pessoas tiveram durante metade da vida delas. Ela escuta falar a respeito no rádio. Suas árvores provavelmente serão as próximas. Ela adora suas árvores. O jardineiro cuida delas, colhe os frutos e deixa-os na frente da varanda. Jake plantou um quintal inteiro com árvores para ela quando comprou a casa, logo depois que se casaram. Ela está perdida em seu passado quando o telefone ao lado da cadeira de balanço toca.

"Alô?", ela atende.

"Senhora Simister?"

"Quem é?"

"Investigador Pete Marino. Nós nos falamos há pouco."

"Falamos? Você é quem?"

"A senhora ligou para a Academia Forense Nacional algumas horas atrás."

"Com toda a certeza não fui eu. Você está vendendo alguma coisa?"

"Não, senhora. Eu gostaria de dar uma passada aí para conversarmos, se não for incômodo."

"É incômodo", diz ela, desligando.

Ela segura os braços de metal da cadeira com tanta força que suas enormes articulações clareiam sob a pele flácida e cheia de manchas de sol de suas mãos velhas e inúteis. As pessoas ligam o tempo todo e nem mesmo a conhecem. As máquinas fazem ligações automáticas e ela não consegue imaginar por que as pessoas ficam lá ouvindo gravações feitas por pedintes de dinheiro. O telefone toca de novo, e ela o ignora ao pegar o binóculo para espiar a casa cor de laranja onde as duas mulheres moram com os dois pequenos arruaceiros.

Ela varre o canal com o binóculo, em seguida observa a propriedade do outro lado dele. O quintal e a piscina ficam repentinamente grandes, em tons de verde-claro e azul. A imagem está bem definida, mas ela não consegue ver a mulher loira de conjunto preto e a outra bronzeada com a arma em lugar nenhum. O que elas estão procurando lá? Onde estão as mulheres que moram lá? Onde estão os arruaceiros? Todas as crianças são arruaceiras hoje em dia.

A campainha toca e ela para de balançar quando seu coração começa a bater com força. Quanto mais velha fica, mais facilmente se assusta com movimentos e sons repentinos, mais teme a morte e o que ela significa, se é que significa alguma coisa. Muitos minutos se passam, a campainha toca novamente, e ela permanece sentada imóvel, à espera. Toca de novo e alguém bate na porta com força. Por fim, ela se levanta.

"Espere, estou indo", ela murmura, aborrecida e ansiosa. "É melhor não ser ninguém querendo vender alguma coisa."

Ela entra na sala, os pés lentos esfregando o carpete. Ela não consegue mais levantar os pés como antigamente, mal consegue andar.

"Espere, estou indo o mais rápido que posso", diz ela impacientemente quando a campainha toca de novo.

Talvez seja alguma entrega da UPS. Às vezes seu filho pede coisas para ela pela internet. Ela olha através do olho mágico da porta da frente. A pessoa que está em sua varanda não está usando um uniforme azul ou marrom, nem tem correspondência nem um pacote nas mãos. É ele de novo.

"O que é agora?", diz ela zangada, encostada ao olho mágico.

"Senhora Simister? Tenho alguns formulários para a senhora preencher."

27

O portão leva para o jardim da frente, onde Scarpetta repara em densos hibiscos formando uma barricada que separa a propriedade da calçada que conduz a um beco sem saída no canal.

Não há galhos quebrados, nada que indique que alguém entrou na propriedade abrindo caminho pela cerca viva. Colocando a mão no interior da bolsa preta de náilon que sempre leva às cenas, ela tira um par de luvas para exame feitas de algodão branco enquanto olha para o carro na entrada de concreto cheia de rachaduras; é uma velha perua cinza estacionada de qualquer jeito, um dos pneus parcialmente sobre o gramado, onde fez um sulco na grama. Ela coloca as luvas e se pergunta por que Ev e Kristin estacionaram o carro daquele jeito, supondo que uma das duas estivesse dirigindo.

Através das janelas do carro, ela vê bancos de vinil cinza e um transponder SunPass preso cuidadosamente na parte interna do para-brisa. Ela faz mais anotações. Um padrão já está se tornando evidente. O quintal e a piscina estão impecáveis. O pátio cercado por uma tela e a mobília do gramado estão impecáveis. Ela não vê lixo nem desordem dentro do carro, nada a não ser um guarda-chuva preto no tapete de trás. E, no entanto, o carro está estacionado de qualquer jeito, descuidadamente, como se alguém não conseguisse enxergar direito ou estivesse com pressa. Ela se curva para olhar mais de perto a sujeira e os pedaços de vegetação morta misturados sobre a banda de rodagem do pneu. Ela olha a poeira grossa que transformou a cor do chassi no marrom-acinzentado de ossos antigos.

"Parece que em algum lugar ele saiu da estrada", diz Scarpetta, erguendo-se enquanto continua a examinar os pneus sujos, verificando cada um deles.

Reba segue-a ao redor do carro, olhando, uma expressão de curiosidade em seu rosto bronzeado.

"A sujeira sobre os pneus me faz pensar que o solo estava úmido ou molhado quando o carro passou por ele", diz Scarpetta. "O estacionamento da igreja é pavimentado?"

"Bom, abriu a grama aqui", diz Reba, olhando para o chão sulcado que terminava em um dos pneus de trás.

"Isso não explicaria. Os quatro pneus estão cobertos de sujeira."

"A área comercial onde fica a igreja tem um estacionamento enorme. Não tem nada sem pavimentação por lá, não que eu tenha reparado."

"O carro estava aqui quando a mulher da igreja apareceu procurando por Ev e Kristin?"

Reba dá a volta pelo carro, interessada nos pneus sujos. "Disseram que sim, e posso lhe dizer com certeza que ele estava aqui quando cheguei naquela tarde."

"Não seria má ideia examinar o SunPass, ver por quais cabines de pedágio ele passou e quando. Você abriu as portas?"

"Sim. Estavam destrancadas. Não vi nada importante."

"Então ele nunca foi analisado?"

"Não posso pedir aos técnicos de cena de crime que analisem alguma coisa quando não há evidências de que um crime foi cometido."

"Entendo o problema."

O rosto bronzeado e escuro de Reba observa-a espiando através das janelas novamente. Elas estão cobertas por uma camada fina de poeira. Scarpetta se afasta e dá uma volta ao redor da perua, observando cada centímetro.

"Quem é o dono?", pergunta Scarpetta.

"A igreja."

"Quem é o proprietário da casa?"

"A igreja também."

"Fiquei sabendo que a casa era alugada pela igreja."

"Não, a igreja definitivamente é a proprietária da casa."

"Você conhece uma pessoa chamada Simister?", pergunta Scarpetta, começando a ter uma estranha sensação, do tipo que começa no estômago e sobe até a garganta, a mesma sensação que teve quando Reba mencionou o nome Christian Christian a Marino.

"Quem?" Reba franze a testa no momento em que o som de uma explosão abafada chega até elas vindo do outro lado do canal. Não há ninguém à vista.

"Escapamento de carro", decide Reba. "As pessoas dirigem um monte de latas velhas por aqui. A maioria nem deveria estar dirigindo. Velhos como Matusalém e cegos como toupeiras."

Scarpetta repete o nome *Simister*.

"Nunca ouvi falar", diz Reba.

"Ela disse que falou com você muitas vezes. Creio que ela disse três vezes, para ser exata."

"Nunca ouvi falar nela, e ela nunca falou comigo. Acho que foi ela quem falou mal de mim, disse que eu não me importava com o caso."

"Com licença", Scarpetta diz então, e liga para o celular de Marino, deixando-lhe um recado na caixa de mensagens.

Ela lhe diz que telefone para ela imediatamente.

"Quando você descobrir quem é a senhora Simister", diz Reba, "eu gostaria de saber também. Tem alguma coisa esquisita nisso tudo. Talvez a gente devesse procurar impressões digitais dentro do carro. No mínimo, para propósito de exclusão."

"Infelizmente, é provável que você não consiga as digitais dos meninos dentro do carro", diz Scarpetta. "Não depois de quatro dias. Provavelmente não vai conseguir pegá-las na casa também. Com certeza, não as digitais do menor, as digitais do garoto de sete anos."

165

"Não entendo por que você diz isso."

"As digitais de crianças pré-pubescentes não duram muito tempo. Horas, talvez uns dias, no máximo. Não temos muita certeza sobre o motivo de isso acontecer, mas provavelmente tem a ver com os óleos que as pessoas secretam quando atingem a puberdade. David tem doze? Talvez você consiga as dele. Ênfase no *talvez*."

"Puxa, isso é novidade para mim."

"Sugiro que você mande esta perua para o laboratório, faça a análise em busca de vestígios e pulverize o interior dela o mais rápido possível com supercola para levantar as impressões digitais possíveis. Podemos fazer isso na Academia, se você quiser. Temos um espaço para analisar veículos e podemos cuidar de tudo."

"Talvez não seja má ideia", diz Reba.

"É possível que encontremos digitais de Ev e Kristin no interior da casa. E DNA, incluindo o DNA dos meninos. As escovas de dentes deles, escovas de cabelo, sapatos, roupas", e então ela conta a Reba sobre o autor anônimo do telefonema, que mencionou o nome de Kristin Christian.

A senhora Simister mora sozinha em um pequeno rancho de estuque que, pelos padrões do sul da Flórida, está caindo aos pedaços.

Ela tem uma cobertura de alumínio para carros que está vazia, o que não significa que ela não esteja em casa, uma vez que não possui mais carro nem carteira de habilitação válida. Marino também repara que as cortinas estão fechadas nas janelas à direita da porta da frente e que não há jornais na calçada. Ela recebe o *The Miami Herald* todos os dias, o que significa que ela consegue enxergar bem o bastante para ler, contanto que esteja usando os óculos.

O telefone dela ficou ocupado na última meia hora. Marino desliga o motor de sua motocicleta e desmonta no momento em que um Chevy Blazer branco com janelas com insufilme passa pela rua. É uma rua tranquila. Provavelmente muitas das pessoas que moram neste bairro são idosas, estão ali há muito tempo e não podem mais pagar os impostos sobre propriedade. Ele fica com raiva ao pensar que uma pessoa possa morar no mesmo lugar durante vinte ou trinta anos e, ao finalmente terminar de pagar sua casa, descobrir que não consegue arcar com os impostos porque os ricos querem lugares perto da água. A casa caindo aos pedaços da senhora Simister está avaliada em quase três quartos de milhão de dólares, e ela terá de vendê-la, provavelmente logo, se não for para um asilo antes. Ela só tem três mil dólares em economias.

Marino descobriu muita coisa sobre Dagmara Schudrich Simister. Depois de falar com alguém, que ele agora desconfia estar se passando por ela, no viva-voz da sala de Scarpetta, ele fez uma busca no HIT. A senhora Simister é chamada de Daggie e tem oitenta e sete anos. Ela é judia e faz parte de uma sinagoga local que não frequenta há anos. Ela nunca foi da mesma igreja que as pessoas desaparecidas do outro lado do canal, então o que disse ao telefone não é verdade, supondo que fosse Daggie Simister no telefone, e Marino não acredita nisso.

Ela nasceu em Lublin, Polônia, e sobreviveu ao Holocausto, permanecendo na Polônia até quase os trinta anos, o que explica o forte sotaque que Marino ouviu quando tentou falar com ela minutos atrás. A mulher com quem ele falou no viva-voz não tinha um sotaque que ele pudesse perceber. Ela simplesmente soava velha. O filho único da senhora Simister mora em Fort Lauderdale, foi acusado de dirigir embriagado duas vezes e de mais três outras infrações graves de trânsito nos últimos dez anos. Por ironia, ele é empreiteiro, um dos muitos tipos de pessoas responsáveis pelo acúmulo de impostos sobre a propriedade de sua mãe.

A senhora Simister consulta-se com quatro médicos para artrite, problemas cardíacos, do pé e da visão. Ela não viaja, pelo menos não em companhias aéreas comerciais. Parece que ela fica em casa a maior parte do tempo e possivelmente tem consciência do que acontece à sua volta. Com frequência, em bairros como aquele, muitas pessoas que não saem de casa são bisbilhoteiras, e ele espera que ela seja uma dessas pessoas. Ele espera que ela tenha notado seja lá o que tiver acontecido na casa cor de laranja do outro lado do canal. Espera que ela possa ter alguma ideia sobre quem telefonou para o escritório de Scarpetta se passando por ela, supondo que tenha sido isso o que aconteceu.

Ele toca a campainha, a carteira aberta para exibir o distintivo, que não é exatamente algo honesto porque ele se aposentou da polícia, nunca foi policial na Flórida e deveria ter entregado suas credenciais e arma quando saiu do último departamento de polícia para o qual trabalhou, um não muito grande em Richmond, Virgínia, onde sempre se sentiu um pária, sendo tratado com ingratidão e pouco valorizado. Ele toca a campainha de novo e tenta mais uma vez ligar para o telefone da senhora Simister.

Ainda está ocupado.

"Polícia! Alguém em casa?", ele grita bem alto, batendo na porta.

28

Scarpetta está com calor em seu conjunto preto, mas não pensa em fazer nada a respeito. Se ela tirar o paletó, vai ter de guardá-lo ou pendurá-lo em algum lugar, e ela não fica à vontade em cenas de crime, nem mesmo naquelas que a polícia não acredita serem cenas de crime.

Agora ela está dentro da casa, prestes a decidir que uma das irmãs sofre de um transtorno obsessivo-compulsivo. As janelas e os pisos de ladrilho não têm uma única sujeira e a mobília está impecavelmente arrumada. Um tapete está perfeitamente centrado, e seu arremate é tão arrumado que parece ter sido penteado. Ela verifica o termostato na parede e anota em seu caderno que o ar-condicionado está ligado. A temperatura da sala é de vinte e dois graus.

"O termostato foi ajustado?", ela pergunta. "Estava assim?"

"Tudo foi deixado do jeito que estava", diz Reba, na cozinha com Lex, investigadora de cena de crime da Academia. "A não ser o fogão. Ele foi desligado. A mulher que veio aqui quando Ev e Kristin não apareceram na igreja. Ela o desligou."

Scarpetta faz uma anotação de que não há sistema de alarme.

Reba abre a geladeira. "Eu daria uma pulverizada nas portas dos armários", diz a Lex. "Na verdade, acho que dá para tentar pulverizar tudo por aqui. Não tem muita comida aqui dentro para dois meninos em fase de crescimento." Ela diz isso voltando-se para Scarpetta. "Não tem quase nada para comer. Acho que eles são vegetarianos."

Ela fecha a porta da geladeira.

"O pó vai estragar a madeira", diz Lex.

"Você é quem sabe."

"Nós sabemos a que horas eles chegaram em casa depois do culto na noite da quinta-feira passada? Supostamente chegaram em casa?", pergunta Scarpetta.

"Terminou às sete, e Ev e Kristin ficaram mais um pouco, conversando com as pessoas. Então elas voltaram para o escritório de Ev e fizeram uma reunião. É um escritório pequeno. É uma igreja muito pequena. No salão onde fazem os cultos não cabem mais de cinquenta pessoas, foi o que me pareceu."

Reba sai da cozinha e entra na sala.

"Reunião com quem, e onde estavam os meninos?", pergunta Scarpetta, enquanto ergue uma almofada de um sofá com tecido de padrão floral.

"Algumas das mulheres participaram. Não sei como chamá-las. São as mulheres que tomam conta das coisas na igreja, e, pelo que eu entendo, os meninos não estavam na reunião, estavam fazendo qualquer outra coisa, bagunçando por ali. Então eles foram embora com Ev e Kristin por volta das oito da noite."

"Sempre há reuniões depois do culto nas noites de quinta?"

"Creio que sim. O culto regular é na noite de sexta-feira, então elas fazem reunião na véspera. Alguma coisa relacionada com a Sexta-Feira Santa ser o dia em que Deus morreu pelos nossos pecados. Elas não falam em Jesus, apenas em Deus, e muita coisa sobre pecado e ir para o inferno. É uma igreja muito esquisita. Como uma seita, é o que eu acho. Provavelmente mexem com serpentes e coisas do gênero."

Lex bate de leve uma pequena quantidade de pó de óxido Silk Black sobre uma folha de papel. O balcão branco da cozinha está lascado, mas é limpo, sem nada sobre ele, e ela toca o pó de leve com o pincel de fibra de vidro e começa a fazer movimentos circulares delicados com o pincel sobre o balcão, deixando-o com áreas pretas desiguais em todos os lugares onde o pó adere aos óleos ou outros resíduos latentes.

"Não encontrei uma carteira, uma bolsa, nada dessas coisas", Reba conta a Scarpetta. "O que só confirma minha suspeita de que eles fugiram."

"Você pode ser raptada e levar consigo sua bolsa", diz Scarpetta. "As pessoas são raptadas com a carteira, chaves, o carro, seus filhos. Alguns anos atrás, eu trabalhei em um rapto-homicídio no qual a vítima pôde levar uma mala."

"Eu conheço uns casos também, nos quais tudo parece apontar para um crime, mas o que realmente aconteceu é que as pessoas foram embora. Talvez aquele telefonema esquisito sobre o qual você me contou fosse de algum excêntrico da igreja."

Scarpetta vai até a cozinha olhar o fogão. Sobre uma das bocas de trás está uma panela de cobre com uma tampa, e o metal é cinzento-escuro e riscado.

"Essa era a boca que estava ligada?", ela pergunta, removendo a tampa.

O revestimento de aço inoxidável do interior da panela é cinza-escuro desbotado.

Lex rasga um pedaço de fita adesiva com um estalo barulhento.

"Quando a mulher da igreja chegou aqui, aquela boca estava ligada na potência mínima, e a panela estava quente como o inferno sem nada dentro", diz Reba. "Foi isso o que me contaram."

Scarpetta repara em um pouquinho de cinza esbranquiçada dentro da panela.

"Pode ser que tenha havido alguma coisa dentro dela. Talvez óleo de cozinha. Comida, não. Havia comida sobre o balcão?", ela pergunta.

"O que você está vendo é o jeito como as coisas estavam quando cheguei aqui. E a mulher da igreja disse que não encontrou nenhuma comida fora."

"Alguns pequenos sulcos, mas na maior parte são man-

171

chas", diz Lex, retirando a fita que foi colocada sobre vários centímetros do balcão. "Não vou perder tempo com os armários. A madeira não é uma grande superfície. Não faz sentido arruiná-la sem motivo."

Scarpetta abre a porta da geladeira e o ar frio toca-lhe o rosto enquanto ela verifica uma prateleira por vez. As sobras de um peito de peru sugerem que pelo menos uma pessoa não é vegetariana. Há alface, brócolis frescos, espinafre, aipo e cenouras, muitas cenouras, dezenove sacos de cenouras pequenas descascadas, um petisco agradável e de baixa caloria.

A porta de vidro corrediça para a varanda da senhora Simister está destrancada, e Marino espera do lado de fora, de pé sobre a grama, olhando ao redor.

Ele fixa a vista na casa cor de laranja do outro lado do canal e se pergunta se Scarpetta está descobrindo alguma coisa. Talvez ela já tenha liberado a cena. Ele está atrasado. Colocar a motocicleta no trailer, levá-la para o hangar e depois trocar o pneu levou algum tempo. Depois ele demorou um pouco mais para falar com os outros funcionários da manutenção, alguns alunos que estavam ali perto e membros do corpo docente cujos carros estavam no mesmo estacionamento, na esperança de que alguém tivesse visto alguma coisa. Ninguém viu nada. Ou, pelo menos, foi isso o que disseram.

Ele abre um pouquinho a porta da senhora Simister e chama-lhe o nome em voz alta.

Ninguém responde, e ele bate com força no vidro.

"Alguém em casa?", ele grita. "Olá?"

Tenta o telefone de novo, e ainda está ocupado. Percebe que Scarpetta tentou falar com ele há pouco, provavelmente quando ele estava na moto, vindo para cá. Ele retorna a ligação.

"O que está acontecendo por aí?", ele pergunta de saída.

"Reba diz que nunca ouviu falar na senhora Simister."

"Alguém está brincando com a gente", ele responde. "Ela também não é da igreja. Da igreja das pessoas desaparecidas. E ela não está atendendo à porta. Vou entrar."

Ele olha para trás, para a casa cor de laranja do outro lado do canal. Abre a porta corrediça e entra na varanda.

"Senhora Simister?", ele chama em voz alta. "Alguém em casa? É a polícia!"

Uma outra porta corrediça também está destrancada, e ele entra na sala de jantar, para, chama-a novamente. Mais para o fundo da casa uma televisão está ligada, o volume alto, e ele caminha na direção do som enquanto continua a chamar em voz alta, agora com sua arma na mão. Ele segue por um corredor e consegue distinguir os sons de um programa de entrevistas e muitas risadas.

"Senhora Simister? Tem alguém aqui?"

A televisão está dentro de um quarto nos fundos, provavelmente um quarto de dormir, e a porta está fechada. Ele hesita, chama em voz alta de novo. Ele bate na porta, depois bate com força, e então entra e vê sangue, um pequeno corpo sobre a cama e o que restou da cabeça.

29

Dentro da gaveta de uma escrivaninha há lápis, canetas esferográficas e marca-textos. Dois dos lápis e uma das canetas estão mastigados, e Scarpetta examina as marcas feitas pelos dentes na madeira e no plástico, perguntando-se qual dos meninos mastiga coisas nervosamente.

Ela coloca os lápis, canetas e marcadores em sacos de evidência separados. Fechando a gaveta, olha ao redor, pensando na vida daqueles garotos sul-africanos órfãos. Não há brinquedos no quarto, não há cartazes nas paredes, nenhuma indicação de que os irmãos gostam de garotas, carros, filmes, música ou esportes, ou se têm heróis, ou se simplesmente eles se divertem.

O banheiro deles fica na porta seguinte, e é um banheiro antigo com azulejos verdes feios, banheira e vaso sanitário brancos. Seu rosto aparece no espelho do armário de remédios quando ela abre a porta. Ela vasculha as prateleiras estreitas de metal em que estão alinhados fio dental, aspirina e pequenos sabonetes embrulhados, do tipo que se encontra em banheiros de motel. Segura pela tampa branca uma embalagem de plástico laranja de um remédio vendido com receita, olha o rótulo e se surpreende ao ver o nome da doutora Marilyn Self.

A psiquiatra-celebridade doutora Self receitou Ritalina para David Luck. Ele deve tomar dez miligramas três vezes ao dia, e cem comprimidos foram repostos no mês passado, exatamente três semanas atrás. Scarpetta retira a tampa e espalha os comprimidos verdes e sulcados na palma da mão. Ela conta, são quarenta e cinco. Três semanas na dose recomendada e deveria haver trinta e sete sobrando, ela calcula. Ele supostamente desapareceu na quinta-feira à tarde. Isso foi cinco dias atrás, quinze comprimidos atrás. Quinze mais trinta e sete dá cinquenta e dois. É bem perto. Se o desaparecimento de David foi voluntário, por que ele deixou para trás a Ritalina? Por que o fogão foi deixado ligado?

Ela devolve os comprimidos para a embalagem e a coloca dentro de um saco de evidências lacrado. Percorre o corredor, e no final está o único outro quarto, aquele que as irmãs obviamente partilhavam. Há duas camas, ambas cobertas por colchas verde-esmeralda. O papel de parede e o carpete são verdes. A mobília é laqueada de verde. Os abajures e o ventilador de teto são verdes, e cortinas verdes estão fechadas, bloqueando completamente a luz do dia. O abajur de cabeceira está aceso, e sua luz fraca e a luz que vem do corredor são a única iluminação do quarto.

Não há espelho nem quadros, apenas duas fotografias emolduradas sobre a cômoda, uma do sol se pondo sobre o oceano e dois meninos na praia, com calção de banho e sorrindo, os dois de cabelo claro. Eles parecem irmãos, um mais velho que o outro. A outra fotografia é de duas mulheres com bastões de caminhada, apertando os olhos sob o sol, cercadas por um enorme céu azul. Atrás delas está uma montanha de formato irregular que assoma no horizonte, o topo obscurecido por uma camada incomum de nuvens que surgem das rochas como um vapor denso e branco. Uma das mulheres é baixa e corpulenta, com o cabelo comprido e grisalho puxado para trás, ao passo que a outra é mais alta e mais magra, com um cabelo ondulado preto e muito comprido que ela afasta do rosto por causa do vento.

Scarpetta tira uma lente de aumento da bolsa e estuda as fotos mais de perto, olhando cuidadosamente a pele exposta dos garotos, o rosto deles. Ela estuda a face das mulheres e sua pele exposta, procurando cicatrizes, tatuagens, anomalias físicas, joias. Move a lente sobre a mulher mais magra com o cabelo preto comprido, notando que sua aparência não é saudável. Talvez a iluminação ou algum produto de bronzeamento artificial tenha dado a sua pele uma cor ligeiramente amarelada, mas ela parece quase ictérica.

Scarpetta abre o armário. Dentro encontra roupas e sapatos comuns e baratos, e conjuntos mais elegantes em tamanhos 42 e 46. Scarpetta tira todas as peças brancas ou claras e verifica o tecido em busca de manchas amareladas de suor, encontrando-as sob os braços de diversas blusas tamanho 42. Ela volta a atenção para a fotografia da mulher de cabelo preto comprido e pele de aparência ictérica e pensa nos legumes crus dentro da geladeira, nas cenouras e na doutora Marilyn Self.

Não há livros no quarto, a não ser por uma Bíblia de capa de couro marrom no criado-mudo. É antiga e está aberta nos Apócrifos, e a luz do abajur cai sobre as páginas frágeis, secas e amareladas pela passagem de muitos anos. Ela coloca os óculos de leitura e se aproxima, anotando em seu caderno que a Bíblia está aberta em "Sabedoria de Salomão", e o versículo 25 do capítulo 12 está marcado com três X a lápis.

Por isso, como a crianças sem juízo, enviaste o castigo da zombaria.

Ela tenta falar com Marino pelo celular e a ligação cai direto na caixa postal. Abre as cortinas para ver se as janelas de correr estão trancadas enquanto tenta contatá-lo e deixa outra mensagem urgente. Começou a chover; as gotas de chuva deixam marcas na piscina, e nuvens carregadas amontoam-se como bigornas. Palmeiras agitam-se e cercas baixas de hibisco estão cheias de floradas cor-de-rosa e vermelhas que balançam ao vento. Ela repara em duas manchas no vidro. Elas têm um formato característico que Scarpetta reconhece, e ela encontra Reba e Lex na área de serviço, verificando o que acharam dentro da lavadora e da secadora.

"Tem uma Bíblia no quarto principal", diz Scarpetta. "Está aberta nos Apócrifos, e um abajur está aceso, o abajur ao lado da cama."

Reba parece confusa.

"Minha pergunta é: o quarto estava exatamente assim quando a mulher da igreja entrou na casa? O quarto estava exatamente assim quando você o viu pela primeira vez?"

"Quando entrei no quarto, ele parecia inalterado. Lembro-me de que as cortinas estavam fechadas. Não vi uma Bíblia, nem nada assim, e não me lembro de um abajur aceso", diz Reba.

"Há uma fotografia de duas mulheres. Ev e Kristin?"

"A mulher da igreja disse que sim."

"A outra é de Tony e David?"

"Acho que sim."

"Uma das mulheres tem algum tipo de distúrbio alimentar? Está doente? Uma delas, ou as duas, está sendo tratada por algum médico? E qual mulher é qual na fotografia?"

Reba está confusa quanto às respostas. Antes de hoje, respostas não pareciam muito importantes. Ninguém pensou que poderia haver perguntas como as que Scarpetta cstá fazendo agora.

"Você ou alguém abriu a porta corrediça de vidro no quarto, aquela verde?"

"Não."

"Não está trancada, e eu notei manchas do lado de fora do vidro. Marcas de orelha. Estou me perguntando se elas estavam ali quando você deu uma olhada na propriedade na sexta-feira passada."

"Marcas de orelha?"

"Duas, feitas pela orelha direita de alguém", diz Scarpetta, e seu telefone toca.

30

Está chovendo forte quando ela chega à casa da senhora Simister, e há três carros de polícia e uma ambulância parados na frente.

Scarpetta desce de seu carro sem guarda-chuva enquanto conclui uma conversa com o Gabinete do Legista--Chefe do Condado de Broward, que possui jurisdição sobre todas as mortes repentinas, inesperadas e violentas que ocorrem entre Palm Beach e Miami. Ela vai examinar o corpo no local porque já está lá, é o que está dizendo, e assim que possível vai precisar de um serviço de remoção que transporte o corpo para o necrotério. Ela recomenda que a autópsia seja feita imediatamente.

"Não acha que isso pode esperar até amanhã? Pelo que entendi pode ter sido suicídio, parece que ela tem um histórico de depressão", o administrador sugere cautelosamente, porque não quer dar a impressão de que esteja questionando o julgamento de Scarpetta.

Ele não quer se precipitar e dizer que não tem certeza da urgência do caso. É cuidadoso ao escolher as palavras, mas ela sabe o que ele está pensando.

"Marino diz que não há arma na cena", ela explica, subindo os degraus da varanda da frente, ficando encharcada.

"O.k. Não sabia disso."

"Acho que ninguém está pensando que foi suicídio."

Ela pensa no barulho que ela e Reba ouviram um pouco antes, que pensaram ser um cano de escapamento. Ela tenta lembrar o momento exato.

"A senhora vai entrar, então?"

"É claro", diz ela. "Diga ao doutor Amos para vir e deixar tudo pronto."

Marino está esperando quando ela abre a porta e entra, tirando o cabelo molhado dos olhos.

"Onde está Wagner?", ele pergunta. "Achei que ela vinha. Infelizmente. Merda, a gente não precisa de uma tonta daquelas lidando com isto."

"Ela saiu poucos minutos depois de mim. Não sei onde ela está."

"Provavelmente perdida. Tem o pior senso de direção que eu já vi."

Scarpetta lhe conta sobre a Bíblia dentro do quarto de Ev e Kristin, sobre o verso que estava marcado com um X.

"A mesma coisa que o sujeito da ligação me disse", exclama Marino. "Cacete! Que diabos está acontecendo? Aquela tonta!", ele exclama, e está falando de Reba novamente. "Vou ter que dar um chapéu nela e arrumar um detetive de verdade para as coisas darem certo."

Scarpetta já ouviu o bastante de seus comentários depreciativos. "Faça-me um favor, ajude-a da melhor maneira que puder e guarde o seu ressentimento em algum lugar. Diga-me o que sabe."

Ela olha atrás dele através da porta da frente parcialmente aberta. Dois paramédicos estão carregando as bolsas com seus equipamentos, depois de encerrar um esforço que foi uma perda de tempo.

"Ferimento de espingarda na boca, arrancou a parte de cima da cabeça dela", diz Marino, afastando-se para os paramédicos saírem em direção à ambulância. "Ela está de costas na cama, vestida, a tevê ligada. Nada que sugira arrombamento, roubo ou ataque sexual. Encontramos um par de luvas de látex na pia do banheiro. Uma delas está ensanguentada."

"Qual banheiro?"

"O do quarto dela."

"Algum outro sinal de que o assassino possa ter se limpado depois?"

"Não. Só as luvas na pia. Nada de toalhas ensanguentadas, nem água manchada de sangue."

"Vou precisar olhar. Temos certeza sobre quem ela é?"

"Sabemos de quem é esta casa. Pertence a Daggie Simister. Não sei dizer com certeza quem está lá na cama."

Scarpetta procura dentro da bolsa um par de luvas e entra na casa. Ela para e olha ao redor enquanto pensa nas portas corrediças do quarto principal da casa do outro lado do canal. Ela verifica o piso de mosaico, as paredes azul-claras, a pequena sala. Lotada de mobília, fotografias e pássaros de porcelana e outras estatuetas de uma época antiga. Nada parece ter sido mexido. Marino atravessa com ela a sala, passando pela cozinha, na direção do outro lado da casa, onde o corpo está dentro de um quarto que tem janela para o canal.

Ela está vestida com um agasalho esportivo cor-de-rosa e chinelos da mesma cor, e está deitada de costas sobre a cama. A boca está muito aberta, os olhos embotados fixos sob um ferimento enorme que abriu o topo da cabeça dela como se fosse a parte de cima de um ovo. Seu cérebro está espalhado, pedaços dele e fragmentos de ossos sobre um travesseiro encharcado de sangue que é vermelho-escuro, começando a coagular. Pedaços de cérebro e pele estão grudados na cabeceira e na parede manchadas de sangue.

Scarpetta desliza a mão dentro da jaqueta ensanguentada do agasalho e sente o peito e a barriga, e em seguida toca as mãos. O corpo está morno, e o *rigor mortis* ainda não está aparente. Ela abre o zíper da jaqueta e posiciona um termômetro químico sob o braço direito. Enquanto espera para verificar a temperatura corporal, ela procura algum ferimento além do evidente na cabeça.

"Há quanto tempo você acha que ela está morta?", pergunta Marino.

"Ela ainda está muito quente. O rigor ainda não apareceu."

Scarpetta pensa naquilo que ela e Reba supuseram ser uma explosão de cano de escapamento e resolve que aconteceu por volta de uma hora atrás. Ela se aproxima de um termostato na parede. O ar-condicionado está ligado, a temperatura no quarto está fresca, uns vinte graus. Ela toma nota e olha ao redor, sem pressa, examinando tudo. O quarto pequeno tem um piso de mosaico, e um tapete azul-escuro cobre a metade dele, do pé da cama coberta com um edredom azul até a janela que dá para o canal. As persianas estão fechadas. Na mesinha de cabeceira há um copo com o que parece ser água, uma edição em letras graúdas de um romance de Dan Brown e um par de óculos. À primeira vista, não há sinal de luta.

"Então talvez ela tenha sido morta pouco antes de eu chegar", Marino diz, e ele está agitado, tentando não demonstrar. "Então pode ter acontecido minutos antes de eu chegar aqui com a moto. Eu estava atrasado. Alguém furou meu pneu dianteiro."

"De propósito?", pergunta ela, pensando na coincidência de aquilo ter acontecido no momento em que aconteceu.

Se ele tivesse chegado aqui antes, essa mulher talvez não estivesse morta, e ela conta-lhe o que agora supõe ter sido um disparo no momento em que um policial uniformizado surge do banheiro, as mãos cheias de embalagens de remédios, que ele coloca sobre uma cômoda.

"É, foi de propósito, sim", diz Marino.

"É óbvio que ela não está morta há muito tempo. A que horas você a encontrou?"

"Eu já estava aqui fazia talvez uns quinze minutos quando liguei para você. Queria ter certeza de que a casa estava segura antes de fazer qualquer coisa. Ter certeza de que a pessoa que a matou não estava escondida em algum armário ou coisa assim."

"Os vizinhos não ouviram nada?"

Ele diz que não há ninguém nas casas dos dois lados daquela. Um dos policiais uniformizados já verificou. Ele está transpirando muito, o rosto muito vermelho, os olhos arregalados, meio desequilibrado.

181

"Eu não sei o que está acontecendo", diz ele enquanto a chuva transforma o telhado em um tambor. "Tenho a impressão de que armaram para a gente, de alguma maneira. Você e Wagner estavam do outro lado do canal. Eu me atrasei por causa do pneu furado."

"Havia um fiscal", diz ela. "Alguém que estava inspecionando as árvores de cítricos daqui." Ela lhe conta sobre o colhedor de frutas que ele desmontou e colocou dentro de uma enorme bolsa preta. "Acho melhor verificar isso imediatamente."

Ela retira o termômetro que estava sob o braço da mulher morta e anota: trinta e seis graus. Entra no banheiro azulejado e olha dentro do chuveiro. Observa o vaso sanitário e o cesto de lixo. A pia está seca, sem sangue, nem mesmo o menor resíduo, o que não faz sentido. Ela olha para Marino.

"As luvas estavam dentro dessa pia?", ela pergunta.

"Isso mesmo."

"Se ele — ou ela, acho — as tirou depois de matá-la e as deixou dentro da pia, elas teriam deixado um resíduo sanguinolento. Pelo menos a que está ensanguentada."

"A menos que o sangue já estivesse seco na luva."

"Não deveria estar", diz Scarpetta, abrindo o armário de remédios e encontrando as alquimias de sempre para mal-estar, dores e problemas de intestino. "A menos que o assassino tenha ficado com elas tempo suficiente para que o sangue secasse."

"Não levaria tanto tempo assim."

"Talvez não. Você está com elas aí?"

Eles saem do banheiro, e Marino pega um envelope de papel pardo para evidências de um dos casos com cena do crime. Ele abre o envelope para que ela possa olhar dentro sem tocar as luvas. Uma delas está limpa, a outra parcialmente virada do avesso e manchada com sangue seco marrom-escuro. As luvas não têm marcas de talco, e a luva limpa parece nunca ter sido usada.

"Vamos querer amostras de DNA na parte de dentro também. E digitais", diz ela.

182

"Ele não deve saber que se podem deixar digitais no interior de luvas de látex", diz Marino.

"Então ele não deve assistir tevê", diz um policial.

"Não me venha falar sobre essas porcarias na tevê. Isso está arruinando a minha vida", comenta outro policial, que está com metade do corpo embaixo da cama. "Olha só."

Ele se levanta segurando uma lanterna e um pequeno revólver de aço inoxidável com cabo de pau-rosa. Ele abre o tambor, tocando o menos possível no metal.

"Descarregado. Adiantou muita coisa para ela. Não parece ter sido disparado desde a última vez em que passou por uma limpeza, se é que já foi disparado alguma vez", diz ele.

"Vamos verificar as digitais mesmo assim", Marino lhe diz. "Um lugar esquisito para esconder uma arma. Em que lugar embaixo da cama?"

"Longe demais para alcançar sem precisar deitar no chão e se arrastar do jeito que acabei de fazer. Calibre 22. Que diabo de modelo é uma Black Widow?"

"Está brincando?", diz Marino, dando uma olhada. "É da North American Arms, ação simples. É uma arma meio idiota para uma velhinha com mãos artríticas e retorcidas."

"Alguém deve ter dado a ela de presente para proteção doméstica, e ela nunca se importou com ele."

"Viu uma caixa de munições em algum lugar?"

"Até agora, não."

O policial coloca a arma dentro de um saco de evidência, que ele põe sobre a cômoda, onde outro policial começa a fazer um inventário das embalagens de remédios.

"Accuretic, Diurese e Enduron", ele lê os rótulos. "Não tenho a menor ideia."

"Inibidor de enzima conversora de angiotensina e diurético. Para hipertensão", explica Scarpetta.

"Verapamil é velho. Data de validade de julho."

"Hipertensão, angina e arritmia."

"Apresoline e Loniten. Tente pronunciar esses nomes. Fabricados há mais de um ano."

183

"Vasodilatadores. Mais uma vez, para hipertensão."

"Então talvez ela tenha morrido de derrame. Vicodin. Esse eu sei o que é. E Ultram. Nesses, a fabricação é mais recente."

"Analgésicos. Provavelmente para a artrite."

"E Zitromax. Esse é antibiótico, certo? A data dele é dezembro."

"Nada mais?", pergunta Scarpetta.

"Não, doutora."

"Quem contou ao Gabinete do Legista-Chefe que ela possui um histórico de depressão?", pergunta ela, olhando para Marino.

A princípio, ninguém responde.

Então Marino diz: "Não fui eu".

"Quem telefonou para o Gabinete do Legista-Chefe?", pergunta ela.

Os dois policiais e Marino entreolham-se.

"Que merda", diz Marino.

"Esperem um pouco", diz Scarpetta. Telefona para o Gabinete do Legista-Chefe e coloca o administrador no telefone. "Quem o notificou sobre a morte por tiro de espingarda?"

"A polícia de Hollywood."

"Mas qual dos policiais?"

"Detetive Wagner."

"Detetive Wagner?", Scarpetta está confusa. "Qual é o horário que aparece na folha de ligações?"

"É... é... deixe eu ver. Duas e onze."

Scarpetta olha para Marino de novo e pergunta-lhe: "Você sabe exatamente a que horas me ligou?".

Ele olha no telefone celular e responde: "Duas e vinte e um".

Scarpetta olha para seu relógio. São quase três e meia. Não vai conseguir chegar a seu voo das seis e meia.

"Está tudo bem?", pergunta o administrador do outro lado da linha.

"Alguma coisa saiu no identificador de chamadas quando você recebeu esse telefonema, supostamente da detetive Wagner?"

"Supostamente?"

"E foi uma mulher que ligou."

"Sim."

"Alguma coisa incomum a respeito da maneira como ela falou?"

"De jeito nenhum", diz ele, fazendo uma pausa. "Ela pareceu de confiança."

"Algum sotaque?"

"O que está acontecendo, Kay?"

"Nada que seja bom", diz ela.

"Deixe eu dar uma olhada. O.k., duas e onze. Entrou como chamada de número desconhecido."

"É claro", diz Scarpetta. "Vejo você daqui a uma hora."

Ela se inclina mais perto da cama e olha cuidadosamente as mãos da mulher, virando-as com delicadeza. Ela é sempre delicada, não importando o fato de seus pacientes não poderem sentir mais nada. Ela não percebe esfoladuras, cortes ou machucados indicando que a mulher foi amarrada ou que se feriu defendendo-se. Ela verifica de novo com uma lupa e descobre fibras e sujeira aderidas às palmas das duas mãos.

"Talvez ela tenha estado no chão em algum momento", diz ela enquanto Reba entra no quarto, pálida e molhada da chuva, e obviamente perturbada.

"As ruas são como um labirinto por aqui", diz Reba.

"Ei", Marino diz a ela, "a que horas você ligou para o legista-chefe?"

"Para falar o quê?"

"Para falar do preço dos ovos na China."

"O quê?", diz ela, olhando a cama ensanguentada.

"Para falar deste caso", diz Marino, rude. "Sobre que diabos você achou que eu estava falando? E por que você não arranja um GPS?"

"Eu não liguei para o legista-chefe. Por que eu faria isso quando ela estava em pé bem ao meu lado?", replica ela, olhando para Scarpetta.

"Vamos colocar plásticos nas mãos e nos pés dela", diz Scarpetta. "E quero que ela seja embrulhada na colcha e com um plástico limpo. Os lençóis da cama vêm junto também."

Ela vai até uma janela que dá para o quintal e o canal. Olha para as árvores de cítricos castigadas pelas chuvas e pensa no fiscal que viu antes. Ele estava nesse quintal, ela tem certeza, e tenta determinar a hora exata em que o viu. Ela sabe que não foi muito tempo antes de ouvir o que agora ela desconfia ter sido um disparo de arma de fogo. Olha pelo quarto novamente e repara em duas manchas escuras no tapete perto da janela que está acima das árvores de cítricos e da água.

As manchas são muito difíceis de serem vistas contra o fundo azul-escuro, e ela tira da bolsa um kit para testes de sangue, produtos químicos e conta-gotas. Há duas manchas separadas por muitos centímetros. Cada uma delas tem aproximadamente o tamanho de uma moeda de vinte e cinco centavos, de formato oval, e ela passa um bastão com algodão na ponta sobre uma delas. Depois pinga álcool isopropílico, fenolftaleína e peróxido de hidrogênio no algodão, e ele fica rosa-claro. Isso não significa que as manchas sejam sangue humano, mas há uma boa chance de serem.

"Se é o sangue dela, o que está fazendo aqui?", diz Scarpetta a si mesma.

"Talvez tenha respingado para trás", sugere Reba.

"Não é possível."

"Parecem gotas e não são exatamente redondas", diz Marino. "Parece que seja lá quem for que estivesse sangrando estava quase em pé."

Ele procura outras manchas.

"É meio incomum elas estarem aqui e em mais nenhum outro lugar. Se alguém tivesse sangrado bastante, era de esperar que houvesse mais gotas", diz ele de repente, como se Reba não estivesse no quarto.

"É difícil ver em uma superfície escura como esta", replica Scarpetta, "mas não estou vendo nenhuma outra."

"Talvez devêssemos voltar com luminol", Marino fala ignorando Reba, e a raiva começa a aparecer no rosto dela.

"Precisamos de uma amostra dessas fibras de carpete quando os técnicos chegarem aqui", diz Scarpetta para todos.

"Passem o aspirador no tapete, chequem os vestígios", acrescenta Marino, evitando o olhar de Reba.

"Vou precisar de uma declaração sua antes de você ir embora, uma vez que foi você quem a encontrou", Reba diz a ele. "Não tenho muita certeza sobre o que você fazia entrando na casa dela."

Ele não responde. Ela não existe.

"Então que tal você e eu irmos até lá fora por uns minutos para eu ouvir o que você tem a dizer?", ela lhe diz. "Mark?", diz ela para um dos policiais. "Que tal verificar se o investigador Marino tem resíduos de pólvora?"

"Sai fora, porra", diz Marino.

Scarpetta reconhece o tom grave na voz dele. Geralmente é o prelúdio de uma enorme explosão.

"É só formalidade", replica Reba. "Sei que você não gostaria que alguém o acusasse de alguma coisa."

"É... Reba", diz o policial chamado Mark. "Nós não temos equipamento para avaliação de vestígios. Os técnicos de cena do crime terão que fazer isso."

"Onde diabos eles estão?", pergunta Reba, irritada, constrangida, ainda tão nova no trabalho.

"Marino", diz Scarpetta, "que tal verificar o serviço de remoção? Para ver onde eles estão."

"Eu tenho uma curiosidade", diz Marino, chegando tão perto de Reba que ela é forçada a recuar um degrau. "Quantas vezes você foi a única detetive em uma cena onde havia um cadáver?

"Vou precisar que vocês saiam", ela responde. "Você e a doutora Scarpetta, os dois. Para que possamos começar a analisar."

"A resposta é nenhuma." Ele continua falando. "Nem

uma única, porra!" A voz dele se ergue. "Bom, se você voltar e der uma olhada nas anotações que fez no seu exemplar de *Detetive para idiotas*, você talvez descubra que o cadáver é item de jurisdição do legista-chefe, o que significa que neste exato momento é a doutora aqui quem está no comando, e não você. E uma vez que por acaso eu sou investigador de homicídios qualificado, além de todos os meus outros títulos bacanas, e ajudo a doutora no que ela precisa, acho que você também não pode me mandar passear."

Os policiais uniformizados estão se esforçando para não rir.

"E há um fato muito importante para ser acrescentado a tudo isso", continua Marino. "Eu e a doutora somos as pessoas encarregadas desta investigação neste momento, e você não sabe porra nenhuma e está barrando o nosso caminho."

"Você não pode falar comigo desse jeito!", exclama Reba, quase em lágrimas.

"Será que um de vocês, por favor, não arrumaria um detetive de verdade?", pergunta Marino aos policiais uniformizados. "Porque eu não vou sair até que vocês saiam."

31

Benton está sentado em seu escritório no andar térreo do Laboratório de Neuroimagem Cognitiva, um dos poucos prédios contemporâneos em um campus de noventa e cinco hectares adornados com tijolos e telhas de um século de idade, árvores frutíferas e lagoas. Diferentemente de outros escritórios no McLean, o dele não tem vista agradável, apenas um espaço de estacionamento para deficientes físicos bem na frente de sua janela, depois uma estrada, e depois um campo que é popular entre os gansos selvagens.

O escritório é pequeno e entulhado de papéis e livros, e está localizado no meio do laboratório em formato de H. Em cada canto do laboratório há um aparelho de ressonância magnética, e, coletivamente, seus campos eletromagnéticos são fortes o suficiente para tirar um trem dos trilhos. Ele é o único psicólogo forense cujo escritório fica no laboratório. Ele tem de estar acessível para os neurocientistas por causa do projeto Predador.

Ele liga para sua coordenadora de pesquisa.

"O nosso mais novo normal já ligou de volta?" Benton olha através da janela para dois gansos andando pela estrada. "Kenny Jumper?"

"Espere um pouco, pode ser ele na outra linha." Em seguida: "Doutor Wesley? Ele está na linha".

"Alô?", diz Benton. "Boa tarde, Kenny. É o doutor Wesley. Como você está hoje?"

"Nada mal."

"Você parece estar um pouco resfriado."

"Talvez seja alergia. Eu passei a mão em um gato."

"Vou lhe fazer mais algumas perguntas, Kenny", diz Benton, olhando para um formulário de triagem telefônica.

"Você já me fez todas aquelas perguntas."

"Estas são diferentes. Perguntas de rotina, as mesmas que fazemos a todos que participam de nosso estudo."

"O.k."

"Em primeiro lugar, de onde você está telefonando?", pergunta Benton.

"Um telefone público. Não dá para você me telefonar de volta por ele. Eu tenho que ligar para você."

"Não tem telefone no lugar onde você está hospedado?"

"Como eu disse, eu estou na casa de um amigo em Waltham, e ele não tem telefone."

"Tudo bem. Vou confirmar algumas das coisas que você me disse ontem, Kenny. Você é solteiro."

"Sim."

"Tem vinte e quatro anos."

"Sim."

"Branco."

"Sim."

"Kenny, você é canhoto ou destro?"

"Destro. Não tenho carteira de motorista, se você quer uma identificação."

"Tudo bem", diz Benton. "Não é necessário."

Não só isso, mas pedir prova de identificação, fotografar os pacientes ou fazer qualquer coisa para verificar quem eles realmente são representa uma violação da Lei de Proteção à Privacidade das Informações Pessoais sobre Saúde. Benton passa pelas perguntas no formulário, perguntando a Kenny sobre dentaduras ou aparelhos ortodônticos, implantes médicos, placas e pinos de metal, e qual a forma de sustento dele. Pergunta a respeito de quaisquer outras alergias além daquela relacionada a gatos, quaisquer problemas respiratórios, quaisquer doenças e medicamentos, se ele já sofreu algum ferimento na cabeça, ou se ele teve alguma ideia associada a fazer mal a si mesmo ou a outras pessoas, ou se está atualmente fazendo terapia ou cumprindo sursis. Como era de esperar, as respostas são negativas. Mais de um terço das pessoas que se candidatam a voluntárias como sujeitos normais de controle têm de ser retiradas do estudo porque são tudo, menos normais. No entanto, até agora Kenny parece promissor.

"Qual foi seu padrão de consumo de bebida alcoólica no último mês?", Benton continua a seguir a lista, odiando cada segundo daquilo.

Triagem por telefone é algo muito entediante. Mas, se não fizer isso, vai acabar no telefone de qualquer jeito, porque ele não confia nas informações coletadas por assistentes de pesquisa e outras pessoas destreinadas. Não adianta nada trazer da rua um sujeito potencial de pesquisa para descobrir, depois de intermináveis horas do valioso tempo da equipe gasta sem triagem, entrevistas de diagnóstico, estabelecimento de parâmetros, testes neurocognitivos, neuroimagem e trabalho de laboratório, que ele é inadequado, instável ou potencialmente perigoso.

"Bom, uma ou outra cerveja de vez em quando", diz Kenny. "Sabe, eu não bebo muito. Não fumo. Quando posso começar? O anúncio diz que vou receber oitocentos dólares e que vocês pagam o táxi. Eu não tenho carro. Então não tenho transporte, e preciso do dinheiro."

"Por que você não vem na próxima sexta-feira? Às duas da tarde. É bom para você?"

"Para fazer o negócio do ímã?"

"Isso mesmo. A sua ressonância."

"Não. Quinta às cinco. Eu posso na quinta às cinco."

"Tudo bem, então. O.k. Quinta às cinco", Benton anota.

"E podem mandar um táxi."

Benton diz que vai mandar um táxi e pede um endereço, e fica surpreso com a resposta de Kenny. Ele diz a Benton que mande um táxi para a Agência Funerária Alfa & Ômega em Everett, uma funerária da qual ele nunca ouviu falar em uma área não muito agradável nas cercanias de Boston.

"Por que uma agência funerária?", Benton pergunta, batendo a ponta do lápis no formulário.

"É perto de onde estou. Tem um telefone público lá."

"Kenny, eu gostaria que você me telefonasse de novo amanhã para confirmar se você virá no dia seguinte, quinta às cinco. O.k.?

"O.k. Vou ligar para você nesse mesmo telefone."

Wesley desliga e pede o serviço de auxílio à lista para ver se existe um lugar chamado Agência Funerária Alfa & Ômega em Everett. Existe. Ele liga para lá e o sistema o coloca no aguardo, sujeitando-o a ouvir "The reason", de Hoobastank.

A razão do quê?, pensa ele com impaciência. *Morrer?*

"Benton?"

Ele levanta os olhos e vê a doutora Susan Lane parada à porta, segurando um relatório.

"Oi", diz ele, desligando.

"Tenho notícias sobre o seu amigo Basil Jenrette", diz ela, olhando de perto para ele. "Você parece estressado."

"E quando eu não pareço? A análise já foi feita?"

"Talvez você devesse ir para casa, Benton. Você parece exausto."

"Preocupado. Ficando acordado até muito tarde. Conte-me como funciona o cérebro do nosso garoto Basil. Estou bastante ansioso."

Ela lhe passa uma cópia das análises estrutural e funcional das imagens e começa a explicar. "Atividade amigdalar aumentada em reação a estímulos afetivos. Especialmente rostos, expostos ou com máscaras, que fossem medonhos ou tivessem algum conteúdo negativo."

"Continua a ser uma questão interessante", diz Benton. "Pode vir a nos dizer alguma coisa sobre como eles escolhem suas vítimas. Uma expressão no rosto de alguém que podemos interpretar como surpresa ou curiosidade talvez possa ser interpretada por eles como raiva ou medo. E isso os ativa."

"Bastante perturbador pensar nisso."

"Preciso investigar isso mais a fundo quando conversar com eles. A começar por Basil."

Ele abre uma gaveta e tira uma embalagem de aspirinas.

"Vejamos. Durante o teste de interferência de Stroop", diz ela, olhando o relatório, "ele teve diminuição de atividade do cingulado anterior tanto na região dorsal quanto na subgenual, acompanhada por atividade pré-frontal dorsolateral aumentada."

"Me dê o resultado final, Susan. Estou com dor de cabeça."

Ele coloca três comprimidos de aspirina na palma da mão e os engole sem água.

"Como é que você consegue fazer isso?"

"Prática."

"Bom." Ela retoma a análise do cérebro de Basil. "Em termos gerais, os achados certamente refletem conectividade anormal de estruturas límbico-frontais, indicando uma inibição de resposta anômala, que pode se dever a déficits em diversos processos frontalmente mediados."

"Implicando a habilidade dele de monitorar e inibir comportamento", diz Benton. "Estamos vendo muito disso com nossos encantadores convidados do Butler Hospital. É coerente com distúrbio bipolar?"

"Pode ser. Isso e outros distúrbios psiquiátricos."

"Com licença um minuto", diz Benton, pegando o telefone e ligando para o ramal de sua coordenadora de pesquisa.

"Você pode dar uma olhada no registro de chamadas e me dizer de onde Kenny Jumper ligou?", pede.

"Sem identificação."

"Hmmm", diz ele. "Eu não sabia que os telefones públicos apareciam como sem identificação."

"Na verdade, eu acabei de receber uma ligação do Butler", diz ela. "Parece que Basil não está muito bem. Quer saber se você poderia ir vê-lo."

São cinco e meia da tarde e o estacionamento do Gabinete e Laboratório do Legista-Chefe do Condado de Broward está quase vazio. Os empregados, especialmente aqueles que não são da área médica, raramente ficam no necrotério depois do expediente.

Fica na avenida 31, do lado sudoeste, no meio de uma área de terra ainda não desenvolvida, cheia de palmeiras, carvalhos e pinheiros, e trailers. Típica da arquitetura do sul da Flórida, a construção térrea é de estuque e pedra coral. Os fundos dão para um canal estreito de água ligeiramente salgada, onde os mosquitos são uma ameaça e os jacarés às vezes aparecem sem ser chamados. Ao lado do necrotério fica o serviço de bombeiros e resgate do condado, onde os paramédicos do atendimento de emergência são constantemente lembrados do lugar onde vão parar seus pacientes menos afortunados.

A chuva quase parou, e há poças em todo o trajeto de Scarpetta e Joe rumo a um H2 Hummer prateado, que não foi escolha dela, mas bastante eficiente para lidar com cenas de morte em áreas de difícil acesso e transportar equipamentos mais volumosos. Lucy gosta de Hummers. Scarpetta sempre se preocupa com a questão sobre onde vai estacioná-los.

"Eu simplesmente não consigo entender como alguém conseguiu entrar com uma espingarda no meio do dia", diz Joe, e ele repetiu isso durante a última hora. "Deve ter um jeito de dizer se era de cano serrado."

"Se o cano não tivesse sido limado depois de ter sido serrado, poderia haver marcas na bucha", responde Scarpetta.

"Mas a ausência de marcas não significa que não fosse serrado."

"Porque ele pode ter limado o cano que foi serrado. Se ele fez isso, não tem jeito de saber sem recuperar a arma. Uma calibre 12. É só isso o que sabemos."

Eles sabem isso pela bucha plástica Remington Power Piston aberta em quatro pétalas que Scarpetta recuperou do interior da cabeça devastada de Daggie Simister. Além desse fato, há pouca coisa mais que Scarpetta pode afirmar com certeza, tal como a natureza do ataque à senhora Simister, que a autópsia revelou ser diferente do que todos supuseram. Se ela não tivesse levado o tiro, havia uma boa chance de que ela morresse mesmo assim. Scarpetta tem razoável certeza de que a senhora Simister estava inconsciente quando seu assassino enfiou o cano da espingarda em sua boca e puxou o gatilho. Não foi uma conclusão fácil.

Exames de ferimentos intensos na cabeça podem mascarar feridas ocorridas antes do trauma final mutilador. Às vezes a patologia forense requer cirurgia plástica, e Scarpetta fez o que pôde para consertar a cabeça da senhora Simister, juntando ossos e escalpo e depois raspando o cabelo. O que ela descobriu foi uma laceração na parte de trás da cabeça e uma fratura no crânio. O ponto de impacto correlacionava-se com um hematoma subdural em uma parte subjacente do cérebro que estava relativamente intacta depois do impacto do tiro de espingarda.

Se as manchas no carpete ao lado da janela no quarto da senhora Simister forem mesmo sangue dela, então é provável que ali tenha sido o lugar onde ela foi atacada primeiro. Também explicaria a sujeira e as fibras azuladas nas palmas de suas mãos. Ela levou uma pancada forte por trás com um objeto maciço e caiu. Então seu atacante a ergueu, os quase quarenta quilos dela, e colocou-a sobre a cama.

"Quero dizer, uma pessoa poderia facilmente carregar uma espingarda de cano serrado em uma mochila", Joe está dizendo.

Scarpetta aponta a chave para o Hummer, destrava as portas e responde, cansada: "Não necessariamente".

Joe a deixa cansada. Ele a aborrece mais a cada dia que passa.

"Mesmo que uma pessoa serrasse trinta ou mesmo quarenta e cinco centímetros do cano e quinze da coronha", ela observa, "ela ainda ficaria com uma arma de, pelo menos, quarenta e cinco centímetros. Supondo que estejamos falando de uma arma de carregamento semiautomático."

Ela pensa na bolsa preta grande que o fiscal de cítricos estava carregando.

"Se estamos falando de uma espingarda de recarga por mecanismo de bomba, provavelmente seria uma arma mais comprida do que isso", acrescenta ela. "Nenhum cenário funciona com uma mochila, a menos que seja bem grande."

"Uma sacola de feira, então."

Ela pensa no fiscal de cítricos, no colhedor comprido que ele desmontou e colocou na bolsa preta. Ela já viu fiscais de cítricos antes e nunca os viu usando colhedores. Geralmente eles só olham as frutas que podem alcançar.

"Aposto que ele tinha uma sacola de feira", diz Joe.

"Não faço a menor ideia." Ela está prestes a estourar com ele.

Durante toda a autópsia, ele tagarelou, tentou adivinhar o que havia acontecido e pontificou até que ela mal conseguisse pensar. Ele achou que era necessário anunciar tudo o que estava fazendo, tudo o que estava escrevendo na folha de protocolo em sua prancheta. Achou necessário dizer a ela o peso de cada órgão e deduziu a última vez em que a senhora Simister havia comido, com base na carne e nos legumes parcialmente digeridos que estavam no estômago. Ele fez Scarpetta ouvir o ruído de atrito dos depósitos de cálcio quando abriu parcialmente com o bisturi coronárias obstruídas, e anunciou que talvez ela tivesse morrido de arteriosclerose.

Ha, ha.

E, bom, de qualquer forma a senhora Simister não tinha muito tempo pela frente. O coração dela estava ruim. Os pulmões tinham aderências, provavelmente originárias de uma pneumonia antiga, e o cérebro dela estava um tanto atrofiado, o que significa que ela provavelmente tinha Alzheimer.

Se é para ser assassinado, diz Joe, *melhor que seja quando a saúde já não está boa.*

"Estou achando que ele a atingiu na nuca com a coronha da arma", ele diz em seguida. "Deste jeito, sabe?"

Ele acerta uma cabeça imaginária com a coronha de uma espingarda imaginária.

"Ela não chega a ter um metro e meio de altura", ele continua a compor um cenário. "Então para ele bater na cabeça dela com a coronha de uma arma que pesa uns três quilos, supondo que não fosse serrada, ele precisaria ser razoavelmente forte e mais alto do que ela."

"Não se pode dizer isso de forma alguma", ela replica, dirigindo para fora do estacionamento. "Depende muito da posição dele em relação a ela. Depende muito de uma série de fatores. E não sabemos se ela foi realmente atingida por uma arma. Não sabemos se quem a matou era um homem. Cuidado, Joe."

"Com o quê?"

"No seu grande entusiasmo de reconstruir exatamente como e por que ela morreu, você corre o risco de confundir o que é teórico com o que é verdade, e de transformar fato em ficção. Não estamos falando de uma cena infernal. É um ser humano de verdade que realmente morreu."

"Não há nada de errado em ser criativo", diz ele, olhando para a frente, a boca fina e o queixo pontudo e comprido formando a expressão no rosto que ele sempre tem quando fica petulante.

"Criatividade é bom", comenta ela. "Ajuda a sugerir onde e o que procurar, mas não necessariamente corresponde ao tipo de reencenações que você vê nos filmes e na televisão."

32

A casa de hóspedes fica atrás da piscina de azulejos espanhóis, entre árvores frutíferas e arbustos cheios de flores. Não é um lugar normal para atender pacientes, provavelmente não é o melhor lugar para atendê-los, mas o ambiente é poético e cheio de símbolos. Quando chove, a doutora Marilyn Self sente-se tão criativa quanto a terra molhada e morna.

Ela tem uma tendência a interpretar o clima como manifestação do que acontece quando os pacientes entram por sua porta. Emoções reprimidas, algumas delas torrenciais, são liberadas na segurança de seu ambiente terapêutico. As instabilidades do clima acontecem ao redor dela, exclusivas para ela, designadas para ela. Estão cheias de significados e lições.

Bem-vindo à minha tempestade. Agora vamos falar sobre a sua.

É uma boa fala, e ela a usa com frequência em sua prática e em seu programa no rádio, e agora também em seu programa na televisão. As emoções humanas são sistemas climáticos internos, ela explica a seus pacientes, à sua multidão de ouvintes. Toda tempestade é causada por alguma coisa. Nada vem do nada. Falar sobre o clima não é algo fútil nem mundano.

"Estou vendo a expressão no seu rosto", diz ela em sua poltrona de couro no ambiente aconchegante da sala de estar. "Ela apareceu novamente quando a chuva parou."

"Eu já falei que não tenho expressão nenhuma."

"É interessante aparecer essa expressão no seu rosto quando a chuva para. Não quando ela começa, ou quando está muito forte, mas quando para de repente, como acabou de acontecer", diz ela.

"Eu não tenho nenhuma expressão."

"Agora mesmo a chuva parou e a expressão apareceu no seu rosto", diz a doutora Self de novo. "É a mesma expressão que você tem quando o nosso tempo acaba."

"É nada."

"Garanto que é."

"Eu não pago trezentos dólares por hora para falar sobre tempestades. Eu não tenho expressão nenhuma."

"Pete, eu estou lhe dizendo o que vejo."

"Eu não tenho expressão nenhuma", replica Pete Marino, sentado em uma poltrona reclinável de frente para ela. "Isso é besteira. Por que eu me importaria com uma tempestade? Eu vi tempestades toda a minha vida. Eu não cresci em um deserto."

Ela estuda o rosto dele. Ele é bastante bonito, de uma maneira muito rústica, máscula. Ela sonda os olhos acinzentados escuros atrás de óculos de armação de metal. Sua cabeça, que está ficando calva, faz lembrar a ela o traseiro de um recém-nascido, pálida e nua sob a luz fraca do abajur. O cocuruto redondo e carnudo é uma nádega macia esperando para ser espancada.

"Acho que estamos com um problema de confiança", diz ela.

Da poltrona, ele a fuzila com o olhar.

"Por que não me conta por que você se importa com tempestades, com o fim delas, Pete? Porque eu acredito que você se importa. E você está com aquela expressão no rosto neste exato momento. Eu garanto. Você ainda está com ela."

Ele toca o rosto como se fosse uma máscara, como se fosse algo que não lhe pertencesse.

"Meu rosto está normal. Não tem nada nele. Nada."

Ele dá um tapinha em sua mandíbula robusta. Ele dá um tapinha em sua testa grande.

"Se tivesse uma expressão, eu saberia dizer. Eu não tenho nenhuma expressão."

Durante os últimos minutos eles seguiram em silêncio no carro, rumando de volta para o estacionamento do Departamento de Polícia de Hollywood, onde Joe pode pegar seu Corvette vermelho e sair do caminho dela pelo resto do dia.

Então, de repente, ele pergunta: "Eu já contei que tirei minha licença de mergulhador?".

"Que bom para você", diz Scarpetta, sem fingir que se importa.

"Estou comprando um apartamento em um condomínio nas Ilhas Cayman. Bom, não exatamente. Minha namorada e eu estamos comprando. Ela ganha mais do que eu", diz ele. "Que tal isso, hein? Eu sou médico e ela é estagiária de direito, nem mesmo é uma advogada de verdade, e ganha mais do que eu."

"Nunca imaginei que você tivesse escolhido patologia forense pelo dinheiro."

"Não entrei no ramo pretendendo ser pobre."

"Então talvez você deva pensar em fazer alguma outra coisa, Joe."

"A mim não me parece que você queira muito."

Ele se vira para ela quando param em um sinal vermelho. Ela sente o olhar dele.

"Acho que não faz mal ter uma sobrinha que é tão rica quanto Bill Gates", ele acrescenta. "E um namorado que vem de alguma família rica da Nova Inglaterra."

"O que exatamente você quer dizer?", diz ela, e pensa em Marino.

Pensa nas cenas infernais dele.

"Que é fácil não se preocupar com dinheiro quando se tem muito. E que talvez você não o tenha merecido."

"Não que minhas finanças sejam da sua conta, mas quando se trabalha tantos anos quanto eu e se é esperto, é possível se dar razoavelmente bem."

"Depende do que você quer dizer com 'se dar bem'."

Ela pensa em como Joe causou boa impressão no papel. Quando se candidatou à bolsa na Academia, ela pensou que talvez ele pudesse ser o mais promissor bolsista que ela já teve. Ela não entende como pôde ter errado tanto.

"Ninguém no seu campo está meramente se dando bem", diz ele, o tom de voz tornando-se mais malicioso. "Até Marino ganha mais do que eu."

"Como você sabe quanto ele ganha?"

O Departamento de Polícia de Hollywood está pouco à frente, à esquerda, um edifício de quatro andares de concreto tão perto de um campo público de golfe que não é incomum que bolas perdidas voem sobre a cerca e acertem os carros de polícia. Ela localiza o precioso Corvette vermelho de Joe em um canto distante, fora do caminho de qualquer coisa que possa encostar no carro.

"Todo mundo meio que sabe quanto todo mundo ganha", continua Joe. "É de conhecimento público."

"Não é."

"Não se podem guardar segredos em um lugar tão pequeno."

"A Academia não é tão pequena assim, e deveria haver muitas coisas que são confidenciais. Como os salários. Por exemplo."

"Eu deveria ganhar mais. Marino não é médico. Ele mal terminou o secundário e ganha mais do que eu. Tudo o que Lucy faz é andar por aí brincando de agente secreto em suas Ferraris, helicópteros, jatos e motocicletas. Eu quero saber o que diabos ela faz para ter tudo isso. Figurona, supermulher, cheia de arrogância, cheia de pose. Não é de surpreender que os alunos não gostem nem um pouco dela."

Scarpetta para atrás do Corvette e se vira para ele, o rosto sério como ele provavelmente nunca viu.

"Joe", diz ela. "Você tem só mais um mês. Vamos chegar ao fim dele."

* * *

Na opinião profissional da doutora Self, a causa das maiores dificuldades na vida de Marino é a expressão que ele tem no rosto neste exato momento.

É a sutileza dessa expressão facial negativa, em oposição à própria expressão facial, que torna as coisas piores para ele, como se ele precisasse de mais alguma coisa para tornar as coisas piores. Quem dera ele não fosse discreto em relação a seus temores secretos, suas aversões, desamparos, inseguranças sexuais, intolerâncias e outras negatividades reprimidas. Embora ela reconheça a tensão na boca e nos olhos dele, outras pessoas provavelmente não o fazem, não de maneira consciente. Mas inconscientemente elas percebem e reagem.

Marino é frequentemente vítima de ofensas verbais, comportamento grosseiro, desonestidade, rejeição e traição. Ele já esteve em muitas brigas. Afirma ter matado muitas pessoas durante sua perigosa e exigente carreira. É evidente que qualquer um que seja imprudente o bastante para ir atrás dele encontra muito mais do que procura, mas Marino não vê as coisas dessa maneira. Na sua opinião, as pessoas pegam no pé dele sem um bom motivo. Para ele, uma parte da hostilidade está relacionada a seu trabalho. A maioria de seus problemas tem origem no preconceito pelo fato de ele ter crescido pobre em Nova Jersey. Marino não entende por que as pessoas têm sido sacanas com ele toda a sua vida, é o que ele diz com frequência.

As últimas semanas têm sido muito piores. Esta tarde ele está ainda pior.

"Vamos falar sobre Nova Jersey durante os poucos minutos que ainda temos", a doutora Self intencionalmente lembra que a sessão está prestes a acabar. "Na última semana você mencionou Nova Jersey muitas vezes. Por que acha que Nova Jersey ainda é importante?"

"Se você tivesse crescido lá, saberia o porquê", diz ele, e a expressão em seu rosto intensifica-se.

"Isso não é resposta, Pete."

"Meu pai era um bêbado. Andava do lado errado da linha. As pessoas ainda me olham como alguém de Nova Jersey, e é isso que começa tudo."

"Talvez seja a expressão no seu rosto, Pete, e não o olhar deles", diz ela novamente. "Talvez seja você quem começa tudo."

A secretária eletrônica faz um ruído na mesa ao lado da poltrona de couro da doutora Self, e a expressão no rosto de Marino aparece, muito intensa agora. Ele não gosta quando um telefonema interrompe a sessão, mesmo que ela não o atenda. Ele não entende por que ela ainda usa tecnologia antiga em vez de correio de voz, que é silencioso, não faz ruído quando alguém deixa uma mensagem, não é irritante nem invasivo. Ele a lembra disso com frequência. Discretamente, ela olha para o relógio, um relógio de ouro grande com numerais romanos que ela pode enxergar sem os óculos de leitura.

Em vinte minutos a sessão vai terminar. Pete Marino tem dificuldade para lidar com finais, com codas, com qualquer coisa que tenha acabado, terminado, passado ou morrido. Não é uma coincidência que a doutora Self marque suas sessões para o fim da tarde, preferivelmente por volta das cinco horas, quando está começando a escurecer, ou as pancadas de chuva da tarde terminam. Ele é um caso intrigante. Ela não o receberia se não fosse assim. É só uma questão de tempo até que ela consiga convencê-lo a ser paciente convidado em seu programa de rádio transmitido para todo o país, ou talvez em seu novo programa na televisão. Ele causaria uma ótima impressão na frente das câmeras, muito melhor do que o pouco atraente e tolo doutor Amos.

Ela ainda não teve um policial. Quando foi palestrante convidada na sessão de verão da Academia Forense Nacional e sentou-se ao lado dele durante um jantar em sua homenagem, começou a pensar que ele seria um convidado fascinante para seu programa, talvez um convidado frequente. Era certo que ele precisava de terapia. Bebia demais. Fez isso na frente dela, tomou quatro bourbons. Ele fumava. Ela podia sentir o cheiro de cigarro no hálito dele. Comia de maneira compulsiva, serviu-se três vezes da sobremesa. Quando ela o conheceu, ele estava cheio de autodestrutividade e de ódio por si mesmo.

Eu posso ajudar você, ela lhe disse naquela noite.

Com o quê? Ele reagiu como se ela o tivesse agarrado embaixo da mesa.

Com suas tempestades, Pete. Suas tempestades internas. Fale-me sobre as suas tempestades. Vou dizer a você as mesmas coisas que disse a todos esses jovens e brilhantes alunos. Você pode controlar o seu clima. Você pode transformá-lo no que quiser. Pode ter tempestades ou o sol brilhando. Pode se encolher e se esconder, ou pode sair ao ar livre.

Com o tipo de trabalho que tenho, é preciso ter cuidado para sair ao ar livre, disse ele.

Eu não quero que você morra, Pete. Você é um homem inteligente, de boa aparência, um grande homem. Quero que você viva por muito tempo.

Você nem me conhece.

Conheço melhor do que você pensa.

Ele começou a ter sessões com ela. Em um mês, reduziu a bebida e os cigarros e emagreceu quase cinco quilos.

"Eu não estou com expressão nenhuma neste momento. Não sei do que você está falando", diz Marino, tocando o rosto com a ponta dos dedos como se fosse um cego.

"Está, sim. No instante em que a chuva parou, a expressão apareceu no seu rosto, Pete", diz ela, enfática. "Estou me perguntando se essa expressão não remonta a Nova Jersey. O que você acha?"

"Acho que isso é uma bobagem. Eu comecei a vir aqui porque não conseguia parar de fumar e estava comendo e bebendo um pouco demais. Não comecei a vir aqui por causa de alguma expressão idiota no meu rosto. Ninguém nunca reclamou de alguma expressão idiota no meu rosto.

Minha mulher, a Doris, ela dizia que eu era gordo e que fumava e bebia um pouquinho demais. Ela nunca reclamou de alguma expressão em meu rosto. Ela não me deixou por causa de uma expressão no rosto. Nenhuma das minhas mulheres fez isso."

"E quanto à doutora Scarpetta?"

Ele fica tenso, uma parte dele sempre se retraindo quando aparece o assunto Scarpetta. Não é por acaso que a doutora Self esperou até que a sessão estivesse quase encerrada para introduzir o tema.

"Tenho que ir para o necrotério agora mesmo", diz ele.

"Contanto que você não fique no necrotério", diz ela, em tom de brincadeira.

"Não estou muito animado para piadas hoje. Estava em um caso e fui cortado dele. Ultimamente, essa tem sido a história da minha vida."

"Scarpetta excluiu você?"

"Ela não teve chance de fazer isso. Eu não quis um conflito de interesses, então fiquei longe da autópsia para o caso de alguém querer me acusar de alguma coisa. Além disso, é bastante óbvio o que matou a mulher."

"Acusá-lo de quê?"

"As pessoas estão sempre me acusando de alguma coisa."

"Na semana que vem vamos falar sobre a sua paranoia. Tudo leva à expressão no seu rosto, leva mesmo. Você acha que Scarpetta nunca reparou na expressão no seu rosto? Porque eu aposto que sim. Você deveria perguntar a ela."

"Isso é uma puta bobagem."

"Lembre-se do que dissemos sobre palavrões. Lembre-se de nosso acordo. Palavrões são representações. Quero que você me fale sobre os seus sentimentos, e não que os represente."

"Eu *sinto* que isso é uma puta bobagem."

A doutora Self sorri para ele como se ele fosse um garoto malcriado que precisasse levar umas palmadas.

205

"Eu não vim me consultar com você por causa de uma expressão no meu rosto, uma expressão que você acha que eu tenho e que eu não tenho."

"Por que você não pergunta a Scarpetta?"

"Estou *sentindo* que vou falar *não,* porra!"

"Vamos dialogar, e não representar."

Ela gosta de se ouvir dizendo isso. Ela pensa na maneira como seus programas de rádio são anunciados: *Vamos Dialogar,* com a doutora Self.

"O que realmente aconteceu hoje?", ela pergunta a Marino.

"Você está brincando? Eu encontrei uma velha que teve a cabeça arrancada. E adivinhe quem é o detetive."

"Suponho que seja você, Pete."

"Eu não sou exatamente a pessoa encarregada", retruca ele. "Se fosse nos velhos tempos, com certeza seria eu. Eu já lhe contei isso. Eu posso ser o investigador de óbito e ajudar a doutora. Mas não posso ser o encarregado do caso todo a não ser que a jurisdição envolvida o entregue a mim, e Reba nunca faria isso. Ela não sabe merda nenhuma, mas ela tem alguma coisa comigo."

"Pelo que me lembro, você tinha alguma coisa com ela até ela se tornar desrespeitosa e tentar colocá-lo para baixo, com base no que você me contou."

"Ela não deveria ser detetive", exclama ele, o rosto enrubescendo.

"Fale-me a respeito."

"Não posso falar sobre meu trabalho. Nem mesmo com você."

"Não estou pedindo detalhes sobre casos ou investigações, embora você possa me contar qualquer coisa que quiser. O que acontece nesta sala nunca deixa esta sala."

"A menos que você esteja no rádio ou naquele seu novo programa de televisão."

"Nós não estamos no rádio nem na tevê", diz ela com outro sorriso. "Se você quiser aparecer em qualquer um dos dois, eu posso conseguir. Você seria muito mais interessante do que o doutor Amos."

"Macaco de auditório. Idiota do cacete."

"Pete?", ela o adverte — de maneira simpática, é claro. "Eu sei muito bem que você não gosta dele também, que tem pensamentos paranoicos sobre ele também. Neste momento, não há microfones nem câmeras nesta sala, apenas você e eu."

Ele olha ao redor como se não tivesse certeza de que acredita nela, e então diz: "Eu não gostei que ela falou com ele bem na minha frente".

"Ele é Benton, ela é Scarpetta."

"Ela me chama para uma reunião e depois fica no telefone, e eu sentado lá."

"Bastante parecido com o jeito como você se sente quando minha secretária eletrônica faz ruído."

"Ela poderia ter falado com ele quando eu não estivesse lá. Ela fez de propósito."

"É um hábito dela, não é?", diz a doutora Self. "Introduzir seu amante no meio das coisas bem na sua frente quando ela deve saber sobre como você se sente a esse respeito, sobre o seu ciúme."

"Ciúme? Do quê, porra? Ele é um riquinho que foi analista de perfis do FBI."

"Ora, isso não é verdade. Ele é um psicólogo forense que faz parte do corpo docente de Harvard e vem de uma distinta família da Nova Inglaterra. Acho bem impressionante."

Ela não conhece Benton. Gostaria de conhecê-lo, adoraria tê-lo em um de seus programas.

"Ele já era. Ex-famosos como ele viram professores."

"Acredito que ele faça mais do que apenas dar aulas."

"Ele já era."

"Parece que mais pessoas que você conhece são ex-famosas. Incluindo Scarpetta. Você já disse isso sobre ela também."

"Essa é a impressão que eu tenho."

"Será que você se sente como alguém que já era?"

"Quem, eu? Tá brincando? Eu puxo o dobro do peso

do meu próprio corpo agora e estava correndo na esteira no outro dia. Primeira vez em vinte anos."

"Estamos quase sem tempo", ela o lembra novamente "Vamos falar de sua raiva em relação a Scarpetta. Tem a ver com confiança, não é?"

"Tem a ver com respeito. Tem a ver com o fato de ela me tratar como bosta e mentir."

"Você acha que ela não confia mais em você por causa do que aconteceu no verão passado em Knoxville, naquele lugar onde eles fazem pesquisas com cadáveres. Como se chama? Pesquisa sobre Decomposição ou coisa assim."

"A Lavoura de Corpos."

"Ah, é."

Que tópico intrigante para um de seus programas: A Lavoura de Corpos não é um spa. O que é a morte? *Vamos Dialogar*, com a doutora Self.

Ela já criou a chamada.

Marino olha para seu relógio, exagerando no gesto de levantar o punho grosso para ver que horas são, como se não o incomodasse o fato de seu tempo estar prestes a acabar, como se ele estivesse ansioso para que acabasse.

Ele não a engana.

"Medo", a doutora Self começa a fazer seu resumo. "Um medo existencial de não ser incluído, de não importar, de ser deixado completamente sozinho. Quando o dia termina, quando a tempestade termina. Quando as coisas acabam. É assustador quando as coisas acabam, não é? O dinheiro acaba. A saúde acaba. A juventude acaba. O amor acaba. Talvez o seu relacionamento com a doutora Scarpetta venha a acabar. Talvez ela finalmente venha a rejeitá-lo."

"Não há nada para acabar, a não ser o trabalho, e esse vai continuar para sempre porque as pessoas são umas merdas e vão continuar se matando umas às outras muito tempo depois que eu conseguir minhas asinhas de anjo. Não vou mais vir aqui para ouvir essa baboseira. Tudo o que você faz é falar na doutora. Acho que é bastante óbvio que meu problema não é ela."

"Temos que parar agora."

Ela se levanta da poltrona e sorri para ele.

"Eu parei de tomar aquele remédio que você receitou. Algumas semanas atrás, me esqueci de contar."

Ele se levanta e sua enorme presença parece preencher toda a sala.

"Não adiantou nada, então para que tomar?", diz ele.

Quando ele está em pé, ela sempre fica um pouco assustada ao ver como ele é grande. Suas mãos queimadas de sol fazem com que ela pense em luvas de beisebol, em presuntos assados. Ela pode imaginá-lo esmagando o crânio ou o pescoço de alguém, ou os ossos de outra pessoa como se fossem batatas chips.

"Conversaremos sobre o Effexor na semana que vem. Vejo você na..." Ela pega a agenda na mesa. "Próxima terça-feira às cinco."

Marino olha fixamente através da porta, perscrutando o pequeno jardim de inverno com uma mesa e duas cadeiras e plantas em vasos, muitas delas palmeiras tão altas que chegam ao teto. Não há outros pacientes esperando. Naquela hora do dia nunca há.

"Ah", diz ele. "Que bom que nós nos apressamos e terminamos a tempo. Detesto quando você tem que deixar alguém esperando."

"Você quer me pagar na nossa próxima sessão?"

É a maneira de a doutora Self lembrá-lo de que ele lhe deve trezentos dólares.

"Tá, tá. Esqueci o talão de cheques", ele responde.

É claro que esqueceu. Ele não vai ficar devendo dinheiro a ela. Ele vai voltar.

33

Benton estaciona seu Porsche em uma vaga para visitantes do lado de fora de uma cerca de metal alta que é curva como uma onda e encimada por uma cerca concertina cheia de farpas e extremamente afiada. Torres de guarda elevam-se rígidas contra o céu frio e nublado em cada um dos cantos da instalação. Estacionadas em uma área lateral estão vans brancas sem identificação, com divisões internas de chapas de aço, sem janelas e sem trancas interiores, celas de contenção móveis usadas para transportar prisioneiros como Basil para fora dali.

O Butler State Hospital é uma construção de oito andares e janelas cobertas com malhas de aço, em uma área de oito hectares entre florestas e lagoas, a menos de uma hora a sudoeste de Boston. É para lá que vão os criminosos considerados insanos, e o hospital é considerado um modelo de esclarecimento e civilidade, com construções menores chamadas de chalés, cada um deles abrigando pacientes que requerem níveis diferentes de segurança e atenção. O Chalé D fica separado, não muito longe do prédio da administração, e abriga aproximadamente cem reclusos predatórios perigosos.

Isolados do resto da população do hospital, eles passam a maior parte do dia, dependendo de seu status, em celas individuais, cada uma com seu próprio chuveiro, que pode ser usado durante dez minutos por dia. As descargas dos aparelhos sanitários podem ser acionadas duas vezes por hora. Uma equipe de psiquiatras forenses é designada para o Chalé D, e profissionais relacionados a saúde mental e direito, como Benton, entram e saem com regularidade. Butler deveria ser um hospital humano e construtivo, um lugar para se ficar bom. Para Benton, não passa de um atraente confinamento de segurança máxima para pessoas que nunca poderão ser regeneradas. Ele não tem ilusões. Pessoas como Basil não têm vida e nunca terão. Eles arruínam vidas e sempre farão isso, se tiverem oportunidade.

Dentro do saguão pintado de bege, Benton aproxima-se de uma janela com vidro à prova de bala e fala por um intercomunicador.

"Como vai, George?"

"Não melhor do que a última vez que perguntou."

"Lamento ouvir isso", diz Benton, quando um ruído metálico alto lhe concede acesso ao primeiro grupo de portas trancadas a vácuo. "Isso significa que você ainda não conseguiu falar com o seu médico?"

A porta se fecha atrás dele e ele coloca a pasta sobre uma pequena mesa de metal. George tem sessenta e poucos anos e nunca se sente bem. Ele odeia seu emprego. Odeia sua mulher. Odeia o clima. Odeia os políticos e, quando pode, retira a fotografia do governador de uma das paredes do saguão. No último ano ele tem lutado contra extrema fadiga, problemas de estômago e dores. Ele também odeia médicos.

"Eu não estou tomando remédio, então de que adianta? Os médicos hoje em dia não fazem outra coisa a não ser arremessar um monte de remédio para você", diz George enquanto revista a pasta de Benton e a devolve para ele. "Seu colega está no lugar de sempre. Divirta-se."

Mais um estalo e Benton atravessa uma segunda porta de aço, e um guarda com um uniforme bege e marrom, Geoff, leva-o através de um corredor encerado, passando por outro conjunto de portas trancadas a vácuo e entrando na unidade de alta segurança em que advogados e profissionais de saúde mental reúnem-se com os reclusos em pequenas salas sem janelas feitas de blocos de concreto.

"Basil diz que não recebe sua correspondência", diz Benton.

211

"Ele diz um monte de coisas", replica Geoff sem sorrir. "Tudo o que ele faz é falar."

Ele destranca uma porta de aço cinzenta e a mantém aberta.

"Obrigado", diz Benton.

"Vou estar aí fora." Geoff encara Benton e fecha a porta.

Basil está sentado diante de uma pequena mesa de madeira e não se levanta. Ele não está algemado e usa a roupa de costume da prisão, calça azul, camiseta branca e sandálias de dedo com meias. Seus olhos estão injetados e confusos, e ele fede.

"Como vai, Basil?", pergunta Benton, sentando-se na frente dele.

"Tive um dia ruim."

"Foi o que me falaram. Conte-me."

"Estou me sentindo ansioso."

"Como tem dormido?"

"Fiquei acordado a maior parte da noite. Fico pensando em nossa conversa."

"Você parece agitado", diz Benton.

"Não consigo ficar quieto. É por causa do que contei a você. Preciso de alguma coisa, doutor Benton. Preciso de um Ativan ou de alguma coisa. Já viu as fotografias?"

"Que fotografias?"

"As do meu cérebro. Já deve ter visto. Sei que é curioso. Todo mundo lá é curioso, certo?", diz ele com um sorriso nervoso.

"Foi por isso que você quis me ver?"

"É. E quero a minha correspondência. Eles não a entregam para mim e eu não consigo dormir nem comer, fico tão aborrecido e estressado. Talvez para me arrumar algum Ativan também. Espero que tenha pensado sobre o assunto."

"Sobre?"

"O que lhe contei sobre a mulher que foi morta."

"A mulher na Christmas Shop."

212

"Dez-quatro."

"Sim, eu andei pensando bastante no que você me contou, Basil", diz Benton, como se aceitasse o que Basil lhe contou como verdadeiro.

Ele nunca pode demonstrar quando acha que um paciente está mentindo. Nesse caso, ele não tem certeza de que Basil esteja mentindo, nenhuma certeza.

"Vamos voltar para aquele dia em julho, dois anos e meio atrás", diz Benton.

Incomoda Marino o fato de a doutora Self ter fechado a porta atrás dele, trancando-a sem demora, como se ela o estivesse trancando para fora.

Marino se sente insultado pelo gesto e pelo que ele implica. Isso sempre acontece. Ela não se importa com ele. Ele é apenas uma consulta. Ela fica satisfeita pelo fato de a sessão ter acabado e por ela não ter de se sujeitar à companhia dele antes de uma semana, e então será por cinquenta minutos e apenas cinquenta, nem um segundo a mais, mesmo que ele tenha parado de tomar sua medicação.

Aquela coisa era uma porcaria. Ele não conseguia fazer sexo. De que adianta um antidepressivo se não se pode ter sexo? Se você quiser ficar deprimido, tome um antidepressivo, que arruína sua vida sexual.

Ele fica em pé do lado de fora da porta trancada, no jardim de inverno, olhando bastante confuso para as duas cadeiras com almofadas verde-claras e a mesa de vidro verde com sua pilha de revistas. Ele leu as revistas, todas elas, porque ele sempre chega bem mais cedo para suas sessões. Isso também o incomoda. Ele preferiria chegar atrasado, entrar como se tivesse coisa melhor para fazer do que bater papo com uma psiquiatra, mas, se ele se atrasar, perde aqueles minutos e não pode se dar ao luxo de perder nem um minuto sequer, quando cada minuto conta e custa caro.

Seis dólares por minuto, para ser exato. Cinquenta minutos e nem um minuto a mais, nem um segundo a mais. Ela não vai acrescentar um ou dois minutos a mais, nem por boa vontade, nem por qualquer outro motivo. Ele poderia ameaçar se matar e ela olharia de relance para o relógio e diria: *Temos que parar*. Ele poderia contar a ela sobre matar uma pessoa, e estar bem no meio da narrativa, prestes a puxar o gatilho, e ela iria dizer: *Temos que parar*.

Você não está curiosa?, ele havia perguntado a ela no passado. *Como você pode parar bem aí quando eu ainda nem cheguei à melhor parte?*

Você me conta o resto da história na próxima vez, Pete. Ela sempre sorri.

Talvez eu não conte. Você tem sorte de eu estar contando isso e ponto final. Muita gente pagaria para ouvir a história toda, a história verdadeira.

Na próxima vez.

Esqueça. Nem vai haver próxima vez.

Ela não discute com ele quando é hora de parar. Não importa o que ele faça para roubar um minuto ou dois, ela se levanta, abre a porta e espera que ele saia para que possa trancá-la depois que ele passar. Não há negociação quando chega a hora de parar. Seis dólares o minuto para quê? Para ser insultado. Ele não sabe por que continua voltando.

Ele olha para a pequena piscina em formato de rim com sua colorida borda de azulejos espanhóis. Ele olha para laranjeiras e toranjeiras carregadas de frutos, olha para as faixas vermelhas pintadas ao redor de seus troncos.

Mil e duzentos dólares todo mês. Por que ele faz isso? Ele poderia comprar uma daquelas camionetes Dodge com motor V-10 Viper. Poderia comprar um monte de coisas com mil e duzentos dólares por mês.

Ele ouve a voz dela atrás da porta fechada. Ela está ao telefone. Ele finge estar olhando uma revista, fica escutando.

"Desculpe, quem está falando?", a doutora Self está dizendo.

Ela tem uma voz forte, uma voz de rádio, uma voz que se projeta e tem tanta autoridade quanto uma arma ou um distintivo. A voz dela realmente o impressiona. Ele gosta dessa voz, e ela de fato faz alguma coisa com ele. Ela é bonita, realmente bonita, tão bonita que é difícil ficar sentado na frente dela e imaginar outros homens sentados na mesma poltrona e vendo o que ele vê. O cabelo escuro dela e os traços delicados, os olhos brilhantes e os dentes brancos e perfeitos. Ele não está contente por ela ter começado um programa na televisão, não quer que outros homens vejam como ela se parece, vejam como ela é sexy.

"Quem está falando, e como conseguiu este número?", diz ela atrás da porta trancada. "Não, ela não está, e não atende esse tipo de chamada diretamente. Quem está falando?"

Marino ouve, fica ansioso e agitado, em pé no jardim de inverno, do lado de fora da porta dela. O anoitecer está úmido, e água pinga das árvores, formando contas brilhantes sobre a grama. A doutora Self não parece contente. Parece estar falando com alguém que não conhece.

"Entendo sua preocupação com a privacidade, e tenho certeza de que entende que não é possível verificar a validade de sua afirmação se não me disser quem é. Coisas dessa natureza têm que ser acompanhadas e verificadas, ou a doutora Self não poderá se envolver com elas. Bem, isso é um apelido, não um nome verdadeiro. Ah, é. Tudo bem, então."

Marino percebe que ela está fingindo ser uma outra pessoa. Ela não conhece a pessoa que está na linha e está incomodada com isso.

"Sim, tudo bem", diz a pessoa que a doutora Self finge ser. "Pode fazer isso. Com certeza pode falar com o produtor. Reconheço que, se for verdade, é interessante, mas você precisa ligar para o produtor. Sugiro que faça isso imediatamente, uma vez que o programa da quinta-feira será sobre esse assunto. Não, não o de rádio. O novo programa de televisão dela", diz com a mesma voz firme, uma voz que facilmente atravessa a porta de madeira e flui direto para o jardim de inverno.

Ela fala com a voz muito mais alta ao telefone do que durante as sessões. Isso é bom. Não seria bom se algum outro paciente estivesse sentado no jardim de inverno e pudesse ouvir cada palavra que a doutora Self diz a Marino durante os breves, porém caros, cinquenta minutos que passam juntos. Ela não fala alto daquele jeito quando estão juntos atrás daquela porta fechada. É claro, nunca há ninguém esperando no jardim de inverno quando ele tem uma sessão. Ele é sempre o último, o que seria mais um motivo para ela ser mais flexível e lhe dar uns minutos extras. Ela não ia deixar ninguém esperando, porque não há ninguém. Nunca há, depois das sessões dele. Qualquer dia desses, ele vai dizer alguma coisa tão comovente e importante que ela vai lhe dar alguns minutos extras. Poderá ser a primeira vez que ela faz isso na vida, e ela o fará com ele. Ela vai querer fazer isso. Talvez seja ele a não ter o tempo extra na ocasião.

Tenho que ir, ele se imagina dizendo.

Por favor, termine. Eu realmente quero saber o que aconteceu.

Não posso. Tenho que ir a um lugar. Ele vai se levantar da poltrona. *Na próxima vez. Prometo que vou lhe contar o resto quando... Deixe eu ver... Na semana que vem, qualquer dia. Me lembra, o.k.?*

Marino percebe que a doutora Self desligou o telefone, atravessa o jardim de inverno silencioso como uma sombra e sai pela porta de vidro. Ele a fecha sem fazer barulho e segue andando ao redor da piscina, atravessando o jardim com suas árvores frutíferas que têm faixas vermelhas ao redor dos troncos, e passando ao lado da casinha branca onde a doutora Self mora, mas não deveria morar, de jeito nenhum. Qualquer um pode chegar até a porta da frente de sua casa. Qualquer um pode ir até seu consultório, que fica nos fundos perto da piscina sombreada por palmeiras. Não é seguro. Milhões de pessoas ouvem-na toda semana e ela mora desse jeito. Não é seguro. Ele deveria voltar até lá, bater na porta e lhe dizer isso.

Sua Screamin' Eagle Deuce está estacionada na rua, e ele dá uma volta ao seu redor para garantir que ninguém fez nada a ela enquanto estava em sua sessão. Ele pensa no pneu furado. Pensa em pôr as mãos em quem fez aquilo. Uma pequena camada de poeira cobre as chamas sobre a pintura azul e as partes cromadas, e ele fica mais do que irritado. Ele cuidou da motocicleta no começo daquela manhã, poliu cada centímetro dela, e então teve um pneu furado e agora a poeira. A doutora Self deveria ter estacionamento coberto. Ela deveria ter uma maldita garagem. Sua Mercedes conversível branca está na trilha da entrada e não cabe mais nenhum outro carro, então seus pacientes estacionam na rua. Não é seguro.

Ele destranca o garfo dianteiro da moto e a ignição e passa a perna por cima do banco, pensando em quanto adora não ter de viver como o pobre policial de cidade que ele foi a maior parte de sua vida. A Academia lhe proporciona um H2 Hummer preto com um motor turbodiesel V8 de 250 cavalos, transmissão de quatro velocidades, um rack exterior para carga, guincho e outros equipamentos. Ele comprou a Deuce e a incrementou da maneira que sempre quis e pode pagar uma psiquiatra. Imagine só!

Ele põe a moto em ponto morto e aperta o botão de partida enquanto olha para a atraente casa branca onde a doutora Self mora, mas não deveria morar. Ele segura a embreagem e acelera um pouco a moto, os canos de escapamento Thunder Head fazendo bastante barulho enquanto um raio brilha a distância e um exército sombrio de nuvens em retirada gasta sua artilharia sobre o mar.

34

Basil sorri novamente.

"Não consigo descobrir nada sobre um assassinato", Benton está lhe dizendo, "mas há dois anos e meio uma mulher e sua filha desapareceram de uma loja que se chamava Christmas Shop."

"Eu não lhe contei isso?", diz Basil, sorrindo.

"Você não disse nada sobre pessoas desaparecidas ou sobre uma filha."

"Eles não me dão a minha correspondência."

"Estou verificando isso, Basil."

"Você disse que ia ver isso uma semana atrás. Eu quero minha correspondência. Quero hoje. Eles pararam de entregá-la para mim logo depois que tive o desentendimento."

"Quando você ficou com raiva de Geoff e começou a chamá-lo de Uncle Remus."

"E por isso eu não pego a minha correspondência. Acho que ele cospe na minha comida. Eu quero toda ela, a velha correspondência que está parada por aí há um mês. Daí você poderá me mudar para uma cela diferente."

"Isso eu não posso fazer, Basil. É para o seu próprio bem."

"Acho que você não quer saber", diz Basil.

"Que tal se eu prometer que você terá sua correspondência até o final do dia?"

"É melhor eu recebê-la, ou isso será o fim da nossa conversa amigável sobre a Christmas Shop. Estou começando a ficar bastante entediado com seu projetinho de ciências."

"A única loja de artigos natalinos que consegui encontrar ficava em Las Olas, no litoral", diz Benton. "No dia 14 de julho, Florrie Quincy e sua filha de dezessete anos, Helen, desapareceram. Isso significa alguma coisa para você, Basil?"

"Não sou bom com nomes."

"Descreva para mim o que você lembra sobre a Christmas Shop, Basil."

"Árvores com pequenas lâmpadas acesas, trenzinhos e enfeites em toda parte", diz ele, sem sorrir. "Eu já lhe contei tudo isso. Quero saber o que você encontrou dentro do meu cérebro. Você viu as fotografias?" Ele aponta para a cabeça. "Você deveria ver tudo o que quisesse saber. Agora você está desperdiçando o meu tempo. Eu quero a droga da minha correspondência!"

"Eu prometi, não foi?"

"E tinha um baú no fundo, sabe, uma dessas malas grandes. Era uma puta idiotice. Eu mandei que ela abrisse e lá dentro havia uns enfeites especiais para colecionadores feitos na Alemanha em caixas de madeira pintadas. Bonequinhos de João e Maria, Snoopy e Chapeuzinho Vermelho. Ela os guardava ali trancados porque eram bastante caros, e eu disse: 'Pra quê, porra? Tudo o que uma pessoa precisa fazer é roubar o baú. Você realmente acha que trancar essas coisas aí dentro vai impedir alguém de roubá-las?'."

Ele fica em silêncio, encarando a parede de concreto.

"Sobre o que mais você falou com ela antes de matá-la?"

"Eu disse assim: 'Você vai morrer, sua vaca'."

"Em que momento você falou com ela sobre o baú nos fundos da loja?"

"Eu não falei."

"Pensei que você tivesse dito..."

"Eu nunca disse que falei com ela sobre isso", diz Basil com impaciência. "Eu quero que você me dê alguma coisa para tomar. Por que não pode me dar alguma coisa? Eu não consigo dormir. Não consigo ficar sentado. Eu tenho vontade de foder tudo e então fico deprimido e não consigo sair da cama. Quero a minha correspondência."

"Quantas vezes por dia você tem se masturbado?", pergunta Benton.

"Seis ou sete. Talvez dez."

"Mais do que de costume."

"Então você e eu tivemos a nossa conversinha na noite passada e isso foi tudo o que eu fiz o dia inteiro. Não saí da cama a não ser para urinar, mal comi, não tomei banho. Eu sei onde ela está", ele diz em seguida. "Pega a minha correspondência para mim."

"A senhora Quincy?"

"Veja, eu estou aqui." Basil se recosta na cadeira. "O que tenho a perder? Que incentivo eu tenho para fazer a coisa certa? Favores, um pouquinho de tratamento especial, talvez cooperação. Eu quero a porra da minha correspondência."

Benton se levanta e abre a porta. Ele diz a Geoff para ir até a sala da expedição ver o que aconteceu com a correspondência de Basil. Benton percebe, pela reação do guarda, que ele sabe tudo sobre a correspondência de Basil e não está contente por ter de fazer qualquer coisa que possa tornar a vida dele mais agradável. Então provavelmente é verdade. Ele não a tem recebido.

"Preciso que faça isso", Benton diz a Geoff, encarando-o. "É importante."

Geoff concorda com um movimento da cabeça e sai. Benton fecha a porta novamente e volta a se sentar na frente da mesa.

Quinze minutos mais tarde, Benton e Basil estão terminando sua conversa, uma confusão desordenada de informações falsas e jogos enrolados. Benton está aborrecido. Ele não demonstra isso e fica aliviado quando Geoff volta.

"Sua correspondência vai estar na sua cama", diz Geoff da porta, os olhos frios e imóveis pousados sobre Basil.

"Acho bom você não ter roubado as minhas revistas."

"Ninguém está interessado nessas porras dessas suas revistas. Desculpe, doutor Wesley." E para Basil: "Há quatro na sua cama".

Basil faz um arremesso imaginário. "O que fugiu", diz ele. "É sempre o maior. Meu pai costumava me levar para pescar quando eu era garotinho. Quando ele não estava batendo na minha mãe."

"Estou avisando", diz Geoff. "Estou avisando aqui na frente do doutor Wesley. Se você se meter comigo de novo, Jenrette, sua correspondência e suas revistas de pesca não vão ser o seu único problema."

"Está vendo, era disso que eu estava falando", Basil diz a Benton. "É assim que eu sou tratado por aqui."

35

Na área do depósito, Scarpetta abre um estojo de cena do crime que trouxe do Hummer. Ela retira frascos de perborato de sódio, carbonato de sódio e luminol, mistura-os com água destilada em um recipiente, mexe o conteúdo e transfere a solução para uma garrafa preta com um borrifador.

"Não é exatamente a maneira como você pensou passar sua semana de folga", diz Lucy enquanto prende uma câmera de trinta milímetros a um tripé.

"Nada como um crime de boa qualidade", diz Scarpetta. "Pelo menos nós conseguimos nos ver."

As duas estão vestidas com macacões brancos descartáveis, coberturas nos sapatos, óculos de segurança, máscaras e toucas; a porta do depósito está fechada. São quase oito da noite e a Beach Bums está novamente fechada antes do horário regular.

"Dê-me um minuto para pegar o contexto", diz Lucy, ligando um cabo disparador no botão de disparo da câmera. "Lembra a época em que a gente usava uma meia?"

É importante que o borrifador fique fora da fotografia, e isso não é possível a menos que a garrafa e o borrifador sejam pretos ou cobertos com alguma coisa preta. Se nada mais estiver disponível, uma meia preta funciona perfeitamente.

"É bom ter um orçamento maior, não?", acrescenta Lucy, o obturador abrindo quando ela aperta o botão do disparador a cabo. "Não fazíamos esse tipo de coisa juntas há algum tempo. De qualquer forma, problemas de dinheiro não têm graça."

Ela captura uma área de prateleiras e piso de concreto, a câmera fixa.

"Não sei", diz Scarpetta. "A gente sempre conseguiu se virar. Em muitos aspectos, era melhor, porque os advogados de defesa não tinham uma lista interminável de perguntas com resposta *não*: Foi utilizado um Mini-Crime Scope? Foram usadas varetas medidoras de quarenta e oito polegadas? Foi usada trajetória de laser? Foram usadas ampolas de água destilada? O quê? A senhora usou água destilada engarrafada e a comprou onde? Em uma 7-Eleven? A senhora comprou itens para coleta de evidências em uma loja de conveniência?"

Lucy tira outra fotografia.

"A senhora testou o DNA das árvores, pássaros e esquilos no quintal?", continua Scarpetta, calçando uma luva de borracha preta sobre a luva para exames feita de algodão que lhe cobria a mão esquerda. "Que tal varrer toda a vizinhança em busca de vestígios?"

"Eu acho que você está realmente de mau humor."

"Eu acho que estou cansada de ver você me evitar. Nós só temos contato em ocasiões como esta."

"E existe melhor?"

"Isso é tudo o que sou para você? Um membro da sua equipe?"

"Eu não acredito que você perguntou isso. Está pronta para eu apagar as luzes?"

"Pode ir."

Lucy puxa um fio, desligando a lâmpada pendurada no teto, o que as deixa em total escuridão. Scarpetta começa borrifando luminol em uma amostra-controle de sangue, uma única gota seca sobre um pedaço de papelão, e ela emite uma luz azul-esverdeada que logo desaparece. Começa a borrifar em faixas paralelas, umedecendo áreas do piso, que passam a brilhar de maneira viva. como se o piso todo estivesse pegando fogo, um fogo como um néon azul-esverdeado.

223

"Puxa vida", diz Lucy, e o obturador é disparado novamente. Scarpetta continua borrifando. "Nunca vi isso."

A luminescência azul-esverdeada brilha forte e desaparece ao ritmo lento e lúgubre dos borrifos; quando eles param, o brilho desaparece no escuro, e Lucy acende a luz. Ela e Scarpetta olham o piso de concreto.

"Não vejo nada, a não ser poeira", diz Lucy, frustrada.

"Vamos varrer tudo antes de andar por aí mais do que devemos."

"Merda!", diz Lucy. "Pena que não tentamos o Mini--Crime Scope antes."

"Agora não dá, mas ainda podemos usá-lo", diz Scarpetta.

Com um pincel limpo, Lucy varre a poeira do chão para dentro de um saco plástico de evidências, e em seguida reposiciona a câmera e o tripé. Ela tira mais fotografias de contexto, desta vez das prateleiras de madeira. Apaga a luz e então o luminol reage de maneira diferente. Áreas manchadas acendem um azul elétrico e dançam como fagulhas que saltam. O obturador é acionado repetidas vezes, Scarpetta borrifa, e a cor azul pulsa rapidamente, aparecendo e desaparecendo com muito mais velocidade do que é característico quando se trata de sangue e da maioria das outras substâncias que reagem à quimioluminescência.

"Alvejante", diz Lucy, pelo fato de diversas substâncias resultarem em falsos positivos; alvejante é muito comum, e o aspecto que ele deixa é bastante característico.

"Alguma coisa com espectro diferente, sem dúvida similar a alvejante", replica Scarpetta. "Poderia ser qualquer produto de limpeza contendo um alvejante à base de hipoclorito. Clorox, Drano, Fantastic, The Works, Babo Cleanser, só para citar alguns. Eu não me surpreenderia se descobrisse algum deles aqui atrás."

"Conseguiu?"

"Quase."

A luz acende, e as duas apertam os olhos sob o brilho desagradável da lâmpada pendurada.

"Basil contou a Benton que limpou com alvejante", diz Lucy. "Mas o luminol não vai reagir com o alvejante depois de dois anos e meio, vai?"

"Talvez, se ele encharcar a madeira e for deixado em repouso. Digo talvez porque não sei o que pode acontecer, não conheço ninguém que já tenha feito testes assim", diz Scarpetta, pegando uma lente de aumento com iluminação em sua bolsa.

Ela a passa sobre as bordas das prateleiras de madeira compensada cheias de equipamentos de mergulho e camisetas.

"Se você olhar de perto", acrescenta ela, "mal conseguirá distinguir um clareamento na madeira, aqui e ali. Possivelmente um padrão de líquido espalhado."

Lucy aproxima-se dela e pega a lente de aumento.

"Acho que consigo ver", diz ela.

Hoje ele veio e foi embora, e ignorou-a, a não ser para trazer um sanduíche de queijo quente e mais água. Ele não mora aqui. Ele nunca está aqui à noite, ou se está é silencioso como os mortos.

É tarde, mas ela não sabe o quão tarde, e a lua está presa atrás de nuvens do outro lado da janela quebrada. Ela o ouve se movendo pela casa. Sua pulsação acelera quando o som dos passos dele vem em sua direção, e ela enfia o pequeno tênis cor de rosa atrás de si porque ele vai tomar dela se significar alguma coisa para ela, e então ele é uma sombra escura com um comprido dedo de luz. Ele traz a aranha consigo. É a maior aranha que ela já viu.

Ela tenta ouvir sons de Kristin e dos meninos enquanto a luz sonda seus tornozelos e pulsos inchados e em carne viva. Ele sonda o colchão imundo e a veste verde-clara puída dobrada sobre a parte inferior das pernas dela. Ela ergue os joelhos e fecha os braços, tentando cobrir-se quando a luz toca as partes íntimas de seu corpo. Ela se retrai quando sente que ele a está olhando. Ela não consegue ver o rosto dele. Não tem ideia de como ele é. Ele sempre está vestido de preto. Durante o dia ele cobre o rosto com o capuz e se veste de preto, tudo preto, e à noite ela não consegue vê-lo, apenas uma forma. Ele tirou os óculos dela.

Essa foi a primeira coisa que ele fez quando forçou a entrada na casa.

Me dá os óculos, disse ele. *Agora.*

Ela ficou paralisada na cozinha. O terror e a incredulidade que sentiu eram entorpecentes. Ela não conseguia pensar, sentia como se o sangue estivesse sendo completamente drenado de seu corpo, e então o azeite na panela que estava no fogão começou a queimar, e os meninos começaram a chorar, e ele apontou a espingarda para eles. Apontou-a para Kristin. Usava um capuz, roupas pretas, quando Tony abriu a porta dos fundos, e então ele entrou, e aconteceu tudo muito rápido.

Me dá os óculos.

Dá os óculos para ele, disse Kristin. *Por favor, não nos machuque. Pode levar o que quiser.*

Cala a boca ou eu mato todos vocês agora mesmo.

Ele mandou que os garotos se deitassem com o rosto para baixo no assoalho da sala e bateu-lhes na nuca, bateu com força com a coronha da espingarda para que eles não tentassem fugir. Apagou todas as luzes e mandou que Kristin e Ev arrastassem os corpos inertes dos meninos pelo corredor e para fora do quarto principal pela porta de correr, e sangue pingou e manchou o chão, e ela continua pensando que alguém deve ter visto o sangue. A essa altura alguém deve ter estado na casa, tentando descobrir o que aconteceu a eles, e devem ter visto o sangue. Onde está a polícia?

Os meninos não se mexeram na grama ao lado da piscina, e ele os amarrou com fios de telefone e amordaçou-os com panos de prato, embora eles não estivessem se mexendo nem fazendo nenhum som, e ele forçou Kristin e Ev a caminhar no escuro até a perua.

226

Ev dirigiu.

Kristin sentou-se no banco da frente e ele estava atrás com o cano da arma apontado para sua cabeça.

Sua voz fria e baixa disse a Ev aonde ir.

Vou levar vocês a um lugar, e depois volto para pegar eles, disse sua voz fria e baixa enquanto ela dirigia.

Chame alguém, implorou Kristin. *Eles precisam ir para o hospital. Por favor, não os deixe morrer lá. São crianças.*

Eu disse que vou voltar para buscar eles.

Eles precisam de ajuda. São só garotinhos. Órfãos. Os pais morreram.

Ótimo. Assim ninguém vai sentir falta deles.

A voz dele era fria, constante e inumana, uma voz sem sentimento ou personalidade.

Ela se lembra de ter visto as placas para Naples. Eles estavam indo para oeste, na direção de Everglades.

Não consigo dirigir sem os óculos, disse Ev, o coração batendo tão forte que ela pensou que fosse arrebentar suas costelas. Não conseguia recuperar o fôlego. Quando ela saiu com o carro sobre o acostamento, ele lhe deu os óculos, e depois os tirou novamente quando chegaram ao lugar escuro e infernal onde ela está desde aquele momento.

Scarpetta borrifa as paredes de concreto dentro do banheiro, e elas brilham em um padrão de faixas, pontos localizados e borrões que não são visíveis quando as luzes estão acesas.

"Alguém limpou tudo", diz Lucy na escuridão.

"Vou parar, não quero me arriscar a destruir o sangue, se houver. Você fotografou?"

"Sim." Ela acende a luz.

Scarpetta tira um kit de coleta de amostras potenciais de sangue e aplica o cotonete em áreas da parede nas quais viu o luminol reagir, introduzindo a ponta de algodão no concreto poroso onde o sangue pode se alojar, mesmo depois de o local ter sido lavado. Com um conta-gotas, ela pinga sua mistura química sobre a ponta de uma haste com algodão, que fica rosa-claro, reafirmando que as áreas que se iluminavam na parede poderiam conter sangue, possivelmente sangue humano. A confirmação terá de ser feita no laboratório.

Se é sangue, ela não ficaria surpresa ao descobrir que não é recente, dois anos e meio de idade. O luminol reage à hemoglobina nas células vermelhas do sangue, e quanto mais antigo é o sangue, mais ele oxida e mais forte é a reação. Ela continua passando a haste com água destilada, colhendo amostras e colocando-as em caixas de evidências vedadas, que ela rotula e marca.

Isso já dura uma hora, e ela e Lucy estão com calor dentro das roupas protetoras. Elas podem ouvir Larry do outro lado da porta, andando pela loja. O telefone dele tocou diversas vezes.

Elas voltam para a área do depósito. Lucy abre um volumoso estojo preto e retira de lá um Mini-Crime Scope, uma fonte de luz de alta potência de uso forense, uma unidade portátil com o formato de uma caixa de metal, com entradas laterais, uma lâmpada halógena de alta intensidade com um braço flexível que se assemelha a uma mangueira brilhante de aço com um dispositivo que lhe permite alterar o comprimento de onda. Ela monta o aparelho, aperta o botão de acionamento e um pequeno ventilador começa a zunir. Ela gira o botão de intensidade, ajustando o comprimento de onda para 455 nanômetros. As duas colocam óculos cor de laranja que aumentam o contraste e lhes protegem os olhos.

A luz é apagada. Scarpetta leva a unidade pelo cabo e lentamente passa a luz azul sobre paredes, prateleiras e chão. Sangue e outras substâncias que reagem ao luminol não necessariamente reagem diante de uma fonte de luz alternativa, e as áreas que apresentaram luminescência antes estão escuras. Mas diversas pequenas manchas no chão fazem saltar um vermelho brilhante e forte. A luz acende,

228

Lucy posiciona o tripé novamente e coloca um filtro cor de laranja sobre a lente da câmera. A luz apaga, e ela fotografa as manchas vermelhas fluorescentes. Luz acesa novamente, e as manchas são quase invisíveis. São nada mais do que uma descoloração suja de um piso sujo e descolorido, mas sob uma lente de aumento Scarpetta detecta uma vermelhidão bastante fraca. Seja lá que substância for, ela não dissolve em água destilada, e ela não quer usar um solvente e correr o risco de destruir seja lá o que for.

"Precisamos de uma amostra." Scarpetta estuda o concreto.

"Volto já."

Lucy abre a porta e chama Larry. Ele está atrás do balcão de novo, falando ao telefone, e, quando levanta os olhos e a vê vestida dos pés à cabeça com papel plastificado, seu espanto é visível.

"Alguém me teletransportou para a estação espacial Mir?", pergunta ele.

"Você tem ferramentas nesta espelunca para eu não precisar ir até o carro?"

"Tem uma pequena caixa de ferramentas nos fundos. Em cima de uma das prateleiras, encostada na parede." Ele mostra qual é a parede. "Uma caixa vermelha, pequena."

"Pode ser que eu tenha que estragar o piso. Só um pouquinho."

Ele começa a dizer alguma coisa, mas muda de ideia, dá de ombros, e ela fecha a porta. Retira um martelo e uma chave de fenda da caixa de ferramentas, e com alguns golpes quebra pequenas amostras das manchas vermelhas sujas e as lacra dentro de sacos plásticos de evidências.

Ela e Scarpetta retiram a roupa branca e a enfiam em uma lata de lixo. Arrumam o equipamento e vão embora.

"Por que você está fazendo isso?", Ev faz a mesma pergunta todas as vezes que ele chega, pergunta com a voz rouca quando ele aponta a lanterna, e o disparo de luz é uma faca penetrando seus olhos. "Por favor, tire essa luz do meu rosto."

"Você é a porca gorda mais feia que eu já vi na vida", diz ele. "É por isso que ninguém gosta de você."

"Palavras não podem me ferir. Você não pode me ferir. Eu pertenço a Deus."

"Olha para você. Quem ficaria com você? Você está agradecida porque eu prestei atenção em você, não é?"

"Onde estão os outros?"

"Diga que se arrepende. Você sabe o que fez. Os pecadores precisam ser punidos."

"O que você fez com eles?" Ela faz a mesma pergunta sempre. "Deixe eu ir embora. Deus vai perdoar você."

"Diga que se arrepende."

Ele cutuca os tornozelos dela com as botas, e a dor é horrorosa.

"Deus meu, perdoai-o", ela reza em voz alta. "Você não quer ir para o inferno", ela diz a ele, o demônio. "Não é tarde demais."

36

Está muito escuro, a lua é como uma forma sombria em uma radiografia, vaga atrás das nuvens. Pequenos insetos infestam as lâmpadas dos postes na rua. O tráfego nunca para na A1A, e a noite está cheia de ruídos.

"O que incomoda você?", Scarpetta pergunta enquanto Lucy dirige. "Esta é a primeira vez que ficamos sozinhas em muito tempo, eu nem me lembro quando foi a última vez em que isso aconteceu. Por favor, fale comigo."

"Eu poderia ter chamado Lex. Não tive a intenção de arrastar você para isto."

"E eu poderia ter dito a você que a chamasse. Eu não precisava ser sua parceira no crime hoje."

Ambas estão cansadas e de mau humor.

"Então, aqui estamos", diz Lucy. "Talvez eu tenha usado isto como uma oportunidade para colocarmos a conversa em dia. Eu poderia ter chamado Lex," diz ela novamente, olhando fixo para a frente enquanto dirige.

"Não sei dizer se você está zombando de mim."

"Não estou." Lucy olha para ela sem sorrir. "Eu sinto muito sobre algumas coisas."

"Deve sentir mesmo."

"Não precisa concordar com tanta rapidez. Talvez você nem sempre saiba como é a minha vida."

"O problema é que eu quero saber. Você me deixa de fora constantemente."

"Tia Kay, você realmente não quer saber tanto quanto acha que quer. Já lhe ocorreu que talvez eu esteja lhe fazendo um favor? Que talvez você devesse gostar de mim da maneira que me conhece e deixar o resto para lá?"

"Qual é o resto?"

"Eu não sou como você."

"Nas coisas importantes você é, Lucy. Ambas somos mulheres inteligentes, decentes, trabalhadoras. Tentamos fazer a diferença. Corremos riscos. Somos honestas. Nós tentamos, realmente tentamos."

"Eu não sou tão decente quanto você pensa. Tudo o que faço é machucar as pessoas. Sou boa nisso, estou ficando melhor o tempo todo. E toda vez que faço isso, eu me importo menos. Talvez eu esteja me tornando um Basil Jenrette. Talvez Benton devesse me incluir naquele estudo dele. Aposto que o meu cérebro se parece com o de Basil, ou com os de todos os outros malditos psicopatas."

"Eu não sei o que está acontecendo com você", diz Scarpetta em voz baixa.

"Acho que é sangue." Lucy faz uma de suas interrupções rápidas de novo, mudando de assunto abruptamente. "Acho que Basil está falando a verdade. Acho que ele a matou nos fundos da loja. Tenho a intuição de que é sangue aquilo que encontramos lá."

"Vamos esperar e ver o que diz o laboratório."

"O piso todo se iluminou. Aquilo foi esquisito."

"Por que Basil diria qualquer coisa a respeito? Por que agora? Por que para Benton?", pergunta Scarpetta. "Isso me incomoda. Na verdade, me preocupa."

"Sempre tem um motivo para essas pessoas. Manipulação."

"Isso me preocupa."

"Então ele está falando para conseguir alguma coisa que quer, para se livrar de alguma coisa. Como é que poderia inventar isso?"

"Ele poderia saber sobre as pessoas desaparecidas da Christmas Shop. Saiu nos jornais, ele era policial em Miami. Talvez tenha ouvido a respeito de outros policiais", diz Scarpetta.

Quanto mais as duas conversam a respeito, mais ela se preocupa com a possibilidade de Basil realmente ter algo a ver com o que aconteceu a Florrie e Helen Quincy. Mas ela não consegue imaginar como ele teria estuprado e matado a mãe nos fundos da loja. Como ele tirou o cadáver ensanguentado de lá, ou como ele removeu os dois cadáveres de lá, supondo que tenha matado Helen também.

"Eu sei", diz Lucy. "Não consigo ver a cena também. E se ele realmente as matou, por que simplesmente não as deixou lá? Talvez não quisesse que soubessem que elas foram assassinadas. Ele queria que elas parecessem desaparecidas, supostamente desaparecidas por vontade própria."

"Para mim, isso sugere um motivo", diz Scarpetta. "Não um homicídio sexual compulsivo."

"Esqueci de perguntar", diz Lucy. "Estou supondo que você vai para a sua casa."

"A esta hora, sim."

"E quanto a Boston, o que você vai fazer?"

"Temos que lidar com a cena de Simister, e eu não consigo fazer isso agora. Chega por hoje. Reba provavelmente também está cansada."

"Suponho que ela tenha concordado em nos deixar participar."

"Contanto que ela esteja conosco. Faremos tudo amanhã pela manhã. Andei pensando em não ir a Boston, mas não é justo com Benton. Não é justo com nenhum de nós dois", diz ela, incapaz de esconder a frustração e o desapontamento em sua voz. "É claro, é a mesma coisa. Eu tenho casos urgentes de última hora. Ele tem um caso urgente de última hora. Tudo o que fazemos é trabalhar."

"Qual é o caso dele?"

"Uma mulher jogada perto do lago Walden, nua, tatuagens falsas bizarras no corpo, que eu suspeito terem sido feitas depois que ela foi assassinada. Marcas de mão em vermelho.

Lucy segura o volante com mais força.

233

"Como assim, tatuagens falsas?"

"Pintadas. Arte corporal, diz Benton. Um capuz na cabeça dela, um cartucho de espingarda inserido em seu reto, em uma posição degradante, e todo o resto. Não tenho muitos detalhes, mas vou ter."

"Eles sabem quem é ela?"

"Eles sabem muito pouco."

"Alguma coisa semelhante aconteceu na região? Homicídios semelhantes? Com as marcas de mão vermelhas?"

"Você pode fugir do assunto o quanto quiser, Lucy, mas não vai funcionar. Você não está sendo você mesma. Ganhou peso, e para isso acontecer alguma coisa não está bem, não está nada bem. Não que sua aparência esteja ruim, de maneira nenhuma, mas sei como você é. Você está muito cansada e não me parece bem. Ouvi falar a respeito. Eu não disse nada, mas sei que alguma coisa está errada. Eu sei disso há algum tempo. Você vai me contar?"

"Preciso saber mais sobre essas marcas de mãos."

"Eu contei o que sei. Por quê?" Scarpetta mantém os olhos sobre o rosto tenso de Lucy. "O que está acontecendo com você?"

Ela olha fixo para a frente e parece estar em conflito sobre como elaborar a resposta certa. Ela é boa nisso, tão brilhante, tão rápida; ela pode rearranjar informações até que suas tramas sejam mais críveis do que a verdade, e raramente alguém duvida dela ou a questiona. O que a salva é que ela não acredita em suas informações distorcidas e manipulações, nem por um segundo ela esquece os fatos nem cai em suas próprias armadilhas. Lucy sempre tem uma razão justa para aquilo que faz, e às vezes é uma boa razão.

"Você deve estar com fome", diz Scarpetta então. Diz isso em voz baixa, com delicadeza, da maneira que costumava falar quando Lucy era uma criança impossível, sempre representando, porque sua dor era enorme.

"Você sempre me alimenta quando não consegue mais nada comigo", diz Lucy de maneira branda.

"Costumava funcionar. Quando você era garotinha, eu conseguia que você fizesse qualquer coisa em troca da pizza que eu preparava."

Lucy fica em silêncio, o rosto rígido e pouco familiar sob o brilho vermelho de um semáforo.

"Lucy? Você vai sorrir ou olhar para mim ao menos uma vez hoje?"

"Eu tenho feito coisas imbecis. Transas de uma noite só. Eu machuco as pessoas. Uma noite dessas, em Ptown, eu fiz de novo. Eu não quero me aproximar de ninguém. Quero ser deixada em paz. Parece que não consigo evitar. Dessa vez, pode ter sido realmente uma idiotice. Porque eu não tenho prestado atenção. Porque talvez eu não dê a mínima."

"Eu nem sabia que você esteve em Ptown", observa Scarpetta, e ela não está sendo crítica.

Ela não se incomoda com a orientação sexual de Lucy.

"Você costumava ser cuidadosa", diz Scarpetta. "mais cuidadosa do que qualquer pessoa que conheci."

"Tia Kay, eu estou doente."

37

A forma escura da aranha cobre o dorso da mão dele, flutuando na direção dela, passando através do feixe de luz, a centímetros de seu rosto. Ele nunca moveu sua aranha tão perto do rosto dela. Ele colocou uma tesoura sobre o colchão e a ilumina brevemente com a lanterna.

"Diga que se arrepende", diz ele. "Isso tudo é culpa sua."

"Abandone seus caminhos de maldade antes que seja tarde demais", diz Ev, e a tesoura está a seu alcance.

Talvez ele a esteja induzindo a pegá-la. Ela mal pode ver a tesoura, mesmo sob a luz. Ela tenta ouvir sons de Kristin e dos meninos; a aranha é um borrão na frente de seu rosto.

"Nada disso teria acontecido. Você pediu isso. Agora vem a punição."

"Isso pode ser desfeito", ela diz.

"Hora da punição. Diga que se arrepende."

O coração dela dispara, seu medo é tão intenso que ela poderia vomitar. Ela não vai se desculpar. Ela não cometeu nenhum pecado. Se ela disser que se arrepende, ele vai matá-la. De alguma forma, ela sabe disso.

"Diga que se arrepende!", ele diz.

Ela se recusa a dizê-lo.

Ele ordena que ela diga que se arrepende, e ela não vai fazer isso. Ela faz pregações. Faz pregações com aquele lixo idiota sobre seu deus fraco. Se o deus dela fosse tão poderoso, ela não estaria no colchão.

"Podemos fingir que nunca aconteceu", diz ela com sua voz rouca e suplicante.

Ele pode sentir o medo dela. Ele exige que ela diga que se arrepende. Não importa o quanto faça pregação para ele, ela está assustada. A aranha a faz tremer, as pernas pulando sobre o colchão.

"Você será perdoado. Você será perdoado caso se arrependa e nos deixe ir. Eu nunca contarei para a polícia."

"Não, não vai contar. Você nunca vai contar. As pessoas que contam são punidas, punidas de maneiras que você nem consegue imaginar. As presas dela podem furar o dedo até o fim, atravessando a unha", diz ele sobre a aranha. "Algumas tarântulas repetem a picada várias vezes."

A aranha está quase tocando o rosto dela. Ela contrai o rosto para trás, ofegante.

"Elas picam e picam. Não param até que você as arranque de cima de você. Se morderem você em uma artéria importante, você morre. Podem jogar os pelos nos seus olhos e deixar você cega. É muito dolorido. Diga que se arrepende."

Hog mandou que ela dissesse, dissesse que se arrependia, e ele vê a porta fechando, madeira velha com tinta descascando, o colchão sobre o assoalho velho e sujo. Em seguida o som da pá cavando porque ele disse a ela para não contar depois que ele fez a coisa feia, e disse que as pessoas que contam são punidas por Deus, são punidas de maneiras impensáveis até aprenderem a lição.

"Peça perdão. Deus vai perdoá-lo."

"Diga que se arrepende!" Ele foca a luz da lanterna nos olhos dela, e ela os fecha apertado, afastando bruscamente o rosto, mas ele insiste.

Ela não vai chorar.

Quando ele fez a coisa feia, ela chorou. Ele lhe disse que ela iria chorar, ia mesmo, se ela algum dia contasse. Então ela finalmente contou. Ela contou, e Hog não teve escolha a não ser confessar porque era verdade, ele fez a coisa feia e a mãe de Hog não acreditou em uma só palavra, disse que Hog não fez, que não era possível que ele tivesse feito, que obviamente ele estava doente e tendo delírios.

Estava frio e nevava. Ele não sabia que existia um clima como aquele, tinha visto na tevê e em filmes, mas não sabia por experiência própria. Ele se lembra de antigos edifícios de tijolos, de vê-los através da janela do carro quando foi levado para lá, lembra-se do pequeno saguão onde ficou sentado com sua mãe antes de o médico aparecer, um lugar bem iluminado onde havia um homem em uma poltrona movendo os lábios, virando os olhos para cima, conversando com alguém que não estava lá.

Sua mãe entrou e conversou com o médico, deixando-o sozinho no saguão. Ela contou ao médico a coisa feia que Hog dissera que tinha feito, que aquilo não era verdade e que ele estava muito doente, que era um assunto particular e que tudo que lhe interessava era que Hog melhorasse, que ele não continuasse falando daquele jeito, arruinando o bom nome da família com suas mentiras.

Ela não acreditava que ele tivesse feito a coisa feia.

Ela contou a Hog o que pretendia dizer ao médico. *Você não está bem*, ela disse a Hog. *Não pode evitar isso. Você imagina coisas e mente, e é facilmente influenciado. Vou rezar para você. É melhor você rezar para si próprio, pedir a Deus que o perdoe, dizer que se arrepende por machucar as pessoas que só foram boas com você. Sei que você está doente, mas que vergonha.*

"Vou colocá-la sobre você", diz Hog, aproximando a lanterna do rosto dela. "Se você a machucar como ela fez" — ele lhe cutuca a testa com o cano da espingarda —, "você vai aprender o verdadeiro significado de punição."

"Que vergonha."

"Eu já falei para você não dizer isso."

Ele a cutuca com mais força, o cano da espingarda acertando o osso, e ela grita. Ele coloca o facho de luz da lanterna sobre o rosto feio, inchado e sujo dela. Ela está sangrando. O sangue escorre-lhe pelo rosto. Quando a outra jogou a aranha no chão, o abdômen do bicho se rompeu e ele sangrou seu sangue amarelo. Hog teve de usar cola para rejuntá-lo.

"Diga que se arrepende. Ela disse que se arrependia. Você sabe quantas vezes ela disse isso?"

Ele a imagina sentindo as pernas peludas em seu ombro direito nu, imagina-a sentindo a aranha movendo-se sobre sua pele e parando, agarrando-a de leve. Ela se senta encostada na parede e treme, olhando para a tesoura sobre o colchão.

"Todo o caminho até Boston. Foi uma viagem longa, e estava frio lá atrás, ela sem roupa e amarrada. Não tem banco lá atrás, só o piso de metal. Ela estava com frio. Eu dei a eles lá em cima algo sobre o que pensar."

Ele se lembra dos velhos prédios de tijolos com telhados de ardósia azul-acinzentada. Ele se lembra de quando sua mãe o levou até lá de carro depois que ele fez a coisa feia, e anos mais tarde, quando ele voltou sozinho e morou no meio dos tijolos antigos e da ardósia, e não ficou muito tempo. Por causa da coisa feia, ele não ficou muito tempo.

"O que você fez com os meninos?" Ela tenta parecer forte, tenta parecer não estar com medo. "Solte eles."

Ele cutuca as partes íntimas dela e ela dá um pulo, ele ri e a chama de feia, gorda e estúpida, diz que ninguém nunca iria querê-la, a mesma coisa que disse quando fez a coisa feia.

"Não é surpresa", ele continua, olhando para os seios caídos dela, para seu corpo gordo e flácido. "Você tem sorte de eu estar fazendo isto com você. Ninguém mais faria. Você é muito nojenta e estúpida."

"Eu não vou contar para ninguém. Me solte. Onde estão Kristin e os meninos?"

"Eu voltei lá e peguei eles, os pobres orfãozinhos. Exatamente como eu disse. Eu até devolvi o seu carro. Eu sou tão puro de coração, não um pecador como você. Não se preocupe. Eu trouxe eles para cá do jeito que disse que faria."

"Eu não escuto a voz deles."

"Diga que se arrepende."

"Você os levou de carro para Boston também?"

"Não."

"Você realmente não levou Kristin..."

"Eu dei a eles lá em cima alguma coisa para pensar. Tenho certeza de que ele ficou impressionado. Espero que ele saiba. Em breve ele vai saber, de um jeito ou de outro. Não falta muito tempo."

"Quem? Você pode conversar comigo. Eu não odeio você", e agora ela tenta demonstrar compaixão.

Ele sabe o que ela está tentando fazer. Ela acha que eles vão ser amigos. Se ela conversar com ele tempo suficiente e fingir que não tem medo, se até mesmo agir como se gostasse dele, eles vão ser amigos e ele não vai puni-la.

"Não vai adiantar", diz Hog. "Todas elas tentaram e não adiantou. Foi bem uma entrega especial. Ele teria ficado impressionado se soubesse. Estou mantendo as pessoas ocupadas lá em cima. Não falta muito tempo. É melhor você aproveitar ao máximo. Diga que se arrepende!"

"Eu não sei sobre o que você está falando", diz ela no mesmo tom de voz hipócrita.

A aranha se agita no ombro dela; ele estende a mão no escuro e a aranha rasteja de volta para o dorso. Ele atravessa o quarto, deixando a tesoura sobre o colchão.

"Corte esse seu cabelo nojento", diz ele. "Corte ele todo. Se você não tiver feito isso quando eu voltar, vai ser pior para você. Não tente cortar as cordas. Não tem lugar para onde você possa fugir."

38

A neve está cheia de luar atrás da janela do escritório de Benton, e as luzes encontram-se apagadas. Ele está sentado diante do computador, vendo fotos na tela até encontrar a que procura.

Existem cento e noventa e sete fotografias — fotografias grotescas, perturbadoras —, e tem sido uma provação encontrar as que ele procura em especial, porque ele fica desconcertado com o que vê. Ele está inquieto. Sente que alguma coisa além do óbvio aconteceu e está acontecendo, e ele está pessoalmente aborrecido com o caso, e, a esta altura de sua vasta experiência, isso é difícil de imaginar. Distraído, ele não anotou os números da sequência, e ele precisou de quase meia hora para encontrar as fotografias em questão, números 62 e 74. Ele está impressionado com o detetive Thrush, com a polícia estadual de Massachusetts. Em um homicídio, especialmente em um homicídio desse tipo, nunca se pode fazer muita coisa.

Em mortes violentas, nada melhora com o tempo. A cena desaparece ou é contaminada, e não se pode recuar. O corpo muda depois da morte, especialmente depois da autópsia, e não se pode voltar atrás, não mesmo. Então os investigadores da polícia estadual entraram em alerta máximo e foram vorazes com suas câmeras, e agora Benton está imerso em fotografias e registros em vídeo, estudando-os desde que chegou em casa depois de sua visita a Basil Jenrette. Durante os vinte e tantos anos de Benton com o FBI, ele pensou ter visto de tudo. Como psicólogo forense, ele supôs ter visto quase todas as variações de bizarria. Mas nunca havia visto algo assim.

As fotografias 62 e 74 não são tão explícitas quanto a maioria, porque não mostram o que restou da cabeça destruída de uma mulher não identificada. Não a mostram em todo o seu horror sanguinolento e desfigurado. Ela o faz pensar em uma colher, uma concha oca sobre o suporte de um pescoço, o cabelo preto cortado de maneira totalmente desigual emaranhado com pedaços de cérebro, tecido e sangue seco. As fotografias 62 e 74 são closes de seu corpo do pescoço até os joelhos, e elas lhe causam um sentimento que ele não consegue descrever, a sensação que ele tem quando algo o remete a alguma outra coisa perturbadora, mas que ele não consegue lembrar ao certo o que é. As imagens estão tentando lhe dizer algo que ele já sabe, mas não consegue localizar. O quê? O que é?

Na 62, o torso está virado para cima sobre a mesa de autópsia. Na 74, ele está para baixo, e ele clica para a frente e para trás entre as duas imagens, examinando-lhe o torso nu, tentando entender as marcas vermelho-claras de mãos e a pele esfolada, inflamada entre as omoplatas, uma área de quinze por vinte centímetros em carne viva e cheia de algo como "lascas semelhantes a madeira e sujeira", segundo o relatório da autópsia.

Ele tem refletido sobre a possibilidade de as marcas vermelhas de mãos terem sido pintadas antes da morte da mulher, sem relação com seu assassinato. Talvez por algum motivo ela tenha feito a pintura corporal antes de ter encontrado a pessoa que a atacou. Ele precisa considerar essa possibilidade, mas não acredita nela. É mais provável que tenha sido o assassino quem transformou o torso dela em uma obra de arte, uma obra degradante e sugestiva de violência sexual, sugestiva de mãos agarrando-lhe com força os seios e forçando para que ela abrisse as pernas, símbolos que pintou nela enquanto a manteve prisioneira, possivelmente quando ela estava incapacitada ou morta. Benton não sabe. Ele não sabe dizer. Deseja que o caso fosse de Scarpetta, que ela tivesse ido até a cena e tivesse feito a autópsia. Ele deseja que ela estivesse ali. Como de costume, apareceu alguma coisa na última hora.

Ele revê mais fotografias e relatórios. Presume-se que a idade da vítima esteja entre os trinta e poucos e o começo dos quarenta anos, e as descobertas post-mortem reiteram o que o doutor Lonsdale disse no necrotério: ela morrera havia muito tempo quando o corpo foi descoberto em um arrendamento que atravessava a área florestal de Walden Woods, não muito longe do lago Walden, na próspera cidade de Lincoln. Coletas feitas com o kit de recuperação de evidências físicas deram resultados negativos para fluido seminal, e a avaliação preliminar de Benton é a de que quem a matou e colocou o corpo na floresta age movido por fantasias sádicas, o tipo de fantasia sexual que transforma a vítima em um objeto.

Fosse quem fosse, ela não era nada para ele. Não era uma pessoa, apenas um símbolo, uma coisa para ele fazer o que lhe desse prazer, e o que lhe dava prazer era degradar e aterrorizar, punir, fazer com que ela sofresse, forçá-la a encarar a iminência de sua própria morte, violenta e humilhante, a sentir o gosto do cano de uma espingarda enfiada na boca e vê-lo puxando o gatilho. Talvez ele a conhecesse, ou talvez ela lhe fosse uma completa estranha. Talvez ele a tenha espreitado e raptado. Não há nenhuma informação sobre pessoa desaparecida na Nova Inglaterra que se enquadre na descrição dela, segundo a polícia estadual de Massachusetts. Não há nenhuma informação sobre pessoa desaparecida em lugar nenhum.

Mais adiante da piscina está o quebra-mar. É grande o suficiente para receber um barco de sessenta pés, embora Scarpetta não tenha nem nunca tenha tido um barco de qualquer tamanho ou modelo.

Ela olha as embarcações, especialmente à noite, quando luzes de proa e popa movem-se como aeronaves pelo

243

canal escuro, silenciosas a não ser pelo ruído surdo de seus motores. Se as luzes estão acesas nas cabines, ela observa as pessoas indo de um lado para outro, ou sentando-se e erguendo copos, rindo ou sérias, ou apenas lá, e ela não quer ser uma delas, nem ser como elas, nem estar com elas.

Ela nunca foi como elas. Nunca quis ter nada a ver com elas. Na adolescência, pobre e isolada, não era como elas e não podia ficar com elas, e essa foi uma opção dessas pessoas. Agora a escolha é sua. Ela sabe o que sabe, está do lado de fora olhando para vidas que são irrelevantes, deprimentes, vazias e assustadoras. Ela sempre temeu que algo trágico pudesse acontecer à sobrinha. É uma atitude natural para Scarpetta ter pensamentos mórbidos a respeito de qualquer pessoa que ela ame, mas essa tendência sempre foi mais extrema em relação a Lucy. Ela sempre se preocupou com a possibilidade de Lucy ter uma morte violenta. Nunca lhe ocorreu que ela pudesse ficar doente, que a biologia pudesse se voltar contra ela, não por ser pessoal, mas por não ser.

"Comecei a ter sintomas que não faziam sentido", diz Lucy no escuro, entre duas colunas de madeira, onde estão sentadas em cadeiras dobráveis.

Há uma mesa, e sobre ela estão bebidas, queijos e biscoitos torrados. Elas não tocaram no queijo nem nos biscoitos. Já estão em sua segunda rodada de bebida.

"Às vezes eu queria ser fumante", acrescenta Lucy, estendendo a mão para pegar o copo com tequila.

"Que coisa estranha de dizer."

"Você não achava estranho quando fumou durante todos aqueles anos. Você ainda quer fumar."

"O que eu quero não importa."

"Isso é algo que você diria se fosse livre de ter os mesmos sentimentos que as outras pessoas têm", replica Lucy no escuro, falando para a água. "É claro que importa. Tudo o que se quer importa. Especialmente quando não se pode ter."

"Você a quer?"

"Qual delas?"

"Seja lá quem foi que esteve com você por último. Sua última conquista. Em Ptown."

"Eu não as vejo como conquistas. Olho para elas como fugas rápidas. Como fumar maconha. Acho que essa é a parte mais decepcionante. Não significa nada. Só que desta vez pode significar alguma coisa. Algo que eu não entendo. Pode ser que eu tenha entrado em alguma coisa. Fui muito cega e estúpida."

Ela conta a Scarpetta sobre Stevie, sobre as tatuagens dela, as marcas vermelhas de mãos. Ela tem dificuldade para falar sobre isso, mas tenta parecer imparcial, como se estivesse falando sobre algo que outra pessoa fez, como se estivesse discutindo um caso.

Scarpetta está calada. Ela pega sua bebida e tenta pensar no que Lucy acabou de dizer.

"Talvez não signifique nada", continua Lucy. "Uma coincidência. Muitas pessoas estão metidas com arte corporal esquisita, fazem todo tipo de coisas estranhas com acrílico e látex no próprio corpo."

"Estou ficando cansada de coincidências. Parece que aconteceram muitas ultimamente", diz Scarpetta.

"Esta tequila é muito boa. Um baseado iria bem agora."

"Você está tentando me chocar?"

"Maconha não é tão ruim quanto você pensa."

"Então você agora virou médica?"

"Não é mesmo. Verdade."

"Por que você parece se odiar tanto, Lucy?"

"Sabe de uma coisa, tia Kay?" Lucy se vira para ela, o rosto forte e intenso sob o brilho fraco das lâmpadas ao longo do quebra-mar. "Você realmente não tem a menor ideia sobre o que eu faço ou sobre o que fiz. Então não finja que tem."

"Isso soa como algum tipo de acusação. A maior parte das coisas que você disse esta noite soa como uma acusação. Se de alguma forma eu falhei com você, eu lamento. Lamento muito mais do que você possa imaginar."

"Eu não sou você."

"Claro que não é. E continua dizendo isso."

"Não estou procurando alguma coisa permanente, alguém que realmente importe, alguém sem quem eu não consiga viver. Eu não quero um Benton. Quero pessoas que eu possa esquecer. Aventuras de uma noite só. Você quer saber quantas eu tive? Porque eu não quero."

"Você praticamente não esteve comigo durante todo o ano. Esse é o motivo?"

"É mais fácil."

"Você tem medo de que eu a julgue?"

"Talvez você devesse fazer isso."

"Não é com quem você dorme que me incomoda. É o resto. Você fica isolada na Academia, não se relaciona com os alunos, quase nunca está lá, ou quando vai fica se matando no ginásio, ou em um helicóptero, ou no estande de tiro, ou testando alguma coisa, de preferência uma máquina, alguma máquina perigosa."

"Talvez as máquinas sejam as únicas com quem eu me dou bem."

"Se você falha em se envolver, tudo começa a falhar. Só para você saber."

"Incluindo o meu corpo."

"E quanto a seu coração e sua alma? Que tal começarmos por aí?"

"Que indiferença com a minha saúde."

"A última coisa que eu sinto é indiferença. A sua saúde importa mais para mim do que a minha própria."

"Eu acho que ela armou para mim, sabia que eu estava naquele bar, tinha alguma coisa em mente."

Ela volta a conversa para aquela mulher novamente, aquela com as marcas de mão semelhantes às do caso de Benton.

"Você precisa contar a Benton sobre Stevie. Qual é o sobrenome dela? O que você sabe sobre ela?", pergunta Scarpetta.

"Sei muito pouco. Tenho certeza de que não tem nada

a ver uma coisa com a outra, mas é estranho, não? Ela estava lá na mesma época em que a mulher foi assassinada e descartada. Na mesma região."

Scarpetta permanece calada.

"Talvez haja algum culto naquela área", diz Lucy em seguida. "Talvez haja muitas pessoas pintando marcas de mão vermelhas em si próprias. Não me julgue. Eu não preciso ouvir o quanto sou estúpida e descuidada."

Scarpetta olha para ela e continua em silêncio.

Lucy enxuga os olhos.

"Não a estou julgando. Estou tentando entender por que deu as costas para tudo que é importante para você. A Academia é sua. É o seu sonho. Você odiava os mecanismos instituídos de cumprimento da lei, os federais em especial. Então começou sua própria força, sua própria equipe. Agora o seu cavalo desgovernado está perambulando pela pista. Onde está você? E todos nós — todas as pessoas que você juntou à sua causa — nos sentimos muito abandonados. A maioria dos alunos do ano passado nunca viu você, e alguns dos professores não a conhecem e não a reconheceriam se a vissem."

Lucy olha um veleiro com as velas recolhidas e o motor ligado atravessando a noite. Enxuga os olhos novamente.

"Eu tenho um tumor", diz ela. "No cérebro."

39

Benton amplia outra fotografia, esta tirada na cena.

A vítima parece uma obra horrível de pornografia violenta, de costas, pernas e braços abertos, calça branca ensanguentada enrolada nos quadris dela como se fosse uma fralda, uma calcinha branca manchada de fezes e ligeiramente ensanguentada cobrindo-lhe a cabeça destruída como uma máscara, com dois buracos cortados na altura dos olhos. Ele se recosta na cadeira, pensando. Seria simples demais supor que a pessoa que a deixou desse jeito em Walden Woods tenha feito isso apenas para chocar. Há algo mais.

Aquele caso faz com que ele se lembre de alguma coisa.

Ele analisa a calça amarrada como fralda. Ela está do avesso, o que sugere diversas possibilidades. Em algum momento, ela pode tê-la tirado sob coerção, e depois posto a calça de novo. O assassino pode tê-la removido depois que a vítima estava morta. Ela é de linho. A maioria das pessoas não usa linho branco na Nova Inglaterra nesta época do ano. Em uma fotografia que mostra a calça estendida em uma mesa de autópsia coberta com papel, o padrão das manchas de sangue é revelador. A calça está dura com sangue marrom-escuro na frente, dos joelhos para cima. Dos joelhos para baixo há umas poucas manchas e nada mais. Benton imagina que ela estava de joelhos quando levou o tiro. Ele constrói a imagem dela ajoelhando-se. Tenta ligar para o telefone de Scarpetta. Ela não atende.

Humilhação. Controle. Completa degradação, tornando a vítima totalmente impotente, tão impotente quanto uma criança. Encapuzada como alguém prestes a ser executado, possivelmente. Encapuzada como um prisioneiro de guerra, para torturar, para aterrorizar, provavelmente. O assassino pode estar reencenando alguma passagem de sua própria vida. De sua infância, talvez. Abuso sexual, provavelmente. Possivelmente, sadismo. Isso ocorre com tanta frequência. Faça aos outros o que fizeram a você. Ele tenta o telefone de Scarpetta mais uma vez e não consegue falar com ela.

Basil vem à sua mente. Ele colocou algumas de suas vítimas em determinadas posições, inclinadas contra coisas como uma parede de um banheiro feminino em uma área de descanso. Benton traz à lembrança fotografias de cena e de autópsia das vítimas de Basil, aquelas que todos conhecem, e vê os rostos ensanguentados e de olhos arrancados das mulheres mortas. Talvez essa seja a semelhança. Os buracos na altura dos olhos na calcinha sugerem as vítimas de olhos arrancados de Basil.

Contudo, pode ter a ver com o capuz. De certa forma, parece ter mais a ver com o capuz. Colocar um capuz em alguém significa dominar essa pessoa completamente, eliminar qualquer possibilidade de luta ou de fuga, significa atormentar, aterrorizar, punir. Nenhuma das vítimas de Basil recebeu um capuz, não que alguém saiba, mas sempre há muitas coisas sobre as quais ninguém sabe em relação ao que realmente aconteceu durante um homicídio sádico. A vítima não está mais viva para contar.

Benton se preocupa com a possibilidade de talvez estar passando tempo demais na cabeça de Basil.

Ele tenta ligar para Scarpetta de novo.

"Sou eu", diz quando ela atende.

"Eu estava prestes a ligar para você", diz ela sem rodeios, friamente, com uma voz instável.

"Você parece aborrecida."

"Você primeiro, Benton", diz ela com a mesma voz, que mal se parece com a dela.

"Você esteve chorando?" Ele não entende por que ela está agindo dessa forma. "Queria conversar com você a respeito de um caso que apareceu aqui em cima", diz ele.

"Fico contente que você queira falar comigo sobre alguma coisa." Ela enfatiza *alguma coisa*.

"Qual é o problema, Kay?"

"Lucy", diz ela. "Esse é o problema. Você sabe há quase um ano. Como pôde fazer isso comigo?"

"Ela contou", disse ele, esfregando o queixo.

"Ela fez o exame no seu maldito hospital, e você nunca me disse nada. Bom, adivinha só? Ela é minha sobrinha, não sua. Você não tem o direito de..."

"Ela me fez prometer."

"Ela não tinha o direito."

"É claro que tinha, Kay. Ninguém podia falar com você sem o consentimento dela. Nem mesmo os médicos que a examinaram."

"Mas ela contou a você..."

"Por um ótimo motivo..."

"Isto é sério. Vamos ter que lidar com essa questão. Não tenho certeza se ainda posso confiar em você."

Ele suspira, o estômago apertado como um punho. Eles raramente brigam. Quando o fazem, é terrível.

"Vou desligar", diz ela. "Vamos ter que lidar com isso", repete.

Ela desliga sem se despedir, e Benton permanece em sua poltrona, incapaz de se mover por um momento. Ele olha inexpressivamente para uma foto repulsiva em sua tela e começa lentamente a rever os dados do caso, lendo relatórios, examinando a narrativa que Thrush preparou para ele, tentando desviar seus pensamentos do que acabou de acontecer.

Havia marcas de arrasto de uma área de estacionamento até o local onde o corpo foi encontrado. Não havia pegadas na neve que pudessem ser da vítima, apenas de seu assassino. Aproximadamente tamanho 38, talvez 39, passada larga, algum tipo de bota com solado de borracha.

250

Não é justo que Scarpetta coloque a culpa nele. Ele não teve escolha. Lucy fez com que ele jurasse guardar o segredo, disse que nunca o perdoaria se ele contasse a alguém, especialmente sua tia, especialmente Marino.

Não há pingos de sangue ou manchas ao longo da trilha que o assassino deixou, sugerindo que ele envolveu o corpo em alguma coisa, arrastando-o embrulhado. A polícia recuperou algumas fibras nas marcas que ficaram no chão.

Scarpetta está projetando sua raiva sobre ele, ela o atacou porque não pode atacar Lucy. Não pode atacar o tumor de Lucy. Não pode ficar com raiva de alguém que está doente.

As evidências de vestígios no corpo incluem fibras e fragmentos microscópicos sob as unhas, grudados no sangue, na pele esfolada e no cabelo. Uma análise laboratorial preliminar indica que a maioria dos vestígios é coerente com carpete e fibras de algodão, e há minerais, fragmentos de insetos, vegetação e pólen encontrados no solo, ou aquilo que o legista-chefe eloquentemente chama de "sujeira".

Quando o telefone toca na mesa de Benton, a chamada é identificada como número desconhecido, e ele supõe que seja Scarpetta. Pega o fone bruscamente.

"Alô!"

"Aqui é a telefonista do Hospital McLean."

Ele hesita, profundamente desapontado e magoado. Scarpetta poderia ter ligado de novo. Ele não se lembra da última vez em que ela bateu o telefone na cara dele.

"Estou tentando localizar o doutor Wesley", diz a telefonista.

Ainda soa estranho quando as pessoas o chamam assim. Ele tem o título há muitos anos, o mesmo tempo de sua carreira no FBI, mas nunca insistiu ou quis que as pessoas o chamassem de doutor.

"É ele quem está falando."

Lucy se senta na cama no quarto de hóspedes da casa da tia. As luzes estão apagadas. Ela bebeu tequilas demais para dirigir. Olha para o número no visor iluminado do Treo, o que tem o código 617. Ela está um pouco alta, um pouco bêbada.

Ela pensa em Stevie, lembra-se dela aborrecida e insegura, saindo abruptamente do chalé. Ela pensa em Stevie seguindo-a até o Hummer no estacionamento e agindo como a mesma mulher sedutora, misteriosa e segura de si que Lucy conhecera no Lorraine's, e ao pensar naquele primeiro encontro no Lorraine's ela sente o que sentiu na ocasião. Ela não quer sentir nada, mas sente, e isso a perturba.

Stevie a perturba. Talvez ela saiba alguma coisa. Ela estava na Nova Inglaterra mais ou menos na mesma época em que a mulher foi assassinada e descartada no lago Walden. As duas tinham marcas vermelhas de mãos no corpo. Stevie afirma que ela não pintou as marcas de mão, alguma outra pessoa o fez.

Quem?

Lucy aperta o botão de chamada, a vista um pouco turva, um pouco assustada. Ela deveria ter rastreado o número 617 que Stevie lhe deu, para ver em quem ela realmente chegaria, para ver se é o número de Stevie ou se o nome dela é mesmo Stevie.

"Alô?"

"Stevie?" Então é mesmo o número dela. "Lembra-se de mim?"

"Como poderia esquecer? Ninguém esqueceria."

O tom é sedutor. A voz dela é suave e harmoniosa, e Lucy sente o que sentiu no Lorraine's. Ela lembra a si mesma o motivo do telefonema.

As marcas de mão. Onde ela as conseguiu? Quem?

"Eu tinha certeza de que não iria ter notícias suas novamente", a voz sedutora de Stevie está dizendo.

"Bom, estou ligando", diz Lucy.

"Por que você está falando tão baixinho?"

"Não estou na minha casa."

"Acho que não devo perguntar o que isso quer dizer. Mas eu faço muitas coisas que não devo. Com quem você está?"

"Ninguém", diz Lucy. "Você ainda está em Ptown?"

"Eu fui embora logo depois de você. Dirigi sem parar. Voltei para casa."

"Gainesville?"

"Onde você está?"

"Você nunca me disse o seu sobrenome", diz Lucy.

"Em que casa você está se não é a sua? Suponho que você mora em uma casa. Acho que não sei."

"Você por acaso vem para o sul?"

"Eu posso ir aonde quiser. Sul de onde? Você está em Boston?"

"Estou na Flórida", diz Lucy. "Eu queria ver você. Precisamos conversar. Que tal você me dizer seu sobrenome, como se talvez não fôssemos estranhas?"

"Sobre o que você quer conversar?"

Ela não vai dizer a Lucy seu nome completo. Não faz sentido perguntar de novo. Ela provavelmente não vai contar nada a Lucy, pelo menos não ao telefone.

"Vamos conversar pessoalmente", propõe Lucy.

"É sempre melhor."

Ela pede a Stevie que a encontrem em South Beach no dia seguinte, às dez da noite.

"Já ouviu falar de um lugar chamado Deuce?", pergunta Lucy.

"É bastante famoso", diz a voz sedutora de Stevie. "Conheço bem."

40

A base redonda e metálica brilha como se fosse uma lua na tela. No interior do laboratório de armas de fogo da polícia estadual de Massachusetts, Tom, um analista de armas, está sentado em meio a computadores e microscópios de comparação em uma sala de luz fraca em que a Rede Nacional de Informações Balísticas Integradas, também chamada de NIBIN,* finalmente respondeu sua consulta.

Ele olha para as imagens ampliadas de pequenos estriamentos e marcas transferidos das peças de metal de uma espingarda para as bases de metal de dois cartuchos. As duas imagens são sobrepostas, as duas metades juntando-se no meio, as assinaturas microscópicas, como Tom as chama, alinhando-se perfeitamente.

"É claro, oficialmente, estou considerando uma parelha *possível* até que possa validá-la no microscópio de comparação", ele está explicando para o doutor Wesley ao telefone, o famoso Benton Wesley.

Que demais, Tom não consegue evitar o pensamento.

"O que significa que o analista do condado de Broward precisa me mandar a evidência dele e, felizmente, isso não é um problema", continua Tom. "Preliminarmente, quero dizer que não acredito que haja alguma dúvida sobre este aqui aparecer na busca no computador. Sou da opinião — mais uma vez preliminarmente — de que os dois cartuchos foram disparados pela mesma espingarda."

(*) NIBIN: National Integrated Ballistics Information Network. (N. T.)

Ele espera a reação e se sente eletrizado, entusiasmado, como se tivesse tomado duas doses de uísque. Dizer que a busca ia ser bem-sucedida é como contar ao investigador que ele ganhou na loteria.

"O que você sabe sobre o caso de Hollywood?", pergunta o doutor Wesley, sem demonstrar muita gratidão.

"Para início de conversa, ele está resolvido", responde Tom, afrontado.

"Acho que não entendi", diz o doutor Wesley no mesmo tom descortês.

Ele é mal-agradecido e arrogante, e isso faz sentido. Tom nunca se encontrou com ele, nunca falou com ele e não tem ideia do que esperar. Mas ouviu falar dele, ouviu sobre sua carreira no FBI, e todo mundo sabe que o FBI abusa do considerável poder que tem, explora os investigadores locais ao mesmo tempo que os trata como inferiores e depois leva o crédito por qualquer coisa boa gerada por um caso. Ele é um filho-da-puta arrogante. Isso faz sentido. Não é de surpreender que Thrush o tenha feito falar diretamente com o famoso doutor Benton Wesley. Thrush não quer lidar com ele, nem com qualquer um que seja do FBI ou tenha alguma ligação com a agência.

"Dois anos atrás", Tom diz, sem o tom amigável.

Ele parece obtuso, embotado. Isso é o que sua esposa lhe diz quando seu ego é arranhado e ele, justificavelmente, reage. Ele tem o direito de reagir, mas não quer que a expressão de seu sentimento seja obtusa ou embotada, como se lhe tivessem batido na cabeça com uma prancha de madeira, nas palavras de sua esposa.

"Hollywood teve um roubo em uma loja de conveniência", ele diz, tentando não parecer obtuso e embotado. "Um sujeito entra usando uma máscara de borracha e apontando uma espingarda. Atira no rapaz que está limpando o chão e então o gerente noturno atira na cabeça dele com uma pistola guardada sob o balcão."

"E eles passaram o cartucho da espingarda pela NIBIN?"

"Parece que sim, para ver se o mesmo sujeito mascarado poderia estar ligado a alguns outros casos não resolvidos."

"Eu não entendo", repete, impaciente, o doutor Wesley. "O que aconteceu com a arma depois que o sujeito mascarado foi morto? Ela deve ter sido recuperada pela polícia. E agora ela acabou de ser usada novamente em um homicídio aqui em Massachusetts?"

"Eu perguntei a mesma coisa ao legista-chefe do condado de Broward", ele replica, tentando com todas as forças não parecer obtuso e embotado. "Ele disse que, depois dos testes de disparo, ele a devolveu ao departamento de polícia de Hollywood."

"Bom, eu garanto a você que não está lá agora", diz o doutor Wesley, como se Tom fosse um simplório.

Tom morde uma pele solta no dedo, fazendo a cutícula sangrar, um velho hábito que deixa sua esposa muito aborrecida.

"Obrigado", diz o doutor Wesley, desligando o telefone, descartando-o.

A atenção de Tom volta ao microscópio da NIBIN, no qual o cartucho de espingarda em questão está colocado, um cartucho calibre 12 vermelho, de plástico, com uma base de metal que tem uma marca incomum feita pelo percussor. Ele fez do caso uma prioridade. Esteve sentado em sua cadeira o dia todo e agora noite adentro, usando iluminação circular e lateral e orientações adequadas nas posições de três horas e seis horas, salvando cada imagem como um arquivo, fazendo aquilo repetidamente nas marcas da culatra, na impressão do percussor e na marca do ejetor antes de fazer a busca no banco de dados da NIBIN.

Então ele teve de esperar quatro horas pelos resultados, enquanto sua família ia ao cinema sem ele. Em seguida Thrush saiu para jantar e pediu-lhe que ligasse para o doutor Wesley, mas se esqueceu de lhe dar um número de telefone direto, e Tom teve de ligar para a central telefônica do Hospital Mclean e ser tratado, a princípio, como se fosse um paciente. Um pouco de reconhecimento seria bom, pensa. O doutor Wesley nem se incomodou em dizer "obrigado", ou "bom trabalho", ou "não posso acreditar que você conseguiu resultados tão rapidamente, nem mesmo que os conseguiu". Será que ele tem alguma ideia de como é difícil submeter uma pesquisa sobre cartucho de espingarda na NIBIN? A maioria dos analistas nem mesmo tentaria.

Ele olha para o cartucho. Ele nunca teve um que tivesse sido recuperado do rabo de uma pessoa morta.

Ele consulta o relógio e liga para a casa de Thrush.

"Me explique só uma coisa", diz ele quando Thrush atende. "Por que é que você me mandou falar com o doutor Fodão-B-I? E um obrigado seria bastante simpático."

"Você está falando de Benton?"

"Não, estou falando de Bond. James Bond."

"Ele é um sujeito legal. Não sei do que você está falando, a não ser pelo fato de você ter essa coisa com os federais que eu chamo de intolerância. E sabe o que mais, Tom?", Thrush continua, e ele parece estar ligeiramente bêbado. "Deixe eu dar um conselho. A NIBIN pertence aos federais, o que significa que você também. Onde diabos você pensa que conseguiu todo esse equipamento lindo para trabalhar, mais todo o treinamento, para ficar sentado aí o dia todo fazendo o que você faz todo dia? Bom, adivinha quem? Os federais."

"Eu não preciso desse tipo de conversa agora", diz Tom, o telefone encaixado no queixo enquanto ele digita, fechando arquivos, aprontando-se para ir para sua casa vazia enquanto sua família está se divertindo no cinema sem ele.

"Além disso, só para você saber, Benton saiu do FBI há muito tempo, não tem mais nada a ver com eles."

"Bom, ele devia estar agradecido. Só isso. É a primeira vez que conseguimos um resultado positivo relacionado a cartucho de espingarda na NIBIN."

"Agradecido? Você está me gozando, porra? Agradecido por quê? Pelo fato de que esse cartucho que foi retirado do rabo dessa mulher morta combina com uma arma de um sujeito morto que supostamente deveria estar sob a guarda da porra da polícia de Hollywood ou a esta altura já deveria ter sido esmagada e vendida para o ferro-velho?", diz Thrush em voz alta, e ele tem a tendência de dizer a palavra "porra" muitas vezes quando bebe. "Eu vou lhe dizer uma coisa: ele não está agradecido porra nenhuma. Como eu, provavelmente tudo o que ele quer neste exato momento é ficar bêbado pra cacete."

41

Está quente dentro da casa em ruínas, e o ar está abafado e parado. Cheira a bolor, mofo e comida rançosa, e fede como uma latrina.

Hog move-se confiante através da escuridão, de quarto para quarto, sabendo pelo tato e pelo cheiro exatamente onde está. Ele consegue achar o caminho agilmente de um canto ao outro, e quando a lua está clara, como nessa noite, os olhos dele retêm o luar e ele pode ver com tanta clareza quanto se fosse meio-dia. Ele consegue enxergar além das sombras, tão além que a existência delas não importa. Consegue ver os vergões vermelhos no rosto e no pescoço da mulher, consegue ver o suor em sua pele branca e suja, consegue ver o medo nos olhos dela, o cabelo cortado sobre todo o colchão e sobre o assoalho, mas ela não consegue vê-lo.

Ele anda na direção dela, na direção do colchão manchado e fedorento sobre o assoalho de madeira podre em que ela está sentada, encostada contra a parede, as pernas cobertas pelas dobras de pano verde estendidas a sua frente. O que sobrou de seu cabelo está espetado, como se ela tivesse enfiado o dedo em uma tomada, como se ela tivesse visto um fantasma. Ela foi sensata o bastante para deixar a tesoura sobre o colchão. Ele a recolhe e com a ponta da bota remexe na veste verde-clara, ouve a respiração dela, sente os olhos dela sobre ele, como se fossem faróis de luz fraca.

Ele pegou a linda veste verde que estava dobrada sobre

o sofá. Ela acabara de tirá-la do carro e de trazê-la para dentro; ela a usara na igreja horas antes. Ele pegou a veste porque gostou dela. Agora ela está amassada e sem vida e lembra a ele um dragão morto sob a forma de um monte amarrotado. Ele capturou o dragão. Pertence a ele, e seu desapontamento em relação ao que aconteceu a ele faz com que Hog fique irritado e violento. O dragão falhou com ele. Traiu-o. Quando o brilhante dragão verde movia-se livre e belamente através do ar e as pessoas o escutavam e não conseguiam tirar os olhos dele, ele o cobiçou. Ele o quis. Ele quase o amou. Agora olhe só para ele.

Ele se aproxima ainda mais dela e chuta seus tornozelos presos por fios. Ela mal se move. Estava mais alerta algum tempo atrás, mas a aranha parece tê-la desgastado. Ela não tem feito as pregações com as baboseiras de sempre. Ela não disse nada. Ela urinou depois da última vez em que ele esteve aqui, há menos de uma hora. O cheiro de amônia chega forte às narinas dele.

"Por que você é tão nojenta?", pergunta Hog, olhando para ela embaixo.

"Os garotos estão dormindo? Eu não os escuto." Ela parece estar delirando.

"Cale a boca e pare de falar neles."

"Eu sei que você não quer machucá-los. Sei que você é uma boa pessoa."

"Isso não vai adiantar nada", diz ele. "Cale a boca e não fale nisso. Você não sabe porra nenhuma e nunca vai saber. Você é tão estúpida e feia. Você é nojenta. Ninguém acreditaria em você. Diga que se arrepende. Isto tudo é culpa sua."

Ele chuta os tornozelos dela novamente, mais forte desta vez, e ela grita de dor.

"Que piada. Olhe para você. Quem é a minha bonitinha agora? Você é imundície. Uma criancinha chata, mal-educada e mal-agradecida. Vou lhe ensinar humildade. Diga que se arrepende."

Ele chuta os tornozelos dela com mais força ainda, e

ela grita e as lágrimas enchem seus olhos, e eles brilham como vidro sob o luar.

"Você não é mais tão poderosa agora, não é? Acha que é muito melhor que os outros, muito mais inteligente? Olhe pra você agora. É óbvio que vou ter que encontrar alguma maneira mais eficiente de punir você. Ponha os sapatos de novo."

A perplexidade aparece de leve nos olhos dela.

"Nós vamos voltar lá para fora. É a única coisa que você ouve. Diga que se arrepende!"

Ele a cutuca com a espingarda, com força, e as pernas dela balançam.

"Você vai me dizer o quanto você quer, não vai? Vai me agradecer porque você é tão feia que ninguém jamais iria tocar em você. Você se sente honrada, não é?" Ele abaixa o tom da voz, sabe como torná-la mais assustadora.

Ele a cutuca com força novamente, desta vez nos seios.

"Estúpida e horrorosa. Vamos pegar os seus sapatos. Você não me deixou escolha."

Ela não diz nada. Ele chuta-lhe os tornozelos, chuta-os com força, e as lágrimas rolam pelo rosto coberto de sangue seco. O nariz dela provavelmente está quebrado.

Ela quebrou o nariz de Hog, bateu nele com tanta força que seu nariz sangrou durante horas, e ele sabia que estava quebrado. Ele consegue sentir o calombo na parte de cima do nariz. Ela bateu nele quando ele fez a coisa feia, quando ela lutou a princípio, a coisa feia que aconteceu no quarto atrás da porta com a tinta descascada. Então sua mãe o levou àquele lugar onde os prédios são antigos e neva. Ele nunca tinha visto neve antes, nunca sentira tanto frio. Ela o levou lá porque ele mentiu.

"Dói, não é?", diz ele. "Dói demais quando você tem cabides mordendo os seus tornozelos e alguém os chuta. Isso é o que você ganha por me desobedecer. Por mentir. Vamos ver, onde está o snorkel?"

Ele a chuta novamente, e ela geme. As pernas dela tremem sob a veste verde amassada, sob o dragão verde morto dobrado sobre ela.

"Não estou ouvindo os meninos", diz ela, e sua voz está ficando cada vez mais fraca, seu fogo está se apagando.

"Diga que se arrepende!"

"Eu perdoo você", diz ela com os olhos arregalados, brilhantes.

Ele levanta a espingarda e a aponta para ela. Ela olha fixamente para o cano, olha como se não se importasse mais, e ele fica agitado.

"Você pode dizer que *perdoa* o quanto quiser, mas Deus está do meu lado", diz ele. "Você merece a punição Dele. É por isso que está aqui. Você entende? A culpa é sua. Foi você quem empilhou esses carvões em brasa sobre a sua própria cabeça. Faça o que eu digo! Diga que se arrepende!"

Suas grandes botas rangem um pouco quando ele se move através do ar pesado e quente e para na soleira da porta, olhando para o quarto. O dragão verde trucidado se mexe, e o ar morno move-se através da janela quebrada. O quarto está virado para oeste, e no final da tarde o sol baixo penetra pelas falhas na janela quebrada, e a luz toca o dragão verde brilhante, que reluz e brilha como uma chama verde-esmeralda. Mas não se move. Não é nada agora. Está arrasada e feia, e é culpa dela.

Ele olha para a carne pálida dela, sua carne azeda e flácida coberta de picadas de insetos e pequenas feridas. Ele consegue sentir o fedor que ela exala já na metade do corredor. O dragão verde morto se mexe quando ela se mexe, e ele fica furioso quando pensa na captura do dragão e na descoberta do que havia embaixo dele. Ela estava embaixo dele. Ele foi enganado. A culpa é dela. Ela quis que isto acontecesse, ela o enganou. A culpa é dela.

"Diga que se arrepende!"

"Eu perdoo você." Os olhos arregalados e brilhantes dela fixos sobre ele.

"Acho que você sabe o que acontece agora", diz ele.

Ela mal mexe os lábios e nenhum som sai.

"Acho que você não sabe."

Ele olha para ela, devastada e repulsiva em sua infâmia sobre o colchão imundo, e sente uma frieza no peito, e essa frieza é silenciosa e indiferente como a morte, como se tudo que ele já sentiu estivesse morto como o dragão.

"Acho que você realmente não sabe."

O mecanismo de repetição da arma desliza para trás com um estalo alto na casa vazia.

"Corra", diz ele.

"Eu perdoo você", ela diz, os olhos arregalados e lacrimosos fixos nele.

Ele sai no corredor, surpreso com o som da porta da frente fechando.

"Você está aqui?", ele diz em voz alta.

Ele abaixa a arma e caminha na direção da frente da casa, a pulsação aumentando. Ele não estava esperando por ela, ainda não.

"Eu lhe falei para não fazer isso", a voz de Deus o saúda, mas ele não pode vê-la, ainda não. "Você só faz o que eu digo."

Ela se materializa na escuridão, seu ente negro e flutuante no escuro, flutuando em direção a ele. Ela é linda e muito poderosa, e ele a ama e nunca conseguiria ficar sem ela.

"O que você acha que está fazendo?", ela lhe diz.

"Ela ainda não se arrependeu. Ela não vai dizer", ele tenta explicar.

"Não é a hora. Você pensou em trazer a tinta antes de se entusiasmar lá dentro?"

"Não está aqui. Está na caminhonete. Onde eu a usei na última vez."

"Traga para dentro. Prepare primeiro. Sempre prepare. Se você perder o controle, o que acontece? Você sabe o que fazer. Não me desaponte."

Deus aproxima-se dele flutuando. Ela tem QI 150.

"Estamos quase sem tempo", diz Hog.

"Você não é nada sem mim", diz Deus. "Não me desaponte."

42

A doutora Self está sentada diante de sua mesa, olhando para a piscina e ficando ansiosa em relação ao tempo. Toda quarta-feira de manhã ela deve estar no estúdio às dez a fim de se aprontar para seu programa de rádio ao vivo. "Eu realmente não posso confirmar isso", diz ao telefone e, se não estivesse com tanta pressa, ela apreciaria essa conversa por todas as razões erradas.

"Não há dúvida de que a senhora receitou Ritalina para David Luck", replica a doutora Kay Scarpetta.

A doutora Self não consegue evitar pensar em Marino e em tudo que ele já disse sobre Scarpetta. E não se intimida. Neste momento, ela tem a vantagem sobre essa mulher que encontrou apenas uma vez e sobre quem ouve falar incessantemente todas as semanas.

"Dez miligramas três vezes ao dia", diz a voz forte da doutora Scarpetta pelo telefone.

Ela parece cansada, talvez deprimida. A psiquiatra poderia ajudá-la. Ela lhe disse isso quando se conheceram em junho passado na Academia, durante o jantar em homenagem à doutora Self.

Mulheres bastante motivadas, profissionais bem-sucedidas como nós, precisam ter cuidado para não negligenciarem suas paisagens emocionais, ela disse a Scarpetta quando aconteceu de as duas estarem no banheiro feminino ao mesmo tempo.

Obrigada por suas palestras. Sei que os alunos estão gostando, replicou Scarpetta, e a doutora Self percebeu o que ela tentava fazer.

As Scarpettas do mundo são mestres em escapar de escrutínios pessoais ou de qualquer coisa que possa expor sua vulnerabilidade secreta.

Tenho certeza de que os alunos estão bastante inspirados, disse Scarpetta, lavando as mãos na pia, como se as estivesse esfregando antes de uma cirurgia. *Todos estão agradecidos que tenha encontrado um tempo em sua agenda ocupada para vir até aqui.*

Eu sei que você realmente não pensa assim, replicou a doutora Self de maneira bastante franca. *A grande maioria dos meus colegas na profissão médica despreza qualquer um que leve sua prática para fora das quatro paredes, qualquer um que se exponha na arena aberta do rádio e da televisão. A verdade, é claro, é que geralmente se trata de inveja. Desconfio que a metade das pessoas que me criticam venderia a alma para estar no ar ao vivo.*

Provavelmente você está certa, respondeu Scarpetta, secando as mãos.

Era um comentário que se prestava a várias interpretações muito diferentes: a doutora Self está certa, a grande maioria das pessoas na profissão médica de fato a despreza; ou metade das pessoas que a criticam tem inveja; ou é verdade que ela desconfia que metade das pessoas que a criticam tem inveja, o que significa que talvez não tenham nenhuma inveja. Não importa quantas vezes ela tenha repassado aquela conversa no banheiro feminino e analisado aquela observação em especial, ela não consegue chegar a uma conclusão sobre o que significou e se ela foi ou não insultada de maneira sutil e inteligente.

"Parece que algo a está incomodando", ela diz a Scarpetta ao telefone.

"E está. Eu quero saber o que aconteceu ao seu paciente David." Ela se esquiva do comentário pessoal. "Cem comprimidos foram repostos há pouco mais de três semanas."

"Eu não tenho como verificar isso."

"Eu não preciso que a senhora comprove. Eu recolhi o frasco da casa dele. Eu sei que a senhora receitou Ritalina, e sei exatamente quando a receita foi aviada e onde. A farmácia fica no mesmo centro comercial onde se localiza a igreja de Ev e Kristin."

A doutora Self não confirma isso, mas é verdade.

O que ela diz é: "Certamente, entre todas as pessoas, você entende a questão da confidencialidade".

"Eu tinha a esperança de que a senhora entendesse que estamos muitíssimo preocupados com o bem-estar de David e de seu irmão e das duas mulheres com quem eles viviam."

"Alguém considerou a possibilidade de que os garotos possam ter sentido saudades da África do Sul? Não estou dizendo que sentiram", acrescenta ela. "Estou simplesmente apresentando uma hipótese."

"Os pais deles morreram no ano passado na Cidade do Cabo", diz Scarpetta. "Eu falei com o legista-chefe que..."

"É, é", interrompe ela. "É terrivelmente trágico."

"Os dois meninos eram seus pacientes?"

"Você pode imaginar o quanto isso foi traumatizante? Pelo que entendi com base em comentários que ouvi fora das sessões que eu possa ter tido com qualquer um dos dois, o lar adotivo deles era temporário. Acredito que era algo já determinado seu retorno à Cidade do Cabo, no momento apropriado, para morar com parentes que tiveram que se mudar para uma casa maior ou algo assim antes de poder receber os meninos."

A doutora Self provavelmente não vai fornecer outros detalhes, mas está gostando demais da conversa para acabar com ela.

"Como eles chegaram até a senhora?", pergunta Scarpetta.

"Ev Christian me contatou, ela me conhecia, é claro, por causa dos meus programas."

"Isso deve acontecer bastante. As pessoas a ouvem e querem se tornar suas pacientes."

"Acontece mesmo."

"O que significa que deve recusar a maioria."

"Não tenho escolha."

"Então o que a fez decidir que atenderia David e talvez o irmão dele?"

A doutora Self repara em duas pessoas perto de sua piscina. Dois homens de camiseta branca, boné de beisebol preto e óculos escuros estão olhando suas árvores frutíferas, para as faixas vermelhas ao redor delas.

"Parece que eu tenho intrusos", diz ela, aborrecida.

"Desculpe, o que disse?"

"Esses malditos fiscais. Eu vou fazer um programa exatamente sobre esse assunto amanhã, meu novo programa na tevê. Bom, agora eu realmente vou para o ar armada e perigosa. Olhe só para eles, servindo-se da minha propriedade. Eu realmente vou ter que desligar."

"Isto é extremamente importante, doutora Self. Eu não estaria telefonando se não houvesse razão..."

"Eu estou com uma pressa terrível e me acontece mais essa. Agora esses idiotas voltaram, provavelmente para acabar com todas as minhas lindas árvores. É o que vamos ver. Duvido que eles venham aqui com uma equipe de idiotas com suas máquinas e motosserras. Vamos ver", diz ela em um tom ameaçador. "Se quiser mais informações de minha parte, terá que trazer um mandado judicial ou uma autorização do paciente."

"É bem difícil conseguir uma autorização de uma pessoa que desapareceu."

A doutora Self desliga o telefone e sai na manhã quente e clara, andando com determinação na direção dos homens de camisa branca que, olhando mais de perto, têm um logotipo na frente, o mesmo logotipo que aparece em seus bonés. Em letras pretas grandes nas costas: "Departamento de Agricultura e Serviços ao Consumidor da Flórida". Um dos fiscais está fazendo alguma coisa em um PDA e o outro está falando em um celular.

"Com licença", diz a doutora Self agressivamente. "Posso ajudá-los?"

"Bom dia. Somos fiscais de cítricos do Departamento de Agricultura", diz o homem com o PDA.

"Eu já vi quem vocês são", diz a doutora Self, sem sorrir.

Cada um deles usa um crachá verde com fotografia, mas a doutora Self está sem seus óculos e não consegue ler os nomes.

"Tocamos a campainha e achamos que não havia ninguém em casa."

"E então vocês simplesmente entram na minha propriedade e fazem o que querem?", diz a doutora Self.

"Nós temos permissão para entrar em quintais abertos e, como eu disse, achamos que não havia ninguém em casa. Nós tocamos a campainha diversas vezes."

"Eu não consigo ouvir a campainha lá do escritório", diz ela, como se isso fosse culpa deles.

"Pedimos desculpas por isso. Mas precisávamos inspecionar suas árvores e não percebemos que fiscais já passaram por aqui..."

"Vocês já estiveram aqui. Então reconhecem que já invadiram a propriedade antes."

"Especificamente nós, não. O que eu quero dizer é que nós não inspecionamos sua propriedade, mas alguém já fez isso. Mesmo que não haja registro", diz o fiscal com o PDA para a doutora Self.

"Foi a senhora quem pintou essas faixas?"

A doutora Self olha confusa para as faixas em suas árvores.

"Por que eu faria isso? Eu achei que vocês as tinham colocado aí."

"Não, senhora. Elas já estavam aqui. Quer dizer que a senhora não reparou nelas antes?"

"É claro que reparei nelas."

"Se não se importa que eu pergunte, quando?"

"Muitos dias atrás. Não tenho certeza."

"O que elas indicam é que suas árvores têm cancro cítrico e terão que ser removidas. Indicam que elas estão infectadas há anos."

"Há anos?"

"Elas deveriam ter sido removidas há muito tempo", explica o outro fiscal.

"Do que vocês estão falando?"

"Nós paramos de pintar faixas vermelhas há alguns anos. Usamos fita cor de laranja agora. Então alguém marcou as suas árvores para erradicação e parece que ninguém chegou a fazê-lo. Eu não entendo isso, mas, na verdade, essas árvores realmente têm sinais de cancro."

"Mas não é cancro antigo. Eu não entendo."

"A senhora recebeu um aviso, um aviso em papel verde que indica que encontramos sintomas e a instrui a ligar para um número 0800? Ninguém lhe apresentou algo semelhante a um relatório de vistoria?"

"Eu não tenho a menor ideia do que vocês estão falando", diz a doutora Self, e ela pensa no telefonema anônimo que recebeu na noite anterior, logo depois que Marino saiu. "E realmente parece que as minhas árvores estão infectadas?"

Ela se aproxima de uma toranjeira. A árvore está carregada de frutos e parece-lhe saudável. Ela olha um galho de perto enquanto o dedo enluvado de um dos fiscais aponta para diversas folhas que têm lesões pálidas sobre elas, quase imperceptíveis, com formato irregular.

"Está vendo estas áreas?", explica ele. "Elas indicam infecção recente. Talvez de apenas algumas semanas. Mas são peculiares."

"Eu não entendo", diz o outro fiscal novamente. "Se as faixas vermelhas são para valer, deveria haver ressecamento nas pontas e queda das frutas. Seria possível contar os anéis para ver há quanto tempo começou. A senhora sabe, há uns quatro ou cinco brotamentos por ano, então dá para contar os anéis..."

"E eu lá quero saber de contar anéis ou de queda de fruta! O que vocês estão dizendo?", pergunta ela elevando a voz.

"É no que eu estava pensando. Se as faixas foram pintadas alguns anos atrás..."

"Cara, eu estou perplexo."

"Você está tentando fazer graça?", a doutora Self grita com ele. "Porque eu não acho nada disso engraçado." Ela olha para as lesões nas folhas e continua pensando no telefonema anônimo. "Por que vocês vieram aqui ontem?"

"Bom, isso é que é estranho nessa coisa toda", responde o fiscal com o PDA. "Nós não temos registro de que suas árvores foram inspecionadas, colocadas em quarentena e marcadas para erradicação. Eu não entendo. Deveria estar tudo registrado no computador. As lesões nas suas folhas são peculiares. Está vendo?"

Ele segura uma das folhas, mostra a ela, e ela olha novamente para as lesões de formato estranho.

"Elas não são assim normalmente. Precisamos trazer um patologista aqui."

"Droga, por que no meu quintal hoje?", ela exige saber.

"Nós recebemos uma dica telefônica de que suas árvores poderiam estar infectadas, mas..."

"Uma dica telefônica? De quem?"

"Alguém que trabalha nos jardins da vizinhança."

"Isso é loucura. Eu tenho um jardineiro. Ele nunca me disse nada sobre alguma coisa errada acontecendo com as minhas árvores. Nada disso faz sentido. Não é a toa que o público está furioso. Vocês não sabem o que estão fazendo, simplesmente entram sem pedir licença na propriedade privada das pessoas e não conseguem nem saber quais drogas de árvores têm que cortar."

"Senhora, eu sei como se sente. Mas o cancro não é uma piada. Se não for tratado, não sobrarão árvores de cítricos..."

"Eu quero saber quem telefonou."

"Nós não sabemos, senhora. Vamos acertar tudo e pedimos desculpas pelo inconveniente. Gostaríamos de lhe explicar suas opções. Quando seria um bom horário para voltarmos? A senhora vai estar aqui mais tarde ainda hoje? Nós traremos um patologista para examinar as árvores."

"Vocês podem dizer aos seus malditos patologistas e

supervisores, e sei lá eu mais quem, que isso não vai ficar assim. Vocês sabem quem eu sou?"

"Não, senhora."

"Ligue a droga do seu rádio ao meio-dia. *Vamos Dialogar*, com a doutora Self."

"Está brincando. É a senhora?", pergunta um dos fiscais, o que estava com o PDA, impressionado como deveria estar. "Eu a escuto o tempo todo."

"Eu também tenho um novo programa na tevê. No canal ABC, amanhã à uma e meia. Todas as quintas-feiras", diz ela, repentinamente satisfeita e sentindo-se mais tolerante em relação a eles.

O som de algo raspando além da janela parece o de alguém cavando. Ev respira curto, com rapidez, os braços erguidos acima da cabeça. Ela respira curto, inspirando rapidamente, e escuta.

Parece que ela ouviu o mesmo barulho dias atrás. Ela não se lembra quando. Talvez tenha sido à noite. Ela escuta uma pá, alguém mergulhando uma pá na sujeira atrás da casa. Ela muda de posição no colchão, e seus tornozelos e pulsos latejam como se alguém estivesse batendo neles, e os ombros ardem. Ela está quente e com sede. Mal consegue pensar e provavelmente está com febre. As infecções estão ruins e cada pedaço macio arde insuportavelmente, e ela não pode abaixar os braços, a menos que fique em pé.

Ela vai morrer. Se ele não a matar primeiro, ela vai morrer mesmo assim. A casa está silenciosa, e ela sabe que o restante deles desapareceu.

Seja lá o que ele tenha feito com eles, eles não estão mais aqui.

Agora ela sabe.

"Água", ela tenta dizer em voz alta.

As palavras afloram de dentro dela e se desintegram no ar como bolhas. Ela fala por meio de bolhas. Elas flutuam para cima e desaparecem sem um som no ar quente e repugnante.

"Por favor, ah, por favor", e suas palavras vão a lugar nenhum, e ela começa a chorar.

Ela soluça e as lágrimas caem sobre a veste verde estragada que está em seu colo. Ela soluça como se algo tivesse acontecido, algo final, como um destino que ela nunca imaginou, e ela olha para os pontos pretos que suas lágrimas fazem na veste verde arruinada, a esplêndida veste que ela usava quando pregava. Embaixo dela há um sapatinho cor-de-rosa, do pé esquerdo, Keds. Ela sente o sapato cor-de-rosa de garotinha raspando sua coxa, mas seus braços estão erguidos e ela não pode segurá-lo ou escondê-lo melhor, e sua aflição aumenta.

Ela escuta os ruídos de pá cavando do lado de fora da janela e começa a sentir o fedor.

Quanto mais ela ouve o barulho da pá, pior o fedor fica dentro de seu quarto, mas é um fedor diferente, um fedor horroroso, o fedor acre e podre de alguma coisa morta.

Me leve para casa, ela reza a Deus. *Por favor, me leve para casa. Me mostre o caminho.*

Ela consegue ficar de joelhos, consegue ajoelhar, e o som da pá se interrompe, e recomeça, e para. Ela perde o equilíbrio, quase cai, querendo ficar em pé, se esforça e cai e tenta novamente, soluçando, e então está de pé e a dor é tão terrível que sua vista escurece. Ela respira fundo e a escuridão desaparece.

Me mostre o caminho, ela reza.

As cordas são de náilon branco fino. Uma delas está amarrada ao cabide curvado e retorcido ao redor de seus pulsos inflamados e inchados. Quando ela fica em pé, a corda fica frouxa. Quando ela se senta, os braços se estendem acima da cabeça. Ela não consegue mais se deitar. Foi a última crueldade dele, encurtar a corda, forçando-a a ficar em pé o máximo que conseguir, inclinada contra a parede de madeira até não aguentar mais ficar em pé e sentar, e aí seus braços vão direto para cima. Foi a última crueldade dele, fazê-la cortar o próprio cabelo e encurtar a corda.

Ela olha para a viga, para as cordas passadas sobre ela, uma amarrada ao cabide que prende seus pulsos, a outra ao cabide torcido ao redor dos tornozelos.

Me mostre o caminho. Por favor, Deus.

O barulho de cavação parou, e o fedor encobre a luz do quarto e lhe arde nos olhos, e ela sabe do que é o fedor.

Todos se foram. Ela foi a única que sobrou.

Ela olha para cima, para a corda amarrada ao cabide em torno dos pulsos. Se ela ficar em pé, a corda fica frouxa o suficiente para enrolá-la ao redor do pescoço. Ela sente o fedor, e sabe o que é, e ela reza de novo, e enrola a corda ao redor do pescoço, e suas pernas saem de debaixo dela.

43

O ar está denso e onduloso como a água e empurra com força, mas a V-Rod não balança nem parece estar sendo afetada quando Lucy aperta o assento de couro com as coxas e acelera até cento e noventa quilômetros por hora. Ela mantém a cabeça baixa, os cotovelos encolhidos como os de um jóquei, enquanto testa na pista sua última aquisição.

A manhã está clara e quente para a época, e qualquer vestígio das tempestades de ontem já desapareceu. Ela começa a diminuir a velocidade a cento e trinta e nove mil rotações por minuto, satisfeita com o fato de que a Harley, com seus dois cilindros em V, refrigeração líquida, injeção eletrônica e módulo de controle do motor aperfeiçoado, pode queimar o asfalto se for preciso, mas ela não quer abusar da sorte por muito tempo. Mesmo a cento e setenta ela está andando mais rápido do que consegue ver, e isso não é um bom hábito. Fora de sua pista de manutenção impecável estão as vias públicas, e em velocidades tão altas a menor irregularidade ou fragmento na superfície pode se revelar fatal.

"Como está indo?" A voz de Marino soa dentro de seu capacete completamente fechado.

"Do jeito que deveria", responde ela, deixando a velocidade cair para cento e trinta, movendo ligeiramente o guidão, desviando de pequenos cones cor de laranja.

"Puxa, ela é silenciosa. Mal dá para ouvir daqui", diz Marino, da torre de controle.

Ela tem que ser silenciosa, pensa Lucy. A V-Rod é uma Harley silenciosa, uma moto de corrida que se parece com uma moto de estrada e não atrai atenção para si. Endireitando um pouco as costas, ela diminui a velocidade para cem e com o polegar aciona o botão que trava o acelerador, em uma versão aproximada de controle de velocidade. Ela se inclina em uma curva e puxa uma pistola Glock calibre 40 de um coldre embutido na coxa direita de sua calça preta de couro.

"Ninguém ao alcance", transmite ela.

"Tudo limpo."

"O.k. Pode soltar."

Da torre de controle, Marino observa Lucy passando rapidamente por uma curva fechada na extremidade norte da pista, que tem pouco mais de um quilômetro e meio.

Ele examina os arredores, o céu azul, as áreas de tiro, a rua que atravessa o terreno da instalação, depois o hangar e a pista de pouso a uns oitocentos metros dali. Ele se certifica de que não há pessoas, veículos ou aeronaves na área. Quando a pista está sendo usada, não é permitido que nada se aproxime a menos de um quilômetro e meio dela. Até mesmo o espaço aéreo é restrito.

Ele experimenta uma mistura de emoções quando observa Lucy. O destemor e as muitas habilidades dela o impressionam. Ele a adora e guarda rancor dela, e uma parte dele preferiria não lhe dar a mínima. Em um aspecto importante, ela é como a tia, faz com que ele se sinta inaceitável para o tipo de mulher de que ele secretamente gosta, mas que não tem coragem de buscar. Ele observa Lucy correndo pela pista, manobrando sua nova moto como se fosse parte dela, e pensa em Scarpetta, que está a caminho do aeroporto, a caminho de ver Benton.

"Acionando em cinco segundos", diz ele ao microfone.

Atrás do vidro, a figura negra de Lucy na moto escura e brilhante desliza em alta velocidade, quase silenciosa.

Marino percebe o braço dela movendo-se, segurando a arma perto do corpo, o cotovelo recuado até a cintura para que o vento não arranque a Glock de sua mão. Ele observa os segundos passando no relógio digital embutido no console e aos cinco segundos ele aperta o botão para a Zona Dois. Do lado direito da pista pequenos alvos redondos de metal aparecem de maneira inesperada e rapidamente caem de novo com um ruído alto e constante à medida que são acertados pelas balas de calibre 40. Lucy não erra. Ela faz parecer fácil.

"Prática de longa distância na base", a voz dela enche o fone de ouvido de Marino.

"Com o vento a favor?"

"Positivo."

Os passos dele são altos e agitados quando ele caminha rapidamente pelos corredores. Ele pode ouvir o que sente na maneira como seus pés calçados com botas se movem pela velha madeira cheia de ranhuras, e ele traz a espingarda. Traz também a caixa de sapatos que guarda o aerógrafo, a tinta vermelha e o estêncil.

Ele está preparado.

"Agora você vai dizer que se arrepende", diz ele para a porta aberta no final do corredor. "Agora você vai ter o que merece", ele fala, caminhando rápida e ruidosamente.

Ele entra no meio do fedor. É como uma parede quando ele passa pela porta, pior do que lá fora perto do poço. Dentro do quarto, o ar está parado, o fedor morto não tem para onde ir, e ele fica pasmo, chocado.

Isso não pode ter acontecido.

Como é que Deus deixou isso acontecer?

Ele ouve Deus no corredor, e ela flui pela soleira da porta, balançando a cabeça para ele.

"Eu preparei!", ele grita.

Deus olha pra ela, a enforcada que ficou impune, e balança a cabeça. A culpa é de Hog, ele é estúpido, não previu isso, deveria ter se certificado de que isso não poderia acontecer.

Ela não disse que se arrependia, todas elas acabam dizendo quando o cano está dentro da boca, tentam falar: *Eu me arrependo. Por favor, eu me arrependo.*

Deus desaparece da porta, deixando-o com seu erro e o tênis cor-de-rosa da garota sobre o colchão manchado, e ele começa a tremer por dentro. Tremer com uma raiva tão intensa que não sabe o que fazer com ela.

Ele grita enquanto anda pelo assoalho, o assoalho imundo, grudento e nojento com o mijo e a bosta dela, e chuta com toda a força o corpo nu asqueroso e sem vida dela. Ela estremece a cada chute. Balança na corda que está ao redor de seu pescoço, formado um ângulo com o lado esquerdo da cabeça, e a língua dela está para fora, como se ela estivesse zombando dele, o rosto vermelho-azulado como se estivesse gritando com ele. O peso dela apoia-se sobre os joelhos no colchão, e sua cabeça está curvada, como se ela estivesse rezando para seu Deus, os braços presos erguidos, as mãos juntas, como se ela estivesse celebrando a vitória.

Sim! Sim! Ela balança na corda, vitoriosa, o sapatinho cor-de-rosa a seu lado.

"Cala a boca!", ele grita.

Ele chuta e chuta com suas botas enormes, até que suas pernas fiquem cansadas demais para chutar.

Ele bate e bate nela com a coronha da espingarda até que os seus braços estejam cansados demais para bater.

44

Marino espera para ativar uma série de alvos em formato humano que vão aparecer de repente atrás de vários lugares: arbustos, uma cerca e uma árvore na curva, a Curva do Homem Morto, como Lucy a chama.

Ele dá uma olhada na biruta cor de laranja, verificando que o vento ainda está soprando do leste, talvez a cinco nós. Ele vê o braço direito de Lucy guardar a Glock no coldre e estender-se para trás a fim de alcançar uma enorme bolsa lateral de couro enquanto ela desliza a uma velocidade constante de noventa quilômetros por hora pela curva com vento lateral, entrando em uma reta cuja posição está a favor do vento.

Ela calmamente puxa uma carabina Beretta Cx4 Storm 9 milímetros.

"Acionamento em cinco segundos", diz ele.

Moldada em polímero preto não reflexivo, com o mesmo sistema de mira de uma submetralhadora Uzi, a Storm é uma das paixões de Lucy. Ela pesa menos de três quilos, tem uma coronha com empunhadura de pistola que torna o manejo mais fácil, e a ejeção pode ser alterada da esquerda para a direita. É uma arma prática e eficiente, e, quando Marino ativa a Zona Três, Lucy se aproxima e cápsulas de metal dos cartuchos brilham ao sol, voando para trás dela. Ela mata tudo na Curva do Homem Morto, mata tudo mais de uma vez. Marino conta quinze tiros disparados. Todos os alvos caíram, e ainda lhe sobrou um tiro.

Ele pensa na mulher chamada Stevie. Pensa em Lucy encontrando-a à noite no Deuce. O número 617 que Stevie deu a Lucy pertence a um sujeito em Concord, Massachusetts, um sujeito chamado Doug. Ele diz que muitos dias atrás estava em um bar em Ptown e perdeu o telefone celular. Diz que ainda não cancelou o número porque, ao que parece, uma moça achou o telefone, ligou para um dos números que havia na memória e acabou falando com um dos amigos de Doug, que então lhe deu o telefone da casa de Doug. Ela ligou, disse que tinha encontrado o telefone e prometeu mandá-lo de volta pelo correio.

Até agora não mandou.

É um truque esperto, pensa Marino. Se você encontra ou rouba um telefone celular e promete devolvê-lo para o proprietário, talvez ele não desative imediatamente seu número eletrônico de identificação de segurança, e você pode usar o telefone por um tempo, até que a pessoa fique esperta. O que Marino não entende direito é por que Stevie, seja lá quem for, se daria a todo esse trabalho. Se o motivo dela era evitar ter uma conta com uma grande empresa de celulares, por que não adquirir um celular pré-pago?

Seja lá quem Stevie for, ela é encrenca. Lucy tem vivido perto demais do limite durante boa parte do último ano. Ela mudou. Ficou descuidada e indiferente, e às vezes Marino se pergunta se ela está tentando se machucar, se machucar feio.

"Um outro carro acabou de entrar atrás de você em alta velocidade", ele transmite a ela. "Você já era."

"Eu recarreguei."

"Impossível." Ele não acredita nela.

De alguma forma, ela conseguiu soltar o pente vazio e colocar um novo sem que ele percebesse.

Ela diminui a velocidade da moto até parar embaixo da torre de controle. Ele coloca os fones de ouvido sobre o console, e quando chega ao final dos degraus de madeira, ela já tirou o capacete e as luvas e está abrindo o zíper da jaqueta.

"Como você fez isso?", ele pergunta.

"Eu trapaceei."

"Eu sabia."

Ele aperta os olhos sob o sol e se pergunta onde deixou os óculos escuros. Ultimamente ele tem colocado muitas coisas fora do lugar.

"Eu tinha um pente extra aqui." Ela dá uma pancadinha em um dos bolsos.

"Ah. Na vida real você provavelmente não teria. Então, sim, você trapaceou."

"Quem sobrevive dita as regras."

"O que você acha do Z-Rod? Vamos transformá-las todas em Z-Rods?", ele pergunta, e sabe o que ela pensa a respeito, mas pergunta mesmo assim, esperando que ela tenha mudado de ideia.

Não faz sentido aumentar o motor em trinta por cento — é um motor já aumentado de 1150 para 1318 cilindradas, e uma potência já incrementada de 120 para 170 cavalos —, para que a moto possa sair de zero para duzentos quilômetros por hora em 9,4 segundos. Quanto mais peso a moto perde, melhor será seu desempenho, mas isso significa substituir o assento de couro e o para-choque traseiro por fiberglass moldado e retirar os alforjes, algo que eles não podem fazer. Ele espera que Lucy não esteja interessada em desmanchar a nova frota de motos de Operações Especiais. Ele espera que, de uma vez por todas, o que ela tem já seja suficiente.

"É pouco prático e desnecessário", ela o surpreende. "Um motor Z-Rod dura apenas dezesseis mil quilômetros, então imagine a dor de cabeça que iríamos ter com manutenção, e se tirarmos os acessórios isso chamaria a atenção. Sem mencionar o fato de que ficam muito mais barulhentas com o aumento de entrada de ar."

"O que foi agora?", diz ele bufando, irritado, quando o celular toca. "O que é?", ele atende de maneira brusca.

Ele escuta por um momento, então encerra a chamada e diz "merda" antes de contar a Lucy. "Eles vão iniciar a análise da perua. Você pode começar sem mim na casa de Simister?"

"Não se preocupe. Eu falo para Lex me encontrar lá."

Lucy retira um intercomunicador da cintura e diz: "Zero-zero-um para o estábulo".

"O que posso fazer por você, zero-zero-um?"

"Abasteça o meu cavalo. Vou levá-lo para a rua."

"Quer que incremente a sela?"

"Ele vai funcionar muito bem do jeito que está."

"É bom ouvir isso. Fica pronto num instante."

"Nós vamos para South Beach lá pelas nove", Lucy diz a Marino. "Encontro você lá."

"Talvez seja melhor se formos juntos", diz ele, olhando para ela, tentando descobrir o que ela está pensando.

Ele nunca consegue, não com essa cabeça que Lucy tem. Se ela fosse mais complicada, ele precisaria de um intérprete.

"Não podemos correr o risco de que ela nos veja no mesmo carro", diz Lucy, tirando a jaqueta de couro, reclamando que as mangas são como algemas chinesas.

"Talvez seja alguma coisa relacionada a algum culto", diz Marino. "Algum culto com um monte de bruxas que pintam mãos vermelhas em todo o corpo. Salem fica ali em cima, na mesma parte do mundo. Tem todo tipo de bruxa lá."

"As bruxas se reúnem em sabás, não aos montes." Lucy esmurra-o de leve no ombro.

"Talvez ela seja uma delas", diz ele. "Talvez sua nova amiga seja uma bruxa que rouba telefones celulares."

"Talvez eu pergunte isso a ela", diz Lucy.

"Você tem que ter cuidado com as pessoas. Esse é o seu único problema, a avaliação sobre as pessoas com quem você se envolve. Eu gostaria que você fosse mais cuidadosa."

"Acho que a gente tem o mesmo problema. A sua avaliação nesse departamento parece ser quase tão boa quanto a minha. Tia Kay disse que Reba é muito simpática e que, por falar nisso, você foi um idiota com ela na cena de Simister."

"Seria melhor que a doutora não tivesse dito isso. Seria melhor que ela não tivesse dito nada."

"Ela não disse só isso. Ela disse também que Reba é inteligente, novata no serviço, mas inteligente. Não burra como uma porta e todos aqueles clichês de que você gosta tanto."

"Besteira."

"Deve ser com ela que você saiu por uns tempos", diz Lucy.

"Quem lhe disse isso?", Marino deixa escapar.

"Você acabou de falar."

45

Lucy tem um macroadenoma. Sua glândula pituitária, que se liga ao hipotálamo por um pedúnculo na base do cérebro, tem um tumor.

A pituitária normal é mais ou menos do tamanho de uma ervilha. Ela é chamada de glândula mestra porque transmite sinais para a tireoide, para as adrenais e para os ovários ou testículos, controlando-lhes a produção de hormônios que afetam decisivamente o metabolismo, a pressão sanguínea, a reprodução e outras funções vitais. O tumor de Lucy mede aproximadamente doze milímetros de diâmetro. É benigno, mas não vai desaparecer sozinho. Seus sintomas são dores de cabeça e superprodução de prolactina, o que resulta em sintomas desagradáveis semelhantes aos da gravidez. Por enquanto, ela controla seu estado com terapia à base de remédios que devem diminuir os níveis de prolactina e encolher o tumor. A resposta dela não tem sido a ideal. Ela odeia tomar os remédios e não o faz de maneira constante. No final das contas, vai acabar tendo de fazer uma cirurgia.

Scarpetta estaciona no Signature, o centro de serviços no aeroporto de Fort Lauderdale onde Lucy guarda o jato. Ela desce e se encontra com os pilotos lá dentro, enquanto pensa em Benton, sem ter certeza de que algum dia vai perdoá-lo, tão doente de mágoa e raiva que seu coração está acelerado e suas mãos estão tremendo.

"Ainda está nevando um pouco lá em cima", diz Bruce, o piloto em comando. "O voo vai demorar umas duas horas e vinte. Teremos um bom vento contrário."

"Eu sei que a senhora não queria refeição, mas trouxemos uma bandeja de queijos", diz o copiloto. "A senhora tem bagagem?"

"Não", diz ela.

Os pilotos de Lucy não usam uniformes. São agentes especialmente treinados segundo as especificações dela: não bebem, não fumam nem usam nenhum tipo de droga, têm excelente preparo físico e são treinados em proteção pessoal. Eles acompanham Scarpetta até o local onde o Citation X aguarda como um grande pássaro branco com uma barriga. O que a faz se lembrar da barriga de Lucy, do que aconteceu a ela.

Dentro do jato, ela se acomoda na espaçosa poltrona de couro, e enquanto os pilotos estão ocupados na cabine ela liga para Benton.

"Chegarei aí lá pela uma, uma e quinze", diz ela.

"Por favor, tente entender, Kay. Eu sei como você deve estar se sentindo."

"A gente conversa quando eu chegar aí."

"A gente nunca deixa as coisas chegarem a esse ponto", diz ele.

É a regra, o velho ditado. Apaziguem sua ira antes que o sol se ponha, nunca entre em um carro ou avião, nem saia de casa, se estiver com raiva. Se há alguém que sabe de que maneira fortuita e rápida uma tragédia pode acontecer, essas pessoas são ele e Scarpetta.

"Boa viagem", Benton lhe diz. "Eu amo você."

Lex e Reba estão andando do lado de fora da casa como se estivessem procurando alguma coisa. Elas param quando Lucy faz sua entrada espalhafatosa no acesso da casa de Daggie Simister.

Ela desliga o motor da V-Rod, tira o capacete preto que lhe ocultava o rosto e abre o zíper da jaqueta de couro.

"Você parece o Darth Vader", diz Lex, alegre.

Lucy nunca conheceu ninguém tão cronicamente feliz.

Lex é um achado, e a Academia não deixou que ela fosse embora depois que se formou. Ela é brilhante, cuidadosa e sabe quando tem de sair do caminho.

"O que estamos procurando aqui?", pergunta Lucy, examinando o pequeno quintal.

"As árvores frutíferas ali", responde Lex. "Não que eu seja detetive. Mas quando estávamos na outra casa, onde aquelas pessoas desapareceram" — ela aponta a casa cor de laranja do outro lado do canal —, "a doutora Scarpetta disse alguma coisa sobre um fiscal de cítricos ter aparecido por aqui. Ela disse que ele estava examinando árvores na área, talvez no quintal do vizinho. E não dá para ver daqui, mas algumas das árvores lá têm as mesmas faixas vermelhas." Mais uma vez ela aponta a casa cor de laranja do outro lado do canal.

"É claro, o cancro pode se espalhar muito rápido. Se as árvores estão infectadas aqui, suponho que muitas árvores na região também estejam. A propósito, eu sou Reba Wagner", ela diz a Lucy. "Você provavelmente ouviu falar de mim por Pete Marino."

Lucy a encara. "O que eu poderia ter ouvido se ele tivesse falado sobre você?"

"Sobre como eu sou mentalmente limitada."

"Mentalmente limitada seria um abuso de vocabulário para ele. Provavelmente ele disse retardada."

"Isso mesmo."

"Vamos entrar", diz Lucy, indo para a varanda da frente. "Vamos ver o que você deixou passar na primeira vez", ela diz a Reba, "tendo em vista que você é tão mentalmente limitada."

"Ela está brincando", Lex diz a Reba, pegando a maleta preta com equipamentos de análise de cena do crime que estava ao lado da porta da frente. "Antes de fazer qualquer outra coisa" — ela diz isso a Reba —, "quero verificar se a casa foi lacrada depois que vocês limparam a cena."

"Sem dúvida. Eu cuidei disso pessoalmente. Todas as janelas e portas."

"Tem sistema de alarme?"

"Você se surpreenderia em saber quantas pessoas aqui não têm isso."

Lucy repara nos adesivos nas janelas que dizem "H&W Empresa de Alarmes" e comenta: "De qualquer forma, ela estava preocupada. Provavelmente não tinha dinheiro para comprar um alarme, mas ainda queria assustar os bandidos".

"O problema é que os bandidos conhecem esse truque", responde Reba. "Adesivos e placas nos canteiros. O ladrão típico daria uma olhada nessa casa e perceberia que ela não tem um sistema de alarme. Que a pessoa lá dentro provavelmente não tem dinheiro para comprar um, ou é velha demais para se incomodar com isso."

"É verdade, muitas pessoas idosas não se incomodam", diz Lucy. "No mínimo porque esquecem os códigos. Estou falando sério."

Reba abre a porta e um ar de mofo as recebe como se a vida ali dentro tivesse fugido há muito tempo. Ela estende a mão e acende as luzes.

"O que já fizeram aqui até agora?", pergunta Lex, olhando para o piso de granilite.

"Nada, a não ser no quarto."

"O.k., vamos parar um minuto e pensar nisso", diz Lucy. "Sabemos duas coisas. O assassino dela de alguma forma entrou na casa sem arrombar nenhuma porta. E depois que atirou nela ele foi embora de alguma forma. Também pela porta?", ela pergunta a Reba.

"Eu diria que sim. Ela tem todas essas janelas com venezianas. Não há jeito de subir por elas a não ser que você seja como Gumby, o boneco de massa."

"Então o que temos a fazer é começar a analisar por esta porta e ir voltando até o quarto onde ela foi morta", diz Lucy. "Depois faremos o mesmo com todas as outras portas. Triangulando."

"Teria que ser nesta porta, na porta da cozinha e nas portas de correr que levam da sala de jantar para a varanda e na própria varanda", Reba lhes diz. "As duas portas de correr estavam abertas quando Pete chegou aqui, segundo ele disse."

Ela entra no vestíbulo, e Lucy e Lex a seguem. Elas fecham a porta.

"Chegamos a descobrir alguma outra informação sobre o fiscal que você e a doutora Scarpetta viram perto da hora em que essa mulher foi assassinada?", pergunta Lucy, e, estando a trabalho, ela nunca se refere a Scarpetta como sua tia.

"Eu descobri algumas coisas. Em primeiro lugar, eles trabalham em duplas. A pessoa que vimos estava sozinha."

"Como você sabe que o colega dela não estava por ali, mas fora de vista? Talvez na área da frente?", pergunta Lucy.

"Não sabemos. Mas tudo o que vimos foi essa única pessoa. E não há nenhum registro de que fiscais estariam nesta vizinhança. Outra coisa é que ele estava usando um daqueles colhedores, um varão com uma garra, ou seja lá como se chama, para puxar para baixo uma fruta que esteja alta na árvore. Pelo que me disseram, os fiscais não usam isso."

"E qual é a questão?", pergunta Lucy.

"Ele desmontou o varão e colocou em uma sacola preta grande."

"O que mais haveria dentro da sacola?", diz Lex.

"Talvez uma espingarda", diz Reba.

"Vamos manter a mente aberta", diz Lucy.

"Eu diria que é uma puta provocação", acrescenta Reba. "Eu estava completamente visível do outro lado do canal. Uma policial. Estava com a doutora Scarpetta, e era óbvio que estávamos investigando o lugar, e ele estava bem ali, olhando para nós, fingindo examinar as árvores."

"É possível, mas não temos certeza", responde Lucy. "Vamos manter a mente aberta", ela diz novamente.

Lex agacha no piso frio e abre a maleta de equipamentos. Elas fecham todas as persianas da casa e colocam as roupas protetoras descartáveis. Em seguida Lucy arma o tripé, prende a câmera e o cabo do disparador, enquanto Lex mistura o luminol e o transfere para uma garrafa preta com o borrifador. Elas fotografam a área imediatamente interna à porta da frente, apagam as luzes, e têm sorte na primeira tentativa.

"Puxa vida", a voz de Reba soa no escuro.

O formato nítido de marcas de pegadas brilha em tom verde-azulado à medida que Lex borrifa o assoalho e Lucy captura as imagens.

"Ele devia ter um monte de sangue nos sapatos para deixar tudo isso depois de atravessar a casa inteira", diz Reba.

"A não ser por uma coisa", responde Lucy no escuro. "As pegadas estão indo na direção errada. Elas não estão saindo, estão entrando."

46

Ele parece severo, mas está fantástico com um casaco comprido de camurça, o cabelo prateado aparecendo sob um boné de beisebol dos Red Sox. Sempre que Scarpetta fica algum tempo sem ver Benton, ela se espanta com a beleza refinada dele, sua elegância esguia e alongada. Ela não quer ficar com raiva dele. Não consegue suportar aquilo. Sente-se mal.

"Como sempre, foi muito bom voar com a senhora. É só ligar quando souber exatamente quando vai voltar", o piloto, Bruce, diz a Scarpetta, apertando-lhe calorosamente a mão. "Entre em contato se precisar de alguma coisa. A senhora tem os meus números, certo?"

"Obrigado, Bruce", diz ela.

"Desculpe-me por fazê-lo esperar", ele diz a Benton. "Pegamos um vento contrário um pouco forte."

Benton não é nem um pouco amigável. Ele não responde. Fica olhando enquanto o piloto se afasta.

"Deixe eu adivinhar", Benton diz a Scarpetta. "Mais um triatleta que decidiu brincar de polícia e ladrão. Essa é uma das coisas que eu odeio nas viagens com o jato dela. Os pilotos de muito músculo e pouco cérebro."

"Eu me sinto muito segura com eles."

"Bom, eu não."

Ela abotoa o casaco de lã enquanto saem da área do centro de serviços.

"Espero que ele não tenha tentado bater papo com você, nem incomodar a sua viagem. Ele me parece desse tipo", diz ele.

"É bom ver você também, Benton", ela diz, andando um passo à frente dele.

"Pelo que sei, você não acha nem um pouco bom."

Ele apressa o passo, segura a porta de vidro aberta para ela, e o vento que entra rápido é frio e traz pequenos flocos de neve. O dia está cinzento-escuro, tão sombrio que as luzes do estacionamento foram acesas.

"Ela pega esses caras, todos eles bonitões e viciados em academia, e eles ficam achando que são heróis de filmes de ação", diz ele.

"Já entendi o que você quis dizer. Por acaso está tentando começar uma briga antes de mim?"

"É importante que você note determinadas coisas, não suponha que alguém está apenas sendo amigável. Eu me preocupo com o fato de você não captar sinais importantes."

"Isso é ridículo", ela retruca, a raiva aflorando no tom de sua voz. "Acontece que eu capto sinais demais. Embora obviamente eu tenha perdido alguns muito importantes no ano que passou. Se você queria uma briga, agora vai ter uma."

Eles estão atravessando o estacionamento coberto de neve; as luzes da pista ficam indistintas pela neve e o som está abafado. Geralmente eles andam de mãos dadas. Ela se pergunta como ele pôde ter feito o que fez. Os olhos dela marejam. Talvez seja o vento.

"Estou preocupado com quem está aí fora", diz ele de maneira estranha, destrancando seu Porsche, desta vez um suv com tração nas quatro rodas.

Benton gosta de seus carros. Ele e Lucy gostam de poder. A diferença é que Benton sabe que é poderoso. Lucy não acha que seja.

"Preocupado de uma maneira geral?", Scarpetta pergunta, supondo que ele ainda esteja falando sobre todos os sinais que ela supostamente não percebe.

"Estou falando sobre seja lá quem acabou de assassinar essa mulher aqui em cima. A NIBIN conseguiu uma equiparação de dados relacionada a um cartucho de espingarda que parece ter sido disparado pela mesma espingarda usada em um homicídio em Hollywood dois anos atrás. Um roubo em uma loja de conveniência. O sujeito estava usando uma máscara, matou um rapaz na loja, e em seguida o gerente o matou. Soa familiar?"

Ele olha para ela enquanto conversam e se afastam do aeroporto.

"Eu ouvi falar a respeito", ela responde. "Vítima de dezessete anos, armado apenas com um esfregão. Alguém tem alguma ideia sobre como essa espingarda voltou à circulação?", ela pergunta, à medida que seu ressentimento aumenta.

"Ainda não."

"Muitas mortes por espingarda têm acontecido nos últimos tempos", diz ela, friamente profissional.

Se ele quer ser desse jeito, ela também pode.

"Eu me pergunto o que seria isso", ela acrescenta de maneira quase indiferente. "A que foi usada no caso Johnny Swift desaparece — agora uma é usada no caso Daggie Simister."

Ela tem de explicar a ele o que aconteceu a Daggie Simister. Ele ainda não conhece o caso.

"Uma espingarda que deveria estar em custódia ou ter sido destruída simplesmente é usada de novo", prossegue. "E então temos a Bíblia na casa dessas pessoas desaparecidas."

"Que Bíblia e que pessoas desaparecidas?"

Ela explica sobre o telefonema anônimo de alguém que se referia a si mesmo como Hog. Conta-lhe sobre a Bíblia de séculos de idade dentro da casa das mulheres e meninos desaparecidos, aberta na Sabedoria de Salomão, no mesmo versículo que esse homem chamado Hog recitou para Marino pelo telefone.

Por isso, como a crianças sem juízo, enviaste o castigo da zombaria.

"Marcado com X a lápis", diz ela. "A Bíblia foi impressa em 1756."

"É estranho que tivessem um exemplar tão antigo."

"Não havia outros livros antigos como esse na casa. Segundo a detetive Wagner. Você não a conhece. Pessoas que trabalharam com elas na igreja dizem que nunca viram a Bíblia antes."

"Verificaram impressões, DNA?"

"Nada de impressões. Nada de DNA."

"Alguma teoria sobre o que poderia ter acontecido a eles?", ele pergunta, como se a única razão de ela ter voado até lá às pressas em um jato particular fosse discutir o trabalho dos dois.

"Nada de bom", e o ressentimento dela aumenta.

Ele não sabe quase nada sobre como tem sido a vida dela ultimamente.

"Evidências de violência?"

"Temos muito que fazer nos laboratórios. Eles estão a todo o vapor", diz ela. "Encontrei marcas de orelha do lado de fora de uma porta de correr no quarto principal. Alguém esteve com a orelha encostada no vidro."

"Talvez tenha sido um dos meninos."

"Não foi", diz ela, ficando mais zangada. "Nós conseguimos DNA deles, ou o que provavelmente é o DNA deles, de roupas, escovas de dentes, um frasco de remédio."

"Eu não considero investigação de marcas de orelhas como parte da boa ciência forense. Tem havido uma série de condenações erradas por causa de marcas de orelhas."

"Como o polígrafo, é só uma ferramenta", ela quase chega a falar rispidamente.

"Eu não estou discutindo com você, Kay."

"Nós conseguimos o DNA em uma marca de orelha da mesma maneira que conseguimos DNA de impressões digitais", diz ela. "Já verificamos e parece não ser de ninguém que morasse na casa. Nada no CODIS. Pedi aos nossos amigos da DNAPrint Genomics em Sarasota que realizem testes de gênero, inferência ancestral ou filiação racial. Infelizmente isso vai levar dias. Eu realmente não dou a mínima para encontrar equivalência da orelha de alguém com alguma marca de orelha."

Benton não diz nada.

"Você tem alguma coisa para comer em casa? E eu preciso de uma bebida. Não me importa que estejamos no meio do dia. E preciso que a gente converse sobre alguma outra coisa que não seja trabalho. Eu não voei até aqui no meio de uma tempestade de neve para falar sobre trabalho."

"A tempestade ainda não chegou", diz Benton, melancólico. "Mas vai chegar."

Ela olha pela janela enquanto ele dirige rumo a Cambridge.

"Tenho bastante comida na casa. E qualquer coisa que você queira beber", diz ele em voz baixa.

Ele diz mais alguma coisa. Ela não tem certeza de ter ouvido corretamente. O que ela acha que ouviu não pode ser verdade.

"Desculpe. O que você acabou de dizer?", ela pergunta, espantada.

"Se você quer terminar tudo, eu preferiria que me dissesse agora."

"Se eu quero terminar?" Ela olha para ele, incrédula. "É só o que basta, Benton? Nós temos uma desavença maior e começamos a discutir o fim da nossa relação?"

"Eu só estou lhe dando a opção."

"Eu não preciso que você me dê nada."

"Eu não quis dizer que você precisa da minha permissão. Eu apenas não consigo perceber como pode dar certo se você não confia mais em mim."

"Talvez você esteja certo." Ela se esforça para não chorar, vira o rosto para o outro lado, olha a neve.

"Então você está dizendo que não confia mais em mim?"

"E se fosse eu que tivesse feito isso a você?"

"Eu ficaria muito aborrecido", ele responde. "Mas tentaria entender o motivo. Lucy tem direito à privacidade, direito legal. Eu só sei do tumor porque ela me contou que estava com um problema e quis saber se eu conseguiria que ela fosse examinada no McLean, sem ninguém saber, se eu conseguiria manter segredo absoluto. Ela não queria marcar uma consulta em algum hospital por aí. Você sabe como ela é. Especialmente nos últimos tempos."

"Eu antes sabia como ela é."

"Kay." Ele olha para ela. "Lucy não queria um registro. Nada mais é privado, não desde o Ato Patriótico."

"Bom, isso eu não posso contestar."

"Você tem que supor que seus registros médicos, receitas aviadas, contas bancárias, hábitos de compras, tudo de privado em sua vida pode ser investigado pelos federais, em nome do combate aos terroristas. A conturbada carreira de Lucy no FBI e na ATF é uma preocupação concreta. Ela não acredita que eles não venham a descobrir o que quiserem sobre ela, e ela acabaria sendo investigada pela Receita Federal, iria parar na lista de proibição de voo, seria acusada de utilizar informações privilegiadas em proveito próprio, caluniada pela imprensa, sabe-se lá o que mais."

"E quanto a você e o seu passado não muito agradável com o FBI?"

Ele dá de ombros, dirigindo rápido. Um pouco de neve fraca forma um redemoinho que mal parece tocar no vidro.

"Não há muito mais que eles possam fazer comigo", diz ele. "A verdade é que eu provavelmente seria uma perda de tempo para eles. Eu estou muito mais preocupado com quem anda por aí com uma espingarda que deveria estar sob a guarda da polícia de Hollywood ou ter sido destruída."

"Como é que Lucy está fazendo com os remédios controlados? Já que ela está tão preocupada em não deixar nenhum tipo de rastro, eletrônico ou em papel."

"Ela tem que se preocupar mesmo. Lucy não tem ilusões. Eles conseguem descobrir quase tudo o que querem — e fazem isso. Mesmo se uma ordem judicial for necessária, o que você acha que acontece na realidade se o FBI quiser uma ordem judicial de um juiz que acabou de ser nomeado pela atual administração? Um juiz que se preo-

294

cupa com as consequências caso não venha a cooperar? Será que eu preciso pintar uns cinquenta cenários possíveis para você?"

"Antes os Estados Unidos eram um bom país para viver."

"Nós cuidamos de tudo internamente para Lucy", diz ele.

Ele continua falando sobre o McLean, garantindo-lhe que Lucy não poderia ter vindo a um lugar melhor, que, além de vários outros bons motivos, o McLean tem acesso aos melhores médicos e cientistas do país, do mundo. Nada do que ele diz a faz se sentir melhor.

Eles estão em Cambridge agora, passando pelas esplêndidas mansões antigas da Brattle Street.

"Ela não teve que passar pelos canais normais para nada, incluindo seus remédios. Não há registro nenhum, a não ser que alguém cometa um erro ou seja indiscreto", continua Benton.

"Nada é infalível. Lucy não pode passar o resto da vida com a paranoia de que as pessoas vão descobrir que ela tem um tumor no cérebro e que está tomando algum tipo de dopamina para mantê-lo sob controle. Ou que ela passou por uma cirurgia, se isso vier a acontecer."

É difícil para ela dizer isso. Não importa o fato estatístico de que a extração cirúrgica dos tumores de pituitária é quase sempre bem-sucedida, há uma chance de que as coisas não deem certo.

"Não é câncer", diz Benton. "Se fosse, eu provavelmente teria contado a você, não importando o que ela dissesse."

"Ela é minha sobrinha. Eu a criei como a uma filha. Você não tem o direito de decidir o que constitui uma ameaça séria à saúde dela."

"Você sabe melhor que ninguém que tumores na pituitária não são incomuns. Os estudos mostram que aproximadamente vinte por cento da população tem tumores incidentais de pituitária."

295

"Depende de quem realiza a pesquisa. Dez por cento. Vinte por cento. Eu não dou a mínima para as estatísticas."

"Tenho certeza de que você já os viu nas autópsias. As pessoas nem mesmo sabem que têm — um tumor na pituitária não é o motivo pelo qual elas foram parar no necrotério."

"Lucy sabe que tem o tumor. E os percentuais baseiam-se em pessoas que tiveram microadenomas — não macro — e eram assintomáticas. O tumor de Lucy, pelo último exame, tinha doze milímetros, e ela não está assintomática. Ela tem que tomar medicamentos para baixar os níveis anormalmente altos de prolactina, e talvez tenha que tomar pelo resto da vida, a menos que o tumor seja removido. Sei que você tem consciência dos riscos, e o menor deles é a cirurgia não dar certo e o tumor continuar lá."

Benton aproxima-se da casa, aponta um controle remoto e abre a porta da garagem, no século passado um abrigo para carruagens. Nenhum dos dois fala enquanto ele estaciona o suv ao lado de seu outro Porsche e fecha a porta. Eles vão para a entrada lateral da casa antiga, uma construção em estilo vitoriano de tijolos vermelhos perto de Harvard Square.

"Quem é o médico de Lucy?", ela pergunta, entrando na cozinha.

"No momento, ninguém."

Ela olha para ele enquanto Benton tira o casaco, colocando-o cuidadosamente sobre uma cadeira.

"Ela não tem um médico? Você não pode estar falando sério. O que diabos vocês andaram fazendo com ela aqui?", diz Scarpetta, lutando para tirar o casaco e jogando-o com raiva sobre uma cadeira.

Ele abre um armário de carvalho e tira uma garrafa de uísque e dois copos. Enche-os de gelo.

"A explicação não vai fazer com que você se sinta melhor", diz ele. "O médico dela morreu."

A seção de evidência forense da Academia fica em um

hangar com três portas de garagem que se abrem para uma estrada de acesso, que leva a um segundo hangar onde Lucy guarda helicópteros, motocicletas, carros blindados, lanchas de corrida e um balão movido a ar quente.

Reba sabe que Lucy tem helicópteros e motocicletas. Todo mundo sabe disso. Mas Reba não tem certeza quanto ao que Marino disse sobre tudo o mais que supostamente haveria no hangar. Ela desconfia que ele estava fazendo uma brincadeira com ela, uma brincadeira que não teria sido engraçada porque a teria feito de boba se ela tivesse acreditado nele e saísse repetindo o que ele havia dito. Ele mentiu muito para ela. Disse que gostava dela. Disse que o sexo com ela era o melhor de todos. Disse que, não importava o que acontecesse, eles seriam sempre amigos. Nada disso era verdade.

Ela o conheceu muitos meses antes, quando ainda estava na unidade de motociclistas. Marino apareceu certo dia na Softail que pilotava antes de ter a Deuce incrementada. Ela acabara de estacionar sua Road King ao lado da entrada dos fundos do departamento de polícia quando ouviu um barulho alto de cano de escapamento, e lá estava ele.

Eu troco com você, disse ele, passando a perna por cima do banco como um vaqueiro descendo do cavalo.

Ele puxou o jeans para cima para dar uma olhada na motocicleta enquanto ela a trancava e tirava alguns objetos dos alforjes.

Aposto que sim, replicou ela.

Quantas vezes você já deixou cair essa coisa?

Nenhuma.

Ah. Bom, só existem dois tipos de motociclistas. Aqueles que deixaram cair suas motos e aqueles que vão deixá--las cair.

Existe um terceiro tipo, disse ela, sentindo-se muito bem consigo mesma, de uniforme e botas de couro de cano alto. *Aquele que deixou cair e mente a respeito.*

Bom, esse não sou eu.

297

Não foi isso que eu ouvi dizer, disse ela, e o estava provocando, flertando um pouco. *A história que ouvi é que você se esqueceu de abaixar o descanso lateral no posto de gasolina.*

Conversa mole.

Também ouvi dizer que você estava em um poker run* *e se esqueceu de destrancar o garfo dianteiro antes de sair para a próxima parada.*

Essa é a maior bobagem que já ouvi.

E a vez em que você apertou o botão de desligar o motor em vez de ligar a seta para a direita?

Ele começou a rir e convidou-a para ir até Miami almoçar no Monty Trainers, em frente à marina. Eles passearam de moto algumas vezes depois disso, uma vez para Key West, voando como pássaros pela US1 e atravessando a água como se pudessem andar sobre ela, as velhas pontes para oeste que passam sobre a estrada de ferro no condado de Flagler, um danificado monumento a um passado romântico no qual a Flórida do Sul era um paraíso tropical para hotéis em *art déco*, Jackie Gleason e Hemingway — não todos na mesma época, é claro.

Tudo estava bem até menos de um mês atrás, logo depois que ela foi promovida para a divisão de detetives. Ele começou a evitar sexo. Ficou estranho a esse respeito. Ela se preocupou, achando que teria a ver com a promoção, preocupou-se pensando que ele não a achasse mais atraente. Outros homens já haviam se cansado dela no passado, por que não poderia acontecer de novo? O relacionamento deles rompeu-se de vez quando estavam jantando no Hooters — a propósito, não o restaurante favorito dela — e por algum motivo começaram a falar em Kay Scarpetta.

(*) Evento no qual os participantes, usando motocicletas ou outras formas de transporte, viajam por uma rota preestabelecida, recebendo cartas de baralho em determinados pontos de parada. O objetivo é tirar a melhor "mão" de cartas no final da corrida. (N. T.)

*Metade dos caras no departamento de polícia tem te-
são por ela*, disse Reba.

Hum, respondeu ele, a expressão do rosto mudando.
Em um segundo ele se tornou outra pessoa.

Não sei nada sobre isso, ele disse, e não parecia o Marino de quem ela viera a gostar tanto.

Você conhece o Bobby?, ela perguntou, e agora deseja
que tivesse ficado com a boca fechada.

Marino mexia o açúcar no café. Era a primeira vez que
ela o via fazendo isso. Ele havia dito a ela que não mais
usava açúcar.

No primeiro homicídio em que trabalhamos juntos, ela
continuou falando, *a doutora Scarpetta estava lá, e quando ela estava se aprontando para transportar o corpo para
o necrotério, Bobby cochichou para mim: "Eu poderia morrer se conseguisse que ela pusesse as mãos em mim". E eu
disse: "Ótimo, se você morrer vou garantir que ela abra o
seu crânio para ver se você realmente tem um cérebro aí
dentro".*

Marino bebeu seu café adoçado, olhando para uma gar-
çonete com seios grandes que se inclinava para a frente a
fim de retirar seu prato de salada.

Bobby estava falando sobre Scarpetta, Reba acrescen-
tara, sem ter certeza de que ele tinha entendido, desejando
que ele risse ou coisa assim, qualquer coisa diferente do
olhar duro e distante em seu rosto, observando os peitos e
bundas que passavam. *Foi a primeira vez que a encontrei*,
Reba continuou falando nervosamente, *e me lembro de ter
pensado que talvez você e ela tivessem tido alguma coisa.
Com certeza fiquei feliz mais tarde ao descobrir que não
era verdade.*

*Você deveria trabalhar em todos os seus casos com Bob-
by.* Então Marino fez um comentário que não tinha nada a
ver com o que ela havia acabado de dizer. *Até saber o que
diabos está fazendo, você não deveria lidar com nenhum
caso sozinha. Na verdade, você provavelmente deveria pedir uma transferência da divisão de detetives. Não creio*

que você perceba no que se meteu. As coisas não são como você vê na televisão.

Reba dá uma olhada pelo hangar e se sente constrangida e inútil. Já é o final da tarde. Os cientistas forenses estão trabalhando há horas, a perua cinza erguida em um macaco hidráulico, as janelas embaçadas dos vapores de supercola, os tapetes já processados e aspirados. Alguma coisa acendeu no tapete embaixo do banco do motorista. Talvez sangue.

Os cientistas forenses estão coletando evidências de vestígios dos pneus, usando trinchas para limpar a poeira e a sujeira da face de rolamento, jogando tudo em pedaços de papel branco que dobram e selam com a fita amarela usada para marcar evidências. Um minuto atrás, um dos cientistas, uma mulher jovem e bonita, contou a Reba que não usam latas de metal para evidências porque quando passam os vestígios pelo MEV...

Por onde?, Reba perguntou.

Um microscópio eletrônico de varredura com um sistema de detecção de energia dispersiva de raios X.

Ah, disse Reba, e a cientista bonita continuou a explicar que se você coloca evidência de vestígios em latas de metal e a varredura resulta em positivo para ferro ou alumínio, como saber se não são partículas microscópicas da lata?

Esse era um bom argumento, que nunca teria ocorrido a Reba. A maior parte do que eles estão fazendo nunca lhe ocorreria. Ela se sente inexperiente e obtusa. Fica de lado, pensando em Marino lhe dizendo para não trabalhar sozinha, pensando na expressão do rosto dele e no tom de sua voz quando disse isso. Ela olha ao redor, para o caminhão-guincho, para outros macacos hidráulicos e mesas de equipamento fotográfico, Mini-Crime Scopes, pós-luminescentes e pincéis, aspiradores de evidências de vestígios, roupas protetoras de Tyvek, supercola e kits de cena do crime que parecem grandes caixas pretas de ferramentas. No lado oposto e mais afastado do hangar existem até mesmo bonecos para testes de colisão, e ela ouve a voz de Marino. Ela a ouve clara como o dia em sua cabeça.

300

As coisas não são como você vê na televisão.
Ele não tinha o direito de dizer isso.
Você provavelmente deveria pedir uma transferência da divisão de detetives.
Então ela ouve a voz dele e é real, e Reba, surpresa, olha para trás.

Marino está se aproximando da perua, passa bem na frente dela, um copo de café na mão.

"Alguma novidade?", Marino diz para a cientista bonita que está colocando fita em uma folha de papel dobrada.

Ele olha para o veículo sobre o elevador, agindo como se Reba fosse uma sombra na parede, uma miragem na estrada, algo que é nada.

"Talvez haja sangue lá dentro", diz a cientista bonita. "Alguma coisa que reagiu ao luminol."

"Eu vou buscar café e olhe o que perdi. E impressões digitais?"

"Nós ainda não o abrimos. Eu estava me preparando para fazer isso, não quero deixar passar do ponto."

A cientista bonita tem cabelo comprido, brilhante e castanho-escuro, o que faz Reba pensar em um cavalo alazão. Ela tem uma pele linda, perfeita. O que Reba não daria para ter uma pele como essa, para desfazer todos os seus anos sob o sol da Flórida. Não faz mais sentido continuar se cuidando, e a pele enrugada parece ainda pior quando está mais pálida, então ela assa a si própria. Ainda faz isso. Ela olha para a pele lisa e o corpo jovem da cientista bonita e sente vontade de chorar.

A sala tem assoalho de pinho, portas de mogno e uma lareira de mármore pronta para ser acesa. Benton agacha-se na frente da abertura e acende um fósforo, e pequenas colunas de fumaça retorcida saem dos pequenos pedaços de lenha.

"Johnny Swift formou-se na Escola de Medicina de Harvard, fez residência no Mass General, foi bolsista no departamento de neurologia do McLean", diz ele, levantando-se e voltando ao sofá. "Alguns anos atrás ele começou a atender em Stanford, mas também abriu um consultório em Miami. Nós indicamos Johnny para Lucy porque ele era bem conhecido no McLean, era excelente e acessível para ela. Ele era neurologista dela e acho que se tornaram bons amigos."

"Ela deveria ter me contado." Scarpetta ainda não consegue entender. "Estamos investigando o caso dele e ela guarda segredo de uma coisa dessas?", ela continua se repetindo. "Ele pode ter sido assassinado e ela não diz nada?"

"Ele era um candidato ao suicídio, Kay. Não estou dizendo que não foi assassinado, mas quando estava em Harvard ele começou a ter transtornos de comportamento, tornou-se um paciente do ambulatório do McLean, foi diagnosticado como bipolar, o que foi controlado com lítio. Como eu disse, ele era bem conhecido no McLean."

"Você não tem que ficar justificando que ele era qualificado e compassivo e não apenas um consultor aleatório."

"Ele era mais do que qualificado e com certeza não era um consultor aleatório."

"Estamos investigando o caso dele, um caso muito suspeito", ela diz novamente. "E Lucy não pode ser honesta o suficiente para me contar a verdade. Como diabos ela pode ser objetiva?"

Benton bebe o uísque e olha para o fogo, e as sombras das chamas fazem desenhos em seu rosto.

"Não tenho certeza de que isso seja relevante. A morte dele não tem nada a ver com ela, Kay."

"Eu não tenho certeza de que sabemos disso", diz ela.

47

Reba observa Marino olhando a cientista bonita colocar um pincel em uma folha de papel branca e limpa e abrir a porta do motorista da perua, os olhos dele passeando por todo o corpo dela.

Ele está bem perto da cientista bonita enquanto ela remove pacotinhos de papel-alumínio de supercola do interior do veículo, jogando-os na lata de lixo tóxico cor de laranja. Eles estão ombro a ombro, curvados, olhando dentro da parte da frente, depois atrás, um dos lados da perua, depois o outro, dizendo coisas um ao outro que Reba não consegue ouvir. A cientista bonita ri de alguma coisa que ele diz, e Reba se sente péssima.

"Eu não vejo nada no vidro", diz ele em voz alta, endireitando o corpo.

"Nem eu."

Ele aperta os olhos e examina novamente o interior da porta atrás do banco do motorista. Ele se demora, como se estivesse percebendo alguma coisa.

"Vem aqui", ele diz para a cientista bonita como se Reba não estivesse ali.

Eles estão tão próximos um do outro que não caberia entre eles uma folha daquele papel branco.

"Bingo", diz Marino. "Esta parte de metal aqui, que entra no encaixe do cinto de segurança."

"Uma parcial." A cientista bonita olha. "Estou vendo uma linha."

Eles não encontram mais impressões, nem parciais

303

nem de outro tipo, nem mesmo manchas, e Marino se pergunta em voz alta se o interior do carro foi limpo.

Ele não abre espaço para Reba quando ela tenta se aproximar. O caso é dela. Ela tem o direito de saber sobre o que eles estão conversando. O caso é dela, não dele. Não importa o que ele pense ou diga sobre ela, ela é a detetive e o maldito caso é dela.

"Com licença", ela diz com uma autoridade que não sente. "Que tal me dar um pouco de espaço?" E em seguida, para a cientista bonita: "O que você encontrou nos tapetes?".

"Estão relativamente limpos, só um pouquinho de sujeira, como eles ficam quando a gente os sacode ou usa um aspirador de pó que não tem boa sucção. Talvez sangue, mas teremos que examinar."

"Então talvez esta perua tenha sido usada e devolvida à casa." Reba fala com ousadia, e Marino assume aquela expressão dura no rosto novamente, o mesmo olhar duro e distante que ele mostrou no Hooters. "E ela não passou por nenhum pedágio depois que as pessoas desapareceram."

"Do que você está falando?", Marino finalmente olha para ela.

"Nós verificamos o SunPass, mas isso não necessariamente significa muita coisa." Ela também tem informações. "Há muitas estradas sem pedágios. Talvez ela tenha sido levada para algum lugar onde não há pedágios."

"Esse é um 'talvez' bem grande", diz ele, sem olhar para ela novamente.

"Não há nada errado com 'talvez'", ela retruca.

"Pois veja o que acontece no tribunal", diz ele, e ele não vai olhar para ela. "Use o talvez. Você diz talvez e o advogado de defesa acaba com você."

"Não há nada de errado com os 'e se' também", diz ela. "Sabe, como: e se alguém, ou talvez até mesmo mais de uma pessoa, raptou essas pessoas nesta perua e então mais tarde recolocou-a na entrada da casa, destrancada e parcialmente sobre a grama? Isso seria bem esperto, não seria? Se alguém viu a perua se afastar da casa, essa pessoa não pensaria em nada anormal. Também não pensaria em nada anormal ao vê-la de volta. E aposto que ninguém viu nada porque estava escuro."

"Quero que o vestígio seja analisado imediatamente e a impressão digital seja passada no AFIS." Marino tenta reafirmar sua dominância com um tom de voz que o faz parecer ainda mais intimidador.

"Ah, é claro", diz com sarcasmo a cientista bonita. "Eu já vou pegar a minha caixa mágica."

"Eu tenho uma curiosidade", Reba diz a ela. "É verdade que Lucy tem carros blindados, barcos de corrida e um balão movido a ar quente naquele outro hangar ali?"

A cientista bonita ri, arranca as luvas e as joga no lixo. "De quem você ouviu isso?"

"De um idiota", diz ela.

Às sete e meia daquela noite, todas as luzes estão apagadas dentro da casa de Daggie Simister, e a luz da varanda também.

Lucy segura o cabo do disparador, pronta para agir.

"Pode ir", ela diz, e Lex começa a pulverizar a varanda da frente com luminol.

Elas não puderam fazer aquilo antes. Tiveram de esperar até que escurecesse. Pegadas brilham e desaparecem novamente, desta vez com mais força. Lucy tira fotografias e então para.

"O que foi?", pergunta Lex.

"Estou com uma sensação estranha", diz Lucy. "Me empreste o pulverizador."

Lex lhe entrega a garrafa.

"Qual é o falso positivo mais comum que conseguimos usando luminol?", pergunta Lucy.

"Água sanitária."

"Tente de novo."

"Cobre."

Lucy começa a pulverizar em faixas mais largas sobre o quintal, andando e pulverizando, e a grama brilha em tom verde-azulado, brilhando e desaparecendo aos poucos como um misterioso oceano luminescente assustador em todos os lugares tocados pelo luminol. Ela nunca viu nada semelhante àquilo.

"Fungicida é a única coisa que faz sentido", diz ela. "Vaporização com fungicida cúprico. O que eles usam nas árvores de cítricos para evitar o cancro. É claro que não funciona muito bem. A prova são as árvores arruinadas dela, com suas lindas faixas vermelhas pintadas ao redor dos troncos", diz Lucy.

"Alguém anda pelo quintal dela e entra na casa", responde Lex. "Alguém como um fiscal de cítricos."

"Temos que descobrir quem foi", diz Lucy.

48

Marino odeia os restaurantes da moda de South Beach e nunca estaciona sua Harley perto das motos inferiores, especialmente as supermotos esportivas japonesas que, àquela hora, sempre estão alinhadas junto ao passeio de tábuas da praia. Ele percorre lenta e barulhentamente a Ocean Drive, feliz pelo fato de seus canos de escapamento aborrecerem todos os clientes descolados que bebem seus martínis e vinhos nas mesinhas iluminadas por velas nas calçadas.

Ele para a centímetros de distância do para-choque traseiro de um Lamborghini vermelho, aperta a embreagem e acelera, dando ao motor gasolina suficiente para lembrar a todos que ele está ali. O Lamborghini anda alguns centimetros para a frente e Marino também avança, quase tocando o para-choque traseiro, e gira o acelerador novamente, e o Lamborghini anda mais alguns centímetros e Marino faz a mesma coisa. Sua Harley ruge como um leão mecânico, e um braço nu sai da janela aberta do Lamborghini, e um dedo médio de unha vermelha comprida aponta para cima.

Ele sorri enquanto aperta o acelerador novamente e costura entre os carros, para ao lado do Lamborghini e olha para a mulher de pele cor de azeitona atrás do volante de liga de aço. Ela parece ter uns vinte anos, está vestida com uma blusa de brim e short e não muito mais que isso. A mulher ao lado dela é menos bonita, mas compensa isso por usar o que parece ser uma faixa elástica preta sobre os seios e short que mal cobre o que importa.

"Como é que você digita ou faz o serviço de casa com

essas unhas?", Marino pergunta à motorista acima do rugido e da pulsação dos enormes e potentes motores, e ele abre os dedos das mãos enormes para confirmar sua pergunta sobre as compridas unhas vermelhas, extensões de acrílico, ou seja lá como se chamem.

Seu rosto bonito e esnobe olha para o semáforo; ela provavelmente está desesperada para que fique verde e ela possa sair em disparada, fugindo do caipira vestido de preto. Ela diz: "Se afaste do meu carro, filho-da-puta".

Diz isso com um forte sotaque hispânico.

"Ora, isso não é maneira de uma dama falar", retruca Marino. "Você acabou de ferir meus sentimentos."

"Vá se foder."

"Que tal se eu pagar uma bebida para as duas gracinhas? Depois, a gente pode sair para dançar."

"Deixe a gente em paz, porra", diz a motorista.

"Eu chamo a polícia", ameaça a que está vestindo a bandagem preta.

Ele bate continência no capacete, aquele que tem os adesivos de furo de bala, e dispara na frente delas assim que o semáforo fica verde. Ele está dobrando a esquina na rua 14 antes de o Lamborghini sair da primeira marcha, e estaciona a moto ao lado de um parquímetro na frente do Tattoo's By Lou e Scooter City, desliga o motor e desmonta. Ele tranca a moto e atravessa a rua em direção ao mais antigo bar de South Beach, o único bar que ele frequenta nesta região, o Mac's Club Deuce, ou o que a clientela local chama simplesmente de Deuce, para não ser confundido com a Harley Deuce. Uma noite de dupla Deuce é quando ele vai com sua Deuce até o Deuce, um buraco escuro com um piso em xadrez branco e preto, uma mesa de bilhar e um contorno em néon de uma mulher nua sobre o bar.

Rosie começa a lhe servir um chope Budweiser. Ele não tem que pedir.

"Está esperando companhia?" Ela faz deslizar o copo alto e espumante através do velho tampo de carvalho do bar.

308

"Você não a conhece. Você não conhece ninguém hoje", é o roteiro que ele lhe dá.

"Ohhhhh-kay." Ela mede a dose de vodca em um copo de vidro para um sujeito meio velho sentado sozinho em um banco próximo. "Eu não conheço ninguém aqui, muito menos vocês dois. Tudo bem. Talvez eu não queira conhecer você."

"Não me magoe assim", diz Marino. "Que tal colocar uma fatiazinha de limão aqui?" Ele empurra o copo de volta para ela.

"Ora, se não estamos chiques hoje!" Ela põe algumas fatias no copo. "É assim que você gosta?"

"É muito bom."

"Não perguntei se era bom. Perguntei se é assim que você gosta."

Como de costume, os clientes habituais os ignoram. Estão sentados curvados em banquinhos do outro lado do bar, os olhos vidrados fixos num jogo de beisebol que não estão acompanhando na grande tela da tevê. Ele sabe os nomes deles, mas eles não precisam de nomes. Há o sujeito gordo de cavanhaque, a mulher muito gorda que está sempre reclamando e seu namorado, que é um terço menor que ela e se parece com um furão com dentes amarelados. Marino se pergunta como diabos eles trepam e imagina um vaqueiro do tamanho de um jóquei pulando como um peixe nas costas de um touro agitado. Todos eles fumam. Em uma noite de dupla Deuce ele geralmente acende alguns, nem pensa na doutora Self. Tudo o que acontece aqui fica aqui.

Ele leva seu copo com cerveja e limão até a mesa de bilhar e pega um taco entre os muitos de tamanhos diferentes que estão em um canto. Coloca as bolas na posição correta e dá a volta na mesa, um cigarro pendurado na boca, passando giz na ponta do taco. Ele aperta os olhos na direção do furão, observa-o levantando-se de seu banco e levando sua cerveja para o banheiro masculino. Ele sempre faz isso, com medo de que alguém pegue sua bebida. Os olhos de Marino absorvem tudo e todos.

Um homem esquelético, parecendo um sem-teto, barba irregular, rabo-de-cavalo, roupas escuras de tamanho errado compradas em alguma loja do Exército de Salvação, um boné imundo dos Miami Dolphins e estranhos óculos cor-de-rosa, entra no bar com passos pouco firmes, puxa uma cadeira perto da porta e enfia uma pequena toalha no bolso de trás da calça escura e larga. Um rapaz na calçada do lado de fora está sacudindo um parquímetro quebrado que acabou de engolir seu dinheiro.

Com tacadas fortes, Marino enfia duas bolas nas caçapas laterais, apertando os olhos através da fumaça do cigarro.

"Isso mesmo. Continue colocando as bolas no buraco", diz Rosie em voz alta para ele, servindo outro chope. "Por onde é que você andou?"

Ela é sexy, com estilo de durona, uma coisinha com quem ninguém em juízo perfeito mexe, não importando o quão bêbado esteja. Certa vez Marino a viu quebrando o pulso de um sujeito enorme com uma garrafa de cerveja porque ele não parava de lhe passar a mão na bunda.

"Pare de servir todo mundo e venha aqui", diz Marino, batendo forte na bola oito.

A bola corre para o centro do feltro verde e para.

"Que se dane", ele murmura, apoiando o taco contra a mesa e indo para a vitrola automática, enquanto Rosie abre duas garrafas de Miller Lite e as coloca na frente da mulher gorda e do furão.

Rosie é sempre frenética, como um limpador de para-brisa em velocidade máxima. Ela seca as mãos na parte de trás do jeans enquanto Marino escolhe algumas favoritas em uma lista de músicas dos anos 70.

"O que você está olhando?", ele pergunta ao homem com aparência de sem-teto sentado perto da porta.

"Que tal um joguinho?"

"Estou ocupado", diz Marino, sem se virar enquanto faz a seleção na vitrola automática.

"Você não vai jogar nada, a menos que compre uma bebida", Rosie diz ao homem com aparência de sem-teto quase caído perto da porta. "E eu não quero que você fique por aqui sem fazer nada. Quantas vezes vou ter que dizer isso?"

"Pensei que ele quisesse jogar comigo." Ele tira a toalhinha do bolso e começa a torcê-la nervosamente.

"Eu vou dizer a mesma coisa que disse da última vez que você entrou aqui, não consumiu nada e usou o banheiro: vá embora", Rosie diz, encarando-o, as mãos nos quadris. "Se quer ficar, tem que pagar."

Ele lentamente se levanta da cadeira, torcendo a toalhinha, e se vira para Marino, os olhos derrotados e cansados, mas há algo neles.

"Pensei que você quisesse jogar", diz ele para Marino.

"Fora!", Rosie grita para ele.

"Pode deixar que eu cuido disso", diz Marino, aproximando-se do homem. "Vamos, eu acompanho você até lá fora, colega, antes que seja tarde demais. Você sabe como ela fica."

O homem não resiste. Ele não fede tanto quanto Marino esperava, e o segue para fora até a calçada, onde o rapaz idiota ainda está chacoalhando o parquímetro.

"Isso não é uma macieira", Marino diz ao rapaz.

"Sai daqui, viado."

Marino aproxima-se dele, o corpanzil elevando-se sobre o outro, e o rapaz arregala os olhos.

"O que você disse?", Marino pergunta, colocando a mão em forma de concha sobre o ouvido, inclinando-se na direção dele. "Será que eu ouvi o que acho que ouvi?"

"Eu coloquei três moedas de vinte e cinco centavos."

"Ora, que pena. Sugiro que pegue esse carro de merda e vá embora daqui antes que eu prenda você por danificar propriedade municipal", diz Marino, muito embora ele não possa mais prender ninguém.

O homem com aparência de sem-teto está andando lentamente pela calçada, olhando para trás como se esperasse que Marino o seguisse. Ele diz alguma coisa quando o rapaz entra em seu Mustang e sai em disparada.

"Está falando comigo?", Marino pergunta ao homem com aparência de sem-teto, andando na direção dele.

"Ele sempre faz isso", diz o homem em voz baixa e calma. "O mesmo moleque. Nunca coloca uma única moeda nos parquímetros daqui e sacode eles com toda a força até quebrarem."

"O que você quer?"

"Johnny veio aqui na noite antes de acontecer", diz ele em suas roupas velhas e sapatos cujos saltos foram arrancados.

"Sobre quem você está falando?"

"Você sabe quem. Ele também não se matou. Eu sei quem foi."

Marino tem uma sensação, a mesma sensação que teve quando entrou na casa da senhora Simister. Ele vê Lucy a um quarteirão de distância, andando devagar pela calçada, e ela não está vestida com suas roupas pretas e folgadas de costume.

"Ele e eu jogamos bilhar na noite antes de acontecer. Ele estava com umas talas. Não pareciam incomodar. Ele jogou bilhar direitinho."

Marino observa Lucy sem deixar isso evidente. Nessa noite, ela combina com o lugar. Ela poderia ser uma mulher gay qualquer que perambula por ali, parecida com um menino, mas de boa aparência e sexy em seu jeans caro, desbotado e cheios de furos, e por baixo de sua jaqueta de couro preto há uma camiseta branca agarrada na altura dos seios, e ele sempre gostou dos seios dela, mesmo que não deva reparar neles.

"Eu só o vi naquela vez em que ele trouxe aquela garota aqui", o sem-teto está dizendo, olhando ao redor como se alguma coisa o deixasse impaciente, dando as costas para o bar. "Acho que ela é alguém que você deveria procurar. Isso é tudo o que eu tenho a dizer."

"Que garota e por que eu deveria me importar, porra?", diz Marino, observando Lucy se aproximar, perscrutando a área, garantindo que ninguém se meta com ela.

312

"Bonita", diz o homem. "Do tipo que homens e mulheres olham por aqui, vestida bem sexy. Ninguém queria ela por aqui."

"Parece que ninguém quer você por aqui também. Você acabou de ser chutado para fora."

Lucy entra no Deuce sem olhá-los, como se Marino e o sem-teto fossem invisíveis.

"Eu só não fui chutado para fora naquele dia porque Johnny me pagou uma bebida. Nós jogamos bilhar enquanto a garota ficou sentada ao lado da vitrola automática, olhando tudo como se nunca tivesse sido levada a um lugar tão vagabundo em toda a sua vida. Foi ao banheiro feminino algumas vezes, que depois disso ficou cheirando a erva."

"Você tem o hábito de entrar no banheiro das mulheres?"

"Ouvi uma mulher no bar falando. Essa garota, ela parecia ser encrenca."

"Você tem alguma ideia de qual é o nome dela?"

"De jeito nenhum."

Marino acende um cigarro. "O que faz você pensar que ela tem alguma coisa a ver com o que aconteceu ao Johnny?"

"Eu não gostei dela. Ninguém gostou. Isso é tudo o que eu sei."

"Tem certeza?"

"Sim, senhor."

"Não conte para mais ninguém sobre isso, entendeu?"

"Não faz sentido contar."

"Com sentido ou sem sentido, fique com a boca fechada. E agora você vai me contar como diabos sabia que eu ia estar aqui esta noite, e por que diabos pensou que podia conversar comigo."

"Você tem uma bela máquina." O sem-teto olha para o outro lado da rua. "É meio difícil não perceber. Muita gente por aqui sabe que você era detetive de homicídios e que agora faz investigação particular em algum acampamento da polícia ou coisa assim, ao norte daqui."

"O quê? Por acaso eu sou o prefeito?"

"Você é freguês habitual. Já vi você com alguns dos caras que têm Harley, observo você há semanas, esperando uma oportunidade para conversar. Eu ando por aqui, na região, faço o melhor que posso. Não é exatamente o ponto alto da minha vida, mas continuo esperando que vá melhorar."

Marino tira a carteira e pega uma nota de cinquenta dólares.

"Se descobrir mais alguma coisa sobre essa garota que viu aqui, eu vou fazer com que valha a pena", diz ele. "Onde posso encontrar você?"

"Noite diferente, lugar diferente. Como eu disse, eu faço o melhor que posso."

Marino lhe dá o número de seu celular.

"Quer mais um?", Rosie pergunta a Marino quando ele volta ao bar.

"É melhor me dar uma cerveja mais leve. Você se lembra, antes do Dia de Ação de Graças, de algum médico loiro bonitão entrando aqui com uma garota? Ele e aquele sujeito que você acabou de enxotar daqui jogaram bilhar juntos?"

Ela fica pensativa, limpando o balcão, e balança a cabeça. "Muita gente entra aqui. Isso foi há muito tempo. Quanto tempo antes do Dia de Ação de Graças?"

Marino olha para a porta. Faltam poucos minutos para as dez. "Talvez na véspera."

"Não, eu não vi. Sei que isso é difícil de acreditar", diz ela, "mas eu tenho uma vida, não trabalho aqui todas as noites. No Dia de Ação de Graças eu estava fora. Em Atlanta, com o meu filho."

"Supostamente havia uma garota aqui que era encrenca, esteve aqui com o médico de quem eu lhe falei. Esteve aqui na noite anterior à morte dele."

"Não tenho a menor ideia."

"Talvez ela tenha vindo aqui com o médico na noite em que você estava fora da cidade."

Rosie continua limpando o balcão. "Eu não quero problemas aqui."

Lucy está sentada ao lado da janela, perto da vitrola automática, Marino em outra mesa do outro lado do bar, o fone de ouvido em posição e ligado a um receptor que parece um telefone celular. Ele toma uma cerveja sem álcool e fuma.

Os fregueses de sempre do outro lado não estão prestando a mínima atenção. Nunca prestam. Todas as vezes que Lucy esteve ali com Marino, os mesmos fracassados estavam sentados nos mesmos bancos, fumando cigarros mentolados e tomando cerveja leve. A única pessoa com quem conversam fora de seu clubinho de perdedores é com Rosie, que certa vez contou a Lucy que a mulher gorda e seu namorado magricela costumavam morar em um ótimo bairro de Miami com portão com guarda e tudo o mais, até que ele foi para a cadeia por vender metanfetamina para um policial à paisana. Agora a gorda tem de sustentá-lo com o que ganha como caixa de banco. O gordo com o cavanhaque é cozinheiro em um restaurante que Lucy nunca irá visitar. Ele vai ao bar todas as noites, fica bêbado e de alguma maneira consegue voltar para casa dirigindo.

Lucy e Marino ignoram-se. Não importa quantas vezes eles já tenham passado por essa rotina durante várias operações, a sensação é sempre desagradável e invasiva. Ela não gosta de ser vigiada, mesmo tendo sido sua a ideia, e não importa a lógica de ele estar ali nessa noite, ela se ressente da presença dele.

Ela verifica o microfone sem fio preso ao interior da jaqueta de couro. Inclina-se para a frente como se estivesse amarrando os sapatos, a fim de que ninguém no bar a veja falando. "Nada até agora", ela transmite a Marino.

Passaram-se três minutos das dez.

Ela espera. Beberica uma cerveja sem álcool, de costas para Marino, e espera.

Ela olha para o relógio. Dez e oito.

A porta abre e dois homens entram.

Mais dois minutos se passam e ela transmite a Marino: "Alguma coisa está errada. Vou sair para verificar. Fique aqui."

Lucy atravessa o bairro Art Déco pela Ocean Drive, procurando Stevie na multidão.

Quanto mais tarde fica, mais barulhentos e bêbados se tornam os frequentadores da South Beach, e a rua fica lotada de pessoas passando e procurando lugar para estacionar; o trânsito mal se move. É irracional procurar Stevie. Ela não apareceu. Provavelmente está a milhões de quilômetros dali. Mas Lucy procura.

Ela recorda Stevie afirmando ter seguido suas pegadas na neve, seguindo-as até o Hummer estacionado atrás da Anchor Inn. Ela se pergunta como pôde ter aceitado o que Stevie disse sem ter questionado suas afirmações. Embora as pegadas de Lucy ficassem óbvias imediatamente do lado de fora do chalé, elas teriam se misturado a outras ao longo da calçada. Lucy não era a única pessoa em Ptown naquela manhã. Ela pensa no telefone celular que pertence a um homem chamado Doug, nas marcas vermelhas de mãos, em Johnny, e sente-se desgostosa por ter sido tão descuidada, por ter sido míope e autodestrutiva.

Stevie provavelmente nunca pretendeu encontrar Lucy no Deuce, apenas provocou-a, brincou com ela da mesma maneira que fez no Lorraine's naquela noite. Nada para Stevie é pela primeira vez. Ela é uma especialista em jogos, em jogos bizarros e doentios.

"Está vendo ela em algum lugar?", a voz de Marino soa em seu ouvido.

"Estou dando a volta", diz ela. "Fique onde está."

Ela atravessa na direção da rua 11 e segue para norte na Washington Avenue, passando pelo fórum quando uma Chevy Blazer com janelas de vidros totalmente escuros passa. Ela caminha com rapidez, inquieta, de repente não tão corajosa, consciente da arma que tem em seu coldre de tornozelo e respirando com dificuldade.

49

Outra tempestade de inverno cobre Cambridge, e Benton mal consegue ver as casas do outro lado da rua. A neve cai inclinada e em grande quantidade, e ele observa o branqueamento do mundo ao seu redor.

"Posso fazer mais café, se você quiser", diz Scarpetta ao entrar na sala.

"Para mim foi o bastante", diz ele, de costas para ela.

"Para mim também", diz ela.

Ele a ouve sentar no degrau diante da lareira, colocando uma caneca de café ali. Sente os olhos dela sobre ele e se vira, olhando-a, sem muita certeza sobre o que dizer. O cabelo dela está molhado; ela vestiu um robe preto de seda e está sem nada por baixo. O tecido lustroso acaricia-lhe o corpo e revela a profunda divisão entre seus seios, provocada pela maneira como ela está sentada: de lado, inclinada sobre si mesma, os braços fortes ao redor dos joelhos, a pele sem manchas e lisa para sua idade. A luz do fogo toca-lhe o cabelo curto e loiro e o rosto extremamente bonito — o fogo e a luz do sol adoram o cabelo e o rosto dela, assim como ele. Ele a ama, toda ela, mas neste momento não sabe o que dizer. Ele não sabe como consertar as coisas.

Na noite passada ela disse que ia deixá-lo. Ela teria feito a mala se tivesse uma, mas ela nunca traz uma mala. Ela tem coisas ali. Esta também é a sua casa, e durante a manhã toda ele esperou ouvir sons de gavetas e portas de armários, o som dela saindo e nunca mais voltando.

"Você não pode dirigir", diz ele. "Acho que você está presa."

Árvores sem folhas são traços delicados feitos a lápis contra a brancura luminosa, e não há um carro em movimento à vista.

"Eu sei como você se sente e o que quer", diz ele, "mas você não vai a lugar nenhum hoje. Ninguém vai. Algumas das ruas em Cambridge não são limpas imediatamente. Esta é uma delas."

"Você tem um carro com tração nas quatro rodas", diz ela, olhando para as mãos sobre o colo.

"Estamos esperando sessenta centímetros de neve. Mesmo que eu conseguisse levá-la ao aeroporto, o seu avião não vai a lugar nenhum. Não hoje."

"Você devia comer alguma coisa."

"Não estou com fome."

"Que tal uma omelete com cheddar de Vermont? Você precisa comer. Vai se sentir melhor."

Ela o observa de onde está, o queixo apoiado na mão. O robe está firmemente fechado em torno da cintura, esculpindo-a em seda preta brilhante, e ele a deseja da maneira como sempre desejou. Ele a desejou na primeira vez em que se encontraram, há uns quinze anos. Ambos eram chefes. A área de domínio dele era a Unidade de Ciência Comportamental do FBI, a dela eram as operações do legista-chefe da Virgínia. Eles estavam trabalhando em um caso especialmente horripilante, e ela entrou na sala de conferências. Ele ainda se lembra de como ela estava na primeira vez em que a viu, usando um avental branco comprido, com canetas no bolso, sobre um terninho cinza risca de giz, carregando uma pilha de pastas de casos. Ele ficou intrigado com as mãos dela, fortes e hábeis, mas elegantes.

Ele percebe que ela está olhando para ele.

"Com quem você estava falando ao telefone um pouco antes?", ele pergunta. "Ouvi você falando com alguém."

Ela ligou para o advogado, é o que ele pensa. Ligou

para Lucy. Ligou para alguém para dizer que o está deixando e que desta vez é para valer.

"Liguei para a doutora Self", diz ela. "Tentei falar com ela, deixei uma mensagem."

Ele fica perplexo e demonstra isso.

"Tenho certeza de que você se lembra dela", diz Scarpetta. "Ou talvez você a tenha ouvido no rádio", ela acrescenta, fitando-o com o canto do olho.

"Por favor."

"Milhões de pessoas ouvem."

"Por que você ligaria para ela?", ele pergunta.

Ela lhe conta sobre David Luck e sua receita médica. Conta-lhe que a doutora Self não foi nem um pouco prestativa na primeira vez em que ela telefonou.

"Não é de surpreender. Ela é uma maluca, uma egomaníaca. Faz jus ao nome que tem. Self."*

"Na verdade, ela estava no seu direito. Eu não tenho jurisdição. Ninguém morreu, até onde sabemos. A doutora Self não tem que responder a nenhum legista-chefe a esta altura, e não tenho muita certeza se eu a chamaria de maluca."

"Que tal então chamá-la de prostituta da psiquiatria? Você a tem ouvido ultimamente?"

"Então você a ouve."

"Na próxima vez, convide um psiquiatra de verdade para falar na Academia, não algum imbecil qualquer do rádio."

"Não foi ideia minha, e eu deixei claro que era contra. Mas a decisão final é de Lucy."

"Isso é ridículo. Lucy não suporta gente como ela."

"Acredito que tenha sido sugestão de Joe convidar a doutora Self como palestrante convidada, o primeiro grande golpe que ele deu quando começou sua bolsa. Engatilhar uma celebridade para a sessão de verão. Isso e participar

---

(*) *Self*: em inglês, eu, ego. (N. T.)

do programa dela, um convidado constante. Na verdade, eles falaram sobre a Academia no programa, o que não me deixou muito feliz."

"Idiota. Eles se merecem."

"Lucy não estava prestando atenção. Nunca, é claro, compareceu às palestras. Nunca se importou com o que Joe fez. Há muitas coisas com as quais ela não se importa mais. O que vamos fazer?"

Ela não está falando sobre Lucy agora.

"Eu não sei."

"Você é psicólogo. Deveria saber. Você lida com distúrbios e tristeza todo dia."

"Eu estou triste esta manhã", diz ele. "Você está certa a esse respeito. Imagino que, se eu fosse seu psicólogo, poderia sugerir que você está descontando sua dor e sua raiva em mim porque não pode fazer isso com Lucy. Não se pode ficar zangada com uma pessoa que tem um tumor no cérebro."

Scarpetta abre a tela e coloca mais lenha no fogo; fagulhas voam e a madeira estala.

"Lucy me deixou zangada a maior parte da vida dela", confessa Scarpetta. "Nunca houve alguém que tenha testado mais a minha paciência."

"Lucy é uma filha única criada por alguém com um transtorno de personalidade borderline", diz Benton. "Uma narcisista hipersexual. Sua irmã. Acrescente à equação o fato de Lucy ser extraordinariamente talentosa. Ela não pensa como as outras pessoas. Ela é gay. Tudo isso significa que ela é uma pessoa que aprendeu a ser retraída muito tempo atrás."

"Uma pessoa sumamente egoísta, você quer dizer."

"Danos à nossa psique podem nos tornar egoístas. Ela receava que você a tratasse de maneira diferente se soubesse do tumor, e isso iria ao encontro do medo secreto dela. Se você sabe, então de alguma forma se torna real."

Ela olha para a janela atrás dele como se paralisada pela neve. Já são pelo menos vinte centímetros de profundidade, e os carros estacionados na rua estão começando a parecer montes de neve acumulados pelo vento, e mesmo as crianças da vizinhança não estão brincando lá fora.

"Ainda bem que eu fiz compras", comenta Benton.

"Deixe-me ver o que posso juntar para fazer o almoço. Acho que devemos ter uma boa refeição. Devemos tentar ter um bom dia."

"Você já teve um corpo que foi pintado?", ele pergunta.

"Meu ou de outra pessoa?"

Ele sorri de leve. "Decididamente, não o seu. Não há nada de morto no seu corpo. Aquele caso. As marcas de mãos vermelhas no corpo dela. Estou me perguntando se elas foram feitas enquanto ela ainda estava viva ou depois que foi assassinada. Queria que houvesse algum jeito de saber."

Ela o fita por um longo momento, o fogo movendo-se atrás dela e soando como o vento.

"Se ele fez as marcas enquanto ela estava viva, estamos lidando com um tipo muito diferente de predador. O quão aterrorizante e humilhante isso não seria?", diz ele. "Ser presa..."

"Nós sabemos se ela foi presa?"

"Há algumas marcas em torno dos pulsos e tornozelos. Áreas avermelhadas que o legista listou como possíveis contusões."

"Possíveis?"

"Em oposição a uma conclusão enganosa post-mortem", diz Benton. "Especialmente levando-se em consideração que o corpo foi exposto ao frio. Isso é o que ela diz."

"Ela?"

"A chefe aqui."

"Resquício do não tão glorioso passado do Gabinete do Legista-Chefe de Boston", diz Scarpetta. "Que pena. Ela sozinha praticamente arruinou o lugar."

"Eu agradeceria se você pudesse dar uma olhada no relatório. Eu o tenho em um disco. Quero saber o que você acha da pintura corporal, de tudo. Para mim é realmente importante saber se ele fez isso quando ela estava viva ou morta. É uma pena não podermos escanear o cérebro dela para repassar o que aconteceu."

Ela trata isso como um comentário sério. "Esse é um pesadelo que eu tenho certeza de que você não quer. Nem mesmo você iria querer ver, supondo que fosse possível."

"Basil gostaria que eu visse."

"É, o caro Basil", diz ela, nem um pouco contente com relação à intromissão de Basil Jenrette na vida de Benton.

"Teoricamente", diz ele, "você iria querer ver? Você gostaria de ver o replay, se isso fosse possível?"

"Mesmo que houvesse uma maneira de repassar os momentos finais de uma pessoa", ela responde, "eu não tenho certeza sobre o quão confiáveis seriam as imagens. Acho que o cérebro tem uma capacidade notável de processar eventos de uma maneira que garante a menor quantidade de trauma e dor."

"Penso que algumas pessoas se desligam", diz ele, e o telefone celular dela toca.

É Marino.

"Ligue para o ramal 243", diz ele. "Agora."

50

O ramal 243 é do laboratório de impressões digitais. Também é o espaço favorito da equipe da Academia, um lugar para se reunir e conversar sobre evidências que requerem mais do que um tipo de análise forense.

As impressões digitais não são mais apenas impressões digitais. Elas podem ser uma fonte de DNA, não só do DNA de quem as deixou, mas do DNA da vítima que o criminoso tocou. Elas podem ser uma fonte de resíduos de drogas ou de algum material que estivesse nas mãos da pessoa, talvez algum tipo de tinta, que requer análise por instrumentos superiores, como o cromatógrafo a gás, o espectrofotômetro infravermelho ou o microscópio infravermelho por transformada de Fourier. Nos velhos tempos, um indício geralmente aparecia isolado. Agora, com a sofisticação e sensibilidade de processos e instrumentos científicos, um solo torna-se um quarteto de cordas ou uma sinfonia. O problema continua sendo o que coletar primeiro. Testar para uma coisa pode apagar outra. Então os cientistas se reúnem, geralmente no laboratório de Matthew. Eles discutem e decidem o que deve ser feito e em que momento.

Quando Matthew recebeu as luvas de látex da cena de Daggie Simister, ele se viu diante de um número enorme de possibilidades, nenhuma delas perfeitamente segura. Ele poderia colocar luvas de exame feitas de algodão e por cima delas usar as luvas de látex do avesso. Ao usar as próprias mãos para preencher os vazios das luvas de látex, fica mais fácil recolher e fotografar as impressões latentes.

324

Mas, ao fazê-lo, ele corre o risco de arruinar quaisquer possibilidades de aplicar supercola às impressões, ou de procurar por elas com uma fonte alternativa de luz e pós-luminescentes, ou de tratá-las com produtos químicos como ninidrina e diazafluoren. Um processo pode interferir no outro e, uma vez que o dano esteja feito, não há volta.

São oito e meia, e o interior do pequeno laboratório agora parece um minicongresso formado pela equipe, com Matthew, Marino, Joe Amos e três cientistas reunidos ao redor de uma grande caixa plástica transparente, o tanque de cola. Dentro dele estão duas luvas de látex do avesso, uma ensanguentada, presa por grampos. Pequenos orifícios tinham sido feitos na luva ensanguentada. Outras áreas do látex, por dentro e por fora, receberam cotonetes para que o DNA fosse recolhido sem prejudicar possíveis impressões. Então Matthew teve de decidir entre a porta número um, a porta número dois ou a porta número três, que é como ele gosta de descrever uma ponderação que envolve partes iguais de instinto, experiência, sorte e boa ciência. Ele optou por colocar as luvas, uma porção de supercola e um recipiente com água morna dentro do tanque.

Isso produziu uma impressão visível de um polegar esquerdo preservado na cola branca e endurecida. Ele a recolheu com fita-cola gelatinosa e fotografou.

"A gangue está toda aqui", ele está dizendo para Scarpetta pelo viva-voz. "Quem quer começar?", ele pergunta às pessoas reunidas em torno da mesa de exames. "Randy?"

O cientista de DNA Randy é um homenzinho esquisito com um nariz grande e um olhar preguiçoso. Matthew nunca gostou muito dele, e lembra o motivo no instante em que Randy começa a falar.

"Bem, o que recebi foram três fontes potenciais de DNA", diz Randy com seu tom tipicamente pedante. "Duas luvas e duas marcas de orelhas."

"Então são quatro", a voz de Scarpetta entra na sala.

"Sim, senhor, eu quis dizer quatro. A esperança, é claro, era conseguir o DNA do lado externo de uma luva, e isso fundamentalmente significava recolher do sangue seco, e talvez o DNA do interior das duas luvas. Eu já recolhi o DNA das marcas de orelhas", ele lembra a todos, "às quais consegui aplicar o cotonete de maneira não destrutiva, evitando o que pudesse ser considerado variações individuais ou traços potencialmente característicos, tais como a extensão inferior da antélice. Como vocês sabem, nós colocamos esse perfil no CODIS, mas não obtivemos resultados. O que acabamos de descobrir é que o DNA da marca de orelha é igual ao DNA dentro de uma das luvas."

"Apenas uma?", pergunta a voz de Scarpetta.

"A ensanguentada. Eu não consegui nada da outra luva. Não tenho certeza se ela chegou a ser usada."

"Isso é incomum", diz a voz perplexa de Scarpetta.

"É claro que Matthew ajudou, porque eu não sei muito sobre anatomia de orelha, e impressões digitais de qualquer tipo são mais o departamento dele do que o meu", Randy acrescenta, como se isso fosse importante. "Como acabei de ressaltar, conseguimos o DNA das marcas de orelha, especificamente das áreas do hélice e do lobo. E é obviamente da mesma pessoa que estava usando uma das luvas, então suponho que, seja quem for que tenha pressionado a orelha contra o vidro na casa onde aquelas pessoas desapareceram, era o mesmo indivíduo que assassinou Daggie Simister. Ou, no mínimo, estava usando pelo menos uma luva de látex na cena do crime dela."

"Quantas vezes você apontou o seu maldito lápis enquanto fazia tudo isso?", sussurra Marino.

"O que foi?"

"Não quero que você deixe de fora nenhum detalhezinho fascinante", diz Marino em voz baixa, para que Scarpetta não possa ouvir. "Aposto que você conta as rachaduras da calçada e liga um timer quando faz sexo."

"Randy, por favor, continue", diz Scarpetta. "Nada no CODIS. É uma pena."

Ele continua falando, de sua maneira enfadonha e enrolada, e confirma mais uma vez que uma busca pelo banco de dados do Sistema de Indexação de DNA Combinado, conhecido como CODIS, foi infrutífera. Quem quer que tenha deixado o DNA não está no banco de dados, o que possivelmente sugere que a pessoa nunca foi presa.

"Também deu negativo para DNA o sangue encontrado na loja em Las Olas. Mas algumas daquelas amostras não são sangue", diz Randy para o telefone preto sobre o balcão. "Eu não sei o que é. Alguma coisa que causou um falso positivo. Lucy mencionou a possibilidade de ser cobre. Ela acha que o que pode ter reagido ao luminol é o fungicida usado aqui para evitar o cancro. Sabe como é, com vaporizações de cobre."

"Com base em quê?", pergunta Joe, e ele é outro membro da equipe que Matthew não tolera.

"Havia muito cobre na cena de Simister, dentro e fora."

"Quais amostras especificamente eram sangue humano na Beach Bums?", pergunta a voz de Scarpetta.

"As do banheiro. As amostras da área de depósito não são sangue. Podem ser cobre. O mesmo para o vestígio na perua. O tapete sob o banco do motorista que reagiu ao luminol. Também não é sangue. Outro falso positivo. Mais uma vez, poderia ser cobre."

"Phil? Você está aí?"

"Estou aqui", responde Phil, especialista em exame de vestígio de evidências.

"Eu lamento muito por isso", a voz de Scarpetta diz, e seu tom é sério. "Eu quero os laboratórios trabalhando em capacidade máxima."

"Pensei que já estávamos fazendo isso. Na verdade, desse jeito vamos ficar incapacitados." Joe não conseguiria ficar com a boca fechada nem se estivesse se afogando.

"Todas as amostras biológicas que não foram analisadas, eu as quero analisadas o mais breve possível", diz a voz de Scarpetta, o tom mais inflexível. "Incluindo quaisquer fontes de DNA tiradas da casa em Hollywood, aquela onde os dois meninos e as duas mulheres desapareceram. Tudo passado pelo CODIS. Vamos tratar todos como se estivessem mortos."

327

Os cientistas, Joe e Marino entreolham-se. Eles nunca ouviram Scarpetta dizer algo nem sequer parecido com isso.

"Ora, você está sendo otimista", comenta Joe.

"Phil, que tal passar os produtos varridos dos tapetes, os vestígios do caso Simister e os vestígios da perua — os vestígios de tudo — pela microscopia eletrônica de varredura com detectores de energia dispersiva de raios X?", sugere a voz de Scarpetta. "Vamos ver se é cobre mesmo."

"Deve estar em toda parte por aqui."

"Não", diz a voz de Scarpetta. "Nem todo mundo usa. Nem todo mundo tem árvores de cítricos. Mas até agora isso tem sido um denominador comum nos casos com os quais estamos lidando."

"E quanto à loja da praia? Eu diria que não há árvores de cítricos por lá."

"Você está certo. Bem pensado."

"Então vamos simplesmente dizer que alguns daqueles vestígios são positivos para cobre..."

"Isso será relevante", diz a voz de Scarpetta. "Temos que perguntar por quê. Quem deixou o rastro no depósito? Quem deixou o rastro na perua? Agora vamos ter que voltar à casa onde as pessoas desapareceram, para procurar cobre lá também. Alguma coisa interessante a respeito da substância parecida com tinta vermelha que encontramos no piso, aqueles pedaços de concreto que trouxemos para cá?"

"É de base alcoólica, com pigmentos de hena; definitivamente não é o que se vê em esmaltes ou em tinta de parede", responde Phil.

"Poderia ser tatuagem temporária ou pintura corporal?"

"Com certeza poderia ser, mas se é de base alcoólica nós não conseguiríamos detectar. O etanol ou isopropanol teriam evaporado a esta altura."

"É interessante o fato de estar lá no fundo, e de parecer estar lá há algum tempo. Alguém mantenha Lucy informada sobre o teor desta conversa. Onde ela está?"

"Não sei", diz Marino.

"Precisamos do DNA de Florrie Quincy e de sua filha,

Helen", diz a voz de Scarpetta. "Vejam se é o sangue delas na loja da praia. Na Beach Bums."

"É o sangue de uma só pessoa no banheiro", diz Randy. "Definitivamente não é o sangue de duas pessoas, e, se fosse, poderíamos com certeza dizer se as pessoas eram parentes. Por exemplo, mãe e filha."

"Vou cuidar disso", diz Phil. "Quero dizer, da parte com o microscópio eletrônico de varredura."

"Mas existem quantos casos?", pergunta Joe. "E você está supondo que eles estão todos relacionados? É por isso que devemos tratar todos como mortos?"

"Não estou supondo que tudo esteja relacionado", responde a voz de Scarpetta. "Mas me preocupa a possibilidade de estar."

"Como eu estava dizendo sobre o caso Simister, não deu nada no CODIS", retoma Randy, "mas o DNA de *dentro* da luva de látex ensanguentada é diferente do DNA do sangue do lado de *fora* dela. O que não é de surpreender. O lado de dentro teria células de pele que foram perdidas pelo usuário. O sangue do lado de fora seria de alguma outra pessoa, pelo menos isso é o que se poderia supor", explica ele, e Matthew se pergunta como é que o sujeito pode ter se casado.

Quem poderia viver com ele? Quem aguentaria?

"O sangue é de Daggie Simister?", Scarpetta pergunta abruptamente.

Como todo mundo, ela logicamente suspeitaria que a luva ensanguentada encontrada na cena do homicídio de Daggie Simister estaria, sem dúvida, coberta com o sangue dela.

"Bom, na verdade, o sangue do tapete é."

"Ele quer dizer o tapete perto da janela onde achamos que ela possa ter sido atingida na cabeça", diz Joe.

"Eu estou falando no sangue da luva. É de Daggie Simister?", a voz de Scarpetta pergunta, e ela está começando a parecer extenuada.

"Não, senhor."

Randy diz "não, senhor" para todo mundo, independentemente do sexo da pessoa.

"Definitivamente não é o sangue dela nessa luva, o que é curioso", explica Randy de maneira tediosa. "Ora, era de esperar que o sangue fosse dela."

Ah, Deus. Lá vem ele de novo, pensa Matthew.

"Essas luvas de látex estavam na cena do crime, e o sangue está do lado de fora de uma, mas não do lado de dentro."

"Por que haveria sangue do lado de dentro?" Marino olha zangado para ele.

"Não há."

"Eu sei que não há, mas por que haveria?"

"Bom, por exemplo, se o criminoso se machucou, sangrou dentro da luva. Talvez tenha se cortado enquanto estava usando as luvas. Já vi acontecer em esfaqueamentos. O criminoso está de luvas, se corta e seu sangue fica dentro da luva, o que claramente não aconteceu nesse caso. O que me leva à pergunta importante. Se o sangue é do assassino no caso Simister, por que estaria cobrindo o lado de fora de uma luva? E por que esse DNA é diferente do DNA que encontrei no interior daquela mesma luva?"

"Acho que resolvemos essa questão", diz Matthew, porque ele só poderá suportar o monólogo arrogante e tortuoso de Randy talvez por mais um minuto. Depois de um minuto Matthew terá de sair do laboratório, fingindo que precisa ir ao banheiro, ou dar um recado, ou tomar veneno.

"O lado externo da luva é onde se esperaria que o sangue estivesse se o criminoso tocou alguma coisa ensanguentada ou alguém ensanguentado", diz Randy.

Todos sabem a resposta, mas Scarpetta não. Randy está construindo sua narrativa aos poucos, em um crescendo, e ninguém pode lhe roubar os aplausos. DNA é o seu departamento.

"Randy?", soa a voz de Scarpetta.

É o tom de voz que Scarpetta usa quando Randy está confundindo e perturbando todo mundo, inclusive ela.

330

"Nós sabemos de quem é o sangue naquela luva?", ela pergunta a ele.

"Sim, senhor, sabemos. Bem, quase. Ou é de Johnny Swift ou de seu irmão, Laurel. Eles são gêmeos idênticos", ele diz por fim. "Portanto o DNA deles é o mesmo."

"Ainda está aí?", Matthew pergunta a Scarpetta depois de um longo silêncio.

Então Marino comenta: "Eu simplesmente não consigo entender como o sangue pode ser de Laurel. Ele não é a pessoa cujo sangue estava todo espalhado na sala quando a cabeça do irmão foi estourada".

"Bom, eu estou completamente confusa", diz Mary, a toxicóloga, juntando-se à conversa. "Johnny Swift foi morto lá atrás, em novembro, então como é que esse sangue de repente aparece umas dez semanas depois em um caso que não parece estar relacionado?"

"Como é que o sangue dele aparece na cena de assassinato de Daggie Simister?", a voz de Scarpetta enche a sala.

"Sem dúvida, existe a possibilidade de que as luvas tenham sido plantadas", diz Joe.

"Talvez você devesse afirmar o óbvio", Marino o ataca. "E o que é óbvio é que, seja quem for que estourou a cabeça daquela pobre senhora, está nos contando que teve alguma coisa a ver com a morte de Johnny Swift. Alguém está zombando da gente."

"Ele tinha sido operado..."

"Besteira", Marino vocifera. "De jeito nenhum essas luvas vieram de alguma cirurgia de túnel do carpo. Porra! Vocês estão procurando chifre em cabeça de cavalo."

"O quê?"

"Eu acho que a porra da mensagem está muito clara", diz Marino novamente, andando pelo laboratório, falando em voz alta, o rosto vermelho e brilhante. "Quem a matou, seja lá quem for, está dizendo que também matou Johnny Swift. E as luvas são para gozar da nossa cara."

"Não podemos supor que não seja o sangue de Laurel", diz a voz de Scarpetta.

331

"Se for, isso certamente poderia explicar as coisas", diz Randy.

"Não explica bosta nenhuma. Se Laurel matou a senhora Simister, por que diabos ele iria deixar seu DNA na pia?", retruca Marino.

"Talvez seja o sangue de Johnny Swift, então."

"Cale a boca, Randy. Você está me deixando de cabelo em pé."

"Você não tem cabelo, Pete", diz Randy a sério.

"Vocês querem me dizer como é que vamos descobrir se é de Laurel ou de Johnny, uma vez que o DNA deles é supostamente o mesmo?", esbraveja Marino. "Isso está tão enrolado que nem tem graça."

Ele olha acusadoramente para Randy, depois para Matthew, e novamente para Randy. "Você tem certeza de que não misturou nada quando estava fazendo os testes?"

Ele nunca se importa com quem o está ouvindo quando põe em dúvida a credibilidade de alguma pessoa ou quando está apenas sendo desagradável.

"Um ou outro de vocês pode ter misturado os cotonetes ou coisa assim", diz Marino.

"Não, senhor. De jeito nenhum", responde Randy. "Matthew recebeu as amostras e eu fiz as extrações e análises e passei-as pelo CODIS. Não houve quebra na cadeia de evidências, e o DNA de Johnny Swift está no banco de dados, porque hoje em dia todo mundo que passa por autópsia entra lá, o que significa que o DNA de Johnny Swift foi lançado no CODIS em novembro passado. Acho que estou certo quanto a isso. Ainda está aí?", ele pergunta a Scarpetta.

"Ainda estou aqui...", ela começa a dizer.

"A diretriz a partir do ano passado é registrar todos os casos, seja suicídio, seja acidente, homicídio ou mesmo uma morte natural", diz Joe em tom categórico, interrompendo-a como de costume. "Só porque alguém é uma vítima, ou sua morte não está relacionada com o crime, isso não significa que ele não possa ter se envolvido em atividade criminosa em algum momento de sua vida. Estou

332

supondo que temos certeza de que os irmãos Swift eram gêmeos idênticos."

"Parecem iguais, falam igual, se vestem igual, trepam igual", Marino sussurra para ele.

"Marino?" A voz de Scarpetta retoma sua presença. "A polícia apresentou uma amostra do DNA de Laurel Swift na época da morte do irmão?"

"Não. Não tinha razão para isso."

"Nem mesmo por motivos de exclusão?", pergunta Joe.

"Exclusão de quê? O DNA não era relevante", Marino lhe diz. "O DNA de Laurel estaria em toda a casa. Ele mora lá."

"Seria bom se pudéssemos testar o DNA de Laurel", diz a voz de Scarpetta. "Matthew? Você usou produtos químicos na luva ensanguentada, aquela da cena de Daggie Simister? Qualquer coisa que pudesse causar algum problema se quiséssemos fazer outros testes?"

"Supercola", responde Matthew. "E a propósito, eu lancei no banco de dados a única impressão que tínhamos. Nada. Nada no AFIS. Não consegui equiparação com a parcial que foi tirada do cinto de segurança da perua. Não havia minúcias suficientes."

"Mary? Quero que você consiga amostras do sangue naquela luva."

"A supercola não deveria ter feito diferença, uma vez que reage com os aminoácidos nos óleos da pele, com o suor, e não com o sangue", Joe se sente compelido a explicar. "Acho que não haverá problema."

"Eu passo uma amostra para ela", Matthew diz ao telefone preto. "Sobrou bastante látex ensanguentado."

"Marino?", diz a voz de Scarpetta. "Quero que você vá ao Gabinete do Legista-Chefe e pegue a pasta do caso Johnny Swift."

"Eu posso fazer isso", diz Joe prontamente.

"Marino?", reitera ela. "Dentro do arquivo devem estar os cartões de DNA dele. Sempre fazemos mais de um."

"Se você tocar naquela pasta de caso, os seus dentes vão parar na sua nuca", Marino sussurra para Joe.

"Você pode colocar um dos cartões dentro de um envelope de evidências e entregá-lo a Mary, mediante recibo", a voz de Scarpetta continua dizendo. "E, Mary, tire uma amostra do sangue do cartão e uma amostra da luva."

"Não sei se estou entendendo", diz Mary, e Matthew não a culpa por isso.

Ele não consegue imaginar o que uma toxicóloga poderia fazer com uma gota de sangue seco de um cartão de DNA e uma quantidade igualmente pequena de sangue seco de uma luva.

"Talvez a senhora esteja se referindo a Randy", sugere Mary. "Está falando sobre mais testes de DNA?"

"Não", responde ela. "Quero que você faça testes para detectar lítio."

Scarpetta enxágua um frango inteiro na pia. Seu Treo está em seu bolso, um fone no ouvido.

"Porque o sangue dele não deve ter sido testado dessa forma na ocasião", ela está explicando para Marino ao telefone. "Se ele ainda estava tomando lítio, é evidente que o irmão nunca se incomodou em contar à polícia."

"Eles deveriam ter encontrado uma embalagem de remédio no local", responde Marino. "Que barulho é esse?"

"Estou abrindo latas de caldo de galinha. Pena que você não está aqui. Eu não sei por que eles não encontraram lítio", diz ela, esvaziando as latas em uma panela de cobre. "Mas é possível que o irmão dele tenha recolhido todas as embalagens de remédio para que a polícia não as encontrasse."

"Por quê? Não é como se fosse cocaína ou coisa assim."

"Johnny Swift era um neurologista proeminente. Talvez não quisesse que as pessoas soubessem que ele tinha um distúrbio psiquiátrico."

"Já que você comentou, eu com certeza não iria querer alguém com oscilação de humor ferrando com o meu cérebro."

Ela pica cebolas. "Na realidade, o distúrbio bipolar dele provavelmente não tinha nenhum efeito sobre sua capacidade como médico, mas há muita gente ignorante no mundo. Mesmo assim, é possível que Laurel não quisesse que a polícia ou qualquer outra pessoa soubesse do problema do irmão."

"Isso não faz sentido. Se o que ele disse é verdade, ele saiu correndo da casa logo depois que encontrou o corpo. Não me parece que ele tenha andado pela casa recolhendo remédios."

"Acho que você vai ter que perguntar a ele."

"Assim que recebermos os resultados do teste de lítio. Prefiro falar com ele quando souber direito o que é o quê. E neste momento nós temos um problema maior", diz ele.

"Não tenho ideia de como nossos problemas poderiam ficar maiores", retruca ela, cortando o frango.

"É sobre o cartucho da espingarda", diz Marino. "Aquele para o qual a NIBIN registrou uma ocorrência em relação ao caso do lago Walden."

"Eu não quis dizer nada a respeito na frente de todo o mundo", Marino explica ao telefone. "Alguém de dentro, tem que ser. Não há outra explicação."

Ele está sentado na mesa de sua sala, a porta fechada e trancada.

"Eis o que aconteceu", ele continua. "Eu não quis dizer nada na frente de todo mundo, mas hoje de manhã bem cedo eu estava batendo um papo com um colega meu do Departamento de Polícia de Hollywood que é encarregado da sala de evidências. Então ele verificou no computador. Levou cinco minutos inteiros para ele acessar a informação sobre a espingarda usada naquele assalto com homicídio na loja de conveniência dois anos atrás. E adivinha onde a espingarda deveria estar, doutora? Está sentada?"

"Sentar nunca ajudou", diz ela. "Fale."

"Na porra da nossa coleção de armas de fogo."

"Na Academia? Nossa coleção de armas de fogo para referência na Academia?"

"O Departamento de Polícia de Hollywood deu a arma para nós há cerca de um ano, quando eles doaram um monte de outras armas de que não precisavam mais. Lembra?"

"Você já foi ao laboratório de armas para ter certeza de que ela não está lá?"

"Não vai estar. Sabemos que ela acabou de ser usada para matar uma mulher aí onde você está."

"Vá verificar agora mesmo", diz ela. "Ligue para mim logo em seguida."

51

Hog espera na fila.

Está em pé atrás de uma senhora gorda que usa um terninho cor-de-rosa em tom espalhafatoso. Em uma das mãos, ele segura as botas; na outra, uma bolsa comum, sua carteira de motorista e o cartão de embarque. Anda mais para a frente e coloca as botas e o casaco em uma caixa plástica rasa.

Ele coloca a caixa e a sacola em uma esteira preta, e os objetos se afastam dele. Ele se posiciona sobre as duas marcas brancas de pés, os dois pés com meias exatamente sobre as duas marcas no carpete, e um agente da segurança do aeroporto faz sinal para que ele passe pelo detector de metais. Ele o faz e nenhum sinal sonoro é emitido, e ele mostra ao funcionário seu cartão de embarque, tira as botas e o casaco da caixa plástica, pega a bolsa. Começa a caminhar na direção do portão 21. Ninguém presta a menor atenção nele.

Ele ainda sente o cheiro dos corpos apodrecendo. Parece que não consegue tirar o fedor de seu nariz. Talvez seja uma alucinação olfativa. Ele já teve isso antes. Às vezes ele sente o cheiro da colônia, a colônia Old Spice que ele sentiu quando fez aquela coisa feia no colchão e foi mandado embora para o lugar onde havia velhas casas de tijolos, onde nevava e estava frio, o lugar para onde ele está indo agora. Está nevando, não muito agora, mas um pouco. Ele verificou como ia estar o tempo antes de pegar um táxi até o aeroporto. Ele não queria deixar sua Blazer no estacionamento para longos períodos. Isso custa muito dinheiro, e não seria bom se alguém olhasse dentro dela, atrás. Ele não limpou muito bem essa parte.

Em sua bolsa há apenas umas poucas coisas. Tudo de que ele precisa é uma troca de roupas, alguns artigos de toucador, botas diferentes que servem melhor. Ele não vai mais precisar das botas velhas. Elas são um risco biológico, e pensar isso o diverte. Agora que pensa a esse respeito, enquanto as botas caminham para o portão, talvez ele devesse guardar as botas para sempre. Elas têm uma história e tanto, andaram por alguns lugares como se estes pertencessem a ele, fizeram desaparecer pessoas como se estas pertencessem a ele, voltou a lugares e subiu em coisas para espionar, entrou direto, descaradamente, as botas levando-o de quarto em quarto, de lugar em lugar, fazendo o que Deus manda. Punindo. Confundindo as pessoas. A espingarda. A luva. Para mostrar-lhes.

Deus tem QI 150.

Suas botas o levaram para dentro da casa, e ele já estava com o capuz antes de eles saberem o que estava acontecendo. Fanáticos religiosos estúpidos. Orfãozinho estúpido entrando na farmácia, a Mãe Número Um segurando-lhe a mão para que ele pudesse comprar seu remédio com receita. Lunático. Hog odeia lunáticos, esses porras desses fanáticos religiosos, odeia garotinhos, odeia garotas, odeia Old Spice. Marino usa Old Spice, aquele policial grandalhão e idiota. Hog odeia a doutora Self, deveria tê-la colocado no colchão, se divertido com as cordas, deveria pegar ela de jeito depois do que ela fez.

O tempo de Hog acabou. Deus não está contente.

Não houve tempo para punir a pior pecadora de todas. *Você vai ter que voltar*, disse Deus. *Desta vez, com Basil.*

As botas de Hog caminham na direção do portão, levam-no para Basil. Eles vão ter os bons tempos de volta, exatamente como na época depois que Hog fez a coisa feia, foi mandado embora, depois mandado de volta, e então conheceu Basil em um bar.

Ele nunca teve medo de Basil, nem um pouco, desde o primeiro momento em que se encontraram, sentados um ao lado do outro, bebendo tequila. Tomaram várias juntos, e havia alguma coisa nele. Hog percebia.

Ele disse: *Você é diferente.*

Eu sou policial, respondeu Basil.

Isso foi em South Beach, por onde Hog perambulava com frequência, procurando sexo, procurando drogas.

Você não é só um policial, Hog lhe disse. *Eu sei.*

Ah, é mesmo?

Eu sei. Eu conheço as pessoas.

Que tal se eu levar você para um lugar?, e Hog teve a sensação de que Basil o entendia também. *Tem uma coisa que você pode fazer para mim,* Basil disse a Hog.

Por que eu deveria fazer qualquer coisa para você?

Porque você vai gostar.

Mais tarde naquela noite, Hog estava no carro de Basil, não seu carro de polícia, mas um Ford LTD branco que parecia ser um carro sem identificação da polícia, mas não era. Era seu carro particular. Eles não estavam em Miami, e ele não poderia dirigir um carro com qualquer marca que indicasse o condado de Dade. Hog estava um pouco desapontado. Ele adora carros de polícia, adora as sirenes e as luzes. Todas aquelas luzes acesas e piscando fazem com que ele se lembre da loja de artigos de Natal.

De jeito nenhum elas vão pensar duas vezes se você falar com elas, disse Basil naquela noite em que se conheceram, depois que tinham andado de carro por um tempo, fumando crack.

Por que eu?, Hog perguntou, e ele não estava nem um pouco com medo.

Por uma questão de bom senso, ele deveria estar. Basil mata quem ele quiser, sempre matou. Ele poderia ter matado Hog. Facilmente.

Deus dizia a Hog o que fazer. Era isso o que mantinha Hog seguro.

Basil localizou a garota. Mais tarde se soube que tinha

apenas dezoito anos. Estava sacando dinheiro em um caixa eletrônico, o carro por perto, o motor ligado. Burra. Nunca tire dinheiro depois de escurecer, especialmente se você é uma jovem bonita, sozinha, de short e camiseta apertada. Se você é jovem, bonita, coisas ruins acontecem.

Me dê a sua faca e a sua arma, Hog disse a Basil.

Hog enfiou a arma na cintura e cortou o polegar com a faca. Espalhou sangue no rosto e entrou no banco de trás, ficando deitado. Basil aproximou-se com o carro do caixa eletrônico, parou e desceu. Ele abriu a porta de trás, verificando como Hog estava, aparentemente muito tenso.

Vai dar tudo certo, ele garantiu a Hog. Para a garota, ele disse: *Por favor, me ajude. Meu amigo está muito machucado. Onde tem um hospital aqui perto?*

Ah, meu Deus! A gente tem que ligar para a emergência, e ela procura freneticamente pelo celular dentro da bolsa, e Basil a empurra com força para o banco de trás, e então Hog coloca a arma no rosto dela.

Eles vão embora.

Merda, diz Basil. *Você é bom*, afirma ele, e estava chapado, rindo. *Acho que é melhor pensar aonde a gente vai.*

Por favor, não me machuquem, a garota estava chorando, e Hog sentiu algo enquanto estava sentado atrás, apontando a arma para ela enquanto ela chorava e implorava. Ele sentiu vontade de sexo.

Cala a boca, Basil disse a ela. *Não vai adiantar nada. Acho que é melhor a gente encontrar um lugar. Talvez o parque. Não, eles patrulham por lá.*

Eu conheço um lugar, disse Hog. *Ninguém nunca vai encontrar a gente. É perfeito. Podemos ir com calma, vamos ter todo o tempo do mundo*, e estava excitado. Ele queria sexo, queria alguma coisa terrível.

Ele guiou Basil até a casa, a casa que estava caindo aos pedaços, sem eletricidade nem água corrente, e um colchão e revistas de sacanagem no quarto dos fundos. Foi Hog quem concebeu a maneira de amarrá-las de forma que elas não pudessem sentar sem ficar com os braços para cima.

340

Mãos ao alto!
Como nos desenhos.
Mãos ao alto!
Como nos filmes banais de faroeste.

Basil disse que Hog era brilhante, a pessoa mais inteligente que ele já havia conhecido, e depois de algumas vezes levando mulheres para lá e mantendo-as escondidas até que cheirassem muito mal, ficassem muito infectadas ou tivessem sido usadas demais, Hog contou a Basil sobre a Christmas Shop.

Você já viu?
Não.
Não tem como errar. Bem na praia na A1A. A dona é rica.

Hog explicou que aos sábados é sempre só ela e a filha que ficam lá. Quase ninguém vai à loja. Quem compra coisas de Natal na praia no meio do verão?

Sério?
Ele não deveria ter feito lá dentro.

Então, antes que Hog soubesse o que estava acontecendo, Basil pegou-a nos fundos, estuprando, cortando, sangue por toda parte, enquanto Hog olhava e calculava como eles iriam se livrar daquilo.

O lenhador que ficava ao lado da porta tinha um metro e meio de altura, talhado à mão. Ele portava um machado de verdade, antigo, com cabo de madeira curvo e lâmina de aço brilhante, metade dela pintada de vermelho-sangue. A ideia foi de Hog.

Cerca de uma hora depois, Hog levou para fora os sacos de lixo, certificando-se de que não havia ninguém por perto. Ele os colocou no porta-malas do carro de Basil. Ninguém os viu.

Tivemos sorte, Hog disse a Basil quando voltaram para seu lugar secreto, a casa velha, cavando um buraco. *Não faça isso de novo.*

Um mês depois, ele fez novamente, tentou pegar duas mulheres ao mesmo tempo. Hog não estava com ele. Basil forçou-as a entrar no carro, então o maldito carro quebrou. Basil nunca contou a ninguém sobre Hog. Ele protegeu Hog. Agora é a vez de Hog.

Estão fazendo um estudo aí em cima, Hog escreveu--lhe. *A prisão sabe a respeito e pediu voluntários. Seria bom para você. Você poderia fazer alguma coisa construtiva.*

Era uma carta agradável, inofensiva. Nenhum dos funcionários da prisão pensou duas vezes sobre ela. Basil mandou um recado para o administrador da prisão dizendo que queria ser voluntário para um estudo que estavam fazendo em Massachusetts, que ele queria fazer alguma coisa para pagar por seus pecados, que se os médicos pudessem descobrir alguma coisa sobre o que há de errado com pessoas como ele, talvez aquilo fizesse a diferença. Se o administrador entrou ou não na manipulação de Basil é um tema para especulação. Mas, no mês de dezembro passado, Basil foi transferido para o Butler State Hospital.

Tudo por causa de Hog. A Mão de Deus.

A partir desse momento, a comunicação entre eles teve de ser mais engenhosa. Deus mostrou a Hog como dizer a Basil qualquer coisa que ele queira. Deus tem QI 150.

Hog encontra uma cadeira no portão 21. Ele se senta o mais afastado possível de todos, esperando pelo voo das nove horas da manhã, que está no horário. Ele vai chegar ao meio-dia. Ele abre a bolsa e tira uma carta que Basil lhe escreveu há mais de um mês.

Recebi as revistas de pesca. Muito obrigado. Sempre aprendo muito com os artigos. Basil Jenrette.

P. S.: Eles vão me colocar dentro do maldito tubo de novo — quinta-feira, 17 de fevereiro. Mas prometeram que não vai demorar. "Entra às cinco da tarde e sai às cinco e quinze." Promessas, promessas.

52

A neve parou de cair e o caldo de galinha está em fervura lenta. Scarpetta mede duas xícaras de arroz arbóreo italiano e abre uma garrafa de vinho branco seco.

"Você pode descer?" Ela se aproxima da porta, chamando Benton.

"Você pode vir aqui em cima, por favor?", a voz dele retorna do escritório no final da escada.

Ela derrete manteiga em uma frigideira de cobre e começa a dourar o frango. Junta o arroz ao caldo de galinha. Seu celular toca. É Benton.

"Isso é ridículo", ela diz, olhando para a escada que leva a seu escritório no segundo andar. "Por favor, você não pode descer? Estou cozinhando. As coisas estão virando um inferno na Flórida. Preciso falar com você."

Ela despeja um pouco do caldo sobre o frango que está dourando.

"E eu realmente preciso que você veja isso", responde ele.

É estranho ouvir a voz dele lá em cima e no telefone ao mesmo tempo.

"Isso é ridículo", diz ela novamente.

"Deixe eu perguntar uma coisa", a voz dele vem do telefone e lá de cima, como se houvesse duas vozes idênticas falando. "Por que ela teria farpas entre as omoplatas? Por que alguém teria isso?"

"Farpas de madeira?"

"Uma área arranhada de pele que tem farpas enterradas nela. Nas costas, entre as omoplatas. E me pergunto se você pode dizer se aconteceu antes ou depois da morte."

"Se ela foi arrastada por um assoalho de madeira ou talvez espancada com algum objeto de madeira. Acho que pode haver diversos motivos." Ela mexe o frango na frigideira com um garfo.

"Se ela foi arrastada e as farpas apareceram desse jeito, ela não as teria em outras partes do corpo? Supondo que estivesse nua quando foi arrastada sobre um assoalho velho e irregular."

"Não necessariamente."

"Eu queria que você subisse."

"Há ferimentos de defesa?"

"Por que você não sobe?"

"Assim que o almoço estiver sob controle. Ataque sexual?"

"Nenhuma evidência disso, mas a motivação certamente foi sexual. Eu não estou com fome agora."

Ela mexe um pouco mais o arroz e deposita a colher em uma folha dobrada de papel-toalha.

"Alguma outra fonte possível de DNA?", ela pergunta.

"Tais como?"

"Não sei. Talvez ela tenha dado uma mordida no nariz dele, ou em um dedo ou coisa assim, e isso tenha sido recuperado do seu estômago."

"Está falando sério?"

"Saliva, cabelo, o sangue dele", diz ela. "Espero que eles tenham usado um monte de cotonetes nela e analisado tudo mil vezes."

"Por que não conversamos sobre isso aqui em cima?"

Scarpetta tira o avental e caminha na direção da escada enquanto fala, pensando na tolice que é estar na mesma casa e se comunicar por telefone.

"Vou desligar", diz ela no topo da escada, olhando para ele.

Ele está sentado em sua cadeira preta de couro e os olhos dos dois se encontram.

"Que bom que você não entrou aqui um segundo atrás", diz ele. "Eu estava falando ao telefone com uma mulher incrivelmente bonita."

344

"Que bom que você não estava na cozinha para ouvir com quem eu estava falando."

Ela puxa uma cadeira perto dele e olha para uma fotografia na tela do computador, olha para a mulher morta de rosto virado para baixo na mesa de autópsia, olha para as marcas de mão pintadas em vermelho em seu corpo.

"Talvez pintada com estêncil, talvez com aerógrafo", diz ela.

Benton amplia a imagem para focalizar a área da pele entre as omoplatas, e ela estuda a esfoladura inflamada.

"Respondendo a uma de suas perguntas", ela prossegue, "sim, é possível dizer se uma esfoladura que apresenta farpas pode ter ocorrido antes ou depois da morte. Depende de haver reação de tecido. Não creio que tenhamos a histologia."

"Se há slides, eu não saberia", responde Benton.

"Thrush tem acesso a um microscópio eletrônico de varredura com sistema de detectores de energia dispersiva de raios X?"

"Os laboratórios da polícia estadual têm de tudo."

"O que eu gostaria de sugerir é que ele obtenha uma amostra das tais farpas, as amplie de cem a quinhentas vezes e veja com o que elas se parecem. E também seria uma boa ideia testar para cobre."

Benton olha para ela, dá de ombros. "Por quê?"

"É possível que encontremos em todo lugar. Mesmo na área de depósito da loja de artigos de Natal. Possivelmente de pulverização com cobre."

"A família Quincy estava no negócio de paisagismo. Suponho que muitos plantadores comerciais de cítricos usem pulverizações com cobre. Talvez a família tenha levado para os fundos da Christmas Shop."

"E possivelmente pintura corporal por lá também — na área de depósito onde encontramos sangue."

Benton fica em silêncio, uma outra ideia lhe vem à mente.

"Um denominador comum nos assassinatos de Basil",

diz ele. "Todas as vítimas, pelo menos aquelas cujo corpo foi recuperado, tinham cobre. O vestígio tinha cobre, e também pólen cítrico, o que não significa muita coisa. Há pólen cítrico em toda parte na Flórida. Ninguém pensou em pulverizadores com cobre. Talvez ele as tenha levado para algum lugar onde os pulverizadores com cobre foram usados, algum lugar com árvores de cítricos."

Ele olha para fora através da janela para o céu cinzento, enquanto uma máquina de limpar neve passa barulhentamente pela rua.

"A que horas você precisa sair?", Scarpetta clica em uma fotografia da área esfolada nas costas da mulher morta.

"Só no final da tarde. Basil vai vir às cinco."

"Maravilha. Vê o quanto está inflamado apenas em uma área discreta?", ela aponta. "Uma área na qual houve remoção da camada epitelial da pele por atrito com alguma superfície áspera. E se você der um zoom" — é o que ela faz — "poderá ver que, antes de ela ter sido limpa, há fluido serossanguíneo na superfície da esfoladura. Está vendo?"

"O.k. Parece uma crosta. Mas não a área toda."

"Se uma esfoladura é funda o suficiente, há vazamento de fluido dos vasos. E você está certo, a crosta não está na área toda, o que me faz desconfiar que a área esfolada é, na verdade, um conjunto de abrasões de idade diferente, ferimentos causados pelo contato repetido com uma superfície áspera."

"Isso é estranho. Estou tentando imaginar o que possa ser."

"Eu queria ter a histologia. Células brancas polimorfonucleares indicariam que o ferimento foi feito talvez quatro a seis horas antes. Quanto às crostas vermelho-amarronzadas, você geralmente só começa a vê-las depois de um mínimo de oito horas. Ela viveu pelo menos um pouco depois que conseguiu esse ferimento, essas esfoladuras."

Ela estuda mais fotografias, analisa-as de perto. Faz anotações em um bloco.

E diz: "Se você olhar as fotografias 13 a 18, vai ver, de

leve, áreas do que parece ser inchaço vermelho localizado na parte de trás de suas pernas e nádegas. A mim parecem picadas de insetos que começaram a sarar. E se você volta para a fotografia da abrasão, há algum inchaço localizado e hemorragia petequial que mal é visível, o que pode estar associado a picadas de aranha. Se eu estiver certa, é possível ver microscopicamente uma congestão de vasos sanguíneos e uma infiltração de células sanguíneas brancas, principalmente eosinófilos, dependendo da reação dela. Não é nada muito preciso, mas poderíamos procurar também níveis de triptase, para o caso de ela ter tido uma reação anafilática. Mas eu ficaria surpresa. Com certeza ela não morreu de choque anafilático causado por picada de inseto. Eu queria ter a histologia. Pode haver mais coisas aí do que apenas farpas. Pelos urticantes. Aranhas — mais especificamente, tarântulas — usam esses pelos como parte de seu sistema de defesa. A igreja de Ev e Kristin fica ao lado de uma loja de animais que vende tarântulas."

"Coça?", pergunta Benton.

"Se teve contato com os pelos, ela deve ter sentido muita coceira", diz Scarpetta. "Ela pode ter se esfregado contra alguma coisa, coçando até ficar esfolada."

53

Ela sofreu.

"Seja lá onde a mantiveram, ela sofreu com picadas terríveis, dolorosas e acompanhadas de muita coceira", diz Scarpetta.

"Mosquitos?", sugere Benton.

"Só um? Só uma picada violenta entre as omoplatas? Não há outras abrasões semelhantes com inflamação em lugar nenhum do corpo, a não ser nos cotovelos e joelhos", continua ela. "Abrasões médias, esfolados, como os que se esperariam se alguém estivesse ajoelhado ou se apoiando nos cotovelos sobre uma superfície áspera. Mas aquelas áreas esfoladas não se parecem nada com isso."

Ela novamente aponta para a área inflamada entre as omoplatas.

"Minha teoria é que ela estava ajoelhada quando ele atirou nela", diz Benton. "Com base no padrão de sangue na calça. Uma pessoa teria abrasões nos joelhos se estivesse ajoelhada e com calça?"

"Claro."

"Então ele a matou primeiro, depois lhe tirou as roupas. Isso nos conta uma história diferente, não é? Se ele realmente quisesse humilhá-la e aterrorizá-la sexualmente, ele a teria feito se despir, teria feito com que ela se ajoelhasse nua, e em seguida colocaria o cano da espingarda na boca e apertaria o gatilho."

"E quanto ao cartucho de espingarda enfiado no reto?"

"Poderia ser por raiva. Talvez ele quisesse que nós o encontrássemos e o ligássemos ao caso na Flórida."

"Você está sugerindo que o assassinato dela poderia ter sido algo impulsivo, talvez motivado por raiva. No entanto, você também está sugerindo um elemento de premeditação significativo, de jogo, como se ele quisesse que ligássemos o caso dela àquele assalto seguido de latrocínio." Scarpetta olha para ele.

"Tudo significa alguma coisa, pelo menos para ele. Bem-vinda ao mundo dos sociopatas violentos."

"Bom, uma coisa está clara", diz ela. "Por algum tempo, no mínimo, ela foi mantida refém em algum lugar em que havia atividade de insetos. Possivelmente formigas-lava-pés, talvez aranhas, e uma casa ou um quarto normal de hotel provavelmente não têm uma infestação de lava-pés ou de aranhas, não por aqui. Não nesta época do ano."

"Exceto tarântulas. Geralmente elas são animais de estimação, que não têm relação com o clima", diz Benton.

"Ela foi raptada em algum outro lugar. Onde exatamente o corpo foi encontrado?", ela pergunta então. "Perto do lago Walden?"

"A uns quinze metros de uma trilha que não é muito usada nesta época do ano, mas com certeza é um pouco usada. Uma família que estava passeando perto do lago encontrou-a. O labrador preto deles entrou na floresta e começou a latir."

"Que coisa horrível de acontecer quando você está cuidando da própria vida no lago Walden."

Ela examina de perto o relatório da autópsia que está na tela.

"Ela não estava lá havia muito tempo, o corpo foi jogado depois de escurecer", diz ela. "Se o que eu estou lendo aqui é correto, a parte do depois de escurecer faz sentido. Talvez ele a tenha colocado onde colocou, perto da trilha e não em um local às claras, porque não ia arriscar ser visto. Se acontecesse de alguém aparecer — embora provavelmente não depois de escurecer —, ele estaria fora de vista na floresta, com ela. E isto aqui" — ela aponta para o rosto encapuzado e o que parece ser uma fralda —,

349

"ele poderia fazer isso em poucos minutos se fosse premeditado, já teria feito os buracos para os olhos na calcinha, se o corpo já estivesse nu, e assim por diante. Tudo me faz desconfiar que ele está familiarizado com a área."

"Faz sentido ele conhecer a região."

"Você está com fome ou pretende ficar obcecado aqui em cima o dia todo?"

"O que você fez? Aí eu decido."

"*Risotto alla Sbirraglia.* Também conhecido como risoto de frango."

"*Sbirraglia?*" Ele segura a mão dela. "Isso é alguma espécie exótica de galinha veneziana?"

"Supostamente vem da palavra *sbirri*, que é um termo pejorativo para a polícia. Um pouco de humor em um dia que até agora não foi engraçado."

"Eu não entendo o que a polícia tem a ver com um prato de frango."

"Dizem que, quando os austríacos ocuparam Veneza, a polícia gostava muito desse prato, se é que posso acreditar nas minhas fontes culinárias. E eu estava pensando em uma garrafa de Soave ou um Piave pinot bianco encorpado. Você tem os dois na sua adega, e, como dizem os venezianos, 'Aquele que bebe bem dorme bem, e aquele que dorme bem não pensa nada de mau, não faz o mal, e vai para o céu', ou coisa que o valha."

"Receio que não haja um só vinho na Terra que algum dia vai me impedir de pensar sobre o mal", diz Benton. "E eu não acredito no céu. Só no inferno."

54

No andar térreo do amplo quartel-general da Academia, a luz vermelha está acesa do lado de fora do laboratório de armas de fogo, e do corredor Marino ouve o som surdo de disparos. Ele entra, sem se preocupar com o fato de o laboratório estar sendo usado, contanto que seja Vince quem esteja atirando.

Vince retira uma pequena pistola da bandeja do tanque horizontal de aço inoxidável para recuperação de projéteis, que pesa cinco toneladas quando está cheio de água, o que explica a localização do laboratório dele.

"Já voou hoje?", pergunta Marino, subindo os degraus de alumínio até a plataforma de tiro.

Vince está vestido com um macacão preto de pilotagem e usando botas de couro que vão até o tornozelo. Quando ele não está perdido em seu mundo de marcas de ferramentas e armas, ele é um dos pilotos de helicóptero de Lucy. Como acontece com diversos membros da equipe dela, a aparência dele é incoerente com o que ele faz. Vince tem sessenta e cinco anos, pilotou um Black Hawk no Vietnã, depois foi trabalhar para a ATF. Tem pernas curtas, um peito em formato de barril e um rabo de cavalo grisalho que ele diz não cortar há dez anos.

"Você disse alguma coisa?", Vince pergunta, retirando o protetor de audição e os óculos de tiro.

"É um milagre que você ainda consiga ouvir alguma coisa."

"Não está tão bom quanto era antes. Quando chego em casa, fico surdo como uma porta, segundo a minha mulher."

Marino reconhece a pistola que Vince está testando, a Black Widow com empunhadura de pau-rosa que foi encontrada embaixo da cama de Daggie Simister.

"Uma calibre 22 bacaninha", diz Vince. "Achei que não faria mal acrescentá-la ao banco de dados."

"Para mim, parece que nunca foi disparada."

"Eu não me surpreenderia com isso. Nem dá para dizer quantas pessoas têm arma para proteção doméstica e não se lembram de que a têm ou de onde a colocaram, e nem sequer sabem se ela desapareceu."

"Nós temos um problema com algo que desapareceu", diz Marino.

Vince abre uma caixa de munição e começa a colocar cartuchos calibre 22 no cilindro.

"Quer experimentar?", diz ele. "É meio estranha para autoproteção de uma mulher idosa. Mas alguém a deu a ela. Eu geralmente recomendo algo mais fácil de usar, como um Lady Smith calibre 38 ou um pit bull. Pelo que sei, estava debaixo da cama, fora do alcance."

"Quem lhe contou isso?", pergunta Marino, tendo a mesma sensação que tem tido ultimamente.

"O doutor Amos."

"Ele não estava na cena. O que diabos ele sabe?"

"Nem a metade do que ele pensa saber. Ele vem aqui o tempo todo, me deixa louco. Espero que a doutora Scarpetta não pretenda contratar esse cara depois que acabar a bolsa dele. Se ela fizer isso, é melhor eu arrumar um emprego no Wal-Mart. Tome."

Ele oferece a arma para Marino.

"Não, obrigado. A única coisa em que eu gostaria de atirar agora é nele."

"O que você quer dizer com algo que desapareceu?"

"Temos uma espingarda desaparecida na coleção de referência, Vince."

"Impossível", diz ele, balançando a cabeça.

Eles descem da plataforma, e Vince coloca a arma em cima da mesa de evidências, que está coberta por outras armas de fogo etiquetadas, caixas de munição, uma série de alvos com padrões de pólvora de teste para determinar distância e uma janela estilhaçada com vidro temperado de automóvel.

"Mossberg 835 Ulti-Mag, repetição por mecanismo de bomba", diz Marino. "Usada em um latrocínio aqui há dois anos. O caso foi excepcionalmente resolvido quando o sujeito que estava atrás do balcão detonou o suspeito."

"Estranho você mencionar isso", diz ele, perplexo. "O doutor Amos me ligou há menos de cinco minutos e perguntou se poderia descer para verificar uma coisa no computador."

Vince vai até um balcão onde há microscópios de comparação, um calibrador digital de gatilho e um computador. Ele aperta uma tecla qualquer com o indicador, faz aparecer o menu e seleciona a coleção de referência. Digita a busca pela espingarda em questão.

"Eu disse que na verdade ele não podia. Eu estava fazendo uns testes e ele não podia entrar. Perguntei o que ele queria verificar e ele disse que não tinha importância."

"Eu não sei como é que ele podia estar nisso", diz Marino. "Como é que ele podia saber disso? Um colega meu do Departamento de Polícia de Hollywood é quem sabe, e ele nunca disse nada. As únicas outras pessoas para quem eu contei foram a doutora e agora você."

"Coronha camuflada, cano de sessenta centímetros, miras de trítio", lê Vince. "Usada em um homicídio. Suspeito morto. Doação da polícia de Hollywood, março do ano passado." Ele olha para Marino. "Pelo que me lembro, era uma das dez ou doze armas que eles estavam retirando do inventário, gentis como sempre. Contanto que a gente lhes dê treinamento e assessoria de graça, cerveja e brindes. Vamos ver." Ele desce a tela. "Segundo o que diz aqui, ela só foi retirada duas vezes desde que nós a recebemos. Uma vez por mim, no dia 8 de abril passado — no dispositivo de disparo remoto para ver se não havia nada de errado com ela."

"Filho-da-puta", diz Marino, lendo por cima do ombro de Vince.

"E o doutor Amos a tirou pela segunda vez no dia 28 de junho passado, às três e quinze da tarde."

"Para quê?"

"Talvez para fazer teste de tiro em gelatina balística. Foi no verão passado que a doutora Scarpetta começou a dar aulas de culinária para ele. Ele entra aqui tantas vezes, infelizmente, que é difícil eu me lembrar. Aqui diz que ele usou no dia 28 de junho e devolveu à coleção no mesmo dia, às cinco e quinze. E se eu procurar essa data no computador, o registro vai estar lá. Isso significa que eu a tirei da caixa-forte e coloquei de volta."

"Então como é que ela está na rua, matando gente?"

"A menos que esse registro de alguma maneira esteja errado", reflete Vince, franzindo a testa.

"Talvez esse seja o motivo pelo qual ele queria olhar o computador. Filho-da-puta. Quem mantém o registro de lançamentos? Você ou o usuário? Alguém mais mexe nesse computador além de você?"

"Eletronicamente, sou eu. Você faz a solicitação por escrito neste livro aqui" — Vince mostra um livro de registro de operações encadernado em espiral ao lado do telefone —, "então assina quando retira e assina quando devolve, com a sua caligrafia e rubrica. Depois disso, eu entro com as informações no computador para atestar que você usou a arma e que ela foi devolvida à caixa-forte. Acho que você nunca brincou com armas por aqui."

"Eu não sou examinador de armas de fogo. Deixo isso para você. Que maldito filho-da-puta."

"Na solicitação, você escreve o tipo de arma que quer e a data para a qual quer reservar a área de tiro ou o tanque de água. Posso mostrar a você."

Ele pega o livro e o abre na última página preenchida.

"Aqui está o doutor Amos de novo", diz ele. "Testes de tiro em gelatina balística com uma Taurus PT-145 duas semanas atrás. Pelo menos dessa vez ele se deu ao trabalho de fazer o registro. Ele esteve aqui outro dia e não fez."

354

"Como é que ele entrou na caixa-forte?"

"Ele trouxe sua própria arma. Ele coleciona armas, é um verdadeiro selvagem."

"Você pode me dizer quando o registro da Mossberg foi lançado no computador?", pergunta Marino. "Sabe, como quando você olha no arquivo a data e a hora em que ele foi salvo pela última vez. O que estou me perguntando é se haveria algum jeito de Joe alterar o computador depois do lançamento, fazer com que parecesse que você deu a espingarda a ele e depois a recolocou na caixa-forte."

"É só um arquivo de processador de texto, chama-se Log. Então eu vou fechá-lo agora sem salvar e olhar o último registro de tempo." A expressão no rosto dele endurece, chocado. "Aqui diz que foi salvo pela última vez vinte e três minutos atrás. Não acredito!"

"Esse troço não é protegido por senha?"

"Claro que é. Eu sou a única pessoa que pode entrar nele. Com exceção, é claro, de Lucy. Então estou me perguntando por que o doutor Amos telefonou e disse que queria descer para dar uma olhada no computador. Se de algum modo ele alterou o registro do computador, por que se dar ao trabalho de me ligar?"

"Essa é fácil. Se você abriu o arquivo para ele e salvou-o ao fechar, então isso explicaria a nova data e horário."

"Então ele é bem esperto."

"Vamos ver o quanto ele é esperto."

"Isso é muito perturbador. Se ele fez isso, ele tem a minha senha."

"Está escrita em algum lugar?"

"Não, eu tomo bastante cuidado."

"Quem, além de você, tem acesso à combinação da caixa-forte? Desta vez eu vou pegá-lo. De um jeito ou de outro."

"Lucy tem. Ela pode acessar qualquer coisa. Venha. Vamos dar uma olhada."

A caixa-forte é uma sala à prova de incêndio com uma porta de metal que requer um código para ser destrancada.

355

Lá dentro há gavetas que guardam milhares de amostras de balas e cartuchos conhecidos, e em cavaletes e prateleiras há centenas de fuzis, espingardas e armas de mão, todas etiquetadas com números de aquisição.

"É uma bela loja de doces", diz Marino, olhando ao redor.

"Você nunca entrou aqui?"

"Não sou doido por armas. Tive algumas experiências ruins com elas."

"Tais como?"

"Tais como ter que usá-las."

Vince vasculha os cavaletes com espingardas, pega cada uma delas e verifica as etiquetas. Ele faz isso duas vezes. Ele e Marino andam de cavalete em cavalete, procurando a Mossberg. Ela não está na caixa-forte.

Scarpetta aponta para o padrão de lividez cadavérica, uma descoloração roxo-avermelhada causada pela estagnação do sangue não circulante em razão da gravidade. Áreas pálidas ou descoloração da bochecha direita da mulher, dos seios, barriga, coxas e parte interna dos antebraços foram causadas por aquelas áreas do corpo dela que estavam pressionadas contra alguma superfície firme, talvez um assoalho.

"Ela ficou de rosto para baixo por algum tempo", Scarpetta está dizendo. "Horas, pelo menos, a cabeça virada para a esquerda, que é o motivo da descoloração da bochecha direita — ela estaria contra o assoalho ou qualquer outra superfície plana."

Ela passa para outra fotografia na tela, desta vez mostrando a mulher morta com o rosto para baixo na mesa de autópsia depois de ter sido lavada, o corpo e o cabelo molhados, as marcas de mão vermelhas nítidas e intactas, obviamente à prova d'água. Ela volta para uma fotografia que acabou de olhar, recuando e avançando várias delas, tentando juntar as marcas relacionadas à morte daquela mulher.

356

"Então, depois que ele a matou", diz Benton, "talvez ele a tenha virado de rosto para baixo para pintar as marcas de mão nas costas dela, e isso demorou horas. O sangue dela estagnou e a lividez começou a se formar, e é por isso que temos esse padrão."

"Eu tenho outro cenário em mente", diz Scarpetta. "Ele a pintou com o rosto para cima primeiro, depois a virou e trabalhou em suas costas, e foi nessa posição que ele a deixou. Com certeza ele não fez isso tudo ao ar livre, no frio e no escuro. Foi em algum lugar onde não haveria o risco de alguém ouvir o disparo de uma espingarda nem de vê-lo tentando colocar o corpo em um veículo. Na verdade, talvez ele tenha feito isso tudo no veículo em que a transportou, uma van, um suv, uma caminhonete. Atirou nela, pintou-a, transportou-a."

"Tudo de uma só vez."

"Bem, isso teria reduzido o risco, não é? Raptá-la, levá-la para uma área remota, matá-la dentro do veículo — contanto que seja um veículo com espaço suficiente na parte de trás — e depois se livrar do corpo", diz Scarpetta, clicando em mais fotografias, parando em uma que ela já viu.

Ela vê de maneira diferente desta vez, a fotografia do cérebro da mulher, o que sobrou dele, em uma tábua de cortes. A membrana fibrosa e espessa que envolve o cérebro, a dura-máter, deve ser branca cremosa. Nesta fotografia, ela está com manchas cor de laranja e amareladas, e ela imagina as duas irmãs, Ev e Kristin, com seus bastões de caminhada, apertando os olhos sob o sol, a imagem da fotografia sobre a cômoda no quarto delas. Ela se lembra da tez um tanto ictérica de uma delas e retorna ao relatório da autópsia, verificando o que o texto diz sobre a esclera da mulher morta, o branco de seus olhos. Eles são normais.

Ela se lembra dos legumes crus, dos dezenove sacos de cenouras na geladeira da casa de Ev e Kristin, e pensa na calça de linho branco que a mulher morta estava usando como se fosse uma fralda, o tipo de roupa coerente com um clima quente.

357

Benton olha com curiosidade para ela.

"Xantocromia da pele", diz Scarpetta. "Uma descoloração amarela que não afeta a esclera. Possivelmente causada por carotenemia. É possível saber quem ela é."

55

O doutor Bronson está em seu gabinete, movendo uma lâmina sobre a platina de seu microscópio composto. Marino bate à porta.

O doutor Bronson é inteligente e competente, sempre impecável em um avental branco engomado. Ele tem sido um bom chefe. Mas não consegue se desligar do passado. A maneira como as coisas eram feitas é a maneira como ele ainda as faz, e isso inclui seu modo de avaliar as outras pessoas. Marino não acredita que o doutor Bronson se incomode com verificações de histórico pessoal ou qualquer outro tipo de averiguação acurada que deveria ser a prática padrão no mundo de hoje.

Ele bate novamente, desta vez mais alto, e o doutor Bronson levanta os olhos do microscópio.

"Por favor, entre", diz ele, sorrindo. "A que devo o prazer?"

Ele é um homem do velho mundo, educado e encantador, com a cabeça perfeitamente careca e olhos cinzentos e distraídos. Um cachimbo de roseira-brava está apagado no cinzeiro sobre sua mesa impecavelmente arrumada, e o odor fraco de fumo aromatizado sempre paira no ar.

"Pelo menos aqui embaixo, no ensolarado sul, eles ainda deixam a gente fumar do lado de dentro", diz Marino, puxando uma cadeira.

"Bom, eu não deveria", responde o doutor Bronson. "Minha mulher não cansa de ficar me dizendo que vou arranjar um câncer de garganta ou de língua. Eu digo a ela que, se isso acontecer, pelo menos não vou reclamar muito na hora de morrer."

Marino se lembra de que não fechou a porta. Ele se levanta, fecha-a e volta a sentar.

"Se eles arrancarem a minha língua ou as minhas cordas vocais, então eu acho que não vou protestar muito", diz o doutor Bronson, como se Marino não tivesse entendido a piada.

"Preciso de algumas coisas", diz Marino. "Em primeiro lugar, queremos fazer uma análise do DNA de Johnny Swift. A doutora Scarpetta diz que deve haver diversos cartões de DNA na pasta do caso dele."

"Sabe, ela deveria assumir o meu lugar. Eu não iria me importar se fosse ela quem assumisse o meu lugar", comenta ele, e a maneira como diz isso faz Marino perceber que o doutor Bronson provavelmente sabe muito bem o que as pessoas acham.

Todo mundo quer que ele se aposente. Queriam que ele se aposentasse anos atrás.

"Eu construí este lugar, sabe?", continua ele. "Não posso simplesmente deixar que algum Tom, Dick ou Harry entrem e arruínem tudo. Não é justo com o público. Com certeza, não é justo com a minha equipe." Ele pega o telefone e aperta um botão. "Polly? Você poderia pegar o caso de Johnny Swift e trazer para mim? Vamos precisar de toda a documentação adequada." Ele fica ouvindo. "Porque precisamos entregar um cartão de DNA ao Pete contra recibo. Eles vão fazer alguma coisa com o DNA nos laboratórios."

Ele desliga, tira os óculos e os limpa com um lenço.

"Então, devo supor que houve novos desdobramentos?", pergunta.

"Está começando a parecer que sim", responde Marino. "Quando for uma certeza, o senhor será o primeiro a saber. Mas vamos colocar nos seguintes termos: apareceram algumas coisas que tornam muito provável que Johnny Swift tenha sido assassinado."

"Terei prazer em mudar o modo da morte se vocês demonstrarem isso. Nunca fiquei totalmente satisfeito com o caso. Mas tenho que seguir as evidências e simplesmente não houve nada significativo na investigação que nos desse certeza de qualquer coisa. Na maior parte do tempo, eu suspeitei de homicídio."

"A não ser pela espingarda que desapareceu da cena", Marino não consegue evitar lembrá-lo disso.

"Sabe, muitas coisas estranhas acontecem, Pete. Nem lhe conto quantas vezes eu apareço e descubro que a família arruinou a cena para proteger a dignidade de seu ente querido. Especialmente em asfixia autoerótica. Eu chego lá e não existe uma única revista pornográfica ou algum acessório de fetiche à vista. A mesma coisa com os suicídios. As famílias não querem que ninguém saiba, ou querem receber o dinheiro do seguro, então escondem a arma ou a faca. Elas fazem todo tipo de coisa."

"Precisamos conversar sobre Joe Amos", diz Marino.

"Um desapontamento", diz ele, a expressão de seu rosto, normalmente agradável, desaparecendo aos poucos. "A verdade é que eu lamento tê-lo recomendado para sua excelente instituição. Lamento especialmente porque Kay merece algo muito melhor do que aquele desgraçado arrogante."

"É aí que eu queria chegar. Com base em quê? O senhor o recomendou por qual motivo?"

"Sua formação impressionante e suas referências. Ele tem um pedigree e tanto."

"Onde está a pasta dele? O senhor ainda a tem? A original?"

"Claro que sim. Eu guardei os documentos originais. Para Kay seguiu uma cópia."

"Quando analisou os documentos relativos à educação e a essas referências bacanas, o senhor os verificou para ter certeza de que eram autênticos?" Marino odeia ter de lhe perguntar isso. "As pessoas podem falsificar muitas coisas hoje em dia. Especialmente com a computação gráfica, a internet, e muitas outras coisas. Essa é uma das razões pelas quais roubo de identidade está se tornando um problema."

361

O doutor Bronson rola sua cadeira até um arquivo e abre uma gaveta. Ele passa os dedos pelas pastas impecavelmente rotuladas e tira uma que tem o nome de Joe Amos nela. Entrega-a a Marino.

"Fique à vontade", diz ele.

"O senhor se importa se eu ler aqui mesmo? Vai ser só um minuto."

"Não sei por que Polly está demorando tanto", diz o doutor Bronson, rolando a cadeira de volta para o microscópio. "Use o tempo que quiser, Pete. Eu vou voltar para as minhas lâminas. Esta é triste. Uma pobre mulher encontrada na piscina." Ele ajusta o foco, a cabeça curvada sobre a ocular. "Sua filhinha de dez anos a encontrou. A pergunta é se ela se afogou ou teve alguma outra ocorrência fatal, como um infarto do miocárdio. Ela era bulímica."

Marino examina as cartas que chefes de departamento da escola de medicina e outros patologistas escreveram a respeito de Joe. Ele passa os olhos por um currículo que tem cinco páginas.

"Doutor Bronson, o senhor chegou a ligar para essas pessoas?", pergunta Marino.

"A respeito do quê?", diz ele sem erguer os olhos. "Nenhuma cicatrização antiga do coração. É claro que, se ela teve um infarto e sobreviveu durante horas, eu não vou ver nada. Eu perguntei se havia uma possibilidade de ela já ter evacuado naquele dia. Isso pode realmente arruinar os seus eletrólitos."

"A respeito de Joe", diz Marino. "Para garantir que esses médicos famosos realmente o conhecem."

"É claro que eles o conhecem. Eles me mandaram todas essas cartas."

Marino segura uma carta contra a luz. Percebe uma marca-d'água que se parece com uma coroa atravessada por uma espada. Ele segura cada uma das outras cartas contra a luz. Todas elas têm a mesma marca-d'água. Os timbres são convincentes, mas, uma vez que não são estampados ou em relevo, eles poderiam ter sido escaneados e reproduzidos com algum tipo de software de produção gráfica. Ele pega uma carta supostamente escrita pelo patologista-chefe do hospital da Universidade Johns Hopkins e tenta o número. Uma recepcionista atende.

"Ele está fora da cidade", diz ela.

"Estou ligando a respeito do doutor Joe Amos", diz Marino.

"Quem?"

Ele explica. Pede-lhe que verifique nos arquivos.

"Ele escreveu uma carta de recomendação para Joe Amos há pouco mais de um ano, no dia 7 de dezembro", diz Marino. "Diz aqui na parte de baixo da carta que a pessoa que a datilografou tem as iniciais L. F. C."

"Não tem ninguém aqui com essas iniciais. E eu teria sido a pessoa que datilografou esse tipo de carta, e essas com certeza não são as minhas iniciais. Do que se trata, afinal?"

"Apenas um simples caso de fraude", responde Marino.

56

Lucy pilota uma de suas V-Rods envenenadas seguindo para norte pela A1A, cruzando todos os sinais vermelhos a caminho da casa de Fred Quincy.

Ele administra sua empresa de web design de dentro de sua casa em Hollywood. Não a está esperando, mas ela sabe que ele está em casa, ou, pelo menos, ele estava quando ela ligou meia hora atrás para lhe vender uma assinatura do *The Miami Herald*. Ele foi educado, muito mais educado do que Lucy seria se algum operador de telemarketing ousasse incomodá-la pelo telefone. O endereço dele fica a dois quarteirões da praia, e ele deve ter dinheiro. Sua casa tem dois andares de estuque verde-claro e ferro batido preto, e o acesso de veículos é fechado por um portão. Lucy para a moto na frente de um intercomunicador e aperta o botão.

"Pois não?", responde uma voz masculina.

"Polícia."

"Eu não chamei a polícia."

"Estou aqui para conversar com você sobre sua mãe e irmã."

"De qual departamento de polícia?", a voz soa desconfiada.

"Do xerife de Broward."

Ela tira a carteira e segura suas credenciais falsas com o distintivo na frente da câmera de vídeo em circuito fechado. Ouve-se um som e o portão de ferro começa a deslizar, abrindo-se. Ela dá a partida na moto e atravessa um caminho de paralelepípedos de granito, estacionando na frente de uma grande porta preta que se abre no instante em que ela desliga o motor.

"Que bela moto", diz o homem que ela supõe ser Fred.

A estatura dele é mediana, com ombros estreitos e constituição esguia. O cabelo é loiro-escuro e os olhos, cinza-azulado. É um homem muito bonito, de uma maneira delicada.

"Acho que nunca vi uma Harley como essa", diz ele, andando ao redor da moto.

"Você anda de moto?"

"Não. Eu deixo as coisas perigosas para as outras pessoas."

"Você deve ser Fred." Lucy aperta a mão dele. "Posso entrar?"

Ela o segue pelo vestíbulo de piso de mármore em uma sala que dá para um canal estreito e escuro.

"E quanto à minha mãe e Helen? Vocês descobriram alguma coisa?"

Ele diz isso como se esperaria que dissesse. Não está apenas curioso ou paranoico. A dor enche seus olhos e existe uma ansiedade, uma leve aura de esperança. "Fred", diz ela. "Eu não sou do Departamento de Polícia do condado de Broward. Eu tenho investigadores particulares e laboratórios, e nos pediram ajuda."

"Então você me enganou na frente do meu portão", diz ele, os olhos tornando-se hostis. "Isso não foi muito simpático. Aposto que foi você quem ligou, dizendo que era do *Herald*. Para ver se eu estava em casa."

"Acertou."

"E eu devo conversar com você?"

"Lamento", diz Lucy. "Era muita coisa para explicar pelo intercomunicador."

"O que aconteceu para tornar o caso interessante de novo? Por que agora?"

"Receio que eu tenha que fazer as perguntas", diz ela.

365

* * *

"Tio Sam está apontando o dedo para você e está dizendo EU QUERO O SEU CÍTRICO."

A doutora Self faz uma pausa dramática. Ela parece confiante e à vontade em uma poltrona de couro no set de *Vamos Dialogar*. Nesse bloco ela não tem convidados. Não precisa deles. Ela tem um telefone no centro da mesa ao lado da poltrona, e câmeras a pegam de ângulos diferentes enquanto ela aperta os botões e diz: "Aqui é a doutora Self. Você está no ar".

"E isso, agora?", continua ela. "O Departamento de Agricultura dos Estados Unidos está pisoteando seus direitos garantidos pela Quarta Emenda?"

É uma armadilha fácil, e ela mal pode esperar para saltar na garganta do idiota que acabou de ligar. Ela olha para o monitor, satisfeita pelo fato de a iluminação e os ângulos de câmera a estarem captando favoravelmente.

"Com certeza", diz o idiota pelo viva-voz.

"Como é mesmo o seu nome? Sandy?"

"É, eu..."

"É melhor pensar antes de cortar, Sandy?"

"Ah, o quê...?"

"O Tio Sam com um machado? Não é essa a imagem que o público tem?"

"Eles estão nos ferrando. É uma conspiração."

"Então é assim que você encara o assunto? O bom e velho Tio Sam cortando todas as suas árvores. Corta, corta."

Ela olha para os cinegrafistas, seu produtor sorrindo.

"Os desgraçados entraram no meu quintal sem permissão, e logo em seguida eu fico sabendo que todas as minhas árvores vão ser cortadas..."

"E você mora onde, Sandy?"

"Cooper City. Eu não culpo as pessoas por quererem atirar neles ou soltar os cachorros em cima..."

"Eis o que acontece, Sandy." Ela se inclina para a frente, prestes a dizer o que pensa, as câmeras em zoom sobre ela. "Vocês não prestam atenção nos fatos. Você foi a alguma das reuniões? Escreveu aos seus representantes? Você se deu ao trabalho de fazer perguntas diretas e de considerar que talvez, apenas talvez, as explicações apresentadas pelo Departamento de Agricultura possam fazer sentido?"

É o estilo dela tomar partido contrário ao da pessoa, seja qual for. Ela é conhecida por isso.

"Bom, aquele negócio sobre os furacões é [*biip*]", vocifera o idiota, e a doutora Self desconfiava que não iria demorar muito para que os palavrões começassem.

"Não é *biip*", ela o imita. "Não tem nada de *biip* nisso. O fato é que" — ela encara a câmera — "nós tivemos quatro grandes furacões no outono passado, e é um fato que o cancro cítrico é uma doença bacteriana transportada pelo vento. No próximo bloco, vamos explorar a realidade dessa temida praga e vamos dialogar com um convidado muito especial. Fiquem comigo."

"Fora do ar", diz um dos cinegrafistas.

A doutora Self estende a mão para pegar sua garrafa de água. Toma um gole usando um canudo para não borrar o batom e espera a pessoa que faz a maquiagem para retocar sua testa e nariz, impaciente porque ela demora, impaciente porque a pessoa não tem pressa para terminar.

"Tudo bem. O.k. Chega", a doutora Self levanta a mão, enxotando a pessoa da maquiagem. "Está indo bem", diz ela para sua produtora.

"Acho que, no próximo bloco, precisamos focar realmente na psicologia. É por isso que as pessoas ligam para ver você, Marilyn. Não é a política, são os problemas deles com as namoradas, com os patrões, mães, pais."

"Eu não preciso de instruções."

"Eu não quis..."

"Escute aqui: o que faz o meu programa ser único é a mistura de atualidades e nossas reações emocionais."

"Sem dúvida."

"Três, dois, um."

"E estamos de volta." A doutora Self sorri para a câmera.

367

57

Marino está em pé embaixo de uma palmeira do lado de fora da Academia, observando Reba caminhar até seu Crown Victoria. Ele repara na postura de desafio em seu andar e tenta determinar se a atitude é verdadeira ou se ela está representando. Ele se pergunta se ela o vê embaixo da palmeira, fumando.

Ela o chamou de idiota. Ele tem sido chamado disso muitas vezes, mas nunca pensou que ela diria isso.

Ela destranca o carro, então parece mudar de ideia antes de entrar. Não olha na direção dele, mas ele tem a sensação de que ela sabe que ele está em pé ali na sombra da palmeira, seu Treo na mão, o fone no ouvido, um cigarro aceso. Ela não deveria ter dito o que disse. Não tem o direito de falar sobre Scarpetta. O Effexor arruinou as coisas. Se ele não estava deprimido antes, ficou depois, então veio aquele comentário sobre Scarpetta, sobre todos os policiais terem tesão por ela.

O Effexor foi uma praga. A doutora Self não tinha o direito de lhe dar uma droga que arruinou sua vida sexual. Ela não tem o direito de falar sobre Scarpetta o tempo todo, como se Scarpetta fosse a pessoa mais importante na vida de Marino. Reba teve de lembrar a ele. Ela disse o que disse para lembrá-lo de que ele não podia ter sexo, lembrá-lo de homens que podem e querem fazer sexo com Scarpetta. Marino não toma o Effexor há muitas semanas, e seu problema vem melhorando, a não ser pelo fato de que ele está deprimido.

Reba aciona a trava do porta-malas, dá a volta até a traseira do carro e o abre.

Marino se pergunta o que ela está fazendo. Ele decide que pode muito bem ir descobrir e ser decente o bastante para fazê-la saber que ele não pode prender ninguém e que provavelmente poderia precisar da ajuda dela. Ele pode ameaçar as pessoas o quanto quiser, mas legalmente não pode prender ninguém. É a única coisa de que ele sente falta em relação à polícia. Reba apanha o que parece ser um saco de roupas sujas de dentro do porta-malas e o atira no banco de trás como se estivesse furiosa.

"Tem um cadáver aí?", Marino pergunta, andando casualmente até ela, jogando o toco do cigarro na grama.

"Já pensou em usar uma lata de lixo?"

Ela bate a porta, mal olhando para ele.

"O que tem no saco?"

"Roupa para lavar. Não tive tempo esta semana; não que isso seja da sua conta", diz ela, escondendo-se atrás dos óculos escuros. "Nunca mais me trate como merda, pelo menos não na frente de outras pessoas. Se você quer ser um idiota, seja discreto."

Ele olha de volta para a palmeira, como se fosse seu lugar favorito, olha para o prédio de estuque contra o céu azul-claro, tentando pensar nas palavras a dizer.

"Bom, você faltou com o respeito", diz ele.

Ela olha para ele chocada. "Eu? Do que você está falando? Está louco? Pelo que eu me lembro, nós demos um belo passeio e você me arrastou para o Hooters, nem me perguntou se eu queria ir para lá, diga-se de passagem. Por que você levaria uma mulher a um lugar onde há garçonetes gostosonas, eu não tenho a menor ideia. Vem me falar de falta de respeito? Está brincando? Você me deixou sentada lá enquanto cobiçava todas as meninas que passavam rebolando."

"Eu não fiz isso."

"Fez, sim."

"Com certeza não fiz", diz ele, tirando o maço de cigarros.

"Você está fumando muito."

"Eu não estava olhando para ninguém. Eu estava cuidando da minha vida, bebendo meu café, então, de repente, você começou a falar todas aquelas merdas sobre a doutora, e quero ser mico de circo se eu ia ficar ouvindo aquela besteirada desrespeitosa."

Ela está com ciúme, pensa ele, satisfeito. Ela disse o que disse porque pensou que ele estava olhando para as garçonetes no Hooters, e talvez ele estivesse. Só para garantir seu ponto de vista.

"Eu trabalho com ela há um milhão de anos e nunca deixei ninguém falar sobre ela daquele jeito, não é agora que vou começar", continua ele, acendendo outro cigarro, apertando os olhos sob o sol, reparando em um grupo de alunos com roupas de campo passando pela estrada, rumando para suvs parados no estacionamento, provavelmente dirigindo-se para a Instalação de Treinamento da Polícia de Hollywood para uma demonstração do esquadrão antibombas.

Parece que reservaram o dia para brincar com Eddie, o robô de tecnologia remota, vê-lo andar em suas lagartas, parecendo um caranguejo arrastando-se para baixo na rampa de alumínio de trailer, conectado a um cabo de fibra óptica, exibindo-se. Há também Bunky, o cão farejador de bombas, exibindo-se, e bombeiros em seus enormes caminhões exibindo-se, e sujeitos com suas roupas apropriadas para a detecção de bombas exibindo-se com dinamite e detonadores, talvez até explodindo um carro.

Marino sente falta disso. Está cansado de ser deixado de lado.

"Desculpe", diz Reba. "Eu não quis dizer nada desrespeitoso sobre ela. Tudo o que eu estava dizendo foi o que alguns dos caras com quem eu trabalho..."

"Preciso que você prenda alguém", ele a interrompe, olhando para seu relógio, sem interesse em ouvi-la repetir o que lhe contou no Hooters, sem interesse em, talvez, encarar o fato de que uma parte daquilo se referia a ele.

A maior parte se referia a ele.

O Effexor. Reba teria descoberto, mais cedo do que tarde. Aquela droga o arruinou.

"Talvez em meia hora. Se você puder adiar a visita à lavanderia", ele está dizendo.

"Área de serviço, idiota", diz ela com uma hostilidade nem um pouco convincente.

Ela ainda gosta dele.

"Eu tenho minha própria lavadora e secadora", diz ela. "Não moro em um trailer."

Marino tenta falar com Lucy no celular, enquanto diz a Reba: "Tenho uma ideia. Não tenho certeza se vai dar certo, mas quem sabe a gente tem sorte?".

Lucy atende e lhe diz que não pode falar.

"É importante", diz Marino, olhando para Reba, lembrando o fim de semana que passaram em Key West, quando ele não estava tomando Effexor. "Me dê dois minutos."

Ele ouve Lucy falando com alguém, dizendo que ela tem de atender e que volta logo. Uma voz masculina diz que não há problema. Marino pode ouvir Lucy andando. Ele olha para Reba e se lembra de ter ficado bêbado de rum Captain Morgan no Paradise Lounge do Holiday Inn, e de olhar o crepúsculo e de ficar sentado na banheira de água quente até tarde, quando ele não estava usando Effexor.

"Você está aí?", Lucy pergunta.

"É possível fazer uma teleconferência com dois celulares, uma linha fixa e apenas duas pessoas?", ele pergunta.

"Que tipo de pergunta é essa, um teste de QI?"

"O que eu quero é fazer parecer que estou no telefone da minha sala falando com você, mas o que realmente estarei fazendo é falar com você pelo meu celular. Alô? Você ainda está aí?"

"Você está sugerindo que alguém possa estar monitorando suas chamadas de um telefone multilinha que está conectado ao sistema de PBX?"

371

"Do maldito telefone da minha mesa", diz ele, observando Reba olhar para ele, tentando ver se ela está impressionada.

"Foi isso o que eu quis dizer. Quem?", pergunta Lucy.

"Eu pretendo descobrir, mas tenho quase certeza absoluta de que sei quem é."

"Ninguém conseguiria fazer isso sem a senha do administrador do sistema. Que, nesse caso, sou eu."

"Acho que alguém a pegou. Isso explicaria muita coisa. É possível fazer o que eu disse?", ele pergunta novamente. "Posso ligar para você pelo telefone do escritório, e então entrar em modo de conferência com o meu celular, e em seguida deixar a linha do telefone do escritório aberta para parecer que eu estou lá falando, quando não estou?"

"Sim, podemos fazer isso", diz ela. "Mas não neste exato minuto."

A doutora Self aperta um botão que está piscando no telefone.

"O nosso próximo participante — bom, ele está esperando há alguns minutos e tem um apelido incomum. Hog? Desculpe. Você ainda está conosco?"

"Sim, senhora", uma voz macia e tranquila entra no estúdio.

"Você está no ar", diz ela. "Muito bem, Hog. Por que primeiro você não nos conta sobre seu apelido? Tenho certeza de que todos estão curiosos."

"É assim que me chamam."

Silêncio, e a doutora Self o preenche instantaneamente. Não pode haver tempo morto na televisão.

"Bem, que seja, Hog. Agora, você telefonou com uma história surpreendente. Você está no ramo de jardinagem. E você estava em uma determinada vizinhança e reparou em cancro cítrico no quintal de alguém...?"

"Não. Não é bem assim."

A doutora Self sente uma pontinha de irritação. Hog não está seguindo o roteiro. Quando ele ligou na tarde de terça-feira passada, e ela fingiu ser outra pessoa, ele claramente disse que havia descoberto cancro no quintal de uma velha senhora em Hollywood, só laranjeiras, e agora todas as árvores de cítricos em seu quintal e no de todos os vizinhos têm de ser cortadas, e quando ele mencionou o problema à proprietária daquela árvore infectada em especial, a velha senhora, ela ameaçou se matar se Hog informasse o cancro ao Departamento da Agricultura. Ela ameaçou se matar com a espingarda do falecido marido.

O marido da velha senhora tinha plantado as árvores logo que eles se casaram. Ele morreu e as árvores são tudo que restou a ela, a única coisa viva que sobrou. Cortar suas árvores é destruir uma preciosa parte de sua vida que ninguém tem o direito de tocar.

"Erradicar aquelas árvores é fazer com que ela finalmente aceite sua perda." A doutora Self está explicando tudo isso para sua audiência. "E, ao fazê-lo, ela vê que não sobrou nada pelo qual valha a pena viver. Ela quer morrer. Esse é um belo de um dilema no qual você se encontra, não é, Hog? Brincar de Deus", diz ela no viva-voz.

"Eu não brinco de Deus. Eu faço o que Deus manda. Não é uma representação."

A doutora Self fica confusa, mas prossegue. "Que escolha você tem que fazer! Você seguiu as regras do governo ou seguiu o seu coração?"

"Eu pintei faixas vermelhas nelas", responde ele. "Agora ela está morta. Você ia ser a próxima. Mas não há tempo."

58

Eles estão na cozinha, sentados a uma mesa defronte uma janela que se abre para o canal estreito e escuro.

"Quando a polícia se envolveu", Fred Quincy está dizendo, "eles realmente pediram alguns objetos que pudessem ter o DNA delas. Escova de cabelo, escova de dentes, não lembro o que mais. Nunca fiquei sabendo o que fizeram com aquelas coisas."

"Eles provavelmente nunca as analisaram", diz Lucy, pensando no que ela e Marino acabaram de conversar. "É possível que ainda estejam na sala de evidências deles. Podemos perguntar a respeito, mas eu preferiria não esperar."

A sugestão de que alguém pode ter conseguido acesso à senha administrativa de seu sistema é inacreditável. É revoltante. Marino deve estar enganado. Ela não consegue parar de pensar nisso.

"É óbvio que o caso não é uma prioridade para eles. Eles sempre acreditaram que elas simplesmente foram embora. Não havia sinais de violência", diz Fred. "Eles disseram que deveria haver algum sinal de luta, ou que alguém deveria ter visto alguma coisa. Aconteceu no meio da manhã, e havia pessoas por perto. E o SUV da minha mãe desapareceu."

"Fiquei sabendo que o carro dela estava lá. Um Audi."

"Não estava mesmo. E ela não tinha um Audi. Eu tinha. Alguém deve ter visto o meu carro quando cheguei lá mais tarde, procurando por elas. Minha mãe tinha uma Chevy Blazer. Ela usava para carregar coisas por aí. Sabe, as pessoas distorcem as coisas demais. Eu fui até a loja depois de tentar falar com ela por telefone o dia todo. A bolsa da minha mãe e a Blazer tinham desaparecido, e não havia sinal dela ou de minha irmã."

"Alguma indicação de que elas estiveram na loja?"

"Nada estava ligado. A placa de FECHADO estava virada para fora."

"Alguma coisa faltando?"

"Não que eu saiba. Com certeza, nada óbvio. Não havia nada na registradora, mas isso não necessariamente significa alguma coisa. Se ela deixou dinheiro lá, não era muito. Alguma coisa deve ter aparecido se de repente você precisa do DNA delas."

"Eu o informarei", diz Lucy. "Talvez tenhamos uma pista."

"Você não pode me dizer?"

"Prometo que informarei. Qual foi o seu primeiro pensamento quando saiu procurando por elas e foi até a loja?"

"De verdade? Pensei que talvez elas nunca tivessem ido para lá, que teriam ido embora para sempre."

"Por que você diz isso?"

"Houve muitos problemas. Altos e baixos financeiros. Problemas pessoais. Papai tinha um empreendimento de paisagismo extremamente bem-sucedido."

"Em Palm Beach."

"Lá era o escritório central. Mas ele tinha estufas e plantações de árvores em outros lugares, inclusive aqui perto. Então, no meio da década de 80, ele foi arrasado pelo cancro cítrico. Cada uma das suas árvores de cítricos teve que ser destruída, ele precisou dispensar quase todos os seus empregados e chegou muito perto de declarar falência. Isso foi duro para a minha mãe. Ele se recuperou e prosperou ainda mais, e isso foi difícil para a minha mãe também. Sabe, eu não sei se deveria estar lhe contando todas essas coisas."

"Fred, eu estou tentando ajudar. Não posso fazer isso se você não falar comigo."

"Vou começar quando Helen tinha doze anos", diz ele.

"Eu estava começando o meu primeiro ano na faculdade. Eu sou mais velho, é óbvio. Helen foi morar durante seis meses com o irmão de meu pai e a mulher dele."

"Por quê?"

"Era triste, uma garota tão bonita e talentosa. Entrou em Harvard com apenas dezesseis anos, não ficou nem um semestre, teve um colapso nervoso e voltou para casa."

"Quando?"

"Isso foi no outono antes de elas desaparecerem. Ela só ficou até novembro em Harvard."

"Oito meses antes de ela e sua mãe desaparecerem?"

"Sim. Helen recebeu uma carga genética bem ruim."

Ele faz uma pausa, como se estivesse decidindo se deveria ou não continuar, e então: "Muito bem. Minha mãe não era a pessoa mais estável do mundo. Você já deve ter imaginado isso, a obsessão dela pelo Natal. Loucura e mais loucura, aparecendo e desaparecendo desde que eu me conheço por gente. Mas ficou realmente ruim quando Helen fez doze anos. Mamãe estava fazendo algumas coisas bem irracionais."

"Ela estava se consultando com algum psiquiatra local?"

"O melhor que o dinheiro podia comprar. Aquela celebridade. Ela morava em Palm Beach naquela época. Doutora Self. Ela recomendou hospitalização. Essa foi a verdadeira razão de minha mãe ter mandado Helen para a casa dos meus tios. Mamãe estava no hospital, e papai era muito ocupado e nem um pouco inclinado a tomar conta sozinho de uma menina de doze anos. Mamãe voltou para casa. Depois foi a vez de Helen e nenhuma delas estava... bem... normal."

"Helen foi a um psiquiatra?"

"Não naquela época", diz Fred. "Ela era apenas estranha. Não era instável como minha mãe, mas estranha. Ia bem na escola, muito bem, então foi para Harvard e surtou, foi encontrada no salão de uma casa funerária lá, sem saber quem era. Como se as coisas já não estivessem ruins, papai morreu. Mamãe entrou em uma verdadeira espiral

376

descendente, ia a lugares nos fins de semana, não me dizia onde estava, me deixava doido. Foi terrível."

"Então a polícia imaginou que ela, sendo instável e com um histórico de desaparecimentos breves, talvez tivesse fugido com Helen?"

"Eu mesmo pensei isso. Eu ainda me pergunto se minha mãe e minha irmã não estão por aí em algum lugar."

"Como o seu pai morreu?"

"Caiu de uma escada em sua biblioteca de livros raros. A casa em Palm Beach tinha três andares, tudo em mármore e granito."

"Ele estava sozinho em casa quando aconteceu?"

"Helen encontrou-o no patamar do primeiro andar."

"Ela era a única pessoa na casa no momento?"

"Tinha um namorado, talvez. Não sei quem era."

"Quando foi isso?"

"Alguns meses antes de ela e mamãe desaparecerem. Helen tinha dezessete anos, era precoce. Bom, para falar a verdade, depois que voltou de Harvard, ela ficou completamente fora de controle. Sempre me perguntei se aquilo era uma reação ao meu pai, ao meu tio, às pessoas da família do lado do meu pai. São extremamente religiosos e sérios, Jesus isso, Jesus aquilo, são importantes em suas igrejas. Diáconos, professores de escola dominical, sempre tentando apresentar um *testemunho* às pessoas."

"Você chegou a conhecer alguns dos namorados de Helen?"

"Não. Ela andava por aí, desaparecia por dias seguidos. Só encrenca. Eu não vinha para casa se não precisasse. A obsessão de mamãe com o Natal era uma tremenda piada. Nunca houve Natal na nossa casa. Era sempre muito desagradável."

Ele se levanta da mesa. "Se importa se eu pegar uma cerveja?"

"À vontade."

Ele pega uma Michelob, tira a tampa. Fecha a porta da geladeira e se senta de novo.

377

"Sua irmã chegou a ser hospitalizada?"

"No mesmo lugar em que a mamãe foi. Durante um mês, logo depois que saiu de Harvard. Eu chamava o lugar de Club McLean. Os bons genes familiares em ação."

"McLean em Massachusetts?"

"É. Você nunca anota nada? Não sei como consegue lembrar tudo."

Lucy dedilha a caneta que está segurando, o pequeno gravador ligado e invisível em seu bolso.

"Nós precisamos do DNA da sua mãe e do da sua irmã", diz ela.

"Não tenho a menor ideia de como vamos conseguir isso agora. A menos que a polícia ainda tenha aquelas coisas."

"O seu vai servir. Pense em DNA de árvore genealógica", diz Lucy.

59

Scarpetta olha pela janela para a rua fria e branca. São quase três horas, ela passou a maior parte do dia ao telefone. "Que tipo de triagem vocês têm? Vocês devem ter algum sistema de controle de quem vai ao ar", diz ela.

"É claro. Um dos produtores conversa com a pessoa, para ter certeza de que ela não é louca."

Parece uma estranha escolha de palavras para uma psiquiatra.

"Nesse caso, eu já havia tido uma conversa com o homem, o jardineiro. É uma longa história." A doutora Self está falando rapidamente.

"Ele disse que se chamava Hog na primeira vez em que falou com ele?"

"Eu não pensei a respeito. Muita gente tem apelidos malucos. Eu só preciso saber: alguma mulher idosa apareceu morta de repente, um suicídio? Você saberia, não? Ele ameaçou me matar."

"Receio que muitas mulheres idosas apareçam mortas com certa frequência", responde Scarpetta de maneira evasiva. "Pode me dar mais detalhes? O que exatamente ele disse?"

A doutora Self reconta a história das árvores de cítricos com cancro no quintal da senhora idosa, de sua tristeza pela perda do marido, da ameaça de se matar com a espingarda de seu marido se o jardineiro — Hog — destruísse as árvores dela. Benton entra na sala com dois cafés, e Scarpetta coloca a doutora Self no viva-voz.

"Então ele ameaçou me matar", diz a doutora Self novamente. "Ou disse que ia, mas mudou de ideia."

"Eu estou aqui com uma pessoa que precisa ouvir isso", diz Scarpetta, apresentando Benton. "Conte-lhe o que acabou de me contar."

Benton senta-se no sofá enquanto a doutora Self responde que não entende por que um psicólogo forense de Massachusetts teria qualquer interesse por um suicídio que pode ou não ter acontecido na Flórida. Mas pode ser que ele tenha uma opinião válida sobre a ameaça à vida dela, e ela adoraria tê-lo no programa algum dia. Que tipo de pessoa iria ameaçá-la daquele jeito? Ela está em perigo?

"O seu estúdio mantém um registro dos telefonemas por meio de um identificador de chamadas?", pergunta Benton. "Os números são guardados, mesmo que temporariamente?"

"Eu acho que sim."

"Eu gostaria que a senhora descobrisse isso imediatamente", diz ele. "Vamos ver se podemos determinar de onde ele está telefonando."

"Eu sei que não aceitamos chamadas não identificadas. A pessoa tem que desabilitar o bloqueador de número, porque certa vez eu tive uma mulher insana me ameaçando de morte durante o programa. Não é a primeira vez que acontece. A chamada dela veio como não identificada. Isso não acontece mais."

"Então, obviamente, vocês estão registrando os números de todas as pessoas que ligam", diz Benton. "O que eu quero é uma relação impressa dos números de todos que ligaram durante o programa desta tarde. E quanto à primeira vez em que a senhora falou com esse jardineiro? A senhora mencionou que teve uma conversa com ele. Quando foi isso, e a chamada foi local? A senhora conseguiu registrar o número?"

"No final da tarde de terça-feira. Eu não tenho identificador de chamadas. O meu número não consta da lista e eu não preciso de um identificador."

380

"Ele se identificou?"

"Como Hog."

"Ele ligou para a sua casa?"

"Para meu consultório particular. Eu atendo pacientes no escritório atrás da minha casa. Na verdade é uma casa de hóspedes ao lado da piscina."

"Como ele poderia ter conseguido o número?"

"Não tenho a menor ideia, agora que o senhor mencionou isso. É claro que os meus colegas, qualquer pessoa com quem eu tenho negócios e os meus pacientes têm o número."

"Há alguma possibilidade de que esse homem seja um de seus pacientes?"

"Eu não reconheci a voz dele. Não consigo pensar em nenhum paciente que pudesse ser ele. Há alguma coisa a mais acontecendo aqui." Ela se torna insistente. "Eu creio que tenho o direito de saber algo mais do que as simples aparências. Em primeiro lugar, você não confirmou se houve uma idosa que cometeu suicídio com uma espingarda por causa de seus cítricos com cancro."

"Nada exatamente assim." É Scarpetta quem fala. "Mas há um caso muito recente que soa semelhante ao que você acabou de descrever, uma mulher idosa cujas árvores foram marcadas para erradicação. Uma morte por espingarda."

"Meu Deus. Aconteceu depois das seis da tarde na terça-feira passada?"

"Provavelmente antes disso", diz Scarpetta, razoavelmente certa de saber o motivo da pergunta da doutora Self.

"Isso é um alívio. Então ela já estava morta na hora em que o jardineiro, Hog, ligou para mim. Ele ligou talvez uns cinco, dez minutos depois das seis e pediu para aparecer no meu programa, contou a história sobre a mulher idosa que ameaçava se matar. Então ela já devia ter feito isso. Eu não ia querer que a morte dela tivesse alguma coisa a ver com o fato de ele querer aparecer no meu programa."

Benton olha para Scarpetta como quem diz *Que vaca*

381

insensível e narcisista, e diz no viva-voz: "Neste momento estamos tentando entender muitas outras coisas, doutora Self. E seria bastante útil se a senhora pudesse nos dar um pouco mais de informações sobre David Luck. A senhora receitou Ritalina para ele."

"Você por acaso está dizendo que alguma coisa horrível aconteceu a ele também? Sei que ele está desaparecido. Há algo novo sobre isso?"

"Há razões para estarmos muito preocupados", Scarpetta repete o que disse no passado. "Temos motivos para estar muito preocupados com ele, com o irmão e com as duas irmãs com quem eles moravam. Há quanto tempo você tratava dele?"

"Desde o verão passado. Acho que ele veio se consultar pela primeira vez em julho. Talvez tenha sido no final de julho. Os pais morreram em um acidente e ele estava muito agitado, indo mal na escola. Ele e o irmão tinham aulas em casa."

"Com que frequência a senhora o via?", pergunta Benton.

"Geralmente uma vez por semana."

"Quem o levava para as consultas?"

"Às vezes Kristin. Às vezes Ev. Às vezes eram as duas, e de vez em quando eu me reunia com os três."

"Como David chegou até você?" É Scarpetta quem faz a pergunta. "Como ele acabou ficando sob os seus cuidados?"

"Bem, foi algo bastante comovente. Kristin costumava ligar para o programa. Ao que parece, ela o ouvia frequentemente e decidiu que conseguiria me contatar desse jeito. Ligou para o meu programa de rádio e disse que estava tomando conta de um menino sul-africano que tinha acabado de perder os pais e que precisava de ajuda etc. etc. Era uma história de muito sofrimento e, ao vivo, eu concordei em vê-lo. Você não acredita na quantidade de correspondência que recebi de meus ouvintes depois disso. Eu ainda recebo cartas e e-mails, pessoas querendo saber como vai o pequeno órfão sul-africano."

"A senhora tem a gravação do programa sobre o qual

estamos falando?", pergunta Benton. "Um arquivo de áudio?"

"Temos gravações de tudo."

"Com que rapidez a senhora conseguiria me mandar esse arquivo de som e a gravação de seu programa de televisão de hoje? Estamos presos pela neve aqui em cima — pelo menos por enquanto. Estamos fazendo o que dá para ser feito de longe, por isso estamos um tanto limitados."

"É, eu fiquei sabendo que vocês tiveram uma tempestade e tanto aí em cima. Tomara que não fiquem sem energia elétrica", diz ela, como se eles tivessem acabado de passar a última meia hora em uma conversa agradável. "Posso ligar agora mesmo para o meu produtor, e ele pode mandar para vocês por e-mail. Tenho certeza de que ele vai querer conversar com você para uma aparição no programa algum dia."

"E o número dos telefones das pessoas que participam", Benton a lembra.

"Doutora Self?", diz Scarpetta, olhando pela janela com desânimo.

Está começando a nevar de novo.

"E quanto a Tony? O irmão de David?"

"Eles brigavam muito."

"Você atendia Tony também?"

"Eu nunca o vi", responde ela.

"Você disse que conheceu Ev e Kristin. Alguma delas tinha algum distúrbio alimentar?"

"Eu não tratava de nenhuma delas. Não eram minhas pacientes."

"Penso que você poderia dizer apenas olhando para elas. Uma delas estava em uma dieta regular de cenouras."

"Com base na aparência, era Kristin", responde ela.

Scarpetta olha para Benton. Ela pediu que o laboratório de DNA da Academia contatasse o detetive Thrush no momento em que ela descobriu a dura-máter amarelada. O DNA da mulher morta ali em Massachusetts coincidiu com o DNA das manchas amareladas em uma blusa que Scarpetta retirou da casa de Kristin e Ev. O corpo no necrotério de Boston muito provavelmente é o de Kristin, e Scarpetta não tem a intenção de passar essa informação para a doutora Self, que poderia muito bem falar a respeito em seu programa.

Benton se levanta do sofá para colocar mais lenha na lareira, enquanto Scarpetta desliga o telefone. Observa a neve caindo rápido sob a luz das lâmpadas no portão da frente da casa de Benton.

"Chega de café", diz Benton. "Meus nervos não aguentam mais."

"Acontece alguma outra coisa aqui, além de nevar?"

"As ruas principais provavelmente já estão limpas. Eles são muito rápidos aqui. Não creio que os meninos tenham alguma coisa a ver com isso tudo."

"Eles têm alguma coisa a ver com isso", ela diz, indo para a frente do fogo, sentando-se no degrau da lareira. "Eles desapareceram. Parece que Kristin morreu. Provavelmente todos eles morreram."

60

Marino liga para Joe enquanto Reba está sentada em silêncio ali perto, envolvida com cenas infernais.

"Tenho umas coisas para discutir com você", Marino diz a Joe. "Surgiu um problema."

"Que tipo de problema?", ele pergunta, cauteloso.

"Prefiro falar pessoalmente. Tenho que retornar uns telefonemas na minha sala, cuidar de algumas coisas. Onde você vai estar durante a próxima hora?"

"Sala 112."

"Você está nela agora?"

"Indo para lá."

"Deixe eu adivinhar", diz Marino. "Trabalhando em outra cena infernal que você roubou de mim?"

"Se é sobre isso que você quer conversar..."

"Não é", diz Marino. "É muito pior do que isso."

"Você é mesmo impressionante", Reba diz a Marino, colocando a pasta de cenas infernais sobre a mesa. "Elas são muito boas. São brilhantes, Pete."

"Vamos fazer isso em cinco minutos, vamos dar tempo para que ele chegue à sala dele", e agora ele está com Lucy ao telefone. "Me diga, o que eu tenho que fazer?"

"Você vai desligar, eu também, então aperte o botão de conferência no telefone da sua mesa e tecle o número do meu celular. Quando eu atender, aperte o botão de conferência de novo e tecle o número do seu telefone celular. Então você pode ou colocar o telefone da sua mesa em espera para manter a linha aberta ou apenas deixá-lo fora do gancho. Se alguém estiver monitorando a nossa chamada, a pessoa vai achar que você está na sua sala."

Marino espera cinco minutos e então faz o que ela disse. Ele e Reba saem do prédio enquanto ele e Lucy conversam pelos celulares. Eles mantêm uma conversa de verdade enquanto ele espera com todas as forças que Joe esteja escutando. Até agora ele e Lucy tiveram sorte. A recepção está boa. Ele a ouve como se ela estivesse na sala ao lado.

Conversam sobre as novas motocicletas. Conversam sobre todos os assuntos enquanto ele e Reba caminham.

O motel Última Parada é um trailer duplo modificado que foi dividido em três salas que são usadas para as cenas de crime inventadas. Cada seção tem uma porta separada com um número. A sala 112 fica no meio. Marino repara que a cortina está puxada sobre a janela da frente, e ele pode ouvir o ar-condicionado funcionando. Ele tenta abrir a porta, está trancada, ele a chuta com força com sua bota de couro enorme e a porta barata abre com facilidade, batendo contra a parede. Joe está sentado diante de uma mesa, um receptor no ouvido, um gravador ligado ao telefone, o rosto em choque, e em seguida aterrorizado. Marino e Reba olham para ele.

"Sabe por que eles chamam este lugar de motel Última Parada?", Marino pergunta, aproximando-se de Joe, arrancando-o da cadeira como se ele não pesasse nada. "Porque é aqui que vai ser o seu fim."

"Me solta!", grita Joe.

Os pés dele estão acima do chão. Marino o segura pelas axilas, os rostos dos dois separados por centímetros. Marino prensa-o contra a parede.

"Me solta! Você está me machucando!"

Marino solta-o. Ele cai com força no chão.

"Você sabe por que ela está aqui?" Ele aponta para Reba. "Para prender você, otário."

"Eu não fiz nada!"

"Falsificação de registros, roubo, talvez homicídio, uma vez que você obviamente roubou uma arma que foi usada

386

fora do estado para arrancar a cabeça de uma mulher. Ah, e pode acrescentar fraude", Marino acrescenta à lista, sem se importar se todas as acusações são válidas.

"Eu, não! Eu não sei sobre o que você está falando!"

"Pare de gritar. Eu não sou surdo. Veja, a detetive Wagner aqui é testemunha, certo?"

Ela confirma com um movimento da cabeça, o rosto endurecido. Marino nunca viu uma expressão tão assustadora no rosto dela.

"Você me viu encostando um dedo nele?", Marino pergunta a ela.

"De jeito nenhum."

Joe está tão assustado que poderia molhar a calça.

"Você quer nos contar por que roubou aquela espingarda e para quem você a deu ou vendeu?" Marino puxa a cadeira, vira-a ao contrário e senta, os braços enormes apoiados no encosto. "Ou talvez tenha sido você quem estourou a cabeça da mulher. Talvez você esteja vivendo as cenas infernais, só que essa eu não escrevi. Você deve ter roubado de alguma outra pessoa."

"Que mulher? Eu não matei ninguém. Eu não roubei uma espingarda. Que espingarda?"

"Aquela que você retirou no último dia 28 de junho, às três e quinze da tarde. Aquela que consta do registro de computador que você acabou de atualizar, falsificando o registro também."

A boca de Joe está aberta, seus olhos arregalados.

Marino coloca a mão no bolso de trás, tira de lá uma folha de papel, desdobra-a e passa para ele. É uma fotocópia da página do livro de registros mostrando quando Joe assinou a retirada da espingarda Mossberg e quando supostamente a devolveu.

Joe olha para a fotocópia, as mãos tremendo.

Ele diz: "Eu juro por Deus que não a peguei. Eu lembro o que aconteceu. Eu estava fazendo mais pesquisa com gelatina balística e talvez a tenha usado uma vez para um teste de tiro. Então eu saí para fazer alguma coisa na cozinha do laboratório, acho que fui checar mais uns blocos que tinha acabado de fazer, aqueles que estávamos usando para simular passageiros em um acidente de avião. Lembra quando Lucy usou aquele helicóptero enorme para derrubar uma fuselagem de avião do céu para que os alunos pudessem..."

"Vá ao ponto!"

"Quando voltei, a espingarda tinha sumido. Eu achei que Vince a tivesse trancado de novo na caixa-forte. Já era tarde. Ele provavelmente a trancou de volta porque estava prestes a ir para casa. Eu me lembro de ter ficado furioso com aquilo porque queria atirar mais algumas vezes."

"Não é de admirar que você roube as minhas cenas infernais", diz Marino. "Você não tem imaginação. Tente de novo."

"Estou dizendo a verdade."

"Você quer que ela o leve algemado?", pergunta Marino, sacudindo o polegar na direção de Reba.

"Você não pode provar que fui eu."

"Eu posso provar que você cometeu fraude", diz Marino. "Quer falar sobre todas aquelas cartas de referências que você falsificou para que a doutora contratasse você como bolsista?"

Por um instante, ele fica sem palavras. Então começa a recuperar a compostura. Põe no rosto o sorriso de espertinho novamente.

"Prove o que você está dizendo", desafiou ele.

"Todas aquelas cartas foram impressas no mesmo tipo de papel com marca-d'água."

"Isso não prova nada."

Joe fica em pé e esfrega a parte baixa das costas.

"Eu vou processar você", ameaça.

"Ótimo. Então eu posso machucar você mais ainda", retruca Marino, esfregando o punho. "Talvez eu quebre o seu pescoço. Você não me viu tocar nele, não é, detetive Wagner?"

"De jeito nenhum", diz ela. E em seguida: "Se você não pegou a espingarda, quem pegou? Havia mais alguém com você no laboratório de armas naquela tarde?".

Ele pensa por um minuto e alguma coisa aparece em seus olhos.

"Não", diz ele.

61

Vinte e quatro horas por dia, os guardas dentro da sala de controle monitoram os presos considerados potenciais suicidas.

Eles vigiam Basil Jenrette. Eles o veem dormir, tomar banho, comer. Eles o veem usar o sanitário de aço. Eles o veem virar as costas para a câmera de circuito fechado e aliviar sua tensão sexual embaixo de um lençol na estreita cama de aço.

Ele os imagina rindo dele. Imagina o que dizem dentro da sala de controle enquanto o vigiam pelos monitores. Zombam dele para os outros guardas. Ele percebe por seus sorrisos maliciosos quando trazem as refeições, ou deixam que ele saia para poder se exercitar ou dar um telefonema. Às vezes eles fazem comentários. Às vezes aparecem do lado de fora de sua cela no exato momento em que ele está aliviando sua tensão sexual, e eles imitam o ruído, riem e batem com força na porta.

Basil se senta na cama, olhando para a câmera montada no alto da parede oposta. Ele folheia o exemplar deste mês de *Field & Stream* enquanto pensa na primeira vez em que encontrou Benton Wesley e cometeu o erro de responder a uma de suas perguntas honestamente.

Alguma vez você pensa em se machucar ou machucar os outros?

Eu já machuquei os outros, então acho que isso significa que penso a respeito, disse Basil.

Que pensamentos você tem, Basil? Você pode descrever

o que vê quando pensa sobre machucar outras pessoas e a si mesmo?

Penso em fazer o que eu estava acostumado. Ver uma mulher e ter aquela vontade forte. Colocar ela no meu carro de polícia, e tirar minha arma e talvez o distintivo e dizer a ela que ela estava presa, e que se ela resistisse à prisão, se ela encostasse na porta, eu não teria opção a não ser atirar. Todas elas cooperaram.

Nenhuma delas resistiu a você.

Só as últimas duas. Por causa do problema com o carro. É tão idiota.

As outras, antes das duas últimas, elas acreditaram que você era policial e que as estava prendendo?

Elas acreditaram que eu era policial. Mas elas sabiam o que estava acontecendo. Eu queria que elas soubessem. Eu ficava duro. Mostrava a elas que estava duro, fazia-as colocar a mão em cima. Elas iam morrer. É tão idiota.

O que é idiota, Basil?

Tão idiota. Eu disse mil vezes. Você me ouviu dizer, certo? Você preferiria que eu atirasse em você bem ali no meu carro ou que o levasse para algum lugar onde pudesse me demorar com você? Por que me deixaria levar você para algum lugar secreto e amarrá-lo?

Conte-me como você as amarrava, Basil. Sempre da mesma maneira?

É. Eu tenho um método bem legal. Absolutamente exclusivo. Eu inventei quando comecei a fazer minhas prisões.

Quando você diz prisões quer dizer rapto e ataque de mulheres.

Quando eu comecei, é.

Basil sorri sentado na cama, lembrando-se da emoção de torcer cabides de fio ao redor dos tornozelos e pulsos delas, passando uma corda por eles para que pudesse levantá-las.

Elas eram as minhas marionetes, ele explicou ao doutor Wesley durante aquela primeira entrevista, perguntando-se o que seria preciso para conseguir uma reação dele.

Não importava o que Basil dissesse, o doutor Wesley mantinha seu olhar firme, ouvindo, sem deixar que nada que ele sentisse transparecesse no rosto. Talvez ele não sentisse nada. Talvez ele fosse como Basil.

Veja bem, nesse lugar que eu tinha, havia vigas expostas onde o teto tinha desabado, especialmente nesse quarto nos fundos. Eu jogava as cordas por cima das vigas, e então eu podia apertar ou soltar elas do jeito que quisesse, dar para elas uma corda mais longa ou mais curta.

E elas nunca resistiam, mesmo quando percebiam o que as esperava quando você as levava para esse lugar? O que era? Uma casa?

Eu não lembro.

Elas resistiam, Basil? Parece que seria difícil segurá--las dessa maneira tão elaborada enquanto ainda as mantinha na mira da arma.

Eu sempre tive essa fantasia de ter alguém olhando. Basil não respondeu à pergunta. *E então fazer sexo depois que tinha acabado. Fazer sexo durante horas com o corpo bem ali no mesmo colchão.*

Sexo com um corpo morto ou sexo com outra pessoa?

Eu nunca me meti com isso. Não é para mim. Eu gostava de ouvi-las. Quero dizer, tinha que doer pra cacete. Às vezes os ombros delas deslocavam. E então eu soltava a corda o suficiente para elas usarem o banheiro. Essa era a parte de que eu não gostava. Esvaziar o balde.

E quanto aos olhos delas, Basil?

Bom, vamos ver. Sem trocadilho.

O doutor Wesley não riu, e isso aborreceu Basil um pouco.

Eu as deixaria dançando com a corda no pescoço, sem trocadilho. Você nunca ri? Ora, vamos lá, uma parte disso é engraçada.

Estou ouvindo você, Basil. Estou ouvindo cada palavra que você diz.

Isso era bom, pelo menos. E ele estava ouvindo. O doutor Wesley estava ouvindo e achava que toda palavra era importante e fascinante, achava que Basil era a pessoa mais interessante e original que ele já tinha entrevistado.

Assim que eu ia fazer sexo com elas, continuou ele, *era nesse momento que eu fazia aquilo com os olhos delas. Sabe como é, se eu tivesse nascido com um pau de tamanho decente, nada disso teria sido necessário.*

Elas estavam conscientes quando você as cegava.

Se eu pudesse dar a elas um pouco de gás e fazer com que desmaiassem enquanto realizava a cirurgia, eu teria dado. Eu particularmente não gostava quando elas estavam gritando e estrebuchando em todo lugar. Mas eu não conseguia fazer sexo com elas até que estivessem cegas. Eu explicava isso a elas. Eu dizia: Lamento muito que tenha que fazer isso em você, o.k.? Vou ser o mais rápido que puder. Vai doer um pouquinho.

Não é engraçado? Vai doer um pouquinho. *Toda vez que alguém diz isso para mim, eu sei que vai doer pra cacete. Então eu dizia a elas que ia desamarrá-las para a gente poder fazer sexo. Eu dizia que, se elas tentassem fugir ou fazer alguma coisa estúpida, eu iria fazer coisas ainda piores a elas do que já tinha feito. E é isso. A gente fazia sexo.*

Quanto tempo isso durava?

Você quer dizer o sexo?

Quanto tempo você as mantinha vivas e fazia sexo com elas?

Isso dependia. Se eu gostava de fazer sexo com elas, às vezes eu ficava com elas durante dias. Acho que o maior tempo foi dez dias. Mas isso não foi bom porque ela ficou infectada e era nojento.

Você fez mais alguma coisa com elas? Alguma coisa além de cegá-las e fazer sexo?

Eu fiz experiências. Algumas.

Você as torturou?

Bom, eu diria que tirar os olhos de alguém com uma faca... bem, respondeu Basil, e agora ele deseja que não tivesse dito isso.

Isso abriu toda uma nova linha de interrogatório. O

393

doutor Wesley começou pela distinção entre certo e errado e a compreensão do sofrimento que Basil estava causando a outro ser humano, e que se ele soubesse que alguma coisa era tortura, então ele tinha consciência do que estava fazendo no momento em que estava fazendo e também depois de refletir a respeito. Não foi bem assim que ele disse, mas era esse o ponto a que ele queria chegar. A mesma lengalenga que ele tinha ouvido em Gainesville quando os psiquiatras estavam tentando descobrir se ele era legalmente apto a submeter-se a julgamento. Ele nunca deveria tê-los deixado saber que ele estava apto. Aquilo também foi idiota. Um hospital psiquiátrico forense é um hotel de cinco estrelas comparado com a prisão, especialmente se você está no corredor da morte, sentado dentro de sua cela minúscula e claustrofóbica, sentindo-se como o palhaço Bozo com calça de listras azuis e brancas e camiseta cor de laranja.

Basil levanta-se da cama de aço e alonga o corpo. Ele finge não estar interessado na câmera no alto da parede. Ele nunca deveria ter reconhecido que às vezes criava fantasias sobre se matar, que sua forma preferida seria cortar os pulsos e ficar se olhando sangrar, pingando, pingando, pingando, olhando a poça se formando no chão, porque isso iria fazê-lo se lembrar de suas antigas preocupações prazerosas, com quantas mulheres mesmo? Ele perdeu a conta. Talvez tenham sido oito. Ele disse oito para o doutor Wesley. Ou será que foram dez?

Ele se alonga um pouco mais. Usa o vaso sanitário de aço e volta para a cama. Abre o número mais recente de *Field & Stream,* olha a página 52, no que deveria ser uma coluna sobre o primeiro rifle calibre 22 de um caçador e as alegres recordações sobre caçar coelhos e gambás, de pescar em Missouri.

Essa página 52 não é a verdadeira. A verdadeira página 52 foi arrancada e escaneada em um computador. Então, em uma fonte e formato idênticos, uma carta foi inserida no texto da revista. A página 52 escaneada foi cuidadosamente reinserida na revista, com um pouquinho de cola, e o que parece ser uma coluna normal sobre caça e pesca é uma comunicação clandestina dirigida a Basil.

Os guardas não se importam com o fato de os prisioneiros receberem revistas de pesca. É provável que eles nem sequer as folheiem, não essas revistas tediosas, completamente destituídas de sexo e violência.

Basil entra embaixo das cobertas, virando sobre o lado esquerdo do corpo, Atravessado em diagonal sobre a cama, as costas para a câmera, do jeito que ele sempre faz quando quer aliviar a tensão sexual. Ele coloca a mão embaixo do colchão fino e puxa de lá tiras de pano de algodão branco de duas cuecas boxer que ele esteve rasgando a semana toda.

Sob o lençol, ele faz um primeiro talho com os dedos e depois rasga. Cada tira é amarrada firmemente no que se tornou uma corda com nós de quase dois metros de comprimento. Ele ainda tem tecido sobrando para mais duas tiras. Ele faz o primeiro corte com os dentes e depois rasga. Ele respira ofegante e balança o corpo um pouco, como se tivesse aliviando sua tensão sexual, e ele rasga e amarra a tira à corda, e então amarra a última delas.

62

Dentro do centro de informática da Academia, Lucy está sentada diante de três telas de vídeo grandes, lendo e-mails, recuperando-os do servidor.

O que ela e Marino descobriram até agora é que, antes de começar a receber a bolsa, Joe Amos estava se comunicando com um produtor de televisão que afirmava estar interessado em criar um novo programa de tema forense para uma das redes de televisão a cabo. Por sua consultoria, prometeram a Joe cinco mil dólares por episódio, supondo que os programas fossem ao ar. Ao que parece, Joe começou a ter ideias brilhantes no final de janeiro, mais ou menos na época em que Lucy ficou com enjoo enquanto testava a nova aviônica em um de seus helicópteros, saiu correndo para o banheiro feminino e esqueceu o Treo. No início, ele foi sutil, plagiando as cenas infernais. Depois ficou ostensivo, roubando-as sem cerimônia enquanto percorria os bancos de dados a seu bel-prazer.

Lucy recupera outro e-mail, este datado de 10 de fevereiro, um ano atrás. Veio da residente do verão passado, Jan Hamilton, que se feriu com a agulha e ameaçou processar a Academia.

Prezado dr. Amos,

Ouvi o senhor no programa da doutora Self na noite passada e fiquei fascinada com o que o senhor disse sobre a Academia Forense Nacional. Parece ser um lugar surpreendente e, a propósito, parabéns por ter sido contemplado com a bolsa. É incrivelmente admirável. Gostaria de saber se o senhor poderia me ajudar a conseguir uma residência aí durante o verão. Estudo biologia nuclear e genética em Harvard e quero ser cientista forense, especializada em DNA. Anexo um arquivo com minha foto e outras informações pessoais.

P. S.: A melhor maneira de me contatar é por este endereço. Minha conta em Harvard está protegida por um firewall e não posso usá-la, a menos que esteja no campus.

"Merda", diz Marino. "Puta merda."

Lucy recupera mais e-mails, abre dúzias deles, e-mails que se tornam cada vez mais pessoais, depois românticos, depois lascivos, entre Joe e Jan, durante a residência dela na Academia, conduzindo a um e-mail que ele mandou para ela no começo de julho passado, sugerindo que ela tentasse usar um pouco de criatividade em uma cena infernal que estava agendada para acontecer na Lavoura de Corpos. Ele combinou com ela que passasse em seu escritório para pegar agulhas hipodérmicas e *qualquer outra coisa que você queira pegar.*

Lucy nunca viu o filme da cena infernal que deu tão errado. Ela nunca viu os filmes de quaisquer cenas infernais. Até agora, ela não estava interessada neles.

"Como se chama?", diz ela, ficando furiosa.

"Lavoura de Corpos", responde Marino.

Ela encontra o arquivo de vídeo e o abre.

Eles assistem aos alunos andando ao redor do corpo morto de um dos homens mais obesos que Lucy já viu. Ele está no chão, totalmente vestido com um terno cinza barato, provavelmente o que estava usando quando foi derrubado por um ataque cardíaco repentino. Ele está começando a se decompor. Os vermes fervilham sobre seu rosto.

397

O foco da câmera muda para uma moça procurando alguma coisa no bolso do paletó do homem morto, virando-se para a câmera, puxando a mão do bolso, gritando — gritando que alguma coisa a picou através da luva.

Stevie.

Lucy tenta falar com Benton. Ele não atende. Ela tenta a tia e também não consegue falar com ela. Tenta o laboratório de neuroimagem, e a doutora Susan Lane atende o telefone. Ela diz a Lucy que Benton e Scarpetta devem chegar a qualquer minuto, têm um compromisso agendado com um paciente, Basil Jenrette.

"Estou lhe mandando um vídeo por e-mail", diz Lucy. "Cerca de três anos atrás, você examinou uma jovem chamada Helen Quincy. Eu queria saber se é a mesma pessoa que aparece no vídeo."

"Lucy, eu não posso fazer esse tipo de coisa."

"Eu sei, eu sei. Por favor. É realmente importante."

WONK... WONK... WONK... WONK...

A doutora Lane está com Kenny Jumper no aparelho de ressonância. Ela está na metade do exame, e o laboratório está cheio da agitação de costume.

"Você pode entrar no banco de dados?", a doutora Lane pergunta à sua assistente de pesquisa. "Para verificar a possibilidade de termos encaminhado uma paciente chamada Helen Quincy. Possivelmente três anos atrás? Josh, continue", diz ela ao técnico de ressonância. "Você pode aguentar um pouco sem mim?"

"Vou tentar." Ele sorri.

Beth, a assistente de pesquisas, está digitando no teclado de um computador no balcão dos fundos. Não demora muito e ela encontra Helen Quincy. A doutora Lane liga para Lucy.

"Você tem uma fotografia dela?", pergunta Lucy.

WOP-WOP-WOP-WOP. O som dos gradientes captando imagens faz a doutora Lane pensar no sonar de um submarino.

398

"Apenas do cérebro dela. Nós não fotografamos os pacientes."

"Você viu o arquivo de vídeo que eu acabei de mandar por e-mail? Talvez signifique alguma coisa."

A voz de Lucy soa frustrada, decepcionada.

TAP-TAP-TAP-TAP-TAP...

"Espere. Mas eu não sei o que você acha que eu posso fazer com ele", diz a doutora Lane.

"Talvez você se lembre de quando ela esteve aí. Você já trabalhava aí três anos atrás. Você ou alguém a examinou. Johnny Swift era bolsista aí na mesma época. Talvez ele a tenha examinado também, revisto os exames dela."

A doutora Lane não tem certeza de estar entendendo.

"Talvez você a tenha examinado", insiste Lucy. "Talvez você a tenha visto aí três anos atrás, talvez se lembre se vir a imagem..."

A doutora Lane não se lembraria. Ela tem atendido tantos pacientes, e três anos é muito tempo.

"Espere um pouco", diz ela novamente.

BAUN... BAUN... BAUN... BAUN...

Ela vai até um computador e entra em sua conta de e-mail sem se sentar. Abre o arquivo de vídeo e assiste a ele várias vezes, olhando uma linda jovem com cabelo loiro-escuro e olhos escuros levantando o olhar do corpo morto de um homem enormemente gordo cujo rosto está coberto de vermes.

"Meu Deus", diz a doutora Lane.

A linda jovem no vídeo olha ao redor, bem na direção da câmera, os olhos de frente para a doutora Lane, e a linda jovem coloca a mão enluvada dentro do bolso do paletó cinzento do homem gordo morto. Então o vídeo para, e a doutora Lane o passa novamente, percebendo algo.

Ela olha através do plexiglas para Kenny Jumper e mal consegue ver sua cabeça na outra extremidade do aparelho. Ele é pequeno e magro dentro de roupas escuras e folgadas, botas que parecem ser de numeração errada, uma aparência de sem-teto, mas delicadamente bonito com o cabelo loiro-escuro amarrado em um rabo-de-cavalo. Seus olhos são escuros, e a percepção da doutora Lane se torna mais intensa. Ele se parece tanto com a garota na imagem que poderiam ser irmão e irmã, talvez gêmeos.

"Josh?", diz a doutora Lane. "Você pode fazer o seu truque favorito de reconstrução de imagem com superfícies sombreadas?"

"Nele?"

"Sim. Agora mesmo", diz ela, tensa. "Beth, dê-lhe o CD do caso Helen Quincy. Agora", diz ela.

63

Benton acha um pouco curioso que um táxi esteja estacionado do lado de fora do laboratório de neuroimagem. É um suv azul e não há ninguém dentro. Talvez seja o táxi que deveria pegar Kenny Jumper na Funerária Alfa & Ômega, mas por que o táxi está estacionado aqui, e onde está o motorista? Perto do táxi está a van branca da prisão que trouxe Basil para sua entrevista das cinco horas. Ele não está indo bem. Diz que tem muitos sentimentos suicidas e quer sair da pesquisa.

"Investimos muito nele", Benton diz a Scarpetta enquanto entram no laboratório. "Você não faz ideia de como é ruim quando essas pessoas saem. Especialmente Basil. Droga. Talvez você possa ser uma boa influência sobre ele."

"Não vou nem comentar", diz ela.

Dois guardas da prisão estão do lado de fora da pequena sala onde Benton vai conversar com Basil, vai tentar convencê-lo a não sair do Predador, vai tentar convencê-lo a não se matar. A sala faz parte da área da ressonância magnética, a mesma sala que Benton usou antes para conversar com Basil. Scarpetta é lembrada de que os guardas não estão armados.

Ela e Benton entram na sala de entrevistas. Basil está sentado diante da pequena mesa. Ele não está preso, nem mesmo com algemas de plástico. Ela gosta cada vez menos do projeto Predador e não achava que isso fosse possível.

"Esta é a doutora Scarpetta", Benton diz a Basil. "Ela faz parte da equipe de pesquisa. Você se importa se ela ficar?"

"Seria ótimo", diz Basil.

Os olhos dele parecem girar. São sinistros. Parecem girar enquanto olham para ela.

"Então, conte-me o que está acontecendo com você", diz Benton enquanto ele e Scarpetta sentam-se no lado oposto da mesa.

"Vocês dois são íntimos", diz Basil, olhando para ela. "Eu não o culpo", ele diz para Benton. "Eu tentei me afogar no vaso sanitário e sabe o que é engraçado a respeito disso? Eles nem sequer notaram. Que coisa, não? Eles têm essa câmera me espiando o tempo todo e quando eu tento me matar ninguém vê."

Ele está usando jeans, tênis e camisa branca. Não usa cinto. Não tem corrente nem pulseira. Ele não é, de forma nenhuma, o que Scarpetta imaginou. Ela pensou que ele era maior. Ele é pequeno e de aparência insignificante, ligeiramente encorpado, cabelo loiro começando a ficar ralo, não feio, apenas insignificante. Ela supõe que, quando ele abordava suas vítimas, elas provavelmente sentiam a mesma coisa que ela, pelo menos a princípio. Ele era nada, apenas alguém com um sorriso insípido. A única coisa nele que se destaca são os olhos. Neste momento, eles estão estranhos e perturbadores.

"Posso lhe fazer uma pergunta?", Basil dirige-se a ela.

"Pode falar." Ela não é especialmente simpática com ele.

"Se eu a encontrasse na rua e lhe dissesse para entrar no meu carro, senão eu atiraria em você, o que você faria?"

"Deixaria você atirar em mim", diz ela. "Eu não entraria no seu carro."

Basil olha para Benton e atira nele com o dedo como se fosse uma arma. "Bingo!", ele exclama. "Ela é uma defensora. Que horas são?"

Não há relógio na sala.

"Cinco e onze", responde Benton. "Precisamos conversar sobre a sua vontade de se matar, Basil."

Dois minutos depois, a doutora Lane tem a imagem com superfície sombreada na tela do computador. Ao lado dela está a imagem da superfície sombreada do paciente considerado normal que está no aparelho de ressonância.

Kenny Jumper.

Nem um minuto atrás, ele perguntou pelo intercomunicador que horas eram. Então, nem um minuto depois, ele começou a ficar inquieto, reclamando.

BWONK-BWONK-BWONK... na cabine do aparelho de ressonância, enquanto Josh faz girar a cabeça pálida, sem cabelos e sem olhos de Kenny Jumper. Ela termina de maneira desigual pouco abaixo da mandíbula, como se ele tivesse sido decapitado, pela interrupção do sinal, por causa da bobina. Josh roda um pouco mais a imagem em uma das telas, tenta duplicar a posição exata da imagem de Helen Quincy sem cabelos, sem olhos e decapitada que aparece em outra tela.

"Ah, rapaz", diz ele.

"Acho que eu tenho que sair", diz a voz de Kenny pelo intercomunicador. "Que horas são agora?"

"Ah, rapaz", diz Josh para a doutora Lane enquanto roda um pouco mais a imagem, olhando de uma tela para a outra.

"Tenho que sair."

"Um pouco mais naquele sentido", a doutora Lane está dizendo, olhando de uma tela para a outra, entre as cabeças pálidas, sem olhos, sem cabelos.

"Preciso sair!"

"É isso", diz a doutora Lane. "Puxa vida!"

"Uau!", diz Josh.

Basil está ficando cada vez mais inquieto, olhando de relance para a porta fechada. De novo, ele pergunta as horas.

"Cinco e dezessete", responde Benton. "Você precisa estar em algum lugar?", ele acrescenta com ironia.

Onde Basil estaria? Em sua cela, em nenhum outro lugar. Ele tem sorte de estar aqui. Ele não merece.

Basil tira algo de dentro de sua manga. A princípio Scarpetta não consegue dizer o que é e não entende o que está acontecendo, mas então ele já se levantou da cadeira e deu a volta na mesa em direção a ela, e aquela coisa está em volta do pescoço dela. Comprida, branca, fina e ao redor do pescoço dela.

"Se você tentar alguma coisa, eu aperto esta porra assim!", diz Basil.

Ela tem consciência de Benton em pé e gritando com ele. Ela sente o pulso acelerar. Então a porta abre. Em seguida Basil a está puxando para fora da sala, sua pulsação acelerada e ela está com as mãos ao redor do pescoço, e ele tem essa coisa comprida e branca apertada ao redor do pescoço dela e a está puxando, e Benton está gritando e os guardas estão gritando.

64

Três anos atrás no McLean, Helen Quincy foi diagnosticada com transtorno dissociativo de identidade.

Ela pode não ter quinze ou vinte personalidades separadas e autônomas, talvez apenas três, quatro ou oito. Benton continua explicando o transtorno, que ocorre quando uma pessoa se separa de sua personalidade primária.

"Uma reação adaptativa a um trauma arrasador", diz Benton enquanto ele e Scarpetta dirigem para oeste, na direção de Everglades. "Noventa e sete por cento das pessoas diagnosticadas com ele sofreram abuso sexual ou físico, ou as duas coisas, e as mulheres têm nove vezes mais probabilidade de apresentar o transtorno do que os homens", diz ele, o sol tornando o para-brisa branco. Scarpetta aperta os olhos diante do brilho, apesar de seus óculos escuros.

Mais adiante, o helicóptero de Lucy paira sobre um pomar de cítricos abandonado, parte de uma propriedade que ainda pertence à família Quincy — especificamente ao tio de Helen, Adger Quincy. O cancro atacou o pomar há uns vinte anos, e todas as árvores de toranja foram cortadas e queimadas. Desde essa época, o pomar ficou inativo, coberto de vegetação, com sua casa caindo aos pedaços, um investimento, talvez uma área para um futuro projeto habitacional. Adger Quincy ainda é vivo, um homem frágil, de aparência pouco notável, extremamente religioso — um papa-bíblia, como Marino o chama.

Adger nega que qualquer coisa incomum tenha acontecido quando Helen, aos doze anos, foi morar com ele e a esposa enquanto Florrie estava hospitalizada no McLean. Adger diz, na verdade, que, nesse período, ele estava bastante atento àquela jovem desencaminhada e incontrolável *que precisava ser salva.*

Eu fiz o que pude, fiz o melhor que pude, disse durante a entrevista que Marino gravou com ele ontem.

Como ela sabia sobre o velho pomar e a casa velha?, foi uma das perguntas que Marino lhe fez.

Adger não estava disposto a falar muito sobre o assunto, mas disse que de vez em quando ia de carro com Helen, de doze anos, até o velho pomar abandonado para poder *dar uma olhada nas coisas.*

Que coisas?

Para garantir que não estava sendo vandalizado ou qualquer coisa assim.

O que havia lá para vandalizar? Quatro hectares de árvores queimadas e ervas daninhas e uma casa caindo aos pedaços?

Não há nada de errado em dar uma olhada nas coisas. E eu orava com ela. Conversava com ela sobre o Senhor.

"O fato de ele dizer aquilo daquela maneira" — Benton comenta enquanto dirige, e o helicóptero de Lucy parece flutuar como uma pluma, prestes a aterrissar, um pouco afastado do pomar abandonado que Adger ainda possui — "indica que ele sabe que fez alguma coisa errada."

"Monstro", diz Scarpetta.

"Nós provavelmente nunca saberemos exatamente o que ele e talvez outros fizeram a ela", diz Benton, contido enquanto dirige, a mandíbula enrijecida.

Ele está furioso. Está aborrecido com aquilo de que desconfia.

"Mas isso é óbvio", ele prossegue. "As várias entidades dela, seus 'alters', foram sua reação adaptativa ao trauma insuportável num momento em que não havia ninguém para quem ela pudesse se voltar. O mesmo tipo de coisa que você encontra em alguns sobreviventes de campos de concentração."

"Monstro."

"Um homem muito doente. E agora uma jovem muito doente."

"Ele não deveria sair disso impune."

"Receio que já tenha saído."

"Espero que ele vá para o inferno", diz Scarpetta.

"Ele provavelmente já está lá."

"Por que você o defende?" Ela olha para ele e esfrega o pescoço distraidamente.

Ela está machucada. O pescoço ainda está sensível, e sempre que o toca ela se lembra de Basil agarrando-a com uma atadura de pano branco feita à mão, rapidamente fechando os vasos que fornecem sangue e, portanto, oxigênio, para o cérebro. Scarpetta desmaiou. Ela está bem. Não estaria se os guardas não tivessem tirado Basil de cima dela com tanta rapidez.

Ele e Helen estão presos no Butler. Basil não é mais o sujeito de pesquisas ideal para o projeto Predador. Basil não vai mais visitar o McLean.

"Eu não estou defendendo-o. Estou tentando explicar", diz Benton.

Ele diminui a velocidade na South 27 perto de uma saída que leva a uma parada de caminhões da CITGO. Ele entra à direita em uma estrada de terra e para o carro. Uma corrente enferrujada está atravessada sobre a estrada e há muitas marcas de pneus de caminhão. Benton sai do carro e desengancha a corrente grossa e enferrujada. Ele avança com o carro, para, desce de novo e coloca a corrente no lugar onde estava. A imprensa e os curiosos ainda não sabem o que está acontecendo aqui. Não que uma corrente enferrujada vá impedir a entrada dos indesejáveis e dos que não foram convidados. Mas mal não faz.

"Algumas pessoas dizem que, uma vez que você tenha visto um caso ou dois de transtorno dissociativo de identidade, você viu todos", ele prossegue. "Acontece que eu discordo, mas, para algo tão incrivelmente complicado e bizarro, os sintomas são notavelmente coerentes. Uma transformação surpreendente quando uma personalidade se torna outra, cada uma delas dominante, cada uma com um determinando comportamento. Mudanças faciais, mudanças de postura, modo de andar, maneirismos, até mesmo alterações notáveis de tom de voz e modo de falar. É uma desordem associada com frequência à possessão demoníaca."

"Você acha que as personalidades de Helen — Jan, Stevie, seja quem for que se vestiu como fiscal de cítricos e matou pessoas a tiros e Deus sabe lá quem mais ela é — têm consciência umas das outras?"

"Quando esteve no McLean, ela negou que tivesse o transtorno, mesmo quando os funcionários repetidas vezes testemunharam a transformação dela em outras personalidades. Ela sofria alucinações auditivas e visuais. De vez em quando, uma personalidade conversava com a outra bem na frente do clínico. E aí ela voltava a ser Helen Quincy, sentando-se de modo educado, tranquilo, em sua cadeira, agindo como se o psiquiatra fosse louco por acreditar que ela possuía múltiplas personalidades."

"Eu me pergunto se Helen voltou a emergir", diz Scarpetta.

"Quando ela e Basil mataram a mãe dela, Helen mudou a identidade para Jan Hamilton. Essa troca foi funcional, não era uma personalidade, Kay. Não é possível nem sequer pensar em Jan como uma personalidade, se entende o que eu digo. Era apenas uma identidade falsa atrás da qual se escondiam Helen, Stevie, Hog e sabe-se lá quem mais."

Poeira se levanta enquanto eles andam aos solavancos pela extensa estrada de terra, uma casa em péssimas condições a distância, ervas daninhas e mato por toda parte.

"Desconfio que, em sentido figurado, Helen Quincy deixou de existir quando fez doze anos", diz Scarpetta.

O helicóptero de Lucy desce em uma pequena clareira, as pás ainda virando quando ela desliga o motor. Estacionados perto da casa estão uma van do serviço de remoção, três carros de polícia, dois SUVS da Academia e o Ford LTD de Reba.

O Resort Brisa do Mar fica muito afastado do mar para receber a brisa, e não é realmente um resort. Não tem nem sequer uma piscina. Segundo o homem no balcão do escritório sombrio que serve de recepção, com seu ar-condicionado barulhento e plantas de plástico, estadas de longo prazo têm descontos especiais.

Ele diz que Jan Hamilton tinha horários estranhos, desaparecendo durante dias, especialmente nos últimos tempos, e às vezes se vestia de maneira esquisita. Uma hora estava sexy, em outra malvestida.

O meu lema? Viva e deixe viver, disse o homem da recepção quando Marino rastreou Jan até lá.

Não foi difícil. Depois que ela se arrastou para fora do aparelho de ressonância magnética, e os guardas seguraram Basil no chão e tudo havia acabado, ela se encolheu em um canto e começou a chorar. Não era mais Kenny Jumper, nunca tinha ouvido falar nele, negou ter qualquer ideia sobre o que as pessoas estavam falando, negou até mesmo conhecer Basil e o motivo de estar no chão dentro da unidade de ressonância magnética do Hospital McLean em Belmont, Massachusetts. Ela foi muito educada e cooperou com Benton, deu-lhe seu endereço, disse que trabalhava meio período em um bar em South Beach, um restaurante chamado Rumors, cujo proprietário era um homem muito simpático chamado Laurel Swift.

Marino se agacha diante do armário aberto. Não há porta, apenas um varão para pendurar roupas. Sobre o carpete manchado há pilhas de roupas, cuidadosamente dobradas. Ele as examina com luvas nas mãos, o suor pingando em seus olhos, a unidade de ar-condicionado deixando a desejar.

"Um casaco preto comprido com capuz", ele diz a Gus, um dos agentes de Operações Especiais de Lucy. "Parece familiar."

Ele passa o casaco dobrado para Gus, que o coloca dentro de um saco de papel pardo, anotando a data, o item e o lugar onde foi encontrado. Já há dúzias de sacos de papel pardo, todos lacrados com fita de evidência. Eles estão basicamente empacotando tudo o que há no quarto de Jan. Marino escreveu o desagradável mandado de busca: *Peguem tudo, até a pia da cozinha*, em suas palavras.

Suas mãos enormes e enluvadas remexem em mais peças, roupas de homens folgadas e surradas, um par de sapatos cujos saltos foram arrancados, um boné dos Miami Dolphins, uma camisa branca com a inscrição "Departamento de Agricultura" nas costas — só isso, não a forma completa "Departamento de Agricultura e Serviços ao Consumidor da Flórida", apenas "Departamento de Agricultura", as letras feitas à mão com o que Marino julga ter sido uma caneta própria para tecidos.

"Como você não conseguiu perceber que ele era, na realidade, ela?", Gus pergunta-lhe, lacrando outro saco de papel.

"Você não estava lá."

"Vou acreditar em você", diz Gus, estendendo a mão, esperando a próxima peça, uma meia-calça preta.

Gus está armado e vestido com um uniforme, porque é assim que os agentes de Operações Especiais de Lucy sempre se vestem, mesmo se não for necessário, e em um dia com temperatura de trinta graus, com o suspeito, uma garota de vinte anos, seguramente trancafiado em um hospital estadual em Massachusetts, provavelmente não era necessário mandar quatro agentes de Operações Especiais para o Resort Brisa do Mar. Mas foi isso que Lucy quis. Foi isso que os agentes dela quiseram. Não importa quão minucioso Marino tenha sido em sua explicação daquilo que Benton lhe passou sobre as diferentes personalidades de Helen, ou "alters", como Benton as chama, os agentes não acreditam muito que não haja outras pessoas perigosas que possam estar ali por perto, pensam que talvez Helen tenha cúmplices reais — como Basil Jenrette, assinalam eles.

Dois dos agentes estão examinando um computador em uma mesa ao lado de uma janela que dá para a área de estacionamento. Há também um scanner, uma impressora colorida, pacotes de papel semelhante ao de revistas e meia dúzia de revistas de pesca.

As pranchas da varanda da frente estão empenadas, algumas estão podres, outras faltando, expondo o solo arenoso embaixo da frágil casa térrea de madeira de pintura descascada não muito longe de Everglades.

O lugar está silencioso, a não ser pelo tráfego distante que soa como rajadas de vento, e os sons de pás sendo usadas. A morte polui o ar e no calor do fim da tarde parece lançar ondas trêmulas e escuras que se tornam piores quanto mais próximo dos fossos. Os agentes, a polícia e os cientistas encontraram quatro deles. Com base nas alterações e descoloração do solo, há mais.

Scarpetta e Benton estão no vestíbulo logo depois da porta de entrada, onde há um aquário e uma enorme aranha morta retorcida sobre uma pedra. Encostada contra uma das paredes está uma espingarda Mossberg calibre 12 e cinco caixas de munição. Scarpetta e Benton observam dois homens, suando com seus ternos, gravatas e luvas azuis de nitrila, empurrarem uma maca com os restos ensacados de Ev Christian, as rodas rangendo. Eles param diante da porta escancarada.

"Depois que a levarem ao necrotério", Scarpetta lhes diz, "vou precisar que vocês voltem imediatamente."

"Já imaginamos isso. Acho que é a pior coisa que eu já vi", um dos funcionários comenta com ela.

"É um trabalho feito sob medida para você", diz o outro.

Eles dobram as pernas da maca com ruídos metálicos altos e a carregam na direção da van azul-escura.

"Como é que isso vai ficar no tribunal?", um dos funcionários lembra-se de perguntar, já fora da casa. "Quero dizer, se esta dona é um caso de suicídio, como se pode acusar alguém de assassinato se é suicídio?"

"Vejo vocês daqui a pouco", diz Scarpetta.

Os homens hesitam, e então seguem em frente, e ela vê Lucy aparecer vindo da parte de trás da casa. Ela está usando roupa protetora e óculos escuros, mas tirou a máscara e as luvas. Anda a passos rápidos na direção do helicóptero, o mesmo no qual ela deixou seu Treo pouco tempo depois de Joe Amos começar a receber sua bolsa. "Realmente, não há como dizer que não foi ela", Scarpetta comenta com Benton enquanto abre os pacotes com roupas de proteção descartáveis — um jogo para ela, um para ele —, e com esse *ela* Scarpetta está se referindo a Helen Quincy.

"E não há como dizer que foi ela também. Eles estão certos." Benton olha para a maca e para seu conteúdo lúgubre, enquanto os funcionários estendem as pernas de alumínio novamente para poder abrir o bagageiro da van. "Um suicídio que é um homicídio, o criminoso tem transtorno dissociativo de identidade. Os advogados vão se esbaldar."

A maca inclina-se no solo arenoso, sufocado por ervas daninhas, e Scarpetta receia que ela possa cair. Já aconteceu antes, um corpo embalado cai no chão, algo muito inadequado, muito desrespeitoso. Ela está ficando mais ansiosa a cada instante.

"A autópsia provavelmente vai mostrar que ela é um caso de morte por enforcamento", diz ela, olhando para a tarde clara e quente e toda a atividade que há nela, vendo Lucy pegar alguma coisa na parte de trás do helicóptero, uma geladeira de isopor.

O mesmo helicóptero onde ela deixou seu Treo, um gesto de esquecimento que, em muitos aspectos, fez tudo começar e que trouxe todos para este buraco infernal, este poço pestilento.

"Isso provavelmente é tudo o que vai aparecer em termos do que a matou", Scarpetta está dizendo. "Já o resto é outra história."

O resto é a dor e o sofrimento de Ev, seu corpo nu e inchado amarrado com cordas passadas sobre uma viga, uma delas ao redor de seu pescoço. Ela está coberta de picadas de insetos e urticárias, os pulsos e tornozelos repletos de infecções fulminantes. Quando Scarpetta apalpou a cabeça dela, sentiu pedaços de osso fraturado movendo-se sob seus dedos, o rosto da mulher destruído, seu couro cabeludo lacerado, contusões por todo o corpo, áreas esfoladas avermelhadas produzidas na hora da morte ou perto disso. Scarpetta desconfia que Jan, ou Stevie, ou Hog, ou seja lá quem ela era quando torturou Ev dentro daquela casa, chutou o corpo de Ev com muita força e repetidas vezes depois de descobrir que ela havia se enforcado. Na parte inferior das costas de Ev, na barriga e nas nádegas há marcas pálidas no formato de um sapato ou bota.

Reba aparece vindo da lateral da casa, com cuidado sobe os degraus podres e entra na varanda. Ela está com a roupa descartável branca e puxa para cima a máscara. Carrega um saco de papel pardo, cuidadosamente dobrado na parte de cima.

"Tem uns sacos plásticos pretos para lixo", diz. "Em uma cova separada, rasa. E alguns enfeites de Natal dentro. Quebrados, mas parecem ser Snoopy com o chapéu de Papai Noel e talvez Chapeuzinho Vermelho."

"Quantos corpos são?", pergunta Benton, e ele entrou em seu modo de lidar com essas coisas.

Quando a morte, mesmo a morte mais repulsiva, está diante dele, ele não hesita. Parece racional e calmo. Parece quase não se importar, como se os enfeites de Snoopy e Chapeuzinho Vermelho fossem apenas mais informações para serem arquivadas.

Ele pode se mostrar racional, mas não está calmo. Scarpetta viu a maneira como ele estava no carro, apenas algumas horas atrás, e mais recentemente dentro da casa, quando começaram a perceber com mais clareza a natureza do crime original, aquele que aconteceu quando Helen Quincy tinha doze anos. Na cozinha há uma geladeira enferrujada, e dentro dela embalagens de achocolatado Yoo-hoo, refrigerantes Nehi de uva e de laranja e uma caixa de leite com datas de validade que remontam a oito anos atrás, quando Helen tinha doze anos e foi forçada a ficar com seus tios. Há dúzias de revistas pornográficas do mesmo período, sugerindo que o devotado e religioso professor de escola dominical, Adger, muito provavelmente levou sua jovem sobrinha para aquele lugar não só uma vez, mas com frequência.

"Bem, são os dois garotos", Reba está dizendo, a máscara em seu rosto movendo-se no queixo quando ela fala. "Parece que as cabeças deles foram esmagadas. Mas esse não é o meu departamento", diz ela para Scarpetta. "E alguns restos mortais misturados. Para mim, parecem estar nus, mas há roupas lá também. Não neles, mas nos fossos, como se talvez tivessem jogado as vítimas lá dentro e depois as roupas."

"É óbvio que ele matou mais do que disse", diz Benton enquanto Reba abre o saco de papel. "Expôs algumas, enterrou outras."

Ela segura o saco aberto para que Scarpetta e Benton possam ver dentro um snorkel e um tênis Keds cor-de-rosa sujo, tamanho infantil.

"Combina com a marca de sapato no colchão", diz Reba. "Encontrei este aqui em um buraco onde achamos que vai haver mais corpos. Nada dentro, a não ser isto." Ela aponta para os objetos. "Lucy encontrou-os. Eu não tenho a menor ideia do que sejam."

"Receio que eu provavelmente saiba", diz Scarpetta, erguendo o snorkel e o sapato de garotinha com as mãos enluvadas, imaginando Helen aos doze anos e dentro daquele fosso enquanto terra era jogada lá dentro, um tubo de respiração como único meio para ter ar, enquanto seu tio a torturava.

"Trancar crianças em baús, acorrentá-las em porões, enterrá-las sem nada além de uma mangueira que leva à superfície", Scarpetta diz enquanto Reba olha para ela.

"Não é de surpreender que ela seja todas essas pessoas", Benton diz, menos estoico agora. "Filho-da-puta desgraçado."

Reba vira a cabeça e desvia o olhar, engolindo em seco. Ela se recompõe enquanto dobra a parte de cima do saco de papel pardo, devagar, com cuidado.

"Bom", diz ela, pigarreando. "Temos bebidas geladas. Não tocamos em nada. Não abrimos os sacos de lixo no fosso com o enfeite de Snoopy, mas pelo jeito e pelo cheiro deles deve haver partes de corpos ali dentro. Um deles tem um rasgo e dá para ver o que me parece ser um cabelo vermelho emaranhado — sabe aquele tipo de cor vermelha de tintura de hena? Um braço e uma manga. Acho que esse está vestido. O resto com certeza não está. Coca Diet, Gatorade e água. É só pedir. Ou se quiserem alguma outra coisa, podemos mandar alguém buscar. Bom, talvez não."

Ela olha na direção dos fundos da casa, na direção dos fossos. Ela continua engolindo e piscando, o lábio inferior trêmulo.

"Acho que nenhum de nós está socialmente aceitável agora", acrescenta ela, pigarreando novamente. "Provavelmente não deveria entrar em uma loja de conveniência com esse cheiro. Eu só não vejo como... se ele fez isso, a gente tem que pegá-lo. Eles deveriam fazer com ele a mesma coisa que ele fez a ela! Enterrar ele vivo, só que sem aquela porra de tubo para respirar! Deviam cortar as bolas dele fora!"

"Vamos nos vestir", Scarpetta diz baixinho para Benton.

Eles desdobram os macacões descartáveis brancos, começam a vesti-los.

"Não tem jeito de provar", diz Reba. "Jeito nenhum."

"Não tenha tanta certeza disso", diz Scarpetta, passando protetores de sapato para Benton. "Ele deixou muita coisa ali dentro, nunca pensou que iríamos ver."

Eles cobrem o cabelo com touca e descem os velhos degraus empenados, calçando luvas, protegendo o rosto com máscara.

SÉRIE POLICIAL

Réquiem caribenho
  Brigitte Aubert

Bellini e a esfinge
Bellini e o demônio
Bellini e os espíritos
  Tony Bellotto

Os pecados dos pais
O ladrão que estudava Espinosa
Punhalada no escuro
*O ladrão que pintava como
  Mondrian*
*Uma longa fila de homens
  mortos*
Bilhete para o cemitério
*O ladrão que achava que era
  Bogart*
*Quando nosso boteco fecha as
  portas*
O ladrão no armário
  Lawrence Block

O destino bate à sua porta
Indenização em dobro
  James M.Cain

Post-mortem
Corpo de delito
Restos mortais
Desumano e degradante
Lavoura de corpos
Cemitério de indigentes
Causa mortis
Contágio criminoso
Foco incial
Alerta negro
A última delegacia
Mosca-varejeira
Vestígio
Predador
  Patricia Cornwell

Edições perigosas
Impressões e provas

A promessa do livreiro
Assinaturas e assassinatos
  John Dunning

Máscaras
Passado perfeito
Ventos de Quaresma
  Leonardo Padura Fuentes

Tão pura, tão boa
Correntezas
  Frances Fyfield

O silêncio da chuva
Achados e perdidos
Vento sudoeste
Uma janela em Copacabana
Perseguido
Berenice procura
Espinosa sem saída
Na multidão
  Luiz Alfredo Garcia-Roza

Neutralidade suspeita
A noite do professor
Transferência mortal
Um lugar entre os vivos
O manipulador
  Jean-Pierre Gattégno

Continental Op
Maldição em família
  Dashiell Hammett

O talentoso Ripley
Ripley subterrâneo
O jogo de Ripley
Ripley debaixo d'água
O garoto que seguiu Ripley
A chave de vidro
  Patricia Highsmith

Sala dos Homicídios
Morte no seminário
Uma certa justiça
Pecado original
A torre negra
Morte de um perito
O enigma de Sally
O farol

Mente assassina
P. D. James

Música fúnebre
Morag Joss

*Sexta-feira o rabino acordou
tarde
Sábado o rabino passou fome
Domingo o rabino ficou em
casa
Segunda-feira o rabino viajou
O dia em que o rabino foi
embora*
Harry Kemelman

*Um drink antes da guerra
Apelo às trevas
Sagrado
Gone, baby, gone
Sobre meninos e lobos
Paciente 67
Dança da chuva
Coronado*
Dennis Lehane

*Morte em terra estrangeira
Morte no Teatro La Fenice
Vestido para morrer
Morte e julgamento*
Donna Leon

A tragédia Blackwell
Ross Macdonald

É sempre noite
Léo Malet

*Assassinos sem rosto
Os cães de Riga
A leoa branca
O homem que sorria*
Henning Mankell

*Os mares do Sul
O labirinto grego
O quinteto de Buenos Aires
O homem da minha vida
A Rosa de Alexandria
Milênio*

O balneário
Manuel Vázquez Montalbán

O diabo vestia azul
Walter Mosley

*Informações sobre a vítima
Vida pregressa*
Joaquim Nogueira

*Revolução difícil
Preto no branco
No inferno*
George Pelecanos

Morte nos búzios
Reginaldo Prandi

Questão de sangue
Ian Rankin

*A morte também freqüenta o
Paraíso
Colóquio mortal*
Lev Raphael

*O clube filosófico dominical
Amigos, amantes, chocolate*
Alexander McCall Smith

*Serpente
A confraria do medo
A caixa vermelha
Cozinheiros demais
Milionários demais
Mulheres demais
Ser canalha
Aranhas de ouro
Clientes demais
A voz do morto*
Rex Stout

*Fuja logo e demore para voltar
O homem do avesso
O homem dos círculos azuis
Relíquias sagradas*
Fred Vargas

*A noiva estava de preto
Casei-me com um morto
A dama fantasma
Janela indiscreta*
Cornell Woolrich

ESTA OBRA FOI COMPOSTA PELO GRUPO DE CRIAÇÃO EM GARAMOND E
IMPRESSA PELA GEOGRÁFICA EM OFSETE SOBRE PAPEL PAPERFECT
DA SUZANO PAPEL E CELULOSE PARA A EDITORA SCHWARCZ
EM MARÇO DE 2009